超级200班

李彪◎著

南方出版传媒

花城出版社

中国·广州

图书在版编目（ＣＩＰ）数据

超级200班 / 李彪著. -- 广州 ：花城出版社，
2018.4
　ISBN 978-7-5360-8518-3

　Ⅰ．①超… Ⅱ．①李… Ⅲ．①长篇小说－中国－当代
Ⅳ．①I247.5

中国版本图书馆CIP数据核字 (2018) 第004230号

出 版 人：詹秀敏
责任编辑：陈宾杰　李加联
技术编辑：凌春梅
封面设计：邵建文

书　　名	超级 200 班 CHAOJI 200 BAN	
出版发行	花城出版社 （广州市环市东路水荫路 11 号）	
经　　销	全国新华书店	
印　　刷	佛山市浩文彩色印刷有限公司 （广东省佛山市南海区狮山科技工业园 A 区）	
开　　本	880 毫米×1230 毫米　32 开	
印　　张	12.625　1 插页	
字　　数	370,000 字	
版　　次	2018 年 4 月第 1 版　2018 年 4 月第 1 次印刷	
定　　价	36.00 元	

如发现印装质量问题，请直接与印刷厂联系调换。
购书热线：020－37604658　37602954
花城出版社网站：http://www.fcph.com.cn

目录

超级 200 班
TUS SADSK CI922-500

contents

The Super **Class-200**

第一章　深夜，一个史无前例的会议

九月四日晚十时，圣林县流沙中学。

黑夜像一张巨大的网，笼罩校园，凉风阵阵，四周田野与山林间的昆虫，无精打采有一阵没一阵地叫着，为入睡做着准备。校外村庄里的几盏灯火，安静地亮着，好一幅乡间惬意夜景。

教学楼四楼会议室，灯火通明，人声鼎沸，里面正在开会。今晚的会议效率特低，断断续续开了快四个小时，依然没有解决迫在眉睫的问题。大家你说你有理，我说我有理，争吵不休。在流沙中学工作二十多年的一位老师说，他从未开过这样的会。

时间悄悄消逝，学生宿舍的讲话声渐渐小了，只有零星几个学生在窃窃私语。

流沙中学位于小山坡上，校外山坡上高高低低的庄稼已经成熟，空气里飘荡着稻谷和蚕豆的气息，四楼的灯光在夜色中显得更加醒目、耀眼。

会议丝毫没有马上结束的迹象，大约累了、烦了，争论一阵，众人陷入沉默。每个人的表情都与开心、微笑无关，有的人呆呆地看着一个地方，什么都不想，有的人盘算下一步的攻防。三杆烟枪，被烟瘾撩拨得难受，不顾女同志说三道四，一起点燃香烟，其中包括一位对香烟过敏的，也借烟消愁。

三根烟枪瞬间齐发，颇有威力，把会议室里的女同志呛得咳嗽起来，她们肩并肩共同抗议，把门和窗户统统打开，并说要把他们赶走，扭动吊扇开关，让吊扇加大马力，吹得呼呼作响，她们借机到外面避烟。

等烟雾散尽，众人坐到原来的位置。副校长丁松华扭动扭动脖子，强睁他那双疲劳无神的眼睛，逐个审视在座的人，换上一副略带微笑的表情说："今晚已经很迟了，各位把自己的具体困难说了。但是，你们应该明白一点，200班必须有班主任，而且，这个人肯定在你们中间，不可能在外国、外省、外县、外校，大家说是不是？

"说句心里话，我指定谁当200班班主任，谁就会在背后骂我。我刚才想到一个好办法，很公平，不怨天，不怨地，只说明你和200班有缘。"丁副校长用慈祥、含笑的目光看着大家，等待下文。他的笑容中，似乎带点坏坏的味道。谁都不愿意主动接话，生怕嘴一张，丁大人一锤定音，把200班的班主任头衔赏给自己。

教务处主任肖强华打破沉默："丁校长，你既然有好办法，赶快说出来，哪个走运，哪个背时，不能怪你。"

期待的目光紧紧盯着丁副校长。

"我的办法很简单、很古老，抓阄。如果你们没意见，就这么办。肖主任，你用一张白纸，做四个阄，一张写上'200班班主任'，其他三张写上'300班班主任'。他们今后再当班主任。"

任劳任怨的肖主任扯下一张稿纸，非常优雅全方位地展示给大家看，确定纸张的清白后，裁成四小张，写上字，做成四个纸团，把小纸团放进刚刚空出来的香烟盒子里，前后左右、上上下下晃动着。

大家以为，四个人抓完阄，确定200班的班主任人选，马上散会。正在此时，意外发生了。廖申湘老师突然从位置上站起，大声说道："我不和你们玩这游戏，我当了三年班主任，根据流沙中学的规定，可以隔三年再当班主任。"他接下来的话，有些激动。

丁副校长有些难堪，他没有斥责"捣蛋者"，对方说得在理，他平静地看着廖申湘，展现出领导海纳百川的气度，看看其他几位要捡阄的人。

秦霞老师接过话说："我不当的理由，今晚说过多次。我国几千年文化传统中，尊老爱幼排在传统美德之首。今年我婆婆病得不轻，患有阿尔茨海默症，现在越来越重，必须要人照顾。她年轻守寡，她一直把我当女儿。现在别人照顾她，她偏偏不要。她在这个世上的日子不多了，等她百年之后，你们让我当班主任，我绝不说半个'不'字。"

她隔一会儿提高声音说："你们难道不能让一个患阿尔茨海默症的老人，有尊严地走完人生最后一程？我们所有人都会老，谁也算不到自己年老的时候会怎么样。今天抓阄，你们谁抓我管不着，反正我不参加。"说完，她往椅子上一靠，眼里满含着泪水。

丁副校长脸色难看的程度上升一个等级，他移动目光，盯着下一个目标：刘红玲。几个人的目光也追随过去。刘红玲沉默几秒钟，终于有点抵挡不住，她四十多岁，身材肥胖，腰粗，有年轻女老师两个腰那么粗，肥胖给她带来两个副产品，高血压和大嗓门。她说："我教书二十多年，年轻时有三分之二的时间当班主任，以前领导分配我当班主任，我几时推辞过，我自己认为，还算个合格的老师。这些年，我的血压呼呼往上跳，上个学期我住院，你们知道的。没有健康，荣誉、地位、金钱都没有用。200班是个什么班，大家都清楚。如果硬要我当这个班主任，我性子急，万一哪天被学生气得昏倒在讲台上，甚至一命呜呼，我没了，我儿子谁来疼，谁来管，我老公怎么办？！"

会议室里一下哄堂大笑。

"没那么恐怖。"肖主任笑着说。

丁松华也笑道："我们的生命力都很顽强，现在得高血压的人很多，也没见死几个人。"

大家说得没完没了。刘红玲看不惯，扯开嗓门道："要我当班主任可以，出了事谁负责，不光嘴巴说，白纸黑字写清楚，当作证据。"

丁副校长刚刚松弛的脸部肌肉，马上又紧绷起来。今晚这件事十有八九搞不定，白白辛苦一晚上，落得竹篮子打水一场空。

正在此时，廖申湘站起来，冲丁副校长说："人有三急，我去厕所一趟，你们慢慢开会，估计要二三十分钟。"说完，廖申湘走了，留下一个坚定的背影。大家心里明白，他上厕所是假，开溜是真。

丁副校长丁松华阴沉着脸，盯着门口，呆呆地，好一会儿，他才回过神来。他有些恨自己，太软弱，他不是当校长的料，昔日和睦共处的同事们，今晚变得像仇人，似乎和他要以死相拼。他是个老实人，以前很少和同事争吵。

教务主任肖强华看到情况不妙，凑到丁校长耳边说："丁校长，听起来都有理由满满的。不过，千条理由，万条理由，老师要服从学校安排，到联合国去说，也天经地义。关键是你拿出快刀斩乱麻的气魄，不然，以后的工作怎么开展。当校长，首先得树立校长的权威。"

丁松华见肖强华说出这般狠毒的话，句句见血，刀刀封喉，直揭自己的痛处，怒火在他心中一点点累积，他一下又拿不出气魄来，最后气急败坏地吼道："滚，你们都给我滚，滚得越远越好。"

肖华强被吓了一跳，他没有料到丁副校长会冲他发脾气，表情凶神恶煞，所有的解释都毫无作用，他赶紧收拾东西，识趣地走了。他并不记恨丁副校长，反而同情他。今晚丁副校长窝了一肚子火，总得找个地方发泄。

丁松华还没有当一把手的准备，一切来得那么突然，让他有些手足无措。

开学前，县教育局都会召开全县教育工作会议，8月28日上午11点多，流沙中学校长胡忠德刚走到教育局大门口，突然间感到胸闷、胸痛，眼前发黑，手脚一瞬间没了力气，他知道自己心脏病发作了，忙叫身边的人，扶他到教育局传达室休息，他的脸上露出苍白之色，额头上渗出密密的汗珠，旁边的人忙打120。

胡忠德服下速效救心丸之后，被送到直线距离三百米远的县人民医院，命捞回来了。医生发话，病人的情况不容乐观，必须住院安心治病。

丁松华第二天才知道消息，县教育局政工股的人打电话给他，让他先把流沙中学的担子挑起来，保障开学工作顺利进行。丁松华想不起是政工股哪位领导，通话时间很短，仅一分钟。

校长住院了，丁松华应该到医院去看看。但胡忠德校长的电话一直打不通，如果直接去医院，则显得冒失。晚上，胡忠德的老婆给他打来电话，解释手机打不通的原因，凡是住院的，首先得拜访医院里各种检查仪器，什么磁共振、脑电图、心电图、X光透视。只要沾点边的，你的礼节必须到。

主管医生交代，像他们这类有点职务的人，又逢开学，很多人找，来探望，刚刚住院这几天，最怕别人来打扰，安心养病很重要。因此，她自作主张，把老胡的手机关了。

最后，胡忠德老婆像居委会大妈似的说："丁校长，没办法，流沙中学那一摊子事，只好麻烦你，等我家老胡出院后，我请你到我们家里，我亲自下厨，你们好好喝几杯。开学事情多，医院里这边，你们领导班子先别来，把学校的事情做好，老胡就感激不尽了。"

学校如期开学，丁松华有点不适应，他一直当副职，没独当一面。他的性格与世无争，担任副校长五年期间，大小事情都听胡忠德的。现在胡校长住院了，他感觉缺了主心骨。

话说回来，他丁松华在教育战线干了十多年，学校开学这点事，虽多，不过就是打扫寝室，让学生睡觉；收拾厨房，让学生吃饭；给学生发放书本，给老师安排课程。这些活，一年又一年，老师们轻车熟路。校长只要吆喝几声，绝不会出错。事实上这几天，各项工作有序推进，独独200班的班主任，像个烫手山芋，无人愿接。他万万没想到，老师们为了不当200班的班主任，闹到这个地步。

自从我们国家普及九年制义务教育，政府要求义务教育向百分百入学率靠拢。差生不允许留级。流沙中学这样的农村学校，生源是县属中学挑剩的，再差的歪瓜裂枣，再厌学的学生，你都得收下，你有义务把他们收下。小学升初中考试，个别学生三门功课只有几十分，甚至零分，这样的学生不参加升学考试。

成绩差的同学厌学，他们处于青春期，好动，精力充沛，强制他们学习自己不感兴趣的东西，只能引来反抗。课堂纪律差，老师必须花很大精力维持课堂纪律，搞得老师心情恶劣，产生厌教情绪，可为了生活，又不得不从事这项职业。学校三个年级九个班，没有哪个班主任说自己的班容易管，如果不要她（他）当班主任，倒贴钱都无所谓。当班主任成了苦差事，人人都想躲开。

200班更是老大难，一年换了三个班主任。第一位班主任体弱多病，本不该他当班主任的，按轮流坐庄原则，他当了。一个学期没干完，他生病住院。班主任空缺十来天，校方终于做通一位老师的工作，让他临时代管200班，等原班主任病好之后，再还给他。

这段时间班级管理松散，一些调皮捣蛋学生的天性得到茁壮成长。老师们普遍反映，200班纪律大滑坡，上课秩序很难维持。过一阵，新班主任向校方提出，他该卸任了，学校一直拖着，因为没人接。

进入七年级二学期时，200班迎来了他们初中阶段第三位班主任：刘老师。他分到流沙中学，觉得自己怀才不遇，他努力钻研教学，想着离开流沙中学，到城里去。他参加过市里招聘老师考试，入了围，参加了面试，最终以一分之差败北。

用不安心的人当班主任，再好也好不到哪去，何况这个班难管。七年级二学期最后三四个星期，刘老师忙着准备考试，几乎不怎么管班上学生，也管不了。教室里经常大闹天宫，谁去200班上课都头痛，每位任课老师，都能如数家珍，说出在这个班的惨痛经历。

一天，某女老师从200班上完课，拖着疲倦的脚步，走进办公室说："在200班上一节课，要短寿三年。"马上有人群起响应："知音啊！知音。"

200班学生即将进入八年级时，他们的班主任刘老师如愿以偿，考入市里一所中学，远走高飞，留下一个老师们头痛的200班。

第二天早上，学校广播里优美动听的起床音乐响起时，丁松华正在睡梦中，他想睁开眼睛，眼前却黑乎乎的，不知自己身在何处。他在做梦，感觉一股力量推着他往前走，双手不禁乱舞，嘴里大喊救命，醒来时他满身大汗，原来虚惊一场。

歌曲变成进行曲时，马上要做广播体操，丁松华挣扎着起床，本周他是值周校领导，以身作则，是他多年的坚持。当他穿戴整齐赶到操场上时，学生正在做广播体操第三节。200班男生队伍站得弯弯曲曲，松松垮垮，歪歪倒倒，好像打败仗的国民党军队，一副惨不忍睹的样子，丁松华走到队伍中间，吆喝着他们站齐。

早操结束，两位班主任找丁松华说事。198班班主任说，他们班有三位同学缺教材，学生意见很大，家长打电话来问，说耽误学习。他只好反复耐心解释，有位同学家长素质很差，在电话中和他吵起来。丁副校长安慰几句，答应马上跟新华书店联系，尽快解决。

丁松华正准备去宿舍刷牙、洗脸时，199班班主任说，他们班有个学生家里很穷，父亲在暑假遭遇车祸，生活费都交不起，希望学校能给予帮助。丁松华想了想，叫他找管后勤的副校长，减免多少钱，写个意见，他再签字。

搞完个人卫生，丁松华走出房门，早读课已经开始。教学楼传来学生的读书声，声音不大，走进教学楼时，二楼教室传来一阵吵闹声，他仔细倾听。是200班。他迈开脚步，赶紧向200班教室跑去。

教室门口，两位同学弓着腰，正抱着头扭打在一起，似两只斗红了眼的水牛。有人大声喊："丁校长来了，你们还不松手。"

打架的同学并未立刻停下来，他们喘着粗气，想最后博一把，根本没把他这个校长当回事。许多观战的同学，把目光都落在丁松华身上，好像在说："你校长来了又怎么样？他们不怕你，你有本事赶紧让他们别打。"

他冲上前去，抓住占上风的同学，用力一拽，拉开他们，大声说道："你们还没打够，是不是？再打，给我滚回家去。"丁松华的声音几乎响彻整幢教学楼，几位老师走过来观看。两位被扯开的同学，很不甘心的样子，紧握拳头，你看着我，我看着你，似乎想再干一场。

"你们马上到校长办公室去！"说完，丁松华转身往门口走，刚走几步，回过头来对其他同学说，"你们赶紧读书。"

两位同学到校长室后，情绪缓和，变得老实多了。丁松华没费多少口舌，把他们打架的前因后果挖出来，他们承认错误出奇地快，态度异常之好。学生打架，多由些小事引起，对老师们来说，没有多少新意。丁松华见他们表现非常好，让他找不到发泄的借口，分别教训一顿后，罚他们绕操场跑步，一个十圈，一个五圈。

处理完200班学生打架，丁松华有些疲倦，他靠在椅子上，闭目养神，想着200班的未来，学生连校长都不放在眼里，难怪谁都不肯接这个班。他真的不想当校长。

第二章 小事能量大，惊动教育局长和县长

旧伤未好，又添新伤，这次伤得刻骨铭心，胆战心惊。

上午，丁松华接到一个电话，对方用命令口气说："你是流沙中学丁松华吗？限你半个小时之内赶到教育局，一分钟也不许迟到。"说完，啪的一声，挂断电话。

丁松华愣在那里，仿佛被人打了一个耳光，很久才知道痛。听说话口气，此人来头不小，至少是局领导。突然，一股血液往头顶上冲，难道是陈乐彬局长打的电话，声音有点像。他打开教育系统电话本，一查，果然是陈局长办公室座机号码。他赶紧奔向财会室，出纳杨老师正拿着教科书要去上课，见丁松华匆匆忙忙赶来，他问："丁校有事？"丁松华说："别上课了，赶快开车送我到教育局去。"

"什么事情急成这样，好像不是你的风格。"杨老师以静制动，不以为然地说。

"陈乐彬局长刚才打来电话，要我半个小时之内赶到教育局。"

"也许要正式任命你当校长。"杨老师说。

"别说废话！"丁松华面无表情地，"别在这里磨嘴巴皮子，耽误事情，我拿你是问。"

杨老师赶紧叫一位老师替他管纪律，然后奔下楼，小车一出校门，一路狂奔。流沙中学距离县城二十公里，公路是刚刚改造好的柏油路。在接近探头时，杨老师把速度降下来，过了探头管辖的区域，他把时速提到100公里以上。他爱车，爱琢磨车，把开车当作一种享受。丁校长知道他开车的技术好，不管开得多快，都放心。

陈局长是从部队转业的，据说当兵前，有过一段代课经历。半年前，他从水利局局长调任教育局当局长，据说县里一位常委和他是亲戚。有人说他办事果断、干练、有魄力，有部队的优良作风。有人说，陈局长是个大老粗，学历仅高中毕业，说话办事不会转弯，想骂人就骂，管你能不能接受。今年6月，陈乐彬来过流沙中学一次，调研学校老师编制情况，陈局长给丁松华的印象是和蔼可亲、清正廉洁。当时学校给局长和陪同人员发烟，陈乐彬马上予以制止，询问这烟从哪里买的，马上把它退回去，还说今后凡是教育局的人来检查，都不准发烟。

　　车还没完全停好，丁松华就推开车门，跑上教育局办公室四楼，他拿出手机一看，只用了28分钟。他从门口望去，局长办公室里坐满了人。他想，先向局长报到，免得说他违抗命令。

　　丁松华赔着笑脸说："陈局长，我是流沙中学丁松华，我提前两分钟到。"

　　陈乐彬让他坐下，面无表情地说："你动作蛮快嘛！"

　　丁松华搞不清是表扬，还是批评，小心说道："军令如山，您要我半个小时到，我绝不敢超过一秒。"

　　"开学工作怎么样？"陈乐彬的眼睛里射出两道寒光，冷冷问道，语气完全变了调。

　　一种不祥的预感瞬间弥漫着丁松华全身，他有些紧张地说："在县教育局的正确领导下，流沙中学的学生按时报到、入学、上课。"

　　陈乐彬马上打断他："你说的是真话吗？"陈乐彬又冷冷问一句，言语中明显带着不信任。身子微微前倾，预示着将要采取下一步动作。

　　"真话！您可以去我们学校看。"丁松华说完，感觉没点底气，才发现自己的声音变了调。

　　"简直胡说八道，谎话连篇，你在我面前丢脸不要紧，你现在丢脸丢大了，全市人民都知道流沙中学的臭事。就你不知道，可悲呀！

可悲！"陈乐彬越说越气，拿起一份《全州日报》向他丢过来，"你仔细看看。我会给你害死，你知道吗？"

丁松华拿起报纸，紧张寻找，终于在《百姓声音》栏目里面，找到与流沙中学有关的豆腐块大小一段话，这是全州市日报社与市长热线合办的栏目。

文章写道：

我们是圣林县流沙中学200班全体同学，开学将近一个星期，我们班还没有班主任，我们每天有种没有爸爸妈妈的感觉。没妈的孩子像根草，幸福哪里找。我们班纪律本来就不好。现在，调皮的同学大闹天宫，搞得班上乌烟瘴气。快快给我们派个班主任来吧！

200班大部分同学

丁松华把这段文字反复看了两遍，他额头悄悄冒汗，血液直往头上冲，恨不得找个地缝钻进去。他合上报纸，脸色非常难看，听天由命等待陈乐彬发落。

陈乐彬生气地说："今天上午，县里一位主要领导亲自打电话给我，请我看看今天的《全州日报》，他知道我开学事多，体谅我，让我抽两分钟看看这报上的文章，我好像给打了一巴掌。"

"陈局长，对不起。我只是代理校长工作，在200班班主任人选上做了很多工作，他们就是不听。您派一个校长去流沙中学，我不当这个校长。"丁松华把憋在心中好久的话说出来。

"你说，叫谁去给你擦屁股，谁愿意去给你擦屁股，芝麻大点的事，你都处理不了，你能做什么？我们部队里打仗，排长牺牲，副排长立刻顶替上去，指挥战斗。"

丁松华认为他更适合做一个老师，便小心地说："局长，我没能力当校长，您派一个人去。"

坐在旁边的人，把目光集中在他们身上，看这戏如何唱下去。陈乐彬盯着丁松华，不作声，越看越生气。突然，他快速滑动椅子，接近丁松华，对他狠狠踹了一脚。丁松华受到突然袭击，不由得后退一步，才稳住阵脚。

这一举动，让在场的人感到吃惊。一位穿着高档白色衬衣的男子站起来，笑着走到陈乐彬面前，递上一支烟，满脸堆笑地说："陈大局长，抽根烟，消消气，别气坏您的龙体，这点事，不值得劳驾您去管。"

陈乐彬收回目光，缓缓接过烟。白衬衣赶紧掏出一个非常精致的打火机，潇洒一按，火苗呼呼燃烧着。陈乐彬挥挥手，表示自己不抽烟，把烟放在桌上说："我今天为什么生这么大的气，甚至用脚踢人。县领导在电话中说，我这个大老粗来教育局当一把手，当初很多人不看好。县委、县政府顶住各方面的压力，就是看重我能干事、能打硬仗的精神，把我调到教育局，委以重任。士为知己者死，哪怕我的脑袋掉了，只要把圣林县的教育提上一个台阶，我死都愿意。丁校长，我是从部队出来的人，讲话直来直去，发完火了，不会对你有啥看法。你不要有思想负担。你们胡忠德校长，还在住院，他已向我递交退居二线的报告，根据他的实际情况，教育局党组基本上同意他的请求。

"教育局暂时不会派人去流沙中学，你在那里当副手好几年，情况熟悉，听人说，你做事扎实，为人正派。选校长，就要选你这样的实干派。你先代理校长，等走完程序，就正式任命。

"丑话说在前头，你回去后，马上兼任200班的班主任，直到有人愿意当班主任。再出现什么意外，你吃不了兜着走，我撤你的职、下你的岗。"

听到这里，丁松华长长出了口气，他说："陈局长，首先感谢您对我的信任，从我内心来说，当个副校长已经很满足，如果有人去流沙中学当校长，我甘当人梯。"

"你扯鸡巴蛋，副校长的位置，都很多人去争，去抢，何况校长的位置。你以为没人去？我选不出人？几千教师，会选不出一个乡镇中学校长？真是天大的笑话！我再重复一次，我们部队打仗，排长倒下，副排长接着指挥，时间紧迫，等组织派人来考察，阵地早丢了，脑袋也搬家了。"

旁边的人笑了起来，丁松华也笑了。

陈乐彬继续说："胡忠德校长生病住院，好比在火线上倒下，你要把压力当动力，搞好工作。

"其他的话我不多说，我这里坐着一屋人，没时间给你。这个校长你当也得当，不当也得当。想得通也好，想不通也好，必须执行。你走吧！你的问题说到这里。"

丁松华走了，他心里没有一丝要当校长的喜悦，反而有些窝火，刚开学不久，很多人来教育局办事，有几位熟人同他打招呼，他笑笑应付一下。

谁告的状，他不知道。《全州日报》和全州市长热线有合作，一些反映到市长热线的问题，会有选择性地在《全州日报》上刊登，促进问题解决。流沙中学这所普普通通的农村中学，建校以来从未在新闻媒体上露过脸，没想到第一次，会以这样不招人喜欢的方式出现。那些兔崽子，一定要好好收拾他们，挨局长那一脚，虽然不痛，但很丢人，不能白白挨一脚，说不定等一会儿，他挨踢的新闻，会在圣林教育系统传得沸沸扬扬。

有个人，丁松华必须见一见。出了教育局大门，他打电话给胡忠德，说要去医院看看他。胡忠德在电话里连声说谢谢。

在圣林人民医院住院部五楼21号病房门口，丁松华见到他的老搭档胡忠德校长，他有些儿心酸。才几天时间未见，胡忠德明显消瘦了许多，脸色苍白。如果说先前丁松华对他关键时候撂挑子有点埋怨，现在则是满满的同情。

"胡校长，真对不起，这时候才来看你。"丁松华一脸真诚地说。

胡忠德忙搬凳子让他坐下，坦诚地说："如果我们之间要说对不起，应该由我向你说对不起，我逃跑了，把难管的摊子交给你，选200班的班主任，以前让我头痛，现在让你头痛。"说完，他低头不语，似乎在思考什么。丁松华发现，胡忠德的反应不如先前灵敏，病来如山倒，说得真没错。

胡忠德老婆走进病房，见到丁松华，客气而热情地说："丁校长，学校那么多事，你那么忙，打个电话就行了，心到情到。"

丁松华站起来，说道："我和胡校长共事多年，合作愉快，没吵过架，没红过脸，我早该出现在胡校长的病房。了解内情的人，知道是你们不让我来。不明真相的人，会说我丁松华无情无义，说胡校长人未走，茶就凉了。"

胡忠德挥挥手说："我们共事愉快，流沙中学的老师都知道。鞋子合不合脚，只有穿鞋的人知道。"

"那是。胡校长，你这病要紧吗？多少日子才能出院，我们流沙中学全体师生等着你回去。"

胡忠德老婆接过话说："丁校长，你不知道，我家老胡这次好险，假如不在县城，身边没人，他现在是死是活都不知道。我没多少文化，这几天算真正明白，身体有病，你有金山银山，也享不了福。医生说，他不能做手术，怕万一出现预料不到情况，没得救。他这把年纪，让医生开膛破肚，割来割去，我心里也不好受。"

胡忠德白他老婆一眼，说："女人就是女人，头发长，见识短。我这个年纪，谁没点毛病，我的毛病显眼一点罢了。丁校长，我已向陈局长提出辞去校长职务，我的身体，不允许我再去操那个心，我想多活几年。流沙中学校长人选，我推荐了你，你年轻，有思想，做事肯吃苦，人善良，老师服你，我相信你会把流沙中学搞好。"

"谢谢您对我的信任，胡校长，我真希望你能回学校主持工作。我习惯在你后面屁颠屁颠。"

"我该退位了，让你们年轻人上。人老了，激情、精力相差很远。你回去后，转告老师和学生，谢谢他们对我的关心，等我的病情稳定下来，我会去看大家。

丁松华在教育局挨批的时候，《全州日报》悄悄进入流沙中学，一位老师无意中发现报上与他们息息相关的文章。很快，这篇文章像一枚炸弹，在流沙中学爆炸。丁松华匆匆离开学校赶往县教育局的消息，迅速在老师中间传开，他们把两者之间联系起来。老师们谈论这件事情时，刚好有位200班的学生路过。

200班一些学生知道这件事，议论起来。

"我猜局长看到这篇文章，气得直骂娘，把我们校长叫过去，校长挨骂。他回来后，我们就遭罪了，不知会怎样惩罚我们。"

"他又不知道是谁告的状，上面不说，他查不出来，不可能把每个人都抓去。"

"这下可好，我们200班在全县出了名。等于往天上戳了个洞。"

一位个子稍高的同学走上讲台，用一根棍子猛敲讲台，发出巨大的声音，教室里渐渐安静下来，他扯着嗓子喊道："安静！安静！今天丁校长回来后，肯定会来我们班发脾气，如果我们再吵，他正好有个借口，收拾我们。"

有同学听了，在讲台下说，他们保证今天不会吵，怎么也要熬过这两天。

还有几个人自顾自聊天，并不理会讲台上的同学，这位同学生气了，拼尽力气，喊道："吵你妈，等会儿出了问题，老子捶死你。"说完，他走下讲台，冲着那几个人说，"你们听到没有？听到没有？死到临头了！"

讲话的同学安静下来，不以为然地说道："急什么，校长现在又没来。"

"校长来时，你们好好守纪律，谁不守纪律，谁今天倒霉。你们不信，看看就知道。"

站在讲台上朝同学喊话的周志光，他长得俊朗，颜值高，学习成绩一般，常常给老师增加一点麻烦。不过，他人很聪明，活动能力强，讲义气，有时候也能规规矩矩听课，丝毫不引起老师的注意，班上大部分男生很服他。

下午第一节课，200班写字课，这种课一般让学生自习，老师只管管纪律。

丁松华恰好踩着上课铃声，进入流沙中学校园，他直接朝200班教室走去。他胸中堵得慌，不发泄一下，心中不痛快，200班好像他身上肿起的脓包，一碰，就痛，不碰，偶尔会痛。

200班一位同学发现了丁校长，赶紧跑回教室报告。周志光冲着大家急喊："安静！安静！"全班立刻静下来，有的拿着书，装模作样认真地看；有的做作业。同学们连大气都不敢喘。后来有同学说，他们班从未这么安静过，静得他们有些不习惯，感觉怪怪的。

丁松华走进200班教室，举目四望，发现教室里面鸦雀无声，甚至地上掉根针都能听见，个个都在认真学习。换在往日，他会大喜，对他们赞美一番。同学们的良好表现，不足以将功赎罪，使他对报纸上的事轻轻带过。

他脸色铁青着，表情严肃，一声不响、来来回回察看同学们。

他不打破沉默，学生自然不会。

僵持一会儿，丁松华说道："今天很奇怪，我感觉太阳从西边出来，六月天下雪了，你们一个个变得非常听话，懂事。背后一定有原因。俗话说得好，好事不出门，坏事传千里。今天，200班上报纸了，我们流沙中学上报纸了。可惜是以一种负面的形象，展现在全市人民面前。你们某些同学高兴吧！得意吧！我想用一个非常形象的比喻：掀开一堆屎来臭。你们为此感到骄傲自豪吗？感到庆幸吗？你们照照镜子，自己是什么样子。好好想想，哪个老师提起200班不头痛，到你们班上课的女老师，谁没被你们气哭过。开学以来，我就为谁当你们的班主任这件事情头痛，上星期，晚上开会开到10点多，研究你们班的班主任问题，结果谁都不愿意接你们这个班。当你们的班主任，会短命。最后，我想了个办法，中国最传统、最公平，也是世界上最公平的办法：抓阄。本以为用公平的办法会解决问题，最后，还是有人不同意。

"你们班一些同学故意在班上捣乱，与老师作对，唯恐天下不乱。你们现在十三四岁了，该懂一点事了，你们动脑筋想想，这样做害了谁，害我们老师吗？老师会少工资吗？不会！老师会被开除吗？不会！现在愿意当老师的人越来越少。今年我们县计划招200名有正式编制的老师，结果呢？100人都没有招到，人家不愿意来当老师。

"有些同学会认为，害我校长。我明明白白告诉你，你们绝对害不了我。只要我凭良心做事，不贪污，不受贿，我这校长，可以当到退休。

"那么，总有人吃亏。我告诉你们，吃亏的是你们在座的各位，不是老师。

"从1966年到1976年，我们国家经历十年'文革'，'文革'对于我们整个国家来说，是一场灾难。

"那时学生不正常上课。那干吗？搞串联，全国各地到处走，吃饭不要钱，坐车不要钱，高兴吧！当然高兴。更高兴的事情在后头，上大学不用考，靠推荐，谁手上的茧子厚，谁就可以上大学。

"结果呢？'文革'期间成长的那代人，有人称之为被耽误的一代。知识分子出现断层。没有文化的人，能在社会上挑大梁吗？

"你们现在不好好读书，说句很现实的话，男生你将来可能没钱没文化娶不到老婆。女生呢？缺少知识，会影响你儿女。俗话说，龙生龙，凤生凤，老鼠生崽会打洞。儿女教育不好，你能幸福吗？

"据我所掌握的情况，告状的人，给我们流沙中学抹黑的人，就在我们同学中间。这件事情，不仅惊动了县教育局局长，还惊动了县里的领导。

"希望知情者到我这里举报，如果今天查不出来，你们全班跟着受牵连。"

丁校长的话音刚落，同学中出现一阵小小的骚动，你看我，我看你，有人一脸委屈地说："我们不知道，真的不知道。"

丁松华怒气未消地说："你不知道，他不知道，总有一个人知道，世界上没有不透风的墙。你们仔细回忆一下，谁有可能给市长热线打电话，这段时间，你们发现哪位同学有异常情况。想好之后，每位同学都要写自己知道的情况，如果你确实不知道，就写不知道。全部不知道，我们会在这件事情上纠缠不清，今晚不睡觉，我也要把这事查清。下面我给你们两分钟时间考虑，然后你们把自己知道的情况写上。"

有人拿出本子，哗的一声，撕下一张纸。一时间，只听到哗哗撕本子的声音。

"考虑好了吗？考虑好的可以先写。"

正在此时，有人勇敢地站起来，他叫周志光，曾在讲台上喊大家安静的人，他看看前后左右，用一种略带胆怯却坚定的声音说："你们不要写了，这事是我干的，我不说，你们谁也不知道，我不想你们浪费时间和精力，同学之间互相猜测，弄得大家不团结。"

同学们带着疑问的目光，集中在周志光身上。然后再看看丁校长，看他如何来处理这件天大的事。

"真是你干的吗？"丁校长急促地问。

"我骗你干吗，男子汉一人做事一人当。我用广东省的手机号码打的，我不说，你们谁知道，除非公安局的人来查，那张卡是我表哥的，他没用完，给我用。"

"我恨不得给你两巴掌。"丁松华咬着牙说。

"你想打就打，反正我也不是第一次挨打，别把我打傻就行了。"周志光平静地说。仿佛早做好了准备。

丁松华走到周志光身边，大喝一声："站直！站要有站相，坐要有坐相。周志光啊！周志光！如果其他人告状，我还可以理解，别人需要一个好环境读书，你周志光是什么人，老师们清楚，同学们清楚，你自己更清楚。你能管好自己，不给老师添麻烦，不给班上抹黑，我就谢天谢地，万分感谢你了。"

"不论好班、坏班，都需要班主任，我也可以替班上成绩好的同学说话，我是班上一员。"周志光毫不示弱地说。

丁松华仿佛全身的血液都涌到脸上，他正要批驳周志光，突然心里咯噔一下，退一步海阔天空，忍一时风平浪静，当领导的要大度些，这么一想，就说："周志光同学讲得有道理，我可以接受。下面我讲两点：第一，我会安排老师当你们班的班主任，如果暂时没有人，我来当；第二，周志光同学马上跟我到校长办公室一趟。"

周志光原以为校长会当着同学的面收拾他，包括动手、动脚、动嘴。从目前情况看，比较乐观。他迈着轻快的步子，跟在丁校长后面。大约十多分钟后，他回来了，同学们前呼后拥的，前来慰问这位英雄。他说："我完好无损地回来了，没有被打，没有被骂，没有遭逼供。"

第三章　关键时刻，来了一位关键人物

　　这天下午开始，流沙中学实际当家人丁松华副校长全心全意当起200班班主任，且很快进入角色。下午最后两节课：一节历史，一节生物，他抽空儿一次次静悄悄光临200班教室窗外，观察上课纪律。老师见校长亲临课堂，也认真起来。

　　下课后，同学怨道："受不了，受不了。原来没人管，觉得自己是没爹没妈的孩子。现在管得太死，不习惯。"

　　有人说周志光："你好心办坏事。"周志光马上进行还击："放你的狗屁，你不想学习，将来当二流子？我不相信你一点都不想读书，我们班也有很多人想读书。"他这么一说，没有人再当他的面说三道四。

　　晚上班主任下班时间，丁副校长早早来到200班教室，站在门口。进教室比较慢的同学，看到校长，加快步伐。这20分钟，丁校长没有训话，他觉得该讲的话已经讲了，仅用冷峻的表情，不友好的目光，盯着那些讲话的同学。盯久了，讲话声音会变小，最后无声，如果有人不理会他。他会走向前去，用手指敲桌子，再用一道狠狠的目光扫过去。

　　20分钟，丁副校长扎扎实实在200班教室待着，一刻也没离开，也不说话，他心情不愉快，他能愉快得起来吗？校长兼班主任，听都没听过，竟然落在自己头上。下课铃响起，他走出教室后，可以暂时不管200班，他却找不到一点轻松的感觉。谁来当200班的班主任呢？太弱的老师，压不住阵脚。压得住阵脚的人，有的已担任班主任，或担任学校的职务。让他们当班主任，会影响学校工作的开展，再说，老师也不会同意。

晚上学生就寝时，丁松华准时走入200班学生宿舍，清点学生人数，交代相关事项。第二天早操时分，他亦出现在200班的队伍前面，督促大家排好队。老师调侃说，他是最称职的班主任。他累极了，恨不得去当个种田的农夫。高兴时，到田间地头锄禾日当午，不想干活时，待在家里，搬张竹椅乘凉，悠然见南山。过那种日子，神仙似的，吃着粗茶淡饭也行。

两天后，丁松华副校长正为200班的班主任人选忧心忡忡时，情况出现重大转机，他的大救星出现了。一位新调来的老师走进流沙中学，放下行李，直奔校长办公室。掏出烟，递给丁松华，满脸笑容道：

"丁校长您好，我叫杨铁雄，到流沙中学报到，请您多多关照。"

郁闷中的丁松华有点儿云里雾里的感觉，教育局并未说调老师到流沙中学。他双眼直直地望着对方，目光中充满怀疑。他仔细打量杨铁雄，他三十左右的年纪，身高一米七的样子，身材魁梧，肌肉结实，浑身上下充满着年轻的活力。他急忙站起来，很兴奋很热情地说："杨老师，欢迎你加入我们流沙中学的教师队伍。你早该打个电话给我，我好派人去接你。"

杨铁雄微微一笑，说道："不用，不用，我们普通老师，又不是什么大人物，丁校长太客气了。有您这句话，我真的好感动。"

丁松华沉吟一会儿说："你学什么专业的，成家没有？"

杨铁雄说："我学中文的，参加工作六年，老家流沙镇杨家湾的。我结婚了，小孩两岁，老婆在县民政局上班，我们是高中同学。这次调到流沙中学，第一，流沙是我家；第二，比以前的学校离城近。"

"哦，原来是这样！"丁松华非常和蔼地笑着，满意地点点头，"很好，很好。"然后示意要他坐下。

杨铁雄没有立刻坐下，他的眼睛牢牢落在荣誉墙上，学校获得教育局素质教育先进示范学校，全县第十五届中小学运动会最佳组织单位，诸如此类的荣誉，挂满一面墙。他微笑着说："丁校长，我们学校不错嘛！"

　　"马马虎虎，马马虎虎。"丁松华应付着说，有点心不在焉。

　　杨铁雄说："说明丁校长治校有方，这些都是证明。"

　　丁松华依旧没有积极理会杨铁雄，而是说："杨老师，你生活上的事，我们会安排好。开学有好些日子了，没时间让你休息，先谈谈你工作上安排。你是个担任班主任的好料子，以前当过几年班主任？"

　　"三年，送了一届学生。"杨铁雄说，他本来想撒个谎，不料嘴快，说漏了，一种不祥的预感在他心中升腾，当班主任肯定跑不了了。这年头，老师个个不愿当班主任。突然，一只觅食的蚊子向他飞来，他伸手一拍，手掌中现出一个小红点。

　　丁松华给杨铁雄倒了一杯水，然后说道："我看这样吧！杨老师，你上200班的语文，兼任该班的班主任，今天你刚到，先安顿一下。从明天起，你正式上课，课程安排，找教务处肖主任。你有什么困难，随时找我。以后，我们就是一家人。"

　　杨铁雄快言快语地说："暂时没啥困难，房间我去看过，稍收拾一下就行了。丁校长，就按您说的去做，没其他事我就先走了。"丁松华走过来，紧握杨铁雄的手说："杨老师，我们流沙中学的未来，寄托在你们这些年轻老师身上。"

　　杨铁雄笑道："丁校长，您正年富力强的时候，又是校长，流沙中学的未来，掌握在您手中。"

　　丁松华摆摆手说："杨老师，这么说，我们俩有互相吹捧的嫌疑。工作上，我是领导；生活中，我是你兄长。你先把生活安顿好，我这里还有点事。有空儿我们一起喝杯酒，吹吹牛，醉得缩到桌子底下也无所谓。"

从校长室出来，杨铁雄直奔宿舍。学校分给他的房间二十多平方米，中间有堵墙隔开，里面久未住人，散发着刺鼻的气味，杉木做的床，没上漆，简单粗糙，且有把年纪，床架和床板上落满了灰尘。靠窗边摆放一张办公桌，红色油漆的，有几处油漆已脱落，露出白色的木材。拉开抽屉，里面放着听课记录本、一支口红和几十张扑克，房间前主人是个女人。

窗户玻璃烂了一块，在最上面，外面的人很难看到里面。

杨铁雄抬头一望，吃了一惊，房间每个角落，连着或大或小的蜘蛛网。大大小小的蜘蛛们，偶尔悠闲移动，不知大祸即将来临。外面小房间，丢弃着几副发霉的筷子及两只女士半高跟皮鞋，角落里同样蜘蛛网密布。杨铁雄决定大干一场，好在房间里扫把、灰斗等工具一应俱全，房外十多米远，有个水龙头。如果在原来的学校，可以找两个学生来帮忙。如今他初来乍到，认不得半个学生，只能靠自己。

忙了一个多小时，卫生歼灭战结束，房间变得窗明几净，地板被水冲了好几遍。两只体形肥硕的漏网蜘蛛，在房间里四处奔跑时，由于太显眼，被杨铁雄踩死，另外的蛛兵蛛将，不知它们逃往何处了。

最后一节课结束，杨铁雄再次检查自己的劳动成果，心满意足。他的行李存放在他初中同学邓开文那里，他想搬过来。一个月前，他才知道邓开文在流沙中学。上初中时，他与邓开文没有过多交往，初中毕业后，他们之间也没有来往过。在流沙中学相见，是他们初中毕业后第一次见面，双方还能从各自身上找到学生时代的影子。

邓开文刚刚下课回来，看见杨铁雄，高兴地说："我正想打电话给你。"

"晓得你要打电话，我赶紧过来，给你省点电话费。"杨铁雄调皮地说。

"下午忙啥呢？"邓开文随口问。

"两件大事！"杨铁雄自豪地说。

"哪两件？"邓开文急切地问。

"首先，把房间彻底搞干净了，完全可以提包入住。另外，和丁校长见面，他分了任务给我。"

"教哪个班？"

"200班的语文，兼班主任。"

邓开文"哦"了一声，没再说下去，刚才的笑容突然不见了。

"开文，你上过200班的课吗？这个班好不好？"杨铁雄认真地问。

邓开文却说："先别管上课的事，十多年未见，我请你到外面吃顿饭，算是对老同学的欢迎。"

"没必要吧！学校里有食堂。"杨铁雄客气地说道。

"你初来乍到，我不尽地主之谊，让同学们知道，不把我骂死才怪。走吧！几十块钱的事情。"邓开文体贴地说。

杨铁雄看看邓开文，高兴地说："开文，念初中时，你不善于交际，特别在女孩子面前，一说话就脸红，属于那种典型的闷骚型人物。你现在给我的感觉，非常善于处理人际关系。今后，还请你多多关照我，你是我同学，你不关照我谁关照我。"

"我关照你，只怕心有余而力不足，关照这玩意，需要权力。话虽这么说，能帮的，我会尽量帮你。"邓开文用手拍拍杨铁雄的肩膀说。

他们往校外走去，进了流沙镇政府旁一座农家小院。杨铁雄纳闷，到别人家里来干什么？难道这里是吃饭的地方。

"肖姨，来客了！"邓开文冲里面喊一句。

一阵铁链子响动后，屋后面传来几声狗叫，虚张声势那种叫。紧接着，里面出来一位四十多岁的妇女，她身材略胖，精力充沛，脸上挂着亲切和善的笑容。"邓主任，你们几位？"

"两位，我和我初中同学，刚调到我们流沙中学来的，我们十几年没见面，请他吃个盒饭，接风洗尘。"

"邓主任你这个人就是好，很讲感情，将来一定可以当校长，当教育局长，到时别忘了照顾我的生意。"肖姨满面春风地笑着说，然后打开一间房子的门，按了空调遥控器。

"你当主任了？"杨铁雄盯着邓开文问。

邓开文淡淡一笑，给杨铁雄倒茶："做事的主任，算不得官。肖姨做生意的，嘴巴甜，乱喊。她这个店，大部分是熟客。她这里收费便宜，菜的味道好。"

"当官了还瞒着老同学，不够意思，我绝对不会把你的位置抢了。"杨铁雄笑道。

"好！好！好！我当官了，告诉你吧！我当学校办公室主任，农村中学办公室主任，分量有多大，你清楚。你想当，我立马让给你。"

"不管咋样，大小也是个主任。就算没有多大的权力，被人主任、主任喊着，心里也爽。再说，你这么年轻，当了主任，将来一定再当副校长，正校长。"

邓开文双手合十，冲着杨铁雄微笑着说："多谢你的吉言，靠你提拔，哪天我真的当了校长，一定请你坐上席，吃十大碗。"

"200班的情况怎么样？"杨铁雄认真地问。盯着邓开文，容不得他不回答。

邓开文没有马上回答，而是替杨铁雄倒满茶，放下茶壶，又过了一会儿，不说不行，他轻描淡写地说："农村中学，就这样子，好学生都到城里去了，你要知道具体情况，晚上去教室里看看。"

"这个班是全校最差的班吗？"杨铁雄紧紧追问道。

邓开文没有正面回答。他说："流沙中学每个班，离我心中的标准都有一段距离。普九政策好，大家都能上学。不允许有留级，差生跟不上课程进度，产生厌学情绪。他们正处在活蹦乱跳的年龄，不学习，就干点其他的。"

"同感！同感！"杨铁雄喝口茶说，眼睛盯着墙上书法作品：厚德载物。他对书法研究不多，却能感受到这几个字写得流畅、厚重、洒脱。虽不是名家作品，也显示出一定的功底。"想不到在这穷乡僻壤的无名饭店里，还有艺术作品，稀奇，稀奇。"

"酒好不怕巷子深，反过来，深巷里面有好酒。"邓开文自豪地说，"你看这边的蝇头小楷，方方正正，规规矩矩，怎么看都舒服，内容全是大家熟悉的唐诗，有《悯农》《春晓》《望庐山瀑布》等等。大人来这里温故而知新，小孩看到自己能背的诗，会朗诵。稍稍懂点书法的，可以仔细琢磨'厚德载物'几个字。"

　　杨铁雄问道："这家毫不起眼的土菜馆，怎会如此有文化，我作为流沙人，不知道有这么好的地方，惭愧！"

　　这时，门开了，肖姨端着一碗热气腾腾的蘑菇瘦肉汤进来，笑着问道："你们饿了吧？"

　　邓开文说："不饿不饿，肖姨，杨老师有点不明白，我也有个疑问，你这牌子都没有的土菜馆，包厢里怎么会挂着书法作品。"

　　肖姨有点不好意思地笑了，擦擦手说："我表弟在市里上班，他从小喜欢写字，那时家里穷，买不起练字的纸和笔，他从小溪里捡起有颜色的石头，在溪边洗衣服的大石头上写字，家里吃饭时，看不到他，冲溪边喊几声，保准他在那里。后来，他考上学校，端国家的饭碗，照样喜欢写字，现在还参加写字的什么会。我没文化，说不出。"

　　"书法家协会。"邓开文插话说。

　　"对！对！对！"肖姨笑得更起劲，"书法家协会，去年他来我家里，说要写几张字贴在我这里，我不明白有什么用，我们开店子的，口味好，价格便宜，别人自然会来。我表弟说，能提高我店子的品位。我没文化，但他肯定不会害我。我弟弟说，好多市里的领导，都收藏他写的字。"

　　杨铁雄说："你弟弟的字确实不错，你这里靠公路，应该搞个牌子，让更多人晓得，做生意，顾客越多越好。"

　　肖姨马上说："我这人不怕钱多，但怕事多，顺带搞点饭菜就行，做大了，自己会被钱捆住手脚。"

　　邓开文插话进来："肖姨很会享受生活，她晚上还要抽时间跳广场舞呢！"

"哇！"杨铁雄用夸张的声音和夸张的表情说道，"肖姨口口声声说自己没文化，我看，你肚里的墨水多得很。"

"你们这些先生，不要哄我老太婆开心，我去弄菜了，你们慢慢喝汤。"

这顿晚餐吃得很爽，两个人，两菜一汤，菜的分量足，口味好。杨铁雄不胜酒力，喝完一瓶啤酒，不肯再要。邓开文酒量稍大，但没酒瘾，杨铁雄不喝，他也不喝。

趁着酒兴，杨铁雄再次问及200班的情况。邓开文固执地说："吃饭喝酒时不谈工作。要谈，谈过去读书时的事情。"邓开文避而不谈200班的情况，有他的考虑。如果毫无保留把实情说出，杨铁雄会拒绝当班主任。情况突变，丁校长怀疑有人在背后搞鬼。他是杨铁雄的同学，嫌疑最大。杨铁雄若不从，他初来乍到，分配给他的工作，再反抗有用吗？最后照样得当200班的班主任。现在说了200班的情况，不仅帮不了杨铁雄，自己也会被扯进去。

结账时，肖姨拿张单子让邓开文签名。邓开文拒绝了，拿现金结账，用公款请客，显示不出他的诚心。杨铁雄不禁暗暗佩服邓开文的聪明老道。

回到学校，邓开文到杨铁雄房间参观。他开玩笑说，原来住这房间的，是一位风韵十足的女教师，她走的时候，没把房间钥匙交给学校，说不定哪天深夜，她还会突然打开这房间。

杨铁雄哈哈笑道："我倒希望田螺姑娘的故事会上演。"

邓开文添油加醋，极力描述女教师如何迷人，如何善解人意，如何让男人们穷追不舍。突然，邓开文的手机响了，挂了机，他匆匆离开。学校里有事，明天教育局领导来检查，要准备资料。

杨铁雄检查缺啥子东西，在床沿上坐了几分钟，他有了重大发现，许多日常用品都没有：牙刷、口杯、毛巾、桶……

学校里有个商店，日常用的东西，在那里都能买到，商店由教室改造成，有五六十平方米。

杨铁雄把购物单往柜台一摆，一位三十多岁的妇女，抬头细看他几眼，面无表情地说："这些东西都有，你是新来的老师吧！"

"我刚调过来，不过，我老家是流沙的。"

妇女似乎不喜欢和陌生人聊天，按照单子，把他要的东西一一拿来，摆在长长的玻璃柜子上，顺口把价格报出来。杨铁雄觉得东西不贵，多了句嘴："价格还算便宜。"

"我们主要卖给学生，贵了他们不要，家长也有意见，我有一点点赚就行。"

"总共多少钱？"

"六十五块五，收你六十五块。"

杨铁雄见她很快报出总数，颇为吃惊。怕她算错，加一遍，果然没错。

妇女又发话："我天天把这些数加来加去，一般不会错。"

杨铁雄回到房间，把东西放好，稍稍熟悉课文后，已到最后一节晚自习课。他想到200班教室去看看，根据他的推测，200班纪律肯定很差，邓开文似乎有意回避谈200班，丁校长闭口不说这个班的情况。他们为啥都不愿触及200班？他感到一股巨大的压力，感觉麻烦事在前面排兵布阵，等他闯关。俗话说，知己知彼，百战不殆，只有充分了解对手，制定策略，才能战胜对方。转念一想，管他呢！自己好歹当过几年班主任，以前的学生，也不是省油的灯。

这么想着，他走出房间，关上门，朝教学楼那边走去。校园里很少有人走动，教学楼传来学生吵闹的声音，据他的经验判断，至少有两个班在吵，作为有六年教龄的老师，他对这种声音太熟悉，能毫不费力、轻而易举想象出教室里的画面。以前，不管是不是他的课，只要他碰上，都会对学生这种行为进行制止，这是职业的本能冲动。

在离教学楼十多米的地方，杨铁雄站住，他望着灯火通明的教学楼，不能百分之百确定200班在哪个教室，虽然别人告诉他，在二楼最里面的教室，他仍然没有把握。

正好一位老师模样的人走过来，杨铁雄忙向他打听："200班在哪个教室？"

来人打量他一眼，想说其他的话，最终没说，用手一指，说："那个最吵、最闹的教室。"然后走了。昏暗的灯光下，杨铁雄看不出那位老师的表情，从他冷冷的语气，杨铁雄感觉心里凉凉的。

突然传出一声女生的尖叫，以及一群男生的哈哈大笑。他们仿佛故意发出这种声音。学校里怎么会没人管呢？即使没有老师到教室坐班，学校应该有值周领导。这些人哪去了？教育局为啥不来检查课堂纪律？

杨铁雄准确出现在200班，因为门上用白色粉笔写着"200班"，教室后面空出一块地方，初步估计，班上只有四十多个学生。两只红色塑料垃圾桶，高粱扫把和竹扫把零乱地堆在一起。

杨铁雄走进教室后面时，并未引起什么反应，有几个同学站起来，打量他几眼，又只顾讲话去了。他心中很不是滋味，学生根本没把他放在眼里。教了几年书，是第一次碰上这样的情况。以前上课时，不管他走进教过与没教过的班级，学生都会安静些，可今天没有，他被某种说不清的烦恼困扰，失落的感觉从内心深处源源不断涌出。

从另一个角度，他尚未表明身份，谁也弄不清他是何方人物，学生当然有理由忽视他的存在。杨铁雄就这样平静看着学生们吵闹，他将要与这些学生朝夕相处，今后怎么办呢？能搞定他们吗？今晚他没正式上任，再吵再闹，与他没有一毛钱关系。

时间一分一秒过去，杨铁雄心中的怒火越燃越旺，他真想大喊一声，叫大家别吵。他不知这节课是谁坐班，如果他在这里教训学生，坐班的老师来了，看到他这个陌生人在教室里，会莫名其妙，他得向别人解释，多一事不如少一事。撤退！

杨铁雄迈着沉重的脚步，退出200班教室，他站在操场上，久久凝望着喧闹的200班的窗口，一位学生从教室出来，大约要去上厕所，他拦住他问：

"你们班怎么那么吵，天天晚上都这样吗？"杨铁雄拦住那位学生问道。

"他们吵习惯了，没几个人想读书。"

"老师不管你们吗？"杨铁雄满腹疑惑地问。

"当然管，可是管不了。"

"怎么管不了？你说详细点。"

"我们班调皮出了名，全县都知道！没哪个老师肯当我们的班主任。于是有人告到市长热线，这事还登了报纸，我们校长被教育局局长批评一顿。我不跟你说了，我快憋不住了。"学生说着，快步奔向厕所。

杨铁雄觉得脑袋要爆炸似的，一种恐惧感向他袭来："不行，使不得！我不能当200班的班主任。"他在心里一遍一遍对自己说。

第四章　曲曲折折，班主任终于尘埃落定

这天晚上，丁松华一反常态，在房间里唱起歌，放开喉咙大声唱，读大学时，他曾入选过系里合唱队，那时虽说他长得弱不禁风，脖子细细的，但悦耳的男中音，让大家刮目相看，甚至有人提议他转到音乐系，否则浪费人才。

他唱的是一首流传很广的儿歌：

让我们荡起双桨
小船儿推开波浪
海面倒映着美丽的白塔
四周环绕着绿树红墙
小船儿轻轻
漂荡在水中
迎面吹来了凉爽的风
……

除了嗓子条件好，丁松华在音乐知识和乐感方面没有过人之处。他刚刚唱的这首歌，初听像那么回事，细听有两处跑调的地方，其实跑调的歌曲，更能表达他愉悦的心情。

自从200班的班主任一锤定音，他觉得卸下了千斤重担。杨老师真的非常适合当班主任。年轻，有经验，有精力，教语文，好管班。他是个男老师，对班上那些"牛鬼蛇神"有震慑感。

他初来乍到，不了解200班的情况，不会和其他老师那样，死死拒绝当200班班主任。估计他暂时也没有胆量和勇气坚决拒绝，万一他拒绝，说服工作也容易做。

如果说丁松华前几天过得风雨交加。从今天下午起，阳光灿烂，世界又变得无限美好。

话说杨铁雄离开200班教室，独自一人到操场的环形跑道上走着，心情很不平静。他现在才觉得很奇怪，开学一个多星期，200班还没有班主任？否则怎会叫他当班主任。事实告诉他，200班情况非常不妙。远处有两个人影，那是一男一女在对话，声音低，十有八九是谈恋爱的。管他呢！让他们去享受美好时光吧！

学生就寝铃声响起时，杨铁雄信步来到教学楼前，教室里的灯全部熄了。只有校长室亮着灯，仅仅几秒钟，校长室的灯灭了，从里面出来一个人，正是丁校长。杨铁雄好想和丁校长说，他宁肯多上几节课，也不想当200班的班主任。他心跳得扑通扑通的，看着丁校长从三楼下到二楼，从二楼下到一楼，他却没有勇气去说，双脚立在那里，一动不动。丁校长没有发现杨铁雄，径直往学生宿舍走去。杨铁雄一直远远盯着他，然后回了自己房间。

杨铁雄走回住处，悔恨、焦虑的情绪在他心中蔓延，他在狭小的房间走来走去，想打电话给邓开文，请他支着，商量对策，号码都按好了，把手机一丢，算了。邓开文对他客气、热情，但他明显感觉到，他们之间还没有达到交心的地步。特别在涉及他当班主任这件事情上，邓开文唯恐避之不及，就不要让他为难吧！

不想当班主任的事一刻不停地纠缠着杨铁雄，晚上10点半，他终于做出决定，不管成功与否，一定找校长谈谈。过了今晚，没有一点翻盘的机会。

丁校长打开房门，看到脸色凝重的杨铁雄，一刹那，他美好的心情戛然而止，他明白杨铁雄为何而来。领导就是领导，丁松华笑着说："杨老师还没休息？"

"没有！"杨铁雄回答，声音有点走样。

丁校长端来一盘花生，倒一杯茶，然后对杨铁雄说："我这里是单身汉宿舍，没啥好招待的，实在不好意思。"

杨铁雄端起杯子，喝了一口茶说："哪里！哪里！校长太谦虚，比我宿舍好多了，我房间里连水都没得喝，您这里有吃有喝。"

"生活上的事安排得怎样了？"丁松华问，似乎又在想其他事。

"下午把房间搞干净了，该买的东西，在学校超市里买了，今天办事效率很高。"

"你们年轻人，做事风风火火。杨老师这么晚来我这里，一定有什么事！"丁松华单刀直入地问。

"我，我！"杨铁雄吞吞吐吐，一副欲言又止的样子。

"没关系，有什么话你直说，我喜欢直来直去。"丁松华说。

"我想上两个班的语文课，200班的班主任，是否换一个人。"杨铁雄鼓足勇气，终于把心里话吐了出来，他突然感到轻松许多，如释重负。

"你听到什么关于200班的风言风语？"

杨铁雄心里一惊，好在邓开文啥都没讲，他肯定地说："没有！我在晚自习时去了200班，亲自领教过他们的厉害，还问了一个学生，了解了200班大概情况，我可能搞不定他们。所以，这么晚还来打扰您。"

丁校长沉吟一会儿，非常严肃地说道："杨老师，学校决定让你当200班的班主任，我相信你一定能搞好这个班，决定了的事，我们不会改变。你年轻，正是吃苦、挑大梁的时候。给年轻人压担子，让你们成长，是我们安排工作的原则。

"你说200班吵，我们乡镇中学，生源基础不好，好学生基本上都到县中学去了。不想读书的、仇恨读书的，我们都得收留他们，一旦他们不想读书，回家打坐，我们还要请他们到学校读书，求爷爷告奶奶似的，这是政治任务。这种情况下，哪个班容易管，杨老师，对吗？"

杨铁雄知道，这班主任非他莫属，他却想做最后的挣扎，说："丁校长，我明白这些道理，但我初来乍到，对情况不了解，别人比我更合适。"杨铁雄说。如果校长不同意，就认命吧！

丁校长坐直身子，打起精神，冲着杨铁雄说道："杨老师，难道你这么不相信自己。我第一眼见到你，就认定你是个不错的老师。年轻人，不要计较当前一点点得失，你们应该看重的是自己的成长。我给你讲个故事。

"有几个新闻学院的学生，去某电视台一个部门应聘，他们全被聘用了，为了节约成本，部门主任把策划、采访、后期制作等多道工序，全部让一个人完成，等于一人做几人事情。即使这样，主任还不罢休，结账的时候，工资给他们打七折。几个年轻人被激怒了，纷纷辞职不干。但是，其中一位年轻人留下来了，好像什么事都没发生，并且不计报酬地干活。

"一年后，电视台向社会招聘正式员工，留下来的小伙子，由于得到锻炼，凭着自己的才华，成为电视台的正式职工，辞职的同学，一个也没有考上。

"这位年轻人和部门主任成为同事。一天，他在电视台楼道里碰到以前的主任，他非常认真地说：'主任，谢谢你给我成长的机会。'主任想起自己做过的苛刻事，羞得满脸通红。

"杨老师，中国还有一句话，付出总有回报，不是不报，是时候未到。"说到这里，丁松华有点口干，端起杯子喝水。

杨铁雄脸上有点挂不住，他说："我不是怕苦，我怕自己能力有限，把事情弄砸了，对不住学生，更对不住丁校长您。"

"不会！不会！我相信你，一百个相信。"丁松华挥挥手说。

杨铁雄深吸一口气，知道费再多口舌也没用，顺水推舟地说道："既然校长这么看得起我，我再推辞也没意思，我决定接下200班的班主任。上刀山，下火海，在所不辞。"

"说定了？"丁校长疑惑地问。

"定了！以后碰到啥问题，还请校长多多关照。"

丁松华松了口气，露出轻松的笑容："我这个校长，就是为老师们服务的，还是那句话，有什么事，不论工作上的，生活上的，你尽管找我。"

"时间不早了。"杨铁雄站起来说，"刚才的话，当我没说。"他笑着移动脚步，但笑得很勉强，他不想在丁校长心中留下污点。

"好的，好的。"丁松华拍着杨铁雄肩膀说，"你怎么说，我就怎么做。你放手去做吧！"

从丁校长房间出来后，200班班主任帽子依然戴在他头上，杨铁雄反而一身轻松。乡下的夏夜，风实在凉爽，流沙中学的校园，已经沉沉睡去，他抬头看天，天空广袤得无边无际，星星在天空闪烁着，也不知它们免费亮了几千万年。人与自然相比，不论从哪方面，都显得渺小而微不足道。明天，他将要开始新生活，与一个顽劣的班交手。他内心深处，突然有一丝害怕和担忧。

躺在床上，杨铁雄脑瓜子兴奋，构思着明天第一次见面的讲话。200班好比患重病的人，靠自身的抵抗力，不可能好起来，必须下重药，下猛药。他像上了套的牛，丢不脱，甩不掉，只能负重前行，这是他唯一的选择。

第二天上午，在教师办公室里，200班语文老师如释重负地告诉杨铁雄，新课上到哪里。然后轻轻问他一句："你当200班的班主任？"杨铁雄说是的。他发现，女老师眼睛里掠过一丝惊讶，似乎有什么话要说，终究没说。

杨铁雄已经做了最坏的打算，用农村土话来讲，揽到这个活，打算脱一层皮。此时，几位老师的目光都集中在他身上，把他上上下下打量一番，特别是那位稍胖的女教师，目光长时间无所顾忌盯着杨铁雄，有种岳母娘审视女婿的意味，弄得他怪不好意思，浑身不自在。

"这个班很难管，是吗？"杨铁雄随口问。

女老师说："有一点点难管，《全州日报》登了200班没有班主任的事情，后来查出来，其实是主动交代，200班周志光打电话到市长热线告状。"

"周志光这个学生表现怎么样？"杨铁雄尽量表现得轻松。

"进入班上后五名吧！"稍胖的女老师说，"不过，你是男的，看你这身材，能对付他们，调皮的学生，欺软怕硬。"

见女老师打开话匣子，说话也爽快，杨铁雄估计她上了200班的课，便问道："哪些学生很调皮？"

女老师伸出左手，开始一个个数手指，她的语速很快，只听见她说什么飞，什么田，什么林，其他的统统不记得。

另一女老师走向前来，对杨铁雄问："你真的当200班班主任？"

"是的。难道还有假？"

"这个班就要你们男老师管。"女老师很有感触地说。

"有区别吗？其实女老师管班管得相当好。"杨铁雄故意说。心里却不免有些紧张，在老师们的眼里，200班变成虎穴、深渊。

下课了，广播里传来优美动听的女声："老师，你们辛苦了。"再过十分钟就是语文课，杨铁雄心里波涛汹涌，坐立不安。但他表面上波澜不惊、不动声色，他觉得即将奔赴刑场，他是一只待宰的羔羊。

熬过十分钟，上课铃响了，杨铁雄心中的害怕升级，他站起来，深吸一口气，努力平静自己的情绪，看看周围的老师，没谁注意他。他迈着大步，走出教师办公室。

上课铃响了一分多钟，200班教室里却没有上课的气氛，有的同学站着，朝后面同学叫喊；有的同学用双手互相搏斗。教室后面，两位女同学在扫地，搞得灰尘四起。教室里有几个连成一片的位置空着，很明显，那些同学去地球上哪个角落玩去了。

杨铁雄虽早有准备，但200班给他的正式见面礼，确实有些拿不出手。他站在教室门口，看着眼前的一切，静静的，似乎在和那些人比耐心，比耐力。同学们看到他拿着课本，知道他是新来的老师，渐渐安静，他正打算跨进教室，几个学生从外面一路跑过来，冲进教室，填满那几个空位置。

杨铁雄站在讲台上，一脸严肃和神圣，用炯炯目光扫视全班同学，然后憋足一口气喊道："上课。"他自认为，这一声，够男子气概，能使学生产生心灵上的震动。紧接着，一位女生喊起立，同学们大部分站起，有两位依然坐着不动，僵持几秒，杨铁雄走下讲台，说："你们是哪个班的，不知道起立？"两位同学懒懒站起来，带着极不情愿的表情。

另一位同学，站在凳子上，高高立着，显得鹤立鸡群。杨铁雄想生气，想想，才见面两分钟，忍了。换在以前，他会让他们站到教室后面，或教室外面。初次见面，和为贵，他温柔地说："请坐下。"

学生坐下后，教室里还有几处学生在小声讲话。也许刚上课，他们拿什么东西，杨铁雄没制止他们，在亮明身份之前，对他们友好点。

"首先，我向大家做个自我介绍，我姓杨。"杨铁雄在黑板上写个"杨"字。

"杨——铁——雄！"几个学生异口同声叫道，眼睛齐刷刷盯着他。几个学生不禁笑起来，有的故意把笑声整得很大，似乎唯恐天下不乱。

"你妹妹应该叫杨铁雌。"一位学生大声说。

"怎么这样说呢？"杨铁雄压住心中的怒火。

"男的是雄，女的是雌。"同学答道。

话音刚落，全班哄堂大笑，有人笑得夸张，有人笑得怪异，很多同学看着那位学生。杨铁雄自己也禁不住笑了，黑黑的眼球里，分明透出尴尬。

杨铁雄以静制动，用沉默来表达他心中的意图。等笑声完全止住时，他非常严肃认真地说："刚才那位同学的想象力十分丰富。我妹妹不叫杨铁雌，我姐姐也不叫杨铁雌。为什么？因为我没有妹妹，也没有姐姐，我只有一个弟弟，至于我弟弟叫什么名字，与你们没有半毛钱关系，所以无可奉告。"

"我本学期调到流沙中学，流沙中学，是我的母校，我的初中时代在这里度过。我当了六年老师，三年班主任。根据流沙中学丁校长安排，我上你们班语文课，同时担任你们班的班主任。我希望在座的每位同学，都能支持我的工作，最终把我们班每个同学，都培养成为遵纪守法，孝敬父母，能自食其力的有用之材。"最后面的四个字，杨铁雄提高声音，慷慨激昂地说。

有人鼓掌，然而，掌声并未像星星之火燎原起来，仅仅四五个人稀稀拉拉鼓掌，鼓掌的人，见没人接招，猛然停止。杨铁雄心里有些失落。

正在此时，救场的人出现了。"你们会不会鼓掌？"说话的是一位男生，他带头把巴掌拍得啪啪直响，并冲旁边几个男生说："你们鼓掌呀！不鼓掌的都是蠢材。"于是，一些男生拼命、使劲鼓掌，声音响彻校园，还夹杂着口哨声。

掌声足足响了半分钟之久。掌声停后，有男生展示自己的手掌，红了。有老师走过窗外，看一眼，又走了。

显然含有捣蛋的意思，又不完全是捣蛋。杨铁雄仔细端详带头的男生，见他五官端正，面容清秀，身高大约一米六五，从他的脸相来看，脑瓜子灵活。

"你叫什么名字？"杨铁雄走下讲台，指着那男生问。

男生的脸微微有点红，他盯着桌子，不回答杨铁雄，旁边一位同学说："他叫周志光。"

周志光将曝光他的同学拍一巴掌，说道："谁让你多嘴。"

杨铁雄对周志光说："别人帮你，你反而怪罪别人，为什么不亲自告诉我，你叫周志光，男子汉敢作敢当，何况你做的并不是坏事，这名字我觉得有点熟。"

"我的名字很普通，我们学校，有两个周志光，幸好不在一个班上，否则别人做了坏事，会怪到我头上来。"

杨铁雄想起来了，在办公室里，老师提到周志光，他往市长热线打电话，告御状。初次交锋，他不是一般的学生，刚才的情况，足以说明这点。

"今天，我正式担任你们的班主任，我昨天才到流沙中学，关于对你们班的议论，我听到过一点点，非常遗憾，都是负面新闻。但我相信，你们也要相信，以后肯定会有正面新闻，这是必须的。"

立刻有学生插话："谁说我们班的怪话？"

杨铁雄坚定地说："谁说的不重要，是真是假也不重要，过去那段历史我不管，我管的是现在和将来，从现在开始，我必须管，而且一管到底。"

几个女同学相视而笑，大约她们之间讲到某件好笑之事。杨铁雄停下来，眼睛如枪，全神贯注瞄准她们，她们逐渐安静下来。

"我要求你们，首先守纪律。刚才我站在教室门口时，发现教室里有空位置，我等了很久，你们几个人才匆匆跑来，故意拖延进教室的时间。今后，不许出现这种情况，被我发现，绝对不会睁一只眼，闭一只眼。其他同学也要记住，引以为戒。

"上课前起立，从什么时候开始的，我没考证过。有一点可以肯定，我读书时，便有这个规矩，起立最多十秒钟可以解决问题，偏偏有两三个人，懒得像蛇一样，站得东倒西歪，腰弯背驼，奇形怪状。我看，就是故意和老师作对。今天我初次和大家见面，对你们放宽要求。以后，绝不容许这样的事发生。上课起立，表示这节课正式开始，忙其他事情的同学，应该把心收拢，回到课堂上，听老师讲课。

"一个人，不论他职位有多高，收入多少，从事什么职业，都必须守规矩。在规范人的言行方面，古人有许多东西值得我们学习，我想问一下，有谁看过《弟子规》这本书。"

同学们沉默几秒钟后，开始陆续发言。

"没看过。"有人干脆回答。

"第一次听说这本书。"一位女同学缓缓说。

"老师，好不好看，借来看一下。"坐在前排的一位男生说。

…………

大家七嘴八舌，你一句，我一句。突然，有位男生大声说："老师，我想起来了，在电视上看过这本书。"

杨铁雄一惊，心中窃喜，终于有人知道点皮毛，便和颜悦色地问："你说说，是本什么样的书。"这位同学站起来，自豪地说："就是规定人应该做什么、怎么做，好像是清朝人写的。"

"能背几句吗？"杨铁雄满怀希望，鼓励他。

学生做沉思状，然后沮丧地说："一句也记不得了，我看电视知道的，电视里出了字幕，我没装进脑壳里。"

杨铁雄非常兴奋地说："好，你已经很不错了，如果考《弟子规》的相关内容，你在全班排第一，这一点毫无疑问。"

"啊！这第一也太容易得了吧！"有两三个人异口同声说。

杨铁雄接过话："我也觉得，这第一名简直太没水平了。但是，我想说，你这个第二名，完全不劳而获，你啥都不知道，得个亚军。"

全班哄堂大笑，两个坐在前排长势不好的学生，笑得前仰后翻的。杨铁雄自己也禁不住笑了。

笑声渐渐平息之时，杨铁雄清清嗓子说："下面我详细讲讲有关这本书的情况，你们给我竖起耳朵听。

"《弟子规》作者李毓秀，山西人，清朝康熙年间考上秀才，秀才在县里面考的。当了秀才，可以回老家开个私塾，教十里八乡的小孩读书写字：人之初，性本善。性相近，习相远。养不教，父之过；教不严，师之惰。

"旧时知识分子在社会上很受尊敬。古时有一句话：万般皆下品，唯有读书高。把读书做官看成一件至高无上的事。没有文化，你就是一个睁眼瞎，看不懂地契文书，受有文化的地主欺负。因此，有些家族，五六个穷兄弟，凑钱供一个孩子读书。读了书，识了字，至少能认识地契、账本，签合同不会被欺骗。

"开国元勋朱德，他能够读书，便是他父亲的几个兄弟凑份子，把他供出来的。后来解放了，朱德当了国家副主席，他深感知识重要，也为了报恩，出钱把几个侄儿接到北京念书。

"话说这个秀才李毓秀，当了一辈子小学老师，他觉得很有必要写一本易读的书，来规范学生的行为、思想。他根据自己几十年教学实践，参考我国古代的一些经典之作《论语》《孟子》《礼记》《孝经》和朱熹的语录，写成了一本书：《训蒙文》。

"后来，有个叫贾存仁的人，对《训蒙文》进行了一些修改，把书名改成今天的名字《弟子规》，它以《论语·学而》中'弟子入则孝，出则悌，谨而信，泛爱众，而亲仁。行有余力，则以学文'开篇，列举了子弟在家、待人、接物、求学等礼仪，三四个字一句，浅显易懂，音韵优美，非常适合朗读背诵。"

"杨老师，你背几句给我们听。"有个女生带有挑战意味说。

学生的目光齐刷刷地盯着杨铁雄，看他如何接招。杨铁雄搓搓手，微笑着说："今天不露两手，你们不知道我的厉害，我背《入则孝》吧！

"父母呼，应勿缓；父母命，行勿懒；父母教，须敬听；父母责，须顺承；冬则温，夏则清；晨则省，昏则定；出必告，反必面；居有常，业无变。"

"厉害！厉害。"那女生快言快语说。

"这不算什么，我解释一下，你们对照自己的言行，看看有没有做得不够地方，有则改之，无则加勉。入则孝，表示我们在家里要孝顺父母，心里念念不忘父母的养育之恩。孝顺父母，是做人的根本，一个不孝顺的人，很难想象，他的为人会好到哪去，百善孝为先。

"父母呼唤，要及时回答，不要慢吞吞很久才答应，父母交代的事，要立刻行动去做，不可拖延或偷懒。父母教我们做人处世的道理，我们应恭敬聆听。假如我们做错了事，父母责备告诫时，应当虚心接受，不能强词夺理，使父母生气、伤心。

"子女照顾父母，冬天要让他们温暖，夏天要让他们清爽凉快，早晨向父母请安，晚上向他们问安，替他们盖好被子，伺候父母安眠。外出离家时，必须告诉父母；回家后，要当面禀告父母自己回来了，让父母安心。平时起居作息，要保持正常、有规律，做事符合常规，不要任意改变，以免父母忧虑。"

杨铁雄讲到这里，有点口干舌燥，他稍稍做了停顿。

"真的好难做到！"有人感叹。

"谁能做到，我奖励他100元钱。"后面一男生举起手说。

杨铁雄摆摆手，示意大家安静，然后说："我们中华民族有五千年悠久历史，维系数千年而未被淘汰，靠什么？我国优秀传统文化无疑产生了巨大作用，《弟子规》这本书，是我国传统文化的重要组成部分，全书虽然只有1080个字，360句，却把一个人如何孝敬父母，友爱兄弟、立身处世、待人接物、修身治学等概括得淋漓尽致。直到今天，这本书对于我们仍然非常重要，我敢说，再过几千年，这本书也不会过时。

"刚才有同学在下面嘀咕，说还上语文课吗？现在，我明确告诉你，我这堂课比讲课文重要一百倍，甚至一千倍。我们常说，某某是个人才，我提醒你们，人在前，才在后。我们古人造字很有智慧。道理很简单，你成绩再好，假如你是个调皮捣蛋、偷鸡摸狗的人，道德不好，危害别人，你成绩再好，又有什么用呢？"

下课铃声打断了他的讲话。

第五章　新官上任，八条汉子一起送大礼

　　杨铁雄回到教师办公室，里面空无一人，两台吊扇不知疲倦地转呀转，吹得办公桌上的备课本哗哗作响。他本来做好充分准备，坚决与200班的"坏人"做斗争。到头来感觉有力无处使，情况却比他预料的要好。原来胆战心惊，忐忑不安，走出教室后，他觉得自己在小题大做。难道是其他老师故意把200班说成洪水猛兽？

　　上午两节课坐班时间过去，办公室里不再热闹。杨铁雄的心情很舒畅，好比下了几天雨，突然阳光灿烂。他坐在办公桌前，准备上课内容，忙到第四节课结束。

　　吃过中饭，杨铁雄美美地睡了一阵，睡得很香、很沉，还做了个梦。梦里，他带着学生去水库边玩。他们踩着木板，在水面上漂来漂去，非常刺激，也非常好玩……

　　笃！笃！笃！一阵紧急的敲门声，惊醒他的美梦，有人大声叫道："杨老师！杨老师！"

　　他正想发火，想想应该是有急事，压下怒火。"等一下！"杨铁雄从床上爬起，冲着门外说道。他赶紧寻找裤子和衣服。关键时候又掉链子，明明记得脱了丢在床上，怎么不见了呢？他赤脚下床，难道衣裤会飞？他侧身趴到床脚下，果然，衣裤埋伏在那里，他以最快的速度穿好。会有什么事呢？听声音，是上了年纪的大人，绝不是他同学邓开文，也许是学校领导，语气中还有责怪的意思。

　　打开门一看，呈现在杨铁雄面前的是一张陌生的脸。他猜不透对方是谁，又不便打听。

"你们班有八个人在上网，没进教室上课。"来人公事公办地说，等待他的反应。

"确定他们在上网吗？"杨铁雄疑惑地问。

"百分之百、千分之千确定，我刚刚去你班上看了，几个位置空着，学生说他们在网吧里面。中午他们一起上网，你马上去把他们找回来。"

"好的，好的，我马上去。"杨铁雄说完，漱漱口，大步向校外奔去。守门的老头把他上下打量一番，问他干啥。他没好气地说："学校的老师。"心想，你这老头，该管的没管着，不归你管的，你偏偏要插一竿，你有毛病吧！

离学校100多米的地方，有条公路横过，公路两边是镇政府大院、镇卫生院等机关单位。同时，一些大脑灵活的居民，聚集在这里，从事经商活动。

青年网吧的招牌立在公路边，白底，红字，非常招摇。国家三令五申，不准未成年人进网吧，要求实名上网。但在农村，这一块好像天不管、地不管，学生进网吧比比皆是，网吧老板昧良心赚钱，哪管影响学生的学习和成长。

老板用敌视的、无可奈何的目光盯着杨铁雄。杨铁雄见几个学生模样的人坐在电脑旁，嘴里发出兴奋的叫喊声："快点！好险！"一学生见到杨铁雄，面露慌张之色，推旁边人一把，说："老师来了。"他们回头一看，表情瞬间凝固，迟疑一下，低着头，灰溜溜走出网吧！

"你们知道上课了吗？"杨铁雄提高声音说。

"知道。"旁边有个学生小声回答，从外表看，他属于比较听话的人。

"快回去！"杨铁雄催促道，"下次再给我逮住，就不是这样对待你们了。"

几个学生出了门，扭头瞧瞧杨铁雄，跑步回学校。

杨铁雄看到角落里，有个学生模样的人玩得正起劲。他走过去："你怎么不动？"

　　"你干什么？"学生模样的人反而生气地说。

　　"上课了。"杨铁雄说道。

　　"我又不是学生。"他理直气壮地说。说完，只顾玩自己的。

　　杨铁雄正要发泄，听说不是学生，好像找不到对手，气消了大半。他初来乍到，仅上一节课，还不认识本班学生。他走出网吧，学生早回学校。他只找回四个学生，还有四个哪去了？

　　刚刚回来的几个学生，害怕被收拾，端端正正坐在那里，无比认真的样子。尽管如此，杨铁雄还是把他们叫到外面，他们排成一排，有一个手脚不停动来动去，脸上表现出兴高采烈的样子。

　　"站好啦！"杨铁雄甩出一句话。

　　几个人你看看我，我看看你，互相对比，站得稍微好些。

　　"还有几个人哪里去了？"

　　"……"一片沉默。

　　"问你们话呢！"

　　他们大眼瞪小眼，依旧无语，显然有什么顾虑。

　　"他们叫什么名字？在一个班上，难道你们不认识吗？"杨铁雄步步紧逼。

　　"那个在网吧里的，也是我们班的，其他几个可能去玩了。"

　　杨铁雄看看他们，表现得不慌不忙，泰然自若。他收起了冷冰冰的面孔，带点息事宁人的口气说："你们不说算了，他们迟早要回来，我以为他真的是社会上的人。其他三个人去哪里了？你们尽管说，有事我负责。"

　　"镇上还有一家网吧，没写牌子，他们可能在那里。"一人说。

　　"他们喜欢去那个网吧！"另一人附和。

　　杨铁雄把他们打量来打量去，心想：又去抓吧！单靠自己不行，自己不知道那间网吧的地点！即使知道，万一学生对他不理不睬，来一句"关你什么事"，会把他气昏。他脑袋里转了几个圈。指着两个刚才抓回来的学生说："我派你们两个，去网吧里把他们找回来。跑步前进，不管他回不回来，你们俩必须在十分钟之内来见我。"

"就我们两个去？"

"要那么多人去干吗？又不是去打老虎。"

学生领命，撒开腿就跑。

十分钟后，两位学生气喘吁吁跑回来。一学生说："杨老师，我们去岔路口那家网吧，没看到我们班上的同学。网吧老板告诉我们，有三个学生刚走，问他是什么样子，他说高高个子的，穿黄色衣服，正是我们班的。"

"他们会去哪里？"杨铁雄若有所思地说。

"老板说不知道。"

"你们动脑筋想想，他们可能去哪里。"

"说不准，也许他们马上回来，也许到外面玩一会儿。"

杨铁雄对他们说："你们上网的事情，我暂时没时间处理，你们先回教室，好好上课，争取将功折罪。"

"嗯！"

"好！"

这时，操场上走来一个瘦小的身影，他低着头，似乎害怕着什么。他径直朝教学楼走来，准确地说，朝200班教室走来。杨铁雄发现了他，是那个在网吧里说他不是学生的人。他也发现杨铁雄，想躲，一时无处可藏，只能硬着头皮走来。

快到教室门口时，他白了杨铁雄一眼，往教室里闯。"你是哪里的？"杨铁雄喝道。地理老师走出来，说："肖春意，这节课快上完了，你不如等我上完课再来。我眼不见，心不烦。"

杨铁雄提高声音说："你不会忘记在网吧里讲的话吧！当时我还真被你骗到了。"

"……"肖春意的头偏向一边，满不在乎的表情。

"走！跟我去办公室！"杨铁雄说完，转身去三楼的教师办公室。

见肖春意进来，一位老师笑着说："你这个死崽，一天不晓得要到办公室打几个转，来多了，你对这地方没一点敬畏，恐怕要到教育局长办公室，才会有一点害怕。"

肖春意抬头看看那位老师，不说话，表情没有一点变化。

"我宁肯多十个其他学生，不肯多你这样一个人，还没这么辛苦。"另一位老师说。

杨铁雄知道麻烦来了，他坐在办公桌前，说："肖春意，听到老师们对你的评价没有，心里有什么感觉？你真是个人才，临危不惧，欺负我不认识你。你这种人，在战争年代是一把好手，可以深入龙潭虎穴，大闹一场，然后成功逃脱。但是，你的聪明才智没用在正道上面。跑得了初一，跑不过十五，这么快就回来，不继续玩了？"

"没钱了。"肖春意吐出几个字，脸仍然朝向另一边，一脸不屑。他两只脚做稍息状，伸出去的那只脚，不停地抖动。

"站好啦！"杨铁雄提高声音说。

肖春意回过头来，看看班主任，并未积极响应班主任的号召，给人一种处变不惊的感觉。杨铁雄心中的怒火被彻底点燃。朝着肖春意用力踢一脚，再拍他一巴掌："我今天要杀杀你的嚣张气焰。"

个子不高，肌肉也不发达的肖春意，大概没料到班主任会收拾他。

"你敢打我。"肖春意突然哽咽着，他双手握拳，眼睛里有了泪水，表情由不屑转为愤怒。他那不常修理的长发，凌乱、有些脏。

"今天是我当班主任的第一天，你送给我的见面礼，在网吧说自己不是学生。到了办公室，一点认错的意思都没有。我今天不收拾你，不给你点颜色看看，你以后会翻天。给我站好点，立正，两手放好。"杨铁雄大声说，举起手，做样子要打他。

肖春意软了下来，假如他再高点，再强壮点，说不定和老师干起来。他站得比先前直些，双脚不再乱动，毕恭毕敬。

"你父亲看到你这样子，估计他下手比我还重，我本不想破坏我的形象。你说说，今天这事怎么办？"

"罚他搞运动，锻炼身体。"旁边的老师插话说。

"你先运动运动。"杨铁雄喘着粗气，挥挥手说。

杨铁雄话音刚落，肖春意分开两腿，双手抱头，做下蹲的动作。瞧他那一招一式，动作非常熟练，毫无疑问，他常干这活儿。

开始十几个还做得标准，后来体力跟不上，有些偷工减料。杨铁雄提醒他做标准点，他又认真点，过一阵，又标准不起来，做着做着，满脸是汗。

办公室进来一位身材较胖的中年老师，他看到肖春意，用手捏捏肖春意的脸蛋，然后说："你让我死了不少细胞，还要消灭我多少细胞。我们这些人，前世欠了你的，隔会儿又来吵我一下，你不嫌累。"

肖春意低着头，不说话，脸上露出一副任人宰割的表情。

"杨老师，我是政教处刘成城。你班上的兔崽子，回来几个？"

"五个！"

"八减五等于三，还有三个兔崽子呢？"刘成城微微抬头说。

"他们在另一家网吧，等我派两个学生赶到时，三个人跑了。"

"那几个是不想读书的，说心里话，就怕出事，出事大家都有责任，几个回来的，等于是篓子里的虾米，跑不掉，你去把那几个找一找。"

杨铁雄沉吟一下说："肖春意，你先回教室上课，进教室后要守规矩，你的事情还没处理完。"

肖春意低着头走几步，出办公室后，加快脚步跑起来，好似飞出笼子的鸟。

"杨老师，你会骑摩托车吗？"刘成城问。

048　超级 200 班

"会！"

"你骑我的摩托车去转转，第一天就让你摊上这事，老天瞎了眼。你不熟悉情况，我找个学生，让他带你去找，他们知道那几个人可能去哪里，蛇有蛇路，鬼有鬼路。"刘成城说。

"这样更好。谢谢你，刘主任。"杨铁雄客气地说。

刘成城和杨铁雄来到200班教室，刘成城把班上的同学扫视一会儿，说："你们班派一个人，带你们班主任去找人。"话音刚落，几个同学站起来，争先恐后地说："我去！我去！"把手举得老高老高，有人直接从座位上跑到教室门口，把门都堵住。刘主任脸一沉，厉声说道："全部给我滚回去，像什么样子。"

还有人继续纠缠着，刘成城将手掌一扬："你们想吃耳光吗？"学生马上回到座位上。"肖四海，这个重任由你来担当，你要运用智慧，把他们找到，不要让我失望。"

肖四海没想到这种美差会落到他头上，他红着脸走向教室门口。似乎有点不好意思，把这么好的机会独吞。

杨铁雄用摩托车载着肖四海，往岔路口驶去，车停在网吧前，肖四海说："这屋里有个网吧。"

"从外面一点看不出来。"杨铁雄说。

"我们学校上网的人，都知道这个地方。"

"你来过几次？"

"两次，看别人打游戏，跟自己玩的感觉差不了多少，又不用掏钱。"肖四海说。

"这里安全吗？"杨铁雄问。

"不一定，学校老师都知道这里，但他们一般先到青年网吧，再到这里。有时不来这里，因为远些。"

杨铁雄到网吧门口看了看，没看到电脑，他想，兴许藏在某个隐蔽的地方。他返回到摩托车边，问肖四海："假如你上网，知道老师要来抓你，你赶紧跑出去，会往哪里逃？"

"我想想看。"肖四海说。"哦——他们可能回学校。"

"校门不在这边。"

"他们不会往校门那边走，容易碰上老师，进学校，还有条秘密通道。"

"什么秘密通道？"杨铁雄紧紧追问。

"杨老师，我带你去看，说不定他们几个就躲在那里。"

杨铁雄听了，身体里似乎注入无限力量，加大油门往前冲，开了三百米远，有一条光滑的泥路，肖四海叫他往这条路开，放眼望去，能看到流沙中学的围墙。他什么都明白了，所谓秘密通道，是翻墙进学校。

越往前开，路越窄。在一段上坡路前，肖四海下了车，一溜烟往上跑。杨铁雄调整好前轮位置，猛踩油门，很快冲到围墙旁边。他读初中那会儿，学校没有围墙，下了课，他们便往山里钻，几个处得来的人，在树下，草丛中，或聊天，或弄几根棍子练跳高。

"杨老师，你来看，秘密通道在此。"

杨铁雄走过去，看到围墙角落里的墩子上，有序地排列着一些坑，既可以踩脚，也方便用手攀爬，即使女同学，沿着这些坑，也能翻墙。

"墩子那边也有坑吗？"杨铁雄问。

"有坑。"

"这是谁弄的？"

"我来流沙中学就有了，前辈弄的。"

"这叫前人栽树，后人乘凉。"杨铁雄打趣说。

肖四海嘿嘿笑着说："老师说话水平高。我上去看看，万一他们在那边呢！"说完，他爬上墙，望望大片长满野草之地，确定没人，跳了下来。

"我们下面往哪走？"杨铁雄问。

"既然来了，到处看看，很多人没事喜欢来这里玩，我来过很多次。"

他们前往那片松树林。杨铁雄上学时，松树林就有了，他喜欢在课余时间，和玩得来的同学，到松树林玩。

肖四海走到一处长着杂草的地方，东瞧瞧，西看看。伸手找出一个红色塑料袋子，递给杨铁雄，说道："杨老师，里面有宝贝。"

"什么宝贝？"杨铁雄盯着袋子问。

"你看看就知道。"

杨铁雄接过一看，原来是两副扑克，有七八成新。他明白了，学生常在这个林子里打扑克，带回去吧，会给老师发现，藏在这里，来了随时可以玩。

"你们常到这里打扑克？"

"我来过两三次。"

"多少人知道这里藏着扑克？"杨铁雄问。

"十来个人吧！要不要拿走？"

"算了吧，如果拿走，你成了内贼，我叫你出来办事，不能让你背黑锅。"

"谢谢杨老师。"肖四海说。

"我们到其他地方去。"

肖四海把扑克包好，放回原处，用脚把草踩几下，然后跑向杨铁雄。他们沿着公路前进，根据肖四海的建议，去小溪村寻找。小溪村较大，临近公路，有网吧，有桌球室，甚至还有唱卡拉OK的。小溪村有家皮鞋厂，专做出口皮鞋，厂里大约有两百人。

他们很快到了小溪村。

网吧，没有！

歌厅，没有！

桌球室，没有！

整个小溪村，没有三个学生的影子。他们起码问了十个人，确实没有学生来过，上车前，杨铁雄突然说："去流沙河看看，他们会不会在河里洗澡。"

"我正想去流沙河，想到一块了。"肖四海说。

流沙河从北面奔流而来，在距离流沙中学一公里的地方，转了个不大不小的弯。以前，流沙镇政府和学校靠河而建，因多次涨水，河水嬉笑着跑进学校和镇政府。后来，国道开通，流沙镇政府和流沙中学便搬到现在的地方。流沙河进入流沙镇后，水流变得平缓，河面宽广。上游没工业，河水很清。夏天，两岸的人常常到河里洗澡。

杨铁雄来到流沙河边，四周那么安静，风时时地吹着，随着风的抚摸，阳光缓缓地变化着表情，没看到人影。肖四海站在流沙河边望着缓缓流动的河水说："他们来流沙河，肯定是洗澡，不然谁会拐这么大的弯。"

杨铁雄想想有道理，跨上摩托，不再寻找，师生二人直奔流沙中学。

杨铁雄进了教室，三个学生依旧没有回来，一股无名火弥漫全身，他没地方发泄。此时，第六节课正好下课，学生像洪水一样扑过来，围着杨铁雄问东问西。有学生说，没把几个逃跑学生捉拿归案，因为肖四海根本不熟悉情况，没带好路。

杨铁雄盯着那个学生，正想说要他出去试试。政教处刘成城主任迈着蹒跚的步子，面带微笑走了过来，他把手中的烟深吸一口，很享受的样子，问道："人回来没有？"

"我初来乍到，情况不熟，大海捞针！"杨铁雄失望地说。

"没有目的乱窜，他们随便躲在哪个茅草丛里，你就难找。"

"他们自己会回来吧！"

"死不了，你放一百二十个心，这些调皮的人，生命力都十分顽强，你已经尽到班主任的责任了。"

杨铁雄松了口气，找人的事暂告一段落。再过些时间，如果他们还未到，得告诉丁校长。

下午最后一节课，杨铁雄来到教师办公室。办公室的两扇门很无聊地敞开着，里面空荡荡的。虽然政教处刘成城对他打过包票，他们几个死不了。他也相信，几个学生最终会回来，平安回来。但他们没回学校前，他心里总不免七上八下，第一天便碰上这样的事，今后会碰上什么出格的事情，他无法知道。

在办公室待了一会儿，杨铁雄回自己房间去，刚关上门，有人迫不及待敲门，打开一看，是同学邓开文。

"杨主任，你的心情好像不灿烂。"邓开文笑着走进来。

杨铁雄苦笑着："这个班真的名不虚传，今后，我恐怕要过暗无天日的日子，有三个学生不知到哪里神游去了。"

"你也算老教师，我不信你以前的学生不弄出点事。估计他们去什么地方玩了，吃饭的时候，肯定会回来。"

听邓开文这么说，杨铁雄的心情变得稍稍轻松起来，天要下雨，娘要嫁人，随他去。

下午6点左右，杨铁雄独自在房门口吃饭，突然听到有人叫杨老师。他抬头一看，肖四海抓住一个学生的手说："他们三个潜逃犯回来了。他是主犯，另外两个是从犯。"

等他们几个在他面前站定，杨铁雄高声问道："你们下午去哪里了，害得我和肖四海到处找你们，想来就来，想走就走，像个学生吗？你们今天下午旷课三节，以前旷课我不追究，我要严格考勤纪律。问题多了，把你们父母叫来算总账。"

说完，他仔细打量三个学生，一高两矮，被肖四海抓住的是高个子，模样清秀，身材苗条，脸部表情平静，好像别人犯了错误似的。另外两位，表情紧张，害怕老师责骂，低着头，眼睛不敢与他对视。

见他们沉默不语，杨铁雄转而问肖四海："他们哪去了，你替他们说。"

"他们到山坳里的池塘去钓鱼，摸河蚌，摸田螺，抓螃蟹。"

"有收获吗？"杨铁雄问。

"有呢，他们捡了半桶，提到学校宿舍来了。"肖四海马上说。

"你们抓这些东西干吗？"杨铁雄问。

"我们觉得好玩，就去弄了，老师，我们把鱼和田螺交给你，你别处罚我们行不行？"说话的是高个子。肖四海说他叫曾乐田。他说服其他两人跟着他去的。

"我不会要你们的东西，我现在没时间，今天晚上，我再处理你们的问题，你们先回去。"

曾乐田听说放他走，马上跑着离开，其他两人则慢慢走，显得有心事的样子。

第六章　校园内陌生人，原来是暗访记者

晚自习时间，流沙中学三楼教师办公室走廊上。排列着高矮参差不齐、胖瘦不均的八条汉子。杨铁雄面无表情地盯着他们。他们有的低头，表情写着害怕；有的则无所谓，东看看，西瞧瞧。

"立正！"杨铁雄喊一声，有个学生被吓一跳，赶紧立正。原先表情随意的，感觉风声不对，也不再随随便便。"向右——看齐。"稍过一会儿，杨铁雄开始训话，他准备小题大做，从今天这件事抓班风建设。

"你们以前觉得，没有班主任，是没爹没娘的孩子，身上的野性充分释放。但是，从今天起，你们有爹有娘，你们的爹娘就是我。但是，你们几个，还把自己当成没爹娘的人，不愿归家。我国一向对老师非常敬重：一日为师，终身为父。你们八个人第一天送我一份大礼：校外上网。"

"不止我们八个，网吧里都满了。"肖春意有些不满地说。

有人跟着检举揭发："七年级的，九年级的，都去上网了。"

杨铁雄立刻说："就算他们去了，别人上课的时候回来了，没被学校发现。你们上课时间没有回，万一你们出什么意外，学校有责任，我这个当班主任的有责任。你们上网，和别人上网不一样，完全不一样。

"可笑的是，我去网吧找人时，有同学自觉回到学校，知错就改。肖春意自作聪明，以为我不认识他，竟然说他不是学生，想蒙混过关。"

几位学生窃窃地笑。

"这种聪明反被聪明误的做法，是自欺欺人。没过多久，肖春意在网吧待不住，因为没钱了，只好回学校，当着我的面，往200班的教室里闯。说你聪明，你很蠢，这不是自投罗网吗？"

七个学生逮住机会，大笑。肖春意没笑，他羞红了脸，后悔自己马上回到学校。如果去外面躲一躲，也许会好些。

"你们还笑得出来，大家都是半斤八两。曾乐田你们三节课都在外面，过着自由自在的幸福生活。我已经记你们旷课三节，幸好你们回来了。我打算吃完饭，打你们家长的电话，叫他们到全世界去找人，我只能采取这种办法。

"你们全听着，以后，凡是无故从学校离开，不请假，我不仅对你们动嘴，我会找一根小竹子，抽你那双脚。你们在外面开开心心，我每分每秒提心吊胆。听清楚了吗？"

"听清楚了。"他们异口同声地说，声音有大有小。

"没吃饭，大声点回答我，到底听清楚了没有？"

"听清楚了。"他们大声说，表情庄严神圣。

"今天是我杨铁雄上任第一天，刚才的话，希望你们记住。解散！回教室。"

学生们前脚刚走，杨铁雄跟着去教室里，他想利用下午发生的事情，给学生敲敲警钟。教室里很吵，刚从办公室回来的人，也加入吵闹行列，把气氛推向高潮。他快步跨到闹得最起劲儿的同学面前，大喝一声："你们干什么？"

好比往沸水中倒入一瓢冷水，教室里顷刻间安静下来。一些人故意坐得毕恭毕敬，紧闭嘴巴，眼睛却并未在书上的字里行间穿梭。

还有一点细小的声音，杨铁雄立刻把目光瞟了过去，将窃窃私语的学生扫了一遍，觉得讲话时机成熟，他走向讲台，目光里射出冷峻的光，表情相当严肃。

他说："班兴我荣，班衰我耻。我已经下定决心，要把200班搞上去，不管今后你从事什么行当，每个人都要对家庭对社会负责，做自食其力的人。"

接着，杨铁雄从上网切入，谈今后大家应该遵守的规矩。他一会儿口若悬河，一会儿推心置腹，足足谈了半个小时，教室里没有学生讲小话，开小差。大家在思考，今后的路应该怎么走，他们对人生的规划，是不是应该重新调整。他讲得很投入，很有激情，讲台下面，一个个学生伸长脖子看着他，感觉口干舌燥时，他停止发言，准备回办公室喝水。

掌声从教室外面响起。

大家扭头一看，是丁松华校长。

杨铁雄自己情不自禁鼓起掌来，说："下面请丁校长给我们讲几句，大家欢迎。"

教室里掌声响起，有两三个同学，使足了劲，拍得最响。

丁校长连连摆手，才让掌声停下来。他说："首先，我要感谢杨铁雄老师，发自内心地感谢，如果不是他，你们的班主任，还由我扛着。我事情多，经常要离开学校，不能全心全意为你们服务，给管理留下空当。

"由于种种原因，过去的一年，200班的班主任换来换去。你们现在很幸运，遇上杨铁雄这么好的班主任。作为校长，我对他的工作百分之百支持，杨老师，你尽管放手大胆去做，出了什么事，我顶着，绝不推卸责任。

"在这里，我也放几句狠话，特别是那些调皮的同学，你们听着，而且要牢牢记住。如果你们再像以前那样调皮捣蛋，不要以为，现在是九年制义务教育，不准开除学生。你天天影响别人学习，不接受老师教育，侵犯其他同学的学习权利，我就三天两天打电话，叫你家长来，看看你在学校的所作所为。次数多了，不用我们开口，家长会把你带回家。当然，我不希望这样做。

"学校不想开除谁，一个班几十人，老师还得管其他人，还得上课。你们自己要争气。时间不多了，我不想再啰唆，最后再强调：我坚决支持杨铁雄老师的工作。"

听了丁校长一席话后，杨铁雄激动得热泪盈眶。先前他对丁校长有些埋怨，现在觉得跟着这样的领导，吃点亏、受点累也值得。

第二天，流沙中学来了个外地人，进校门时被门卫拦住。"请问你找谁？"

来人看看门卫，马上说："找我表弟。"

"哪个班的？"

"200班。"

"找他有什么事？"门卫公事公办盯着他问。

"我有个东西交给他，你们学校搞得像军事基地似的，进来一趟这么麻烦。"来人生气地说。

门卫笑笑说："同志你别见怪，我不问清楚，万一出了事情，我这个老家伙怎么担得起。"

"那是，那是，大叔请抽烟！200班在哪个教室？"

"二楼那个教室。"门卫朝教学楼一指。

"谢谢你，大爷，快下课了吧？"

"还有几分钟，你急的话，可以到教室把你表弟叫出来。"

"没事，没事。我等几分钟。"说完，他进了校园，在校园文化墙前面停下来，细细观看上面的内容，偶尔转过头来，朝教学楼张望，没谁过多关注他，这正是他心中希望的。

下课了，学生从教室里出来，刚刚进入校园的那人，叫住一个从200班教室出来的人。

"同学，你是200班的学生吗？"

"是的，有事吗？"

"刚开学那些天，听说你们班没有班主任，现在情况怎么样？"

这位同学认真看他一眼："你问这个干什么，你怎么知道我们没班主任？"

"我无意中在报纸上看到，我只不过随便问问，你不告诉我就算了。"

"我们现在有班主任，一个很好很好的班主任。"

"怎么好法？"

"他很负责，他对我们说，班兴我荣，班衰我耻，他下决心把我们班搞上去。要我们将来成为一个负责任的人，自己赚钱养活自己，为社会做贡献，孝敬父母。"

"你们真的遇到好班主任了。"

旁边一位同学插话："我们班主任确实不错，你们看，杨老师来了。"

学生们一时都不说话，看着杨铁雄大步向他们走来。"你们在干什么？"杨铁雄问。

"杨老师，这个人问我们班有没有班主任，班主任好不好，我们都说你很好！"学生抢着对杨铁雄说。

杨铁雄仔细打量着眼前这个人，只见他中等身材，国字脸，目光炯炯，据初步判断，对方是个有知识的人。

"请问你有什么事吗？"杨铁雄友好地问。

"你是200班的班主任？"

"没错，我是200班的班主任，我叫杨铁雄，怎么称呼你？"

对方握住杨铁雄的手说："杨老师，我是《全州日报》记者陈鹏，前几天我们报纸上刊登一则贵校200班没有班主任的消息。根据我们社领导安排，要对此事进行跟踪报道，促进问题的最终解决。"

杨铁雄心里一惊，脸色微微泛红，他从未与记者打过交道，心里不免有些惊慌失措的感觉。他镇定了一下，脱口而出："欢迎陈记者来我们学校指导工作。"

陈鹏把一张名片递给杨铁雄说："你欢不欢迎，我已经来了。我们搞舆论监督的，其实不受你们欢迎，这一点我有自知之明。"

"大记者，我是真心欢迎你！"杨铁雄带点委屈说。

"本来我不想公开身份，现在你们已经把问题解决了。不会把我当敌人，有些细节，必须找你们了解。"

流沙中学在乡下，校园来个陌生人，很快会引起大家的注意，何况在学校这个巴掌大的空间里。记者来了的消息很快传到校长办公室。

"丁校长，有个《全州日报》的记者到我们学校来了。"丁松华坐在沙发上沉思之时，政教处主任刘成城迈着匆匆脚步，走进校长办公室说。

丁松华像被人泼了一盆冷水，马上从沙发上跳起来，急急地问："人在哪里？"

"在操场上，和杨铁雄讲话。"

丁松华跨出办公室，探身一看，果然发现操场上围着一堆人。他赶紧对刘成城说："你去商店拿一条芙蓉王烟来。"

"恐怕要到外面的商店去拿！"刘成城迟疑一下说。

"外面就外面，骑摩托车去，十分钟之内赶回来，到校长办公室找我。"丁松华说完，快步向操场走去。俗话说，一朝被蛇咬，十年怕井绳。前些日子，报上登了流沙中学的负面消息，害得他被局长踢了一脚，颜面尽失。幸好杨铁雄来了，成为他的救命恩人。记者又来采访流沙中学，如果有什么负面新闻见报，让陈局长知道，会要了他的小命。

丁松华慌张又害怕。尽管这样，他依然快步来到操场上，杨铁雄马上对陈记者介绍说："这是我们学校丁校长。"

陈鹏主动伸出双手，与满面笑容的丁松华握手："丁校长你好！你好！打扰你们了。"

"大记者你好，到我们这穷山恶水的地方来，辛苦你了。"

"校长你说错了，这里是山清水秀的好地方。"陈鹏笑着说。

丁校长哈哈大笑，说："你当记者的会说话，我该好好向你讨教。"

陈记者说："你们这块地方，风景优美，我有种在这里住一阵子的冲动，听说离这里不远的地方有条河，叫流沙河，流沙中学和流沙镇，因河而得名，想必这条河一定不错。"

丁校长也认真地说："流沙河的水清，用清澈见底来描述一点都不为过。"

杨铁雄见他们聊得开心，觉得自己是个多余的人，想抽身离开，他对丁校长说："丁校，陈记者交给你了，我先走一步。"

丁松华迟疑一下，说："好吧！"转身对陈鹏说："陈大记者，到我办公室喝茶去！"

他们来到校长办公室，落座后，丁松华向外面张望，看看刘成城买烟回来没有。没那东西，不好切入正题。

陈鹏坐了不到三十秒钟，便站起来，盯着墙上的奖状，一张张看过去，然后转过头来对丁校长说："你们流沙中学不错嘛！这么多荣誉。"

丁松华有点得意地说："还有些奖状，没地方挂了，就收起来。"

"哦——原来是这样。"陈鹏若有所思。

丁松华此时才想起，记者姓啥名啥，全不知道，便笑着说："大记者，有名片吗？赐我一张，以后我好向你请教。"

陈鹏从包里拿出一张名片，双手递给丁松华说："有空儿没空儿，以后多联系。"

丁松华接过名片："陈鹏记者，好名字，久仰，久仰，今天能认识你，我丁松华十分高兴。你是我有生以来认识的第一位记者。"

正在此时，刘成城拿着一条芙蓉王烟进来，他额头上渗出层层汗珠。丁松华接过烟，挥手让刘成城出去，转而对陈鹏说："陈记者，你远道而来，我们没啥招待，给你几根烟抽抽，别见怪！"

"丁校长，我不抽烟，你的心意我领了。"陈鹏认真地说，看得出来，不是讲客气话，不是虚情假意推辞。经过几个回合的拉锯战，陈鹏抵挡不住，收下那条烟。丁松华心中稍稍高兴些，他微笑着说："陈大记者是个大忙人，俗话说，无事不登三宝殿。"

陈鹏说："一点小事。"他低着头，似乎在思索着什么。

丁松华目不转睛地看着他，心里七上八下的，陈鹏收烟的过程那么艰难，可能有难言之隐。等待的时间很漫长。

陈鹏终于说："前些日子，我们报纸登了贵校200班的事情，我们有个《回音壁》的栏目，刊登后续报道。我今天来，首先暗访，暗访结果比较理想，200班学生对他们的班主任杨老师评价很高，他们对未来充满希望和憧憬，我替这些孩子们高兴。请你介绍一下有关情况。"

丁松华思考一下，慢慢说："首先，我代表流沙中学426名学生，42位老师，对你的到来表示真诚和热烈的欢迎。上次贵报刊登我校200班没有班主任，我们高度重视，特别是圣林县教育局局长陈乐彬同志，见报那天上午，把我叫到教育局，放下手中其他事情，和我讨论此事，并对200班班主任问题做出重要指示。"

"你们兵贵神速啊！"

"确实如此，我当场向我们陈局长保证，马上解决这个问题，没确定班主任之前，我亲自当200班班主任。并要为200班物色一位有经验、有事业心、有责任心的班主任。

"我是这样保证的，也是这样做的。本来，我们应该主动和你们报社联系，汇报我们后来的整改情况。但我们这些基层的人，只会做事，不喜欢说。"

陈鹏边做记录，边微笑着点头。

丁松华端起杯子，喝了一口水，然后很有底气地说："陈记者，200班的班主任杨铁雄老师，刚才你和他见了面，他年轻，精力充沛、朝气蓬勃，他有六年教学经验。有担任班主任的经验。年轻人有事业心，有干工作的冲劲，我相信，他一定能把200班带好。你看也看到了，听也听到了。陈记者，麻烦你给我们写好点。"丁松华双手抱拳，满脸笑容说。

"我会按实际情况去写。丁校长，这篇文章对你们流沙中学是正面宣传。我的采访结束了。先走一步，有什么事，你直接打我电话。"陈鹏说。

"我的大记者，马上到吃饭时间，你回去也得吃饭。"

"我必须马上赶回去，编明天的报纸，下次找个空闲时间再来。"

丁校长把他送到校门口，挥手再见之后，赶紧回到办公室。他有些累，要休息一会儿。

第二天早上八点不到，丁松华的手机响了，座机打来的，陌生号码，他在疑惑中接了。

"丁校长吗？我是《全州日报》记者陈鹏。"

丁松华预感有好事情，马上高兴地叫道："陈大记者，你好！你好！"

"你关注我们今天的报纸，有你们流沙中学的消息，不很长，足以说清事情。"

"谢谢啊！谢谢啊！"丁松华心中猛然升腾起一股豪情，他眼里居然有久违的泪水。这时，政教处主任恰好进来，他赶紧低头，使自己激动的神情不被下属看到。"丁校长，就这样，我马上要出去采访。"

丁松华挂了电话，他伸手揩了泪水，隔一会儿，见刘成城站在旁边，问道："你什么时候进来的？"

丁松华似乎尚未走出刚才的兴奋。对刘成城说："你把杨铁雄老师喊来，我有事找他。"

刘成城迈着并不灵活的步子，出了校长办公室，下楼，到教师办公室一看，杨铁雄正准备出去，他赶紧说："杨老师，丁校长有请，请你去他办公室。"

丁校长正埋头写着什么，非常用心，杨铁雄轻轻敲门，他没反应，又重重敲两下，丁校长才抬头，指指凳子，让杨铁雄坐。不一会儿，他完成手中工作，笑着对杨铁雄说："刚刚报社陈记者打来电话，要我关注今天的报纸，上午应该会到学校里，你负责把报纸找到，尽快。实验楼二楼图书室，你等会儿去那里，找钟老师要报纸，女的，五十岁左右。"

"好的，没问题。"

辞别丁松华校长，杨铁雄看到图书室的门开了，他信步往那儿去。图书室坐着一位上了年纪的女人，在翻看一本旧书，想必是管图书的钟老师吧！

"杨老师，来看书啊？"钟老师抬起头，淡淡一笑。

"你怎么知道我姓杨？想看看有什么书。"杨铁雄笑着说。

"我们学校就来一个新老师，我当然知道。这里的书都是旧书，教育局几年没配新书，全县学校轮流配，我们流沙中学，好像小老婆养的，不知哪年才轮到。"

杨铁雄一笑："钟老师，你说得太形象，要和上面的人说说。"

"怎么没说，教育局装备处的人来，我也这么说，反正我过几年就退休，他们不能把我怎么的。"

杨铁雄举目环顾，发现书很陈旧。他没有心思找书，只装模作样看看，心里却想着其他事。让他感到意外的事情发生了，靠窗户那排书架，最下面一格，排列着获得茅盾文学奖的作品，如《将军吟》《芙蓉镇》等等，另有一些年度选集，出版年代虽然久远些，由于没怎么看，书有八九成新。他拿起一本报告文学选，随便翻开，读着读着，有些入迷，猛然想起自己来图书馆的真实意图，便问："钟老师，学校报纸也归你管吗？"

"是的，你要看报纸？"

"我想看今天的《全州日报》。"

"十一点左右才会来报纸，现在还早，那时你再来看看。"

"好吧！谢谢你。"

"昨天记者来采访，今天文章就登出来了？"钟老师有点吃惊地问。

杨铁雄犹豫一下说："今天丁校长接到陈记者打来电话，让我们看今天的报纸。"

　　"我收到报纸马上通知你，没找到你，就给丁校长。"

　　"直接给丁校长更好！"说完这句话，杨铁雄看看书，再悄悄离开，上课时，杨铁雄有点分心，他总在想，陈记者的文章会怎么写。想来想去，找不到答案。十一点钟，报纸的影子都没见到，杨铁雄准备去找钟老师，不料在楼梯口与她碰个正着，她手中什么也没拿。他问："钟老师，报纸呢？"

　　"没来，我打电话到邮政局问了，报纸到了，送报纸的人今天上午有事。"

　　"这个卵崽，偏偏今天有事。"杨铁雄嘟哝着。

　　"杨老师，要不你去邮政局拿报纸。"钟老师提议。

　　杨铁雄走出校门，来到邮政局，说拿流沙中学的报纸。起初，工作人员以不认识他为由，拒绝了。他说他这个学期才调来的，如果不信，可以打电话问丁校长。他真的拿电话拨号码时，邮局的人说报纸的发放，有专人，他们没有权力给他。

　　经过一番磨嘴皮子的拉锯战，邮政局的人同意杨铁雄拿走一份当天的《全州日报》，上面有他最关心的豆腐块大小的文章：

　　9月7日，本报报道圣林县流沙中学200班没有班主任，该县教育局长陈乐彬高度重视，当天上午，他亲自把流沙中学校长丁松华叫到他办公室，商量解决200班班主任问题，决定从当天下午起，由丁校长兼任该班班主任，直到学校物色好合适的班主任人选。

　　昨日，记者前往流沙中学暗访，得知200班的班主任早已落实，他叫杨铁雄，参加工作六年，年轻，精力充沛，有事业心。记者从几个学生口中得知，杨老师是个相当不错的班主任，对学生相当负责任。

第七章 教育局神秘来电，愁坏校长

丁松华拿着《全州日报》，看了又看，心情美美的，他最满意的一段话：该县教育局长陈乐彬高度重视，当天上午，他亲自把流沙中学校长丁松华叫到他办公室，商量解决200班的班主任问题。

自从那天见过陈局长后，他们没再见面，也没通电话。陈局长也许已经忘记流沙中学200班班主任的问题，作为一个局长，他有太多太多的事情要管。如果不登报，别说局长，教育局普通工作人员，也不会管这等芝麻小事。

陈乐彬看到这篇短文，心里会感到欣慰。托教育局的朋友转告，没有知心朋友可托付。打电话向局长汇报，还是去教育局跑一趟？转而一想，这点事够得上汇报的级别吗？万一局长在开会，或在谈重要事情，接了电话，不一定会记住。

他举棋不定的时候，想到两个字：信息。他把要发的内容在纸上写好，再推敲推敲，内容是这样的：

尊敬的陈局长，今天《全州日报》第四版，报道流沙中学200班班主任的事情，文中对你的高效工作作风给予高度肯定和赞扬，希望你百忙之中抽空看看。丁松华。

信息发出后，丁松华没想到很久没有反应，有点失望。下楼梯时，手机的信息铃声响了。掏出手机一看：陈乐彬。好的。虽然只有短短的两个字，他却心满意足，局长看了报纸，对他的印象多少会有所改变。

第二天上午，丁松华接到一个陌生电话："你是流沙中学丁松华吗？"

"是的，你哪位领导？"丁松华小心地问。

"我是教育局政工股刘贤军。"对方说。

"刘股长你好。"丁松华笑着说。

"你下午来教育局一趟，最好早点。"刘贤军命令说。

"能透露点消息吗？"丁松华轻声地问。

"叫你来就来！我奉命打电话。"刘贤军有点不耐烦。

"好的，好的。"丁松华挂了电话，满脸茫然，他的情绪，一下子跌到冰点，他琢磨着，难道自己又犯了什么错误，他天天守在学校，一切正常。午饭时，他只吃了半碗饭，把剩下的倒掉，冲着食堂负责人来了一句："你们搞起这样的饭菜，怎么吃得？"说完，掉头就走。

食堂负责人望着他远去的背影，呆呆的。等他走远后，反驳一句："有本事你来搞几天试试，肯定比我差。"

下午3点，刘贤军刚刚打开办公室的门，丁松华跟着走进去："报告领导，流沙中学丁松华前来请罪。"说完，他双脚立正，笔挺挺站在那里。

刘贤军满脸笑容与他握手，非常和蔼地说："丁校长，叫你来，有件非常好的事要告诉你。请坐，请坐。"

"好事？"丁松华摸不着头脑，那上午怎会对他那种态度？

"好事！当然好事！"刘贤军肯定地说。

"你在电话里吓着我了，害得我几个小时心神不宁，又想不出到底哪里错了。"

说话间，一位中学校长走进来，刘贤军和那校长打个招呼，让他到外面等着。

办公室门轻轻关上，刘贤军满脸严肃，显示出搞组织工作的严肃性："丁校长，我今天代表组织找你谈话，你们流沙中学校长胡忠德因病住院，他提出不再担任流沙中学校长，局里考虑到他的实际情况，正式同意了他的请求。

"我们在挑选流沙中学校长人选时，胡忠德推荐了你。你情况熟悉，业务精。主持工作，能平稳过渡。今天上午局党组行政会上，讨论了流沙中学的校长人选，有人提出，把三中一位副校长，派到流沙中学去当校长，还有人提出五中的一位副校长，作为流沙中学校长候选人，他们也是不错的人选。

"最后，我们陈局长拍板，让你担任流沙中学的校长，并且告诉相关股室人员，尽快走完程序，让你放手大胆去工作。

"陈局长说，胡忠德推荐，说明你能胜任这个岗位。另一方面，他见过你，凭他的直觉，你能当好流沙中学校长。叫你来，一方面向你传达局党组会议的内容。另外想听听你的想法，有什么要求，尽管提出来。"

丁松华脸上洋溢着隐隐的笑，那是发自内心深处的笑容。以前他在陈局长面前说不当校长，局长偏要他当。今天组织上明确让他管理一所几百人的学校，他还是感到有点意外，他想在这个位置上，实现自己的人生理想，他微笑着说：

"首先，我非常感谢局党组对我的信任，把这么重要的位置给我。我会把组织上的信任，化成今后工作中的动力，为我们圣林教育事业，贡献自己的微薄之力。"

"你接受校长的职位了吗？"

"算接受吧！"丁松华点点头。

刘贤军抓起办公桌上的红色电话，非常熟练地拨了一串号码："陈局，流沙中学丁松华在我办公室，你有空见他吗？"

电话里那头声音很小，丁松华听不太清楚，他心里七上八下，忐忑不安。

刘贤军放下电话说："陈局长说，他正在谈事，不过你可以上去。"

"现在就去？"丁松华问。

"走！我陪你去，陈局长从部队转业到地方，把部队的优良作风带到地方，做事雷厉风行、果断，我们要跟上他的节奏。"

四楼局长办公室，陈乐彬刚刚与人谈完，朝丁松华说："你们先坐过来！"

丁松华想起前不久在这里发生的一幕，不免有点儿紧张。等他坐定，陈乐彬站起来，主动同他握手，开玩笑似的说："那天我这个当局长的，在你面前失了风度，你千万别见怪，我性子急，但心眼不坏。"

"陈局，没事，没事。"丁松华赶紧说，"当时我说错了话，让您生气，该打，该打。"

政工股刘贤军说："陈局，刚才我把上午局党组会议上的决定告诉他了。"

陈乐彬看着丁松华，说："丁校长，经局党组研究决定，正式任命你为流沙中学校长。说实话，很多人想坐你这个位置，甚至有县里领导跟我打招呼，推荐某某人担任流沙中学校长，我没有答应，也没明确拒绝。其实我在心里拒绝了。我这个人做事，相信第一感觉，往往凭直觉，不太喜欢调查来调查去，靠这种方式，在我手上提拔的干部，基本上称职，在群众中口碑都不错。"

说到这里，陈乐彬提高声音说："丁松华同志，我陈乐彬顶着种种压力，任命你当校长，你一定别给我丢脸，你丢得起，我可丢不起。今天我把丑话说在前面，你不把流沙中学搞上去，我拿你开刀。"

丁松华站起来，宣誓一般说："感谢局长对我的信任。士为知己者死，这一点我明白。如果我的工作没打开局面，你把我就地免职，降我一级工资。"

陈乐彬露出笑容："好！有你这番话，说明我选你没错，今天当着我们政工股长说的话，你要记在心里。免职、降工资等于割你的肉。"

丁松华坐下，心中涌动着激情，呼吸有些急促。

陈乐彬把刘贤军支走后，推心置腹地对丁松华说："流沙镇是我县北部一个重镇，你在那里出生，永远是流沙人，我才顶住压力，让你当校长，自己给自己家里办事，总比别人尽心些吧！"

丁松华不住点头，面带微笑。他想表赴汤蹈火也不怕的决心。发现陈局长的话似乎没说完，他刚刚放了狠话，一时也找不到合适的话。

陈乐彬停顿一下说："给你透露一个消息，我母亲是流沙镇的人。小时候，我每年都去外婆家拜年；平常，也去走亲戚。十二岁那年，我在外婆家过暑假，跟着我做木匠的舅舅到处走，流沙许多地方，我都到过。

"流沙算我的第二故乡，说心里话，我对流沙很有感情。现在我当教育局长，心中当然有所偏爱。流沙中学搞得不好，今后，我还敢回流沙吗？我舅舅、表舅舅他们的孙子孙女，正是上中学的年龄。他们盯着我这个教育局长，你知道自己该怎么做。"

丁松华听完陈局长一番话后，倒吸一口气，深感责任重大，难怪200班没有班主任，陈局长会如此动怒，甚至不可思议踹他一脚。今天正式任命他当校长，他原以为捡到一个宝，现在看来，是个烫手山芋，不能丢，摔坏了，陈乐彬会收拾他。

谈话间，有两拨人走进办公室，看样子急着向局长汇报。

陈乐彬向他们点点头，站起来，伸出手，与丁松华的双手紧紧握住，似乎传达着一种嘱托与希望："我们先谈到这里，你回去后，想想办法，团结全校职工，好好打开工作局面。"

"好的！好的！"丁松华有点机械地说。

陈乐彬送他到门口，问他，200班是不是问题多，这样的话，学校要下大力气去管好，把它当成一场恶仗来打。

下楼后，丁松华站在教育局大院中，回过头来，凝视着陈乐彬局长办公室，心情久久不能平静。回到学校，标志着丁松华正式登上校长的舞台，一个很多人都想登的舞台。不知道在这个舞台上，他会遇上多少风雨，不知这个舞台，能否激发他的才华。

　　两天后，上午广播操时间。

　　流沙中学广播里发布一条紧急通知：请全体教职员工马上到会议室开会。通知反复播了三遍，语速很急、很快。

　　有的老师立刻去会议室，有的做着自己的事情。他们习惯开会效率不高，知道早去也白等。不一会儿，政教处主任刘成城迈着大步，到大办公室吆喝："赶快！赶快到会议室开会。"他的声音来得突然，来得洪亮，有两个老师正想埋怨他，刘成城已迈着匆匆脚步，奔向门外。

　　会议室里，丁松华、胡忠德、刘贤军等人早已坐在会议室，见到离别多日的胡忠德校长，大家纷纷上前问候他，打听他的健康状况。胡忠德微笑着与人交谈，一遍遍说着同样的话。

　　等大部分老师进了会场，丁松华对胡忠德说："胡校长，人数差不多了，开始吧！"

　　胡忠德看看大家，微笑着说："今天，在这个会议室与大家见面，和以往的心情很不一样，不说，你们也应该明白，此时此刻，我有点伤感，有点留恋，有点舍不得大家。我在流沙中学主持工作六年，为工作上的事，难免得罪大家。"说到这里，胡忠德站起来，非常严肃地看着大家，深深鞠一躬，仿佛以往的恩恩怨怨，在这一鞠躬中，全部烟消云散："在这里，我向大家说声对不起，由于身体的原因，局里照顾我，让我安心养好身体，流沙中学的工作，将由丁松华同志主持，希望在座的各位，像支持我一样，支持丁校长的工作。我讲完了，谢谢大家！"说完，他带头鼓掌。

　　会议室里响起热烈的掌声，掌声一浪高过一浪，经久不息。胡忠德看着一张张熟悉的脸，双手抱拳，满含热泪，激动地对大家说：

"谢谢大家，只要我还能走，只要大家不嫌弃，我会经常来看望大家的。"

"欢迎！欢迎！"有人叫道，会议室里响起有节奏的掌声。

胡忠德朝大家摆摆手："时间有限，欢迎大家去我家做客，下面请教育局分管政工的谭峰副局长讲话。"

谭峰看着大家，说："从大家热烈的掌声中看出，大家对胡校长在流沙中学的工作是肯定的，流沙中学老师非常讲感情。由于身体的原因，胡忠德同志不得不离开校长岗位，他郑重地推荐丁松华同志担任流沙中学校长。我们通过充分调查了解，发现丁松华是个脚踏实地干事的人，经局党组行政会议研究决定，任命丁松华同志担任流沙中学校长。"

胡忠德带头鼓掌，其他老师紧跟着拍巴掌，会议室又响起一阵掌声，外面几个胆大的学生向里面张望。

谭峰继续说："教育局党组对丁松华完全信任，对他今后的工作也会大力支持。我们陈乐彬局长，力排众议，让丁松华同志当校长。在这里我不妨向大家透露一点内幕，因为事情已经过去，说出来也不算违反组织原则。当时一同竞争流沙中学校长职务的，有两位县属中学的副校长，县属中学的副校长到乡镇中学当校长，完全合情合理。"

谭峰停顿一下，提高声音，严肃地说："我希望，丁松华同志不要辜负局党组的重托！不要辜负三万流沙父老乡亲的期望！我讲完了，下面请丁松华同志讲几句。"

一阵并不热烈的掌声后，丁松华清清嗓子说："等会儿上课铃声响了之后，有课的老师去教室上课，没课的继续开会。

"首先，我非常感谢局党组对我的信任，我只有加倍努力，来回报组织对我的信任。其次，感谢老校长胡忠德，他把流沙中学校长这根接力棒交到我手中，我怎么办，只有快跑！快跑！没有其他选择。

"俗话说，一个篱笆三个桩，一个好汉三个帮。流沙中学要搞好，仅凭我一个人，即使我有三头六臂也行不通，要靠在座的42名教职员工共同努力，大家心往一处想，劲往一处使，人心齐，泰山移。

"说句心里话，我现在没有当校长的欣喜，感觉一副沉甸甸的担子压在肩上。今后，我行使校长权力时，有谋私利的现象，你们可以向教育局反映，同时，如果谁不服从工作安排，或者不好好工作，我将按照教育局和学校的规定，对老师进行相应处罚。处罚不是目的，是推进工作的手段，我也不希望处罚谁。"

上课铃声响起，丁松华停下讲话。动听的女声在校园回荡："上课了，请同学们赶快回到教室，希望你这节课有所收获。"

有的老师离开会议室。丁松华又说："有课的上课，没课的继续开会。"

不一会儿，会议室里安静下来，丁松华打开记录本，扫描一下说："我讲完了，下面看老师们有什么话要讲。"

"没什么！"

"没什么！"

丁松华微微一笑："你们心中，肯定有自己的想法，闷在肚子里不说出来，不利于推动学校的工作。要不，我来点将，杨铁雄，你说几句。"

杨铁雄的脸微微泛红，沉思片刻，谦虚地说："在座的老师水平比我高，资格比我老，他们先说吧！他们一定有比我更好的办法。"

丁松华慈祥、微笑地看着他们推来推去，谁都不想当出头鸟，便说："没关系，哪个先说都一样，绣球抛给你，你就接住，推来推去不好。"

旁边老师拍拍杨铁雄的肩膀："你代表我们发言吧！大家鼓掌。"

几位老师吆喝着让杨铁雄讲，会场的气氛变得轻松，杨铁雄起身说："首先，我对丁校长正式当选校长表示热烈祝贺。作为流沙中学一员，我会全心全意支持丁校长的工作，尽职尽责，搞好自己的本职工作，对得起国家发给我的那份工资，对得起学生，让青春无悔。"

讲到这里，杨铁雄卡了壳，他想讲下去，无论怎么苦苦思索，一时找不到合适的词语，急得他脸红脖子粗，左顾右盼，希望有人能帮他。

"说得好！非常好！"人群中响起一个声音，帮他解围的是邓开文，杨铁雄初中同学。

丁松华满脸期待地望着杨铁雄问："你希望我这个校长怎么当？"

杨铁雄咽下一口唾沫，好像打通了思路："我认为，一个合格的校长，首先是自己卖力工作，做好榜样，然后才能要求老师认真工作。"

"一针见血！一针见血！"丁松华非常肯定地说。他没在这个问题上深入下去。展开来说不是当前任务，他问大家还有什么话要说。

从老百姓到领导，都无话要讲，老师们的政治参与积极性不高。他们认为，说得再漂亮，理论一套一套的，如果不落到实处，等于空话，反而有害。

散会后，丁松华挽留副局长谭峰和老校长胡忠德，吃完中饭再走。他们都不肯，丁松华无奈，送他们到校门口。

谭峰握着丁松华的手，语重心长地说："从今天起，你可以名正言顺地放手去干，开创出新的局面。陈局长对你很看重，对流沙的教育很重视，这一点你非常清楚，你干得好，他脸上有光，你干不好，等于打了他的脸。"

"我向毛主席保证，一定努力！努力！再努力！"丁松华认真地说。

"不行，毛主席他老人家太累了，已经离休，不可能管这档子事。"

胡忠德插话道："松华，搞教学你是把好手，人聪明，以前为我挑了不少担子。我相信你能把流沙中学搞好，所以大力推荐你。我建议，你多看点校长管理方面的书，从中学习、消化、吸收别人的经验。刚当一把手，别轻易表态，把情况搞清，考虑成熟再下结论。"

送走他们，丁松华站在操场上，望着教学楼，心中酸甜苦辣都有，他正式从前任手中接过接力棒，跑得怎么样，目前尚不知道。突然，他发现200班教室的走廊上，站着几个学生，杨铁雄正在训话，学生个个站得笔直。

显然，开完会后，杨铁雄马上抓班风建设，这五个学生，肯定是课堂上不守纪律的。陈乐彬局长特别提到200班，难道他的亲戚在这个班上？他当教育局长，他的亲戚想进县城哪个学校，不就他吭一声的事吗？

把200班班主任压在杨铁雄身上，丁松华有一丝愧疚。事先没和他商量，不管三七二十一，就使用了行政命令。今天晚上，请他到自己家里吃顿晚饭，表示关心。把陈局长关注200班的情况告诉他。

晚饭时分，杨铁雄出现在丁松华家门口，侧耳细听，没听到其他老师的声音，正犹豫之时，手机响了，拿起一看，丁校长打来的，他轻轻敲了一下门。

门开了，丁松华笑着说："这么迟还没来，我担心你忘记了。"

杨铁雄把房间打量一番，确定没发现其他老师，心生疑问，校长请客，不可能请他一人，便问一句："还请了谁？"

"政教处刘成城主任。"

"就我们俩？不会吧？"杨铁雄不解地问。

"我这地方小，人多了，摆不开。再说没做准备，这次就请你们两个精英，随便喝点小酒。"

正说着，楼梯间响起一阵脚步声，刘成城满脸笑容推门进来。嘴里哼着《打靶归来》的歌曲，有的地方做了修改。

日落西山红霞飞
我们来到校长家
好酒好菜任我吃
……

"刘主任真幽默，可以去讲相声。"杨铁雄说。

"寻点开心，把快乐带给自己，也带给别人。生活中很多不如意的事，不找点乐子，会烦死。丁校，回答正确吗？"

丁松华有些心不在焉地说："完全正确，绝非胡言乱语。老婆大人，上菜！"

随着一声"来啦"，杨铁雄见一位四十上下的女人，左手右手各端一碗菜，从厨房飘然而出，见到杨铁雄，说一句："杨老师好！"

杨铁雄本能回一句："你好！"声音似乎有点走调。

刘成城故意严肃地说："难道我就不好？"

"你们都好，就我不好，我炒的菜不好。"丁校长的妻子笑着说。

刘成城在自己脸上轻轻拍了一下："我又说错话了，冒犯校长夫人，自己掌自己的嘴，下次一定改正。"惹得众人笑了，说他是开心果。

杨铁雄用一次性杯子，给每个人倒一杯啤酒，然后主动端起杯子说："第一杯酒，我们首先祝贺丁校长转正。按道理，今天是你的大喜日子，应该到外面摆两桌酒，好好庆祝庆祝才对。"

刘成城马上插话："你刚来，有所不知，丁校长注重实在的东西，好比两口子结婚，管他风光不风光，两床被子抱到一张床上，两个人睡一个被窝，享受结婚待遇，能生崽生女，就算结婚。敲锣打鼓庆祝，都是表面上的东西。"

丁松华把端起的酒放下，杨铁雄见状，马上说道："先把这杯干掉再说。"

三杯啤酒下肚后。丁松华说："按道理，该庆祝庆祝一下。但是，吃喝是条高压线，碰不得。从大环境来说，中央出台八项规定。这是件好事，很多人违反八项规定受处分，电视上报道了，接受一百元钱红包都受处分。我当个乡镇中学校长，在外面大摆酒席庆祝，万一传到教育局领导耳朵里，领导会怎么想。我得小心、小心、再小心啊！低调做人，高调做事。"

杨铁雄感慨地说："校长就是校长，高度不一样，和我们这些平民百姓考虑问题的角度不一样。"

"你进门就问我，怎么只请你们两个人，想知道答案吗？"丁松华独自喝一小口酒说。

"当然想知道。"杨铁雄点点头说。

"喝完酒再告诉你。"

杨铁雄端起酒杯一饮而尽，见刘成城没反应，催他喝。刘成城似笑非笑地说："你想知道，你喝，反正我不想知道。你说有没道理。"

丁松华一笑："我们学校有个传统，凡新来的老师，学校必请他们吃顿饭，前段时间千头万绪，我也没心思去办这件事。今天，我觉得首先把这事办了，在家里弄两个菜，比不上饭馆里的口味好，但绝对没有地沟油，干净卫生，我欢迎你的心是真诚的。杨老师，我敬你。"

又一杯酒下肚，杨铁雄脸上飞起红润。他借酒发挥："丁校长，你为啥只请刘主任，我有点搞不明白。"

丁松华摸摸杯子，又放下，不紧不慢地说："喝酒嘛，图个开心，你说对不对，成城这身体造型，长得可爱，用憨态可掬几个字，应该说恰如其分。刚才他的表现，充分展示了他在幽默方面的才华与造诣。"

"丁校，原来你把我当枪使。"刘成城斜着眼睛，咬着一块肥肉说。

"你这杆枪给别人用用也没关系，只要不搞坏就行。前几天我去教育局，陈乐彬局长找我谈话的时候，专门提到200班。你想想，教育局长管着全县几千个老师，大大小小几百所学校，几千个班级，专门关注一个班，我认为非常罕见。说实话，我对200班总有点担心，他们一个个不是省油的灯，万一再闹出什么乱子，大家都挨批。"丁松华说。

杨铁雄知道自己该说话了："今天两位领导都在这里，我还是那么说，我会尽心尽力去做。我也相信，通过努力，200班会有好转。有些事情，我搞不定，你们以学校名义出面，帮着我。"

　　刘成城马上接着说："那还用说，我们同守一条战壕，我不帮你，敌人打过来，我也会被消灭。"

　　丁松华提高声音说："杨老师，如果够得上学校插手的级别，刘主任会替你撑腰，别看他生活中有时疯疯癫癫，干起活来是把好手，他这双眼睛，对学生一瞪，吓得学生双腿发软。"

　　刘成城并没有马上做出反应，他的筷子正伸向一个鱼头，当他把鱼头夹起放进碗里后，没有立刻消灭它，悄悄对杨铁雄说："你知道我们丁校长今天设的什么宴吗？你肯定不知道。"

　　杨铁雄一愣："我还真的不知道！"

　　"鸿——门——宴！"刘成城得意地说。

第八章　四大金刚，每个人的历史都不同

丁松华的"鸿门宴"收到立竿见影的效果。

第二天课间操时，学生做完广播体操，尖锐的口哨声在流沙中学校园上空响起，政教处主任刘成城反复做着双手合拢的手势。学生知道，领导要训话。

队伍靠拢后，叽叽喳喳的声音并未消失，刘成城走进队伍中，猛吹两声口哨，再辅以凶狠目光，人群瞬间安静。他回到旗杆下面，扫描全体学生，伸伸手，并不说话。

稍过一下，刘成城讲话："昨天晚上11点半的时候，有几个寝室的同学精力旺盛，我们老师经过仔细辨认，然后深入宿舍里调查，把精力充沛，讲话时间最长的几个同学抓住。下面，请这几个同学到前面来，让大家认识，他们是200班的肖春意、曾乐田，203班的李高平、钟礼民，199班的肖恪平、肖旺。"话音刚落，很多人扭头张望。

几个学生依次从人群中出来，走向前台。虽然犯同样的错误，但各人表情不同，有的一脸无所谓，有的一脸惊恐，有的脸红耳赤。然而，200班肖春意，走得大大咧咧，脑袋东张西望。完全没有做错事的样子。他在前面的高台站定时，双脚分开，眼睛看着天空，似乎寻找什么。下面的学生见了，哄笑起来。

刘成城盯了他几秒钟，心中来火，走向前去，朝他那只伸出去的脚用力踢了一下。

"哎哟！"肖春意叫一声，用手捂住被踢的地方，然后站定，双

手握拳，一脸愤怒，面向刘成城。

下面同学一片笑声。

笑声停后，刘成城走到肖春意面前问："这里是你大摇大摆的地方吗？"

"不是。"肖春意小声说，终于低下头。

刘成城说："从今天起，我们政教处牵头，在全校开展就寝纪律大整顿。这些11点半还不睡的人，精力比神仙还好的人，以后我罚他在操场上站一个通宵，充分发挥他熬夜的特长。

"有老师反映，在课堂上，个别同学难得安静五分钟，不是找同桌讲话，就是找前面同学讲话，天天在这里混日子，严重影响课堂纪律，损害同学们利益，影响老师上课情绪。

"我们先对这类同学进行批评教育，下点毛毛雨，淋湿他们。如果多次批评教育没有效果。学校将采取其他措施。好比给人治病，一包药不行，我就来两包，两包也不行呢？"

"来三包。"学生中有人喊。

"我不来了。"刘成城说，"我要换药，换一种猛点的药，换再猛点的药，对不守纪律的人，给予警告，或者严重警告的处分。有的同学会说，你警告就警告。常听人说：我警告你，再动一下我就对你不客气。

"你认为两种警告是一样的，你就大错特错。我给你的警告处分，将进入你档案里面，在你人生的成长记录里有了污点，这个污点会一辈子跟着你，洗都洗不掉。将来用人单位看到你的档案，对录用你会慎重考虑。你想当兵，那会有麻烦的。

"当然，如果你决定一辈子种地，才不管你档案里写什么呢！

"还有少数同学特别勇敢，不怕警告，想继续在课堂上大闹天宫。你放心，我的招数没用完，农村里的土办法，叫你爸爸来管你，学校没办法管你，只好劳驾他，他是你的亲生爸爸，他怎么打你，怎么骂你，那是你们家庭内部之间的事情。我们学校有几百个学生要管，不会把精力放在你一个人身上。

"你爸爸来了不管用，只能叫你爸爸把你领回去。回家早点相亲，早娶老婆或早嫁人。早点生孩子，最后又像你，儿子气坏老子。"

操场上，学生大笑。有几位美女笑弯了腰。

"你们觉得好笑吧！我说错了吗？有这么一句话，龙生龙，凤生凤，老鼠生崽会打洞。不信，你试试看。这叫遗传，遗传是一门科学，不是封建迷信，更不是胡言乱语。有空的时候，你们仔细去研究一下。我们这次抓纪律，重点在200班，重点抓所谓的'四大金刚'，等下解散时，200班同学单独给我留下来。"

刘成城讲完之后，丁松华接过话筒。他主要谈了校风与班风建设问题："当前，学生中存在一些负能量，以对抗老师为荣，以为有了哥们姐们，就有了一切。今后，学校广播台，将增加播出正能量稿件，宣传学习标兵、纪律标兵，对喜欢打架的同学，学校将重点进行管控。

"今天课间操集会，吹响了流沙中学整治纪律的冲锋号。希望广大师生积极行动起来，为纯洁校风班风，打一场攻坚战。我们的青春，必须要过得有价值，不能碌碌无为。"

丁校长的讲话，在许多同学心中激起波澜。他们脸上洋溢着兴奋的表情，许多同学在日记中提到丁松华校长讲话，给他们带来新的希望。一位文艺女同学，用了"如沐春风，如饮甘露"的文字，整篇日记感情充沛。

后来语文老师发现这篇文章后，推荐给学校的广播台，要求播两次。

200班单独留下来，学生中出现一片哀叹之声。"倒霉""凭什么留我们"等抱怨声，非常清晰地传入刘成城耳朵里。他走下去，用他那双并不大的眼睛，扫视那几个同学："凭什么，凭我跟你有仇。"那架势，足以让人胆战心惊。

说完，他回到队伍最前面，喊道："立正！"声音洪亮，透露出威严与刚强，有两个同学被吓了一跳。他宣布女生解散。他逐一审视队伍中的学生，让遵守纪律的同学回教室。

最后留下十多个人，刘成城命令他们绕操场跑两个圈。跑步完毕，刘成城说，希望他们每个人都做幸运鸟，不要做撞在枪口的那只鸟。让他们跑步，是给他们打预防针。

乘着学校整治东风，杨铁雄趁热打铁，抓纪律、抓班风建设。200班在教育局长心中挂了号，想想都是件令人胆战心惊的事。他在班上大谈这次学校整风运动，这次整风，好比社会上的严打一样，露头就打，而且处罚非常重。我们国家过去搞过严打运动，严打期间，出现抢一两元钱就被枪毙的事情。200班不好的名声流沙中学人尽皆知，连县教育局局长都知道。局长特别交代丁校长，管好200班。

杨铁雄在班上放完话，接下来的日子，每天上课时，他会到班上去看看，发现上课不守纪律的人，叫到教室外面训话，和他们讲道理，警告他们要守规矩。

通过与同学交谈，与老师们聊天，杨铁雄了解到，200班有四大金刚，他们分别是：肖春意、周志光、曾乐田、林小飞。课外时间，他们经常在一起玩，称兄道弟，他们读小学时，便养成一些坏习惯，打架、欺负老实的同学，上课不听讲，不做作业。甚至有人不参加小学升初中的考试，靠着义务教育法保驾护航，进入中学。

白白得来的机会，他们当然不会好好珍惜。肖春意虽然长得纤细，缺少肌肉，缺少力量，但他凭着凶狠，以敢打人著称。小学时，他打同学成家常便饭。同学被打后，回去把家长叫来，老师再把肖春意的父亲叫来。肖春意父亲知道儿子是什么人，也不问打架的原因，谁胜谁负，抓住肖春意就打，时常打得他泪流满面。

这样的事情发生多次，依然没把问题解决。肖春意在中学的表现，同样令人不满意，甚至变本加厉。

林小飞，流沙中学知名人物，他闻名，并非由于他学习成绩好，或有某一方面的特长。

有人说，荷尔蒙激素过多，会造成精力旺盛。他上课时常不安宁，喜欢和周围的同学大闹，搞同学的桌子与书。同学知道他的德行，一般会逆来顺受，不反抗他。他这种欺负，非你死我活阶级斗争，更倾向于同学间的玩笑取乐。

由于林小飞身体硬件好，强壮，有力量，外班的一些同学，主动和他交往，他的社交范围，从200班扩展到其他班，甚至伸向学校围墙外。

林小飞多次欺负同学，情节严重，性质恶劣。受欺负的同学回家搬救兵，叫来父亲或母亲。于是，出现这一幕，在某个清晨，或者上午，一男人或女人怒气冲冲地走进流沙中学，大声询问林小飞在哪个班。

如果是女人，会问林小飞，为啥打她儿子，并向班主任投诉，要求处分林小飞。

碰上男人，可能会对林小飞动动手，或者动动脚，修理修理他。此时的林小飞，好比虎落平阳被犬欺，表情严肃，低着头，偶尔低声下气争辩几句，很快会被旁边家长的质问声淹没。

周志光调皮，他甚至敢公开和老师对抗。不过，他总会逮着点正当理由，上课搞小动作，他说自己患了多动症。从小学到初中，他不喜欢读书，但成绩不会很差，喜欢关心时事。他用手机了解中国和世界发生的大事，他的同学玩手机，多是打游戏，或者QQ聊天。他偶尔也玩，不过不上瘾。有的同学说他是怪物，他则骂那些人玩物丧志。

老师们认为，四大金刚之一周志光，其档次和素质明显高于其他三位，智力也比其他三人高，接受能力强，如果把他引入正道，是个不错的学生。

四大金刚最后一位：曾乐田。

海拔约一百六十五厘米，脸部清秀，轮廓分明，有点儿韩国明星味，他身材纤细，这样一块料子，从视觉效果上来说，让人心情愉快。

他的外形有些女性化，缺少阳刚的成分。

他当选200班四大金刚，不是他有多凶、多狠。而是他不把读书当回事，上课专门找同学聊天，前后左右的，他都聊，可以从上课一直聊到下课，从上午聊到下午，好像还聊不够似的。

他聊天声音不大，弄出的响动很低调，即使这样，长时间不守纪律，也突破了最佳忍耐力老师的底线。曾乐田有个优点，不论老师怎么批评他，他都不顶嘴，心里也不记恨。他说，他确实对念书不感兴趣，一副逆来顺受的样子，问他今后有啥打算，他说去圣林城里学理发，有可能的话，将来自己开理发店。

他的形象，真像理发店的男青年，再把他的头发染成非黑色，简直像绝了。

四大金刚是200班负能量中坚力量，尽管他们受到老师们的轮番打压。但是，只要他们有一丝气息存在，就要在课堂上弄出点事情来，在课外弄出点让班主任恼火的事来。

四大金刚算违犯纪律的第一梯队，在他们的带动下，有一批中间分子，也会犯错误，这批人的数量不固定，第二梯队的同学，被老师抓住之后，会有一段时间好转。隔一阵，他们又会重出江湖。

200班班长是女生，她叫刘静媛，人和名字和谐统一，非常文静的一位女孩。她话不多，在老师眼中，她不会多说一句话，上课时无话和同学说，只在下课和同学温柔说笑。

刘静媛不仅仅是遵守纪律的标兵。同时，她的成绩经常全班第一，不论哪一科的作业，她都完成得一丝不苟，老师们忍不住多看她的作业几眼，以增加自己的幸福感。

文静的刘静媛，在朗读课文时，却给人耳目一新的感觉。她的声音最洪亮，即使在一楼，也很容易分辨出她的声音。

然而，作为班长，在管理方面，刘静媛名存实亡。她一个柔弱女生，怎能管得住凶猛的四大金刚，以及金刚周围的小金刚。

杨铁雄问刘静媛，如何把这个班管好。刘静媛不假思索地说，老师严管那些不守纪律的人，惩罚他们。如果再不行的话，叫他们家长来。

　　又问其他人，他们对纪律问题的看法，依然指望老师严加管束。如此明显的道理，杨铁雄哪能不知呢？他琢磨着，怎么借用学生家长之力，改变班风，他一个人单打独斗是不行的。

　　专门开个家长会？似乎有点兴师动众，流沙镇是劳动力输出乡镇，很多学生父母长年在外地打工，让他们从天南地北赶过来，开个不一定解决问题的会，家长们付出代价太大。想来想去，给几个比较调皮的学生家长打电话，向他们通报学校抓校风班风的情况，要他们配合学校工作。

　　于是，在一个凉风习习的晚上，流沙中学三楼的教师办公室里，发生了这样一幕。

　　"喂，你是肖春意（曾乐田、周志光、林小飞等）的父亲吗？"

　　"是的。"家长们都会这样回答。

　　"我是他的班主任杨老师。"

　　此话一出，家长们的反应各不相同：有的在电话中很客气，说杨老师好；有的态度和语气非常冷淡，知道老师打电话来没有好事情，立刻追问有什么事。

　　还有的马上条件反射似的问，他家孩子又在学校惹事了？杨铁雄马上说没有，对方长长出了口气，说把他吓着了，他看到学校的号码心里就紧张。

　　有位奇葩家长，一听是班主任的电话，便不想和他玩了，连忙说有事，请打另一个电话。杨铁雄赶紧问，他儿子还归他管吗？他犹豫一下，说当然归他管。杨铁雄说耽误他宝贵的两分钟。最近，学校正在抓校风班风的运动，重点是整治纪律。你的小孩在遵守课堂纪律方面欠缺，请你回家时，对他进行这方面的教育，目前正处在风口浪尖上。给学校政教处抓住，情节严重的，先扣班上的分数，再处分学生本人，处分可能进入学生的档案，一辈子都跟着他，对他当兵就业都有影响。

还有一位家长，让杨铁雄很哭笑不得。

"老师，他在学校，我们看不见，咋管？"

"你在家里教育他，他到学校后，会比以前守纪律些。我们当然管，不过根据你儿子在学校的表现，需要你的配合，单靠学校效果不大。"

"他到了家里，我又不要你们配合。家长和老师各管一头嘛！"这句话简直把杨铁雄弄呆了，正当他握着话筒傻傻地想时，家长又甩过来一句雪上加霜的话："杨老师，你是文化人，我的话有道理没有？"

"你的话听起来有道理。我要告诉你一个很现实的问题，你儿子学坏了，你后半辈子的幸福没了，与我没半毛钱关系，你说对不对？"然后毫不客气挂断电话。

放下电话，杨铁雄余怒未消，他真想把那学生喊到办公室来，问问他父亲在家怎么教育他的。犹豫之间，邓开文走进办公室，叫道："老同学，和哪位美女聊天。"

"你看我的表情，有和美女聊天后的愉悦吗？真气人！"

"你这表情，可以理解和美女吵架了。美女离你而去。"邓开文抛给他调皮的笑脸。

"我第一次碰上这样的家长，他儿子在学校就完全由老师管。我怀疑不是他亲生儿子。"杨铁雄生气地说。

邓开文却高兴地说："你这句话够威够力，一句顶一万句，说到他的痛处。我估计，家长不是不管，管不到，没办法，才出此言。"

"他一个儿子都管不了，我要管几十个，我不敢说不行。"

"你也有几年工龄，你这个班，出现什么事，你首先不要惊讶，不要恼羞成怒，要想到怎么去面对，这样会更好些。经过一段时间接触，你会对200班有所了解。他们现在并没有定型，引导得好，很多人会成才，有些人的素质不错。"

"言之有理！言之有理！"杨铁雄说。

这天晚上，学生就寝之后。杨铁雄脑海里固执地想着一个问题：学校层面，应该对不守纪律的同学，调皮的中流砥柱，开个短期学习班，利用晚自习时间，组织他们学习。

晚上10点半，杨铁雄敲开政教主任刘成城的房门。刘成城一看是杨铁雄，吃了一惊，说了句："你今晚迷路了吧！"

"我脑袋清醒得很，有事憋在心里，不舒服，想向领导汇报。"

"我是什么领导，你这么说，想折我的寿，我还想多活几年。"

杨铁雄马上笑着说："折寿倒谈不上，不过让你死些脑细胞，这是没办法的事。"接着，他便把心中的想法说了出来。

刘成城优雅又熟练地点燃一支烟，很享受地吸了一口，再狠狠地吐了出来，说："雷声已经轰隆隆响了一阵，风也天昏地暗地刮了一阵，就差下雨。"

杨铁雄搬张凳子坐下："刘主任，这些天，我为了把200班搞好，没日没夜，能用的招数，用得差不多了，学生有些变化。如果学校出面，对调皮捣蛋的学生进行教育，你们级别高，杀伤力大，在学生心中会形成震慑。"

"我也在琢磨咋办，你有什么秘诀？"

"以前我在汾水中学时，学校利用晚自习办学习班，各班选派最调皮的学生参加。"

刘成城吐了一口烟，在烟雾缭绕中笑道："你想搞流沙中学群英会吗？"

"说得好，一针见血。"杨铁雄响应道。

"你认为有效果吗？"

"汾水学校开展这项活动，我认为起到一定的效果。"杨铁雄肯定地说。

"我和丁校长讲讲，看他什么态度。"他立刻拨通丁松华的电话，把杨铁雄的意思说了。

丁松华一听，心中很高兴，叫他们两个上他房间聊聊。

刘成城和杨铁雄赶到丁松华的房间时，桌上已摆了两杯热气腾腾的茶。刘成城指着那杯茶说："想让我今晚不睡觉，好给你卖命，你想得好。"

"你这坏人，把所有的好人都当成坏人，杨老师你说对吗？"

刘成城马上大声说："有深更半夜还在为老板想主意、出谋划策的坏人？杨铁雄提议搞个群英会，把各班最调皮的学生，收拢收拢，组成一个班，我觉得蛮有意思，有挑战性。看看会不会把我们这些人的头搞爆炸。"

"对你这个政教处主任来说，既是挑战，又是考验，还是成长的好机会。"丁松华说。

"先把我架到火上烤，等我烤焦了，再把你弄到火上烤。"刘成城轻言细语笑着说，"我做好准备，舍得一身剐，我上辈子做学生时太调皮，这辈子罚我做这个事。"

当晚，他们就学习班的问题进行讨论，你一言，我一语。俗话说：三个臭皮匠，顶个诸葛亮。在不断争论中，在一次又一次的思想碰撞中，学习班的方案逐渐清晰。晚上11点45分，众人哈欠连连。丁松华要他们回去睡觉，嘻嘻哈哈向他们道辛苦。

第二天，丁松华利用上课时间，召开全校班主任会议。传达学校将各班调皮学生集中学习的决定。众老师很赞同，说早该这么做，他们根据自己的经验，提出一些看法。

关于这个班的名称，大家各抒己见。赞成用"学习班"的老师认为，会对学生产生一种震慑，表现差才到学习班来。校长丁松华仁慈地认为，给学生贴上坏标签，不利于学生进步，改名"理想教育班"，每个学生都需要理想。

大家一致同意选各班最调皮的，但从人数上给予限制，每班学生人数不超过四人，一个班如果把最调皮的四人搞定，就比较好管。理想教育班总人数不超过36人。

每次上课必须两个老师在场，确保课堂秩序正常。

授课的内容，纪律教育、理想教育、社会道德等方面的内容。其中最大的亮点，必须进行军训教育，锻炼他们的身体，考验他们的意志。军训教官由学校体育老师和退伍军人共同担任。退伍军人是流沙中学的毕业生，在部队担任过班长，他如今在某单位开车，答应抽出时间为母校服务。

杨铁雄把200班四大金刚全部派往理想教育班。去之前，他给四大金刚上了一堂半个小时的思想政治课。他们代表200班，再苦、再难也得忍着。200班以前在学校的名声不好，那是以前的事。从今以后，要像爱护自己的脸一样，爱护班级荣誉，改变200班在全校的形象。

通过苦口婆心劝说，四大金刚们一一向杨铁雄保证："杨老师放心，我们不会给200班丢脸。"

正式上课那天晚上，出发前，杨铁雄率全班同学，为曾乐田、周志光、林小飞、肖春意鼓掌送行，并让四人当着全体同学的面，反复大声说："你们放心，我们一定为200班增光。"

然后，杨铁雄带着他们，在全班同学注视下，排着整齐队伍，从二楼走到四楼。校长和政教主任已等候在教室门口，欢迎大家。对200班排队这种有组织的做法，当场毫不吝啬地给予表扬。

几个学生全部进去后，刘成城悄悄对杨铁雄说："你班上几个精兵强将全部派来了，也不留一个看家。"

杨铁雄笑着说："没办法啊！舍小家顾大家。我们不折不扣执行上级命令。"

说话间，几个学生追逐着过来，刘成城脸一沉，冲那几个学生喊道："你们今晚上吃得很饱，精力没地方发泄？"

学生马上变得安分起来，低着头，靠近墙壁进入教室。经过刘成城身边时，眼睛斜着看他。紧接着，又有一些学生稀稀拉拉上来。

看看学生到得差不多，刘成城根据各班报的名单点名。点名结束。刘成城说："该到的都到了，不该到的，没到，我们开头开得好。"

众人笑，大名鼎鼎的林小飞笑得特别怪异，引起大家进入新一轮笑的高潮。笑声平息时，刘成城抛出一句："你们之间很多人是老相识、老相好吧？"

"是！"一些人扯着嗓子异口同声地说。

"这充分说明，你们这些人，课堂内很活跃，课堂外更活跃，结交了许多志同道合的朋友，我们流沙中学今天开办理想教育班。要求大家严格遵守上课纪律，谁违反纪律，不仅个人受到惩罚，所在班级都会受到影响。我们这个班结束时，对学习情况好的同学的班级将颁发优秀组织奖；对不守纪律同学的班级，我们将颁发原地踏步奖，或者倒退奖。把你们集中一起学习，不仅要你们树立自己的理想，更让你们学会遵守规矩。理想教育班结束后，学校将继续跟踪你们一段时间，看你们是否真的有所改变。"

第九章　荷尔蒙惹祸，朋友之间的战争

办理想教育班是杨铁雄出的主意。

他把它当作一个契机，促进200班班风建设。每天晚上，不论他有事没事，都会出现在理想教育班外面，观察他班上四大金刚的表现。发现谁表现不好，会找来谈话，来软的，也来硬的。

在所有班主任中，杨铁雄最关心他班上学生，200班学生表现慢慢变好，丁松华在全校集会上，表扬200班四位同学，在理想教育班上遵守纪律，积极发言，希望其他班学生向他们看齐。

教师例会上，丁松华充分肯定杨铁雄这段时间以来的工作，号召大家搞工作，像杨铁雄一样，有股钻劲，有锲而不舍的精神。同时，在会上罕见批评203班的班主任，搞得203班班主任脸红耳赤。

理想教育班结束时，杨铁雄卸下一副重担。他问林小飞，有什么感觉。林小飞说，老师你别骂我。杨铁雄保证这次和他平等对话。林小飞说难受。杨铁雄想了想，他明白改变一个人，不是容易的事。

200班收获了两张奖状，一张优秀组织奖，另一张优秀学员奖，有学生的功劳，在班级周会课上，他表扬周志光、曾乐田、肖春意、林小飞。他们不仅仅给200班争得荣誉，也为他这个刚刚调入流沙中学的班主任争得地位。一个老师在学校有没有地位，关键看他教的学生怎么样。

其实，杨铁雄心里知道，他对四大金刚的表扬有点夸张。他好像上了一辆车，这车启动后，惯性越来越大，有点刹不住的感觉。他发现，他表扬的同学，脸上露出得意之色，估计他们心中更得意。他想用好话，用欣赏的办法，把四大金刚绑住，让他们不好意思不守纪律。

从短期看，他的努力收到一定效果，数学老师和地理老师向他反映，这段时间，班上的纪律比以前好多了，四大金刚偶尔闹腾一下，但提醒之后，他们会有所好转，与以前大不相同。

冰冻三尺非一日之寒，水滴石穿非一日之功。

吃过晚饭，杨铁雄待在房间里，寻思着该做点什么。门外响起敲门声，很轻，怯怯的。随后，一阵笑嘻嘻的声音在外面飘荡，敲门的是女同学。

"请进。"杨铁雄打开门说。

三个女生拥了进来。班长刘静媛，何方方，另一个女生，杨铁雄一时叫不出名字。

"老班，吃过饭没有？"何方方笑着问。

"刚吃过，请坐！"

"就两张凳子，你们坐吧！"何方方对其他两位同学说。

"我不坐！"刘静媛说。

"我不坐！"另一位同学说。

"你们到我这里来，有什么事吗？"

班长刘静媛说："她们向我请教学语文的方法，我也说不清楚，便到你这里来了。"

"老班，你传授一点秘诀吧！我觉得语文很重要，听说今后语文在高考时有180分。"何方方认真地说。

刚刚接手200班的时候，杨铁雄便注意到何方方，她比较出众，一米六左右，很会打扮自己，一头长发，柔顺，光滑，乌黑，把她的女性魅力充分展示出来，她五官端正，最傲人的是鼻子，微微往上翘，实在可爱极了。她穿一件白色的连衣裙，把她的苗条身材展现到极致。

流沙中学是乡镇中学，学生未出过远门，生活在乡下，穿着非常保守，老土。何方方在校园里的任何一个地方出现，都会吸引大家的目光。她举手投足，显得大方、得体，绝非一般的乡下女生。听老师说，何方方是从城里转到乡下来的，她家境比较宽裕，为何转到乡下，原因不详。她不是那种调皮的女生，上课偶尔讲讲话而已。

杨铁雄没有直接回答，反问她们："你们课外时间看什么书？"

三个人你看看我，我看看你，突然笑了。

"笑什么？我说错了什么？"

"老班，我们女生都喜欢看言情小说，怕你批评，所以……"刘静媛说，略带羞涩。

"看言情小说？"杨铁雄有点吃惊，很快平静下来，"你们正处在充满幻想的年龄，看言情小说无可厚非，不过陷到里面去，不可取，不利于身心健康。"

"杨老师，你说现实生活中，会不会有小说中那种美好的爱情？"何方方鼓足勇气说。

杨铁雄想想说："我认为没有，你看小说中的男女主人翁，都英俊漂亮，有钱。他们不用上班，没人管他们，他们整天爱来爱去，不断受到伤害，最后又和好。"

"老班，你总结得好，你的言情小说看得比我们多。"刘静媛兴奋地说。

"你们冤枉我了，我不和你们争论。学习语文，是长期渐进过程，想一口吃成大胖子，那是不可能的。你们首先要学好语文课本，把课本上的知识点弄懂、弄透。其次，大量阅读优秀的课外书籍。何为优秀，很简单，看这本书有多大岁数。岁数大的书，因为质量好，才把它传下来。你们看，我国几部文学名著《三国演义》《水浒传》《西游记》《红楼梦》，都年纪一大把。"

"老班，我家里有《红楼梦》，我耐着性子看，只看十多页，没发现它伟大在哪里，后来，我再也没看过《红楼梦》。"何方方说。

"《红楼梦》这本书，很多大学都有研究此书的红学会。全球有八十多个国家翻译了《红楼梦》，曹雪芹花费十年才写成《红楼梦》。你现在不喜欢看，你可以看《黑楼梦》《白楼梦》《黄楼梦》等等，大千世界，书籍浩如烟海，总有一些好书适合你看。"

一件意外的事情打断了他们的谈话。

"杨老师！门外有人喊你。"

杨铁雄侧耳细听，他清楚地听到有人在叫他。

"杨老师！"这回声音大了，有点焦急。

"好像是肖玉龙。"刘静媛说。

打开门一看，果然是肖玉龙。"什么事？"杨铁雄问。

肖玉龙语塞，一时不知说什么。"快说啊！"杨铁雄着急地问。

肖玉龙吞一口唾沫，说："他们在教室里打架。"

"谁和谁打架。"

"肖春意。"肖玉龙说，那样子有点像他自己做错了事。

"走！我们一起去看看。"杨铁雄朝他一挥手，迈开大步，急忙往200班教室里跑。

途中，杨铁雄回过头来问："打得严重吗？"

"用凳子打！我来的时候，看到体育老师去我们教室，估计现在打完了。"肖玉龙这次说得很流利。

杨铁雄正想说话，传来一阵哭叫声。他加快脚步赶到时，战斗已经结束，肖春意站在走廊上，头偏向一边，两只拳头紧紧地握着，大滴大滴的眼泪往下滚落。那样子，似乎要与别人再干一场。旁边围着很多看热闹的学生，他们静静地看，没有起哄，也不向老师汇报。

"到我办公室去。"杨铁雄放低声音说，语气很坚决。他原想到教室后，先把肖春意训一顿，甚至动脚踢他一下。现场情况与他想的不一样，他不忍对一个泪流满面的人凶神恶煞。"我不去！"肖春意说，然后不停地抽泣，估计他心中的怒火，正在燃烧。

"总不能站在这里说吧！"杨铁雄说。

"我不去！就不去！"肖春意依然大声说，委屈的眼泪哗啦啦往下掉，一副死猪不怕开水烫的样子。

杨铁雄把手搭在他肩膀上，轻轻地说："到办公室去。"

肖春意把肩膀一甩，闪到另一边去，吓得旁边的女生尖叫起来。学生盯着杨铁雄，看他如何对付。杨铁雄脾气再好，也忍不住了，他提高声音说："肖春意，我叫了你三四次，已给足你面子，你再不听，别怪我不客气。如果你不想在200班待下去，有多远，你给我滚多远。要是还想在200班，你老老实实跟我来，两条路任你选。"说完，杨铁雄头也不回，到三楼办公室去了。迟疑十来秒钟，肖春意在抽泣声中，移动脚步，往三楼教师办公室走去，围着看热闹的学生渐渐散去。

肖春意站在教师办公室时，杨铁雄却并不理会他，让他在那里冷静冷静。因为惯性，他的抽泣并未停止，不过间隔拉长了。

杨铁雄一言不发，盯着肖春意。突然，他产生一种想法，先找其他同学了解情况，会更接近真实情况。

杨铁雄来到教室，找到打架的另一方黄辉，再找了其他几位现场目击者，很快把事情的来龙去脉搞清楚。

他们开始在一起玩游戏，突然争执起来，肖春意脾气大，先爆粗口："我操你老娘！"

黄辉也不是省油的灯，大声回答道："我叼你老娘，你屋里的人死绝死光。"他这一骂，把肖春意的气焰压下去了。

这句恶毒的话彻底激怒了肖春意，如果不借助其他东西，他打不过黄辉，他从旁边拿起一张凳子，往黄辉砸去，嘴里不停地骂着，十分恶毒。于是，双方打起来。教室变成战场，同学四散围观，有人发出尖叫声。黄辉比肖春意高一个头，在班上也属调皮那类人，他和肖春意常常玩在一起。但这会儿，他也操起一张凳子，向肖春意砸去。

几个回合后，他们换种打法，弃凳子不用，双方扭打在一起，展开近身肉搏战。

体育老师钟华刚好路过，听到异常声音，他走进200班教室，见到两位扭在一起的同学，大喊一声："你们干什么？"

两人根本没有住手，不把钟老师放在眼里。钟华当然有理由恼火，如果不制止打架，他的脸面往哪放，学生会怎么想。体育老师都制止不了打架，这不是天大的笑话吗？他冲向前，伸手拉住他们，大喊："松手，快点松手。"

黄辉渐渐松开手，肖春意趁机扭住黄辉，黄辉被迫再次抓住肖春意。

钟华彻底愤怒了，对准肖春意的脸，啪的一巴掌，估计隔壁教室都听得非常清楚。肖春意被打痛了，怕了，松手了，他怒目盯着钟华，几乎在咆哮："我不要你管，你滚开。"

肖春意的眼泪哗哗涌出来，在那里嗷嗷地哭开了。不久，杨铁雄赶到。

前因后果弄清后，杨铁雄返回办公室，刚刚站在他办公桌边的肖春意不见了，再一细看，肖春意坐在老师办公的电脑桌前，正玩着游戏。他想发作，另一个声音让他淡定。他冲肖春意喊道："这里是你免费上网的地方？"

这声吆喝并未让肖春意走出自己的世界，他赖在那里，继续玩。杨铁雄想不生气也难，他走过去，朝肖春意的屁股踢了一下。

肖春意从凳子上一跳，扭头看到班主任，两手互搓，带着歉意的笑容，丢出一句让杨铁雄差点吐血的话："你再来晚一会儿，我就打完了。"

"我叫你来上网吗？"

肖春意一言不发，摆弄手指。

"变哑巴了，我没这么多时间跟你耗。"

"没什么好说的。"肖春意面无表情吐出一句话。

"我命令你把事情经过说一遍，你作为打架的一方，有义务向班主任说明情况。"

在被逼无奈的情况下，肖春意说了。他一开口，杨铁雄便知道他在撒谎，即便如此，也没打断他，看看他说得多离谱。

肖春意的话断断续续，尽把责任推给别人。

"别胡说了，你在这里欺骗我。"杨铁雄把书往办公桌上一拍，说道："我刚才到教室问了三四个同学，包括黄辉，他们的说法完全一致。你说得对，还是他们四个人说得对，要我把他们叫上来对质吗？"

肖春意一言不发。

"你给我把事情的经过，老老实实写出来，有一个地方说谎，我收拾你，半小时后我到办公室来收。"说完，杨铁雄拿出纸笔交给肖春意，然后出了办公室。他在外面的走廊上站了一会儿，心烦意乱，别的老师和他打招呼，他没心思理，等他知道做得不妥时，别人已远去。

肖春意确实难搞，从眼泪汪汪到激情游戏，前后半个小时不到，他能把打架之事泰然处之，没发生似的，被老师叫到办公室，他心中没畏惧之心。玩游戏的欲望，可以战胜一切，可以践踏一切规则。

他在走廊上胡思乱想着，心里难受。

一会儿，杨铁雄返回办公室，肖春意正伏案书写，见到他来，赶紧坐端正些。

"你经常和黄辉玩在一起吗？"杨铁雄问。

"是的！"

"好朋友还打架？"

"看他不爽。"肖春意脱口而出。

"你看我爽不爽？"杨铁雄盯着他问。

肖春意望着他，无语。

"你看我比黄辉不爽十倍，我骂你，又凶你，还打你。照你的想法，你得拿刀子杀了我，心里才痛快。"

"不可能，你是老师。为我好。"

"我提两点要求：第一，把事情经过实事求是写清楚。第二，自己错了，要认错。根据你的认识态度，我决定怎么处理你。"说完，杨铁雄起身离开办公室，到门口时，又回头冲肖春意说，"你一定记住，这里是老师办公室，不是你自由活动的场所。"

杨铁雄走出办公室，晚自习的铃声响了，他来到200班教室，有几个位置空着，他站在讲台上，一言不发盯着下面的同学，教室里安静下来，不到一分钟，迟到的同学成群结队往教室里闯。

"谁在追你们？"杨铁雄问。

他们赶紧出去，站在教室门口喊"报告"！

杨铁雄走下讲台，盯着他们看，看得他们个个心惊胆战，两手并拢，站得笔直，静候他的发落。

"干什么去了？"

"没干什么，在学校里面。"前面的同学小声说。

"怎么别人在教室里面，你们却在教室外面呢？"

"老师，我上厕所去了。"

"我也在上厕所。"

杨铁雄打断他们的话："我不想听你们解释、撒谎。这次我就不追究了。下次还出现这种情况，跟你们算总账，进去吧！"

学生进去后，杨铁雄到教室里转了一圈，抓住一个讲话的女生训一顿，吓得周围几个女生伸伸舌头。然后，杨铁雄一言不发离开教室，出学校，走了很远很远，烦躁的心情略略有些好转。调皮的学生，把他的心情搞乱。他宁肯多花点精力在教学上，不管这些调皮的学生。观音菩萨啊！你赐我一个法宝吧！让我收服这帮顽劣学生吧！

杨铁雄踏上通往欧家洞的盘山公路，欧家洞是学校对面半山腰上的一个村子，建在平缓的坡上。公路像蛇一样弯曲着，到流沙镇上有两三公里。镇上的人，常把走盘山公路当健身。

到达欧家洞村时，杨铁雄的手机响了，办公室打来的，铃声固执地响着，他咽下一口唾沫，平静一下心情，接了。"杨老师，我写完了，到处找你。"

肖春意老老实实把事情经过写好，这匹野马，终于驯服了。他说："你放我桌子上。另外，你打架的事，性质很恶劣，必须在班上做出公开检讨，你马上写检讨书，明天给我。"

"我不写！不写！"肖春意在电话那头毫不犹豫地拒绝着。

"不写可以，你去问问其他班主任要不要你。做错了事，不付出代价，你会记住吗？"

电话那头没有声音。

"你自己看着办，我没空和你啰唆。"说完，杨铁雄挂了机。

夜色已浓，夜幕完全控制大地。杨铁雄坐在一块突兀的石头上，望着山脚下的流沙镇，那里已成一小片灯光的海洋，镇政府、商业街、流沙中学等，能清楚地看出来。公路上的车灯，汇成一条灯光河流，一直伸向远方。晚风吹来，备感舒服，假如能一直这样坐着，品尝时光缓缓流过，该多好啊！偶尔有人从他身边走过，那是爬山健身的人。有一拨人，是流沙中学老师，浓浓夜色掩盖着杨铁雄，别人看不清他，他却听出了他们的声音。他想静一静，没和他们打招呼。

最后一节晚自习课结束。

流沙中学教室里的灯光次第熄灭。

杨铁雄跳下石头，他必须下山，他头上顶着"班主任"的帽子。晚上他要去宿舍查寝，看看是否有学生没归巢，到外面打游戏，或者干其他活儿。一旦发现有学生失联，首先寻找，其次告诉家长。否则，出了事，班主任责任大大的。

次日清晨，杨铁雄看到了肖春意的说明书，一张纸全写满了，字也端正，整体看来，算马马虎虎。但是，不能就此让他过关，让他去刘成城那里报个到。

正在此时，刘成城在办公室露脸，随意看看，一言不发，走了。杨铁雄追上去："刘主任，肖春意打架的事，我想让他到你那里去，接受更高一级、更有成效的教育。"

刘成城张大嘴巴，微笑着，做点发呆的表情，一会儿，他皮笑肉不笑地说："你又要我死脑细胞了。"

"你那些老脑细胞，该换换新的了，新陈代谢这规律不能违抗。"

"你说了算。要我怎么做，处分还是教育？"

"暂时教育吧！"

刘成城用刀子般的目光，把肖春意足足盯了一分钟之久，才开口说："刚从我这里进修完，又弄出事了，听说你表现不错，非常勇敢，不怕死。用当今电视、报纸上的话说，叫作敢打硬仗，敢打恶仗。你这样的人，应该派你去攻钓鱼岛，派你去消灭恐怖分子。

"可惜你有先天不足，要身高没身高，要体重没体重，要知识没知识，别人一只手，能把你甩丈把远，让你的骨头散架。"

刘成城说这些嘲笑话时，肖春意一直沉默不语，任由他数落。

刘成城没遇到阻击，有种找不着对手的感觉，甚是无味，便说："你用凳子打架，性质很恶劣，两条路由你选：第一，你向全班同学道歉，保证不再犯类似的错误，向劝架的钟老师道歉；第二，你很省事，我在你档案里记上一笔。"

肖春意选择了道歉。刘成城把肖春意打架的事，在课间操时拿出来讲，以后谁再出现这样的事，恐怕要重重处理。

第十章　一波刚平，一波又起

接下来一个多星期，肖春意老实多了。其他爱闹腾的学生，也没闹出大事来，只下点毛毛雨，上课和晚自习纪律也有所好转，200班似乎进入了风和日丽的季节。虽然如此，杨铁雄丝毫没放松对学生的看管。

班上同学在校园里遇见他，会非常礼貌地和他打招呼，女同学们亲切地叫他老班，课外时间里，部分男生也叫他老班。这是对班主任亲切的称呼，他心里暖暖的。

杨铁雄的幸福指数暂时上升，也和丁松华校长对他的赏识有关。在正式场合，丁松华总有意无意表扬他，赞美他，要其他老师向他学习。

中国有句俗话：物极必反。在流沙中学这样的乡镇学校，校长不对的地方，老师们会说。他们不会刻意去讨好巴结校长。校长对杨铁雄的偏爱，引发其他老师不满，有些心里藏不住事的老师，会用开玩笑的方式，表达自己的意见。

"杨老师，你现在成了丁校长身边的大红人，什么时候，也拉我们这些难兄难弟一把。"

"杨主任，你有什么治班绝招儿，不要收着藏着，拿出来和我们分享，独乐乐，不如众乐乐！"

"以你目前的势头，过两年，我们得叫你杨副校长啦！"

杨铁雄听到这些开玩笑的话，没有反击他们，有种少年的羞愧感，内心产生几分不安。

一天，丁松华遇见杨铁雄，他满目慈爱地看着他说："这段时间，你那个班进步很快。"

杨铁雄无语，稍稍过一会儿，他说："我认为学生处在火山休眠期，说不定哪天会爆发。丁校长，你不要过分表扬我，有一天，我会从天上掉到地下，摔得奄奄一息，看热闹的人哈哈大笑，却没人帮忙打120救护车，他们巴不得我光荣。你把我当作流沙中学教师的典型，表扬我，夸奖我，这是一种捧杀。"

丁松华表情严肃地说："你怎么会有这种想法呢？"

"人都有一种嫉妒的心理，只不过很多时候没有表现出来。我只是一名普通教师、班主任，本学期才调过来，在流沙中学没有根基，没有资历，你一次次表扬我，别人会说，就他杨铁雄行，他是英雄，难道我们是狗熊，我们没有做事吗？"

丁松华一边听着，缓缓点头。他沉默着，或许未找到合适的答复话语。

"以后，你要表扬他们。依我看，有些人心中的不满，还没有表达出来，我能感觉到。

"还有来自学生的压力，当今的学生，你永远不知道他下一步会干什么。假如有一天，200班哪个兔崽子，整出点影响学校声誉的事情来，我这个先进教师、先进班主任如何下台？"

丁松华把烟头丢在地上，用脚狠狠踩灭，下决心似的说："我知道怎么做了。"

"谢谢合作！谢谢合作！"杨铁雄双手合十，爽快地说。

"不表扬你，工作还得下苦力做。200班你盯紧点，不能放松。"突然手机响了，电话是一学校校长打来的，丁松华接通电话离开了。

杨铁雄冥冥之中有种预感，班上同学会给他整出点啥子烦心事来。

一天下午，杨铁雄请假回家，两岁儿子杨子豪发高烧，烧到40摄氏度。他匆匆赶到县人民医院，儿子在妻子李秋燕怀里睡着了。透明的点滴，正通过一根塑料管，缓缓输入他幼小的身体。

看到这场景，杨铁雄有种想流泪的感觉，妻子见他来了，淡淡说一句："你也知道回来。"

想起妻子在县城的不易，他很内疚，赔着笑："当然知道回来，别人的儿子要管，自己的儿子更要管。"

"说的比唱的还好听！"妻子白他一眼说。

"我来抱吧！你辛苦了，真的辛苦了。"

接过儿子那一刻，杨铁雄一惊，怀中幼小身躯滚烫滚烫的，他问："量了体温没有？"

"40摄氏度。你没感觉吗？"妻子冷冷地说。

"我有！我有！"杨铁雄赶紧说。

小家伙睁开眼睛，看到杨铁雄，精神一振，喊道："爸爸。"

杨铁雄笑着对儿子说："我家小男子汉怎么搞的，还会发烧。"

"我昨天晚上不小心把被子踢开，就这样发烧的，爸爸你晚上要盖好被子，不然也会发烧。"

说得杨铁雄的眼睛湿润了，他把儿子紧紧抱在怀中，无语。

给儿子打完针，杨铁雄带他回家，妻子在床上躺下，很快睡着。他一刻不离守在儿子旁边，和他说话。邓开文来电话："铁雄，在忙什么呢？"

"带儿子，他突然发烧。刚从医院打完针回来。体温下降了，那么高的温度，吓倒我了。"

"呵呵，你以为当父亲那么容易，这是你快活的代价。"邓开文坏坏地笑着说。

"我班上那些鬼崽子听话吗？没给你折腾出什么事吧！"杨铁雄问。

邓开文犹豫一下，忙说："一切正常！一切正常，你在家好好陪你儿子，这里有我照看，不会出什么大问题。"

"有你邓主任当镇邪之宝，我肯定放心。"

邓开文没有和他继续调侃下去，旁边有人在叫唤，大约有急事，电话在没有结束语的情况下挂了。

按照书上和网上的说法，杨铁雄用湿毛巾擦拭儿子的手和脚，用物理办法降温，儿子头上的退热贴，用了三四个小时，他换了一块新的。然后，他寸步不离地带着儿子，逗他玩，要他唱首歌来听听。起初儿子不肯，发烧，精神不好。后来，杨铁雄假装生气，并以讲故事为诱饵，儿子终于唱起他最拿手、最得意的一首歌《歌唱祖国》：

五星红旗迎风飘扬
胜利歌声多么响亮
歌唱我们亲爱的祖国
从今走向繁荣富强。
……

他稚嫩的声音，认真的态度，跑调的旋律，变异的咬字，摆动的双手，总能一次次让杨铁雄夫妇开怀大笑。唱完一遍，杨子豪略显疲倦，他拒绝杨铁雄要他再来一遍的请求。

杨铁雄不相信失败，再三提要求。杨子豪一句话：今天演出到此结束。让他彻底死心。他兴奋地抱着儿子，亲了又亲。

晚上10点钟时，杨子豪的体温下降到38摄氏度以下。他们夫妇总算松了口气，完全退烧，已成为必然。他们洗漱完毕，正准备上床亲热亲热，一个不识趣的电话又打来，又是他同学，流沙中学办公室主任邓开文。

他离开学校，向校长请了假，校长让邓开文代理200班班主任，短短半天时间，来了两次电话，第一次虽然没提工作上的事，杨铁雄却预感班上有事。但他已请了假，不在其位，不谋其事，先管管自己儿子。

这么晚了，邓开文想说啥？"开文，这时候来电话，200班出什么事了？"杨铁雄接了电话，然后按扩音键。"没打扰你的夜生活吧！"邓开文笑着说。

"暂时没有。"杨铁雄一本正经地说。

"那就好，否则我成坏人了。"

"200班出什么事了？"

电话那头沉默了一阵，说："每天总会发生点事情，我们当老师的，要耐得烦，否则这日子没法过下去。"他不知道怎么告诉杨铁雄，想了想，说："再大的事，有丁校长撑着，怕什么，如果你明天还要陪你儿子，天塌下来我也替你顶着。"

杨铁雄心里就明白了一切，但穷追不舍问出了什么事，邓开文只好把今天发生的事情讲出来。

上午，杨铁雄离开学校的事，恰好被他班上四大金刚之一林小飞知道。他目送杨铁雄离开学校，一路奔跑着进教室，大声嚷道："好消息！好消息！老班回县城去了。"

"你听谁说的，消息可靠吗？"旁边有人问。

"我亲眼看着他离开学校。还会有假？双保险！"

林小飞话音刚落，教室里顿时欢呼起来，包括四大金刚，非四大金刚，班主任不在学校，对于所有人来说，是一件值得庆贺的事。

同学们欢呼之时，代理班主任邓开文哪去了呢？他为何不到200班教室里，给欢呼的同学当头一棒？

原来，学校有不成文的规矩，有老师上课时，学生由任课老师管着。下课时，除非有突发事件，班主任不会到教室里去。

下午第五节课，林小飞、周志光、肖四海三位同学没来上课，那节是地理课，地理老师当时没去追查。下课后才把此事告诉代理班主任邓开文。

邓开文找几个学生一问，中午，三个同学都在网吧里上网，快上课时，他们全部离开网吧，去了哪里，谁也说不准。大概去做什么秘密事情，有人看到他们三个人小声商量着。

第六节课，邓开文有课。他无法分身去管学生。第七节课，他骑摩托车出校门找他们。他不知道学生们到底去了哪里，在学校周边寻了二十分钟，他接到学校的电话，说有三个学生在钟家偷橘子，被逮个正着。关在橘子场小屋里，希望他去看看。邓开文立刻掉转方向，奔钟家橘子场而去。

橘子场在一个山坡上，估计有三十多亩，树上结满沉甸甸的橘子，有的橘子已完全变黄，十分诱人，树下打理得井井有条。一些树结果太多，用木棍支撑着，看得出主人十分勤劳。

离小屋十多米，邓开文听到屋里传来骂人的声音，他不由得放慢脚步，站住细听。"你们这些死崽，家里花钱送你们读书，你们不上课，到外面做坏事。这是犯法的事情，难道你们不知道。"说话的是一个女人。

"要是我养出这样的崽，我抓起来吊着打，你们这些打靶的，有娘养，没娘教，屋里死了老子老娘。"一个男人生气地大声说。

"耽误我们做事，你们几个豆子鬼。"这次说话的是个年纪大点的男人，他说得温和些。

邓开文听得脸上火辣辣的，他不想再往前迈一步。出了这种事，他脸上无光，万一他们把他这个老师一顿臭骂，他如何收场。他不由自主往后退了几步，正在此时，从屋里出来一位男人，四十岁左右，他正把烟蒂往外丢，恰好和邓开文的目光相遇，他上下打量邓开文几秒钟，突然开口说话："你是中学的老师吧！"

"是！"邓开文有点不好意思地说。

"你们终于来人了，你们怎么会教出这样的学生，他们今后肯定会进笼子。"男人悻悻地说。

邓开文本来心里有火，但他没有表现出来，别人说得有道理，他笑着说："吃饭也还有粒谷，金子再纯，也达不到百分之百纯净，我们也想让每个学生遵纪守法，一个班，总有几个学生不听话，我们也没办法。"

屋里人听说流沙中学的老师来了，赶紧迎了出来。最先说话的是位妇女，她冲邓开文说："老师，你总算来了，这几个学生，死活不肯说自己是哪里的，看他们的样子，估计在流沙中学读书，打电话到学校，打了好几次才有人接。"

邓开文走进小屋，见到林小飞、周志光、肖四海三人，他们的双手被棕绳子绑着，系在一块。周志光和肖四海低着头，不敢直视邓开文，林小飞双眼平视前方，表情很平静。他说："到学校调皮点，由学校处理，事情可大可小。你们现在可好，到社会上来闯江湖，试试身手。怎么样？踩地雷了吧！你们犯了盗窃罪，触犯国家法律，和在学校里上课吵闹的性质完全不一样。"

妇女抢着说话："老师，他们摘几个橘子吃，我们也就算了，我带你去看看，他们做些什么缺德事，哪是人做出来的。"

邓开文跟着妇女，往左十四五米远的地方，散落着许多橘子，有的橘子连着枝叶，有的橘子分开两半，有的青橘子还不到采摘时间。邓开文看了，心中很不是滋味。

妇女从地上捡起一束树枝，上面还挂着三四个橘子，愤怒地说："他们吃几个就吃几个，别把树枝弄断，他们几个心肠好毒，老师你晓得，摘橘子要用剪刀，来年这个地方还长橘子，他们一顿乱扯。"

"太过分了！太过分了！"邓开文生气地说。

"那边更加严重。"妇女用手指指前面，"你去看看，他们的父母怎么没教育他们做个好人。"

"大嫂，回学校后，我一定好好教育他们。"邓开文非常肯定地说。

走过三棵树，邓开文惊呆了，一株上好的橘子树，上面挂满黄澄澄的橘子，树枝却断断了，断口处很新鲜，显然是重压使其断裂，看着让人心疼、可惜。

"老师，做出来这样的事情，你说缺不缺德，我们一家守着这片橘子园，每年要出好多劳力，流好多汗，年成好的时候，橘子又卖不上价，还不如到外面去打工合算。"

"这些损失，肯定要他们赔偿。"邓开文说。他跟那妇女回到小屋，待大家站定，他厉声对三个学生问道："那些树是你们损坏的吗？"

三个学生无语，你看看我，我看看你。

"林小飞，你说！"邓开文的声音大得有点吓人。

"是我们弄的。"林小飞终于吐出一句话。

邓开文捡起地上一根树枝，朝着每个人的左小腿，狠狠抽一下。这一下，让他们脸上流露出痛苦的表情。"给我站好啦！"

三个人挺直身子，头也抬起来。邓开文盯着他们一阵，问道："疼不疼？"

三个人异口同声地说："好疼！好疼！"脸上露出痛苦的表情。

"我就要你们疼，让你们长点记性。也许你会在心里说，不就摘几个橘子吗？有什么大不了的事。我告诉你们，这不是小事，你们犯了两项罪：第一，盗窃罪；第二，破坏罪。犯罪和在学校违反纪律完全是两回事。你们在电视里见过，监狱里一道道铁门，高墙，电网，士兵把守。这些都是看得见的，还有看不见的，挨牢头的打，睡在尿桶旁边，吃没有油水的牢饭，失去自由的日子，比在街上讨饭更难熬。"

几个人低着头，不说话，肖四海脸上淌着两行泪水。他非常后悔，邓开文的话，深深触动他的内心。

邓开文又说："早知如此，何必当初。在学校，老师苦口婆心和你们讲，遵纪守法，遵纪守法。讲得老师嘴巴皮子都起泡，你们不听。现在你们摊上大事了，后悔，哭，都没用，想想怎么承担后果吧！"

老年男人开始讲话："老师，我们也没打算把三个黄毛崽子送牢房，但我们的损失他们要赔，我家三口人半天工夫搭进去了，误工费也要他们赔，你说对不对？"

"那当然。"邓开文说。

"你把他们父母叫来，把我们的损失估算一下，赔几个钱，大事化小，小事化了。"

邓开文好不容易问出三位学生家长的电话号码，电话打过去，那边的反应各不相同。

"我们家都有橘子树，他怎么还去偷别人的，在家吃橘子都吃烦了……"

"你什么时候能到钟家的橘子场来。"

对方沉默一阵："我尽快吧！"

"你赶紧来橘子场一趟，带钱来！"

"我没在家，在广东打工。"

"家里还有其他人吗？"

"有！"

"那你打电话叫个人来。"

"好的，好的。"

第三个学生家长接到邓开文的电话，非常生气，大骂他的不肖之子。邓开文立刻提醒他，骂人没用，你儿子被别人逮住，关键是怎么把问题解决，尽快解决。

不料对方来了句雷人的话："他不听话，让他们把他送到牢房里去。"

如果不是替杨铁雄带班，他真会拂袖而去，家长们都这个态度，他也没必要管了。

四十分钟过去，没一个家长来。

橘子场的人很烦躁，对邓开文的态度越来越不好，怪罪老师没教好。

邓开文终于忍不住说："我今天代理他们的班主任，我才到橘子园来。上次九中的学生到我们学校打架，被我们抓住，叫他们学校来领人，电话打了无数个，他们老师偏偏不来。

"刚才，我给每个家长打了电话。但是，家长们都在外面做事，想立刻赶过来，恐怕不现实。"

"可以叫他们爷爷奶奶过来。"中年男人大声说，"我看在他们是学生的分上，要不早送派出所了。"

"他们爷爷奶奶，行动不方便，一时半会赶不过来。我看这样吧，我先把几个学生带回学校，明天让他们家长赔钱给你。"

"那不行，人放掉了，刀柄就在你们手上，他们不赔，我到哪里去要钱。又要耽误我的工，不放！今天一手交钱，一手放人。"

邓开文对他们说："你们都听到了，我没办法，我不可能替你们赔钱，你们家长才有义务出钱。"

"老师，你写个担保书，我们立马放他们回学校。"中年男人缓和一下情绪说道。

邓开文刚听到这个主意，认为可行。转念一想，使不得，凭刚才通话时家长的态度。他这担保书一写，不知会给自己惹出多少事来，杨铁雄不会赞同他这么做，其他老师也不会赞同他这么做。有人说老师不讲情义，可你父母都不着急，凭什么要老师去操心。

有的学生，他们把钱花在上网和买东西吃上面，没有回家的车费，或者由于生病等原因，找老师借钱，借了却不还，催他也不还。学生借老师的钱都敢不还。到社会上会怎么样，可想而知，借钱给他，不等于助长他的恶习吗？很多老师不借钱给学生，除非学生生病。

"我写担保书不妥吧！我只暂时代理他们的班主任，明天他们班主任回学校，那时我就没有权力管他们。"邓开文说，"时间不早了，我先回学校吃饭，吃完饭，估计他们家长也到了。"

邓开文回学校吃完饭，碰上丁校长，丁校长说："开文，下午200班是不是有几个学生没有上课。"邓开文说："是的，我已经找到他们。"

"找到了就好，他们班有几个学生很难搞，你盯紧点。"

"丁校长，你放心！我还有事，先走了。"

邓开文交代另一位老师，晚自习第一节班主任下班的课，替他去200班教室看看。然后，他骑车去钟家橘子场。快到橘子场时，迎面驶来一辆警车，邓开文心一沉，突然意识到什么，他心里有些难过，心想，这些学生做的事虽然可恶，毕竟他们是学生。

第十一章　派出所里，老奶奶哭泣的声音

邓开文骑着摩托车，追在警车后面，在派出所门口，他看到几个学生从警车上下来。

天色暗下来，几个学生家长还没消息。他走进派出所。同在一个镇上，和警察多少有点熟。年轻的李警官对他说："邓主任，你好！"

"给你们添麻烦了。"邓开文微微笑着说。

"我们天天这样麻烦，习惯了。"

"怎么处理他们？"

"先问话，做笔录，估计他们几个今晚要在派出所过夜。"

"也好，让他们受一点惩罚，你给他们上堂法律课，你一句，比我们十句还管用。"

年轻的警官羞涩地笑笑："你们老师的话管用些。我上学时不听爸妈的话，老师的话，不敢不听。"

"你是好学生，当然听老师的话。这几个调皮学生，久经考验，对老师的责骂产生免疫力。他们怕警察，把他们关起来，戴上手铐，才是他们最怕的。"

李警官笑道："老师有理！老师有理！"

离开派出所之前，邓开文来到关人的房间，房间约三十平方米，门是很坚固的铁门，窗户上的钢筋特粗。

沉重的铁门打开那一瞬间，一股尿骚味直扑过来，邓开文微微后退一下，他站在门口，看到三个学生：林小飞、周志光、肖四海。他

们被手铐铐着，铐在三个不同的地方，他们的脸上，露出可怜的表情。

邓开文什么也没说。该说的，老师们说过无数遍，他们总当作耳边风。现在，是让他们接受教训的时候了。

他转身，默默离开。"三个学生进了派出所。"邓开文走进校长办公室，开门见山地说。

"我知道了，杨铁雄才离开一会儿，他们就出去闯祸，看来江山易改，本性难移。"丁松华说。

邓开文说："今晚上，他们可能在派出所过夜，让他们受受苦也好。"

"派出所办案，得按程序来。我们密切关注，尽到我们的责任就行了。另外，学生家长那边的情况怎么样？"

"早已通知他们，家长们开始不怎么上心，否则不会送派出所，现在着急了。估计这会儿快到镇上了！本来很小的事，现在越弄越大。"

"你也算学校中层领导，能处理的，你直接处理，实在处理不了的，再告诉我。"

"丁校，你放心，我会把握好这个度的，当时没告诉你，怕你担心。现在学生进了派出所，必须向你报告。"

"杨老师什么时候回？"

"最快也得明天上午，他儿子发烧，超过40摄氏度。"

"他没回学校之前，你要坚守岗位，注意200班其他同学，你先去忙吧！"

邓开文出了校长办公室，来到200班教室，同学们似乎很听话，他待一会儿就回自己房间，打算洗个澡。刚刚脱完衣服，手机骤响，把他吓了一跳，拿起手机一看，显示为"丁松华"三个字。

"丁校长，你好。"

"刚刚派出所来电话，几个学生家长在那里吵，你先去看看。"

"我一丝不挂，正准备洗澡。"邓开文笑着说。

"说明这个时刻不宜洗澡，你赶紧穿好衣服，去处理一下，不行的话再告诉我。"

邓开文骑着摩托车，前往派出所。还未到派出所院子，便听到有人放声大哭，听声音，好像是女的，且上了年纪，边哭边说，说的内容含糊不清。

他的车刚停稳，李警官便走过来说："邓老师，你叫他们几个先回去，又哭又闹，对处理问题不利。"

"我的飞飞孙子唉，你扯了几个橘子，就被关在牢房里，吃不好，睡不好，你奶奶我前世没做好事，让你受罪哟——"老妇人见邓开文来了，边拍手边哭说。

邓开文走到她面前说："老人家，你不要在这里哭，这里是讲法律的地方，哭解决不了问题，还造成坏影响。"

"想起十多岁的孙子，关在这个又黑又臭屋子里面，我能不难受吗？我忍不住才哭啊！"

"你在这里不停地哭，你孙子听到了，如果他不是铁石心肠，他心里一定会难受，会在里面哭，你想让他难受吗？"

老妇人突然抬起头看着邓开文，止住哭声，扯起衣服擦眼泪。

"老师，你说我这孙子是不是鬼迷心窍，怎会去弄别人的橘子，把自己弄进派出所。这下亏大了。"一位六十多岁的老头说。

"老叔，你孙子是哪个？"邓开文问。

"肖四海，这个不争气的东西。"

"我是周志光的妈妈。"一位中年妇女走向前来说，"老师，给你们添麻烦了。"

"我们也有责任，几位家长，到那边说话。"邓开文一边说，一边指着十米开外那棵大樟树。

家长们怀着焦急的心情走到大樟树底下，还没站稳，林小飞奶奶问："老师，他们关在里面，派出所的人会打他们吗？"

"不会，绝对不会！"邓开文肯定地说。

"我们村有两个人进过牢房，在派出所里也蹲过，他说警察打人打得厉害。"肖四海爷爷说。

林小飞奶奶哽咽道："他们的身子骨都没长成，哪受得了他们几下。"

"老师，你要保证几个小孩子没事。否则，我们几个在外面守一夜。"肖四海爷爷说。

"我这把老骨头，谅他们也不敢吃。"林小飞奶奶手一伸，坚定地说。

周志光母亲说："我一个妇道人家，也不怕他们怎么样，我又没犯法。"

"我把你们的想法转告给派出所警官，并以学校的名义，要求他们文明执法，你们看这样行不行，他们会考虑并尊重我们的意见，学校毕竟是国家单位。"

三位家长同意邓开文的意见。邓开文带他们找到经办此案的李警官，说出他们的担忧，怕几个孩子遭到警察毒打。

李警官郑重地向家长们保证，绝对不会对学生动粗。警察办案，严格执法，个别警察采用逼供方式办案，被媒体放大炒作。以致大家误认为，所有的警察都这样。如果有毒打学生的事情，可以向上级主管部门反映，脱了他那身警服。

经过解释，家长的心结终于被解开，他们同意回家，第二天早上再来。

肖四海爷爷没有回去的交通工具，邓开文替他联系一辆出租摩托车，掏出十元钱，替他把摩托钱付了，肖四海爷爷在车上不住作揖，口中不停念叨："谢谢啊！谢谢，谢谢啊！谢谢。"

邓开文有点受不了这份热情，一拍摩托车司机的肩膀："兄弟，路上开慢点，把老人家安全送到家。"摩托车灯光划开夜幕，向前驶去。邓开文返回学校后，把情况向丁校长报告。

第二天早上，杨铁雄醒来时，不到6点钟，他摸摸儿子的额头，体温稍稍有点高，妻子李秋燕正在熟睡，他亲她一口，她没有任何反应。他悄悄起床，留张纸条，在家人熟睡中，离开家，往汽车站赶。

杨铁雄出现在丁松华面前时，把他吓一跳："这么早，昨晚没睡觉吧！"

"睡了，睡了，班上出事，我心中不安，早点赶回来。"杨铁雄马上说。

"你儿子的情况好些了吗？"

"比昨天好多了，昨天高烧到40摄氏度，把我吓得不轻。我走的时候，他们母子正在熟睡，怕吵醒他们，我没打招呼就走了。"

"向你老婆解释一下，情况比较特殊，所以这么早回来。你儿子发烧的事，要多关注，发烧容易反复，有必要，你可以再请假。"

"谢谢领导关心。林小飞他们几个的事，派出所怎么处理？"

"我和派出所副所长兼我们中学法制副校长张明沟通过，以教育为主，赔点钱。等会儿你和政教处刘成城，一起去派出所，把他们接回来。"

"橘子场老板不会有意见吗？"

"有意见也没办法，他们三个不满十六岁，又是在校学生，盗窃金额不大，赔偿他们的损失，这样处理合理合法。"

上午8点20分，刘成城和杨铁雄一前一后，迈着步子，走进流沙派出所的院子。刘成城左右张望一阵后，扯开嗓子吆喝："张明校长，张明校长。"

杨铁雄疑惑之际，从一间房里蹿出个穿警服的人，他高大，声若洪钟："刘成城，我慢了半秒钟，你就在这里鬼哭狼嚎的。"

"你们当领导的说话要注意，千万别犯常识性错误，我一没哭二没嚎，我是向领导汇报。"刘成城一字一句地说。

"有理，有理，我心中的偶像。"被唤作张明的人笑着说，"这位老师贵姓，好像有点陌生。"

"我姓杨，这学期才调过来。"杨铁雄说。

"原来如此，杨老师好。"张明说。

"他叫张明，我初中同学，同届不同班，那时我成绩好，他自愿把我当偶像，直到今天，他依然从一而终。如今他坐在派出所副所长的位置上，兼我们流沙中学法制副校长，他的照片在我们传达室墙上挂着，我喊他校长没半点错。"

张明笑眯眯地说："我的偶像永远正确。"

"不正确还叫偶像，偶像是你心中的神。"刘成城笑着说，"真没想到，我也有忠实粉丝。"

"近朱者赤，近墨者黑，和你们这些知识分子混在一起，我会变得有文化。沾光！沾光！"张明马上拱着手说。

刘成城接过话："别拍马屁，本来你就很有文化，只能说你们这些人太狡猾，隐藏得太深，早知道你的底细，打死我也不敢当你的偶像。"

张明正想说话，肖四海的爷爷走向前来："刘主任，抽根烟。有事情要麻烦你了。"

"我奉命行事，这里不是学校，处理问题我做不了主。"

"你可以帮我说句话。"肖四海的爷爷低声说。

他们一行人到会议室坐定，李警官把问话笔录拿来，给杨铁雄过目。三人交代内容，基本上能够相互印证，说明他们没说谎。

昨天中午，他们离开网吧，三人一起回学校。林小飞提议：下午到哪里去玩，反正班主任杨老师请假回去了。周志光问，玩什么呢？林小飞说暂时没想好，先到处溜达溜达，看情况再定，总比待在教室里强些。

肖四海有些犹豫，他不赞成去玩，万一给学校发现，不死也得脱层皮。杨老师虽然回去了，邓开文代理他们的班主任，是学校领导，给他抓住，也不是好玩的。

林小飞对肖四海说："你怕这怕那，没一点出息，以后怎么和你相处。"

周志光一挥手说："去就去吧！有什么好怕的。"

看到其他同学早进了校园，回去也会迟到，肖四海同意跟他们到外面去玩。他们懒洋洋地走在公路上，内心既兴奋又害怕。周志光提议到流沙河去，那里风景比较好。林小飞却说带大家去一个好地方，能饱口福。

林小飞带着周志光和肖四海，一路疾走，来到钟家的橘子场。

周志光明白他们要干啥，担心出事，便问林小飞，有没有人看守，有人便算了，假装从这里路过，被抓住了很丢面子，还有一顿打。

林小飞说没事，他们沿着光滑的小路，一步步向橘林深处走去，周志光跟在他后面，相距五六米远。他们走到山顶小屋前，没发现看守橘子场的人。三个人汇合一起，找好吃的橘子，不对口味的，丢一边。后来，他们看着不顺眼的橘子，随手丢掉。

他们经过的地方，留下许多散落的橘子。那两棵损毁的橘子树，是林小飞的功劳，他爬到树上，由于人太重，把整个树枝压断。爬上另一棵树，又把另一棵摧残。肖四海劝他算了，他才没再上其他树。

他们用衣服包着橘子，准备下山，正在此时，橘子场的老板一行三人回来。林小飞想逃，被一只空箩筐砸中，不敢再跑。另外两人没来得及跑，被大声喝住。

老板打电话到学校，代理班主任邓开文随后赶到。

杨铁雄刚刚看完笔录，李警官把三个学生带到会议室。在派出所关了一夜，几个人像斗败的公鸡，看不清他们的脸部表情，但从乱蓬蓬的头发，足以说明一些东西。

肖四海的爷爷站起来，走到肖四海面前，指着他的头，恶狠狠地说："我们家里从未和派出所打过交道，今天你破了戒，吃几个橘子，关一夜，还打烂自己的名声。"

肖四海一直不作声。林小飞的奶奶，周志光的妈妈，也准备声讨、数落自家孩子。橘子场的老板突然闯了进来。

副所长张明走过去，摆摆手说："你们都给我坐好，教育孩子，不差这会儿工夫。我们还有事，有时间让你们教育孩子。"

几位家长找位置坐下。三个学生，照样低着头，缓缓走到椅子边，挤在一起坐下，仿佛宣告他们依然团结战斗。

李警官见大家坐好，开始说话："昨天下午我们接到报警，说有几个人在钟家橘子场偷橘子，并且损坏几棵橘子树，地上也掉落许多未完全成熟的橘子。

"接警后，我们派出所干警马上赶到钟家橘子场，对报警内容进行确认，我们认为报警人所说完全属实，把三个嫌疑人带到派出所进行审问，他们对盗窃橘子、破坏橘子树的事实供认不讳。下面请张所长宣布处理结果。"

张明看看大家，缓了缓，这才说："昨天这起偷橘子事件，经过我们调查，已经确认盗窃、损毁的事实，林小飞是团伙中的带头人。

"因为三人都是在校学生，年龄不满十六周岁，根据我们国家的法律，应该减轻或者免除处罚。因此，对林小飞、周志光、肖四海同学，我们的处理意见是以教育为主。

橘子场的钟老板坐不住了，他焦急地说道："我的损失谁来赔，年龄不够，难道小孩子随便犯法不受处罚吗？天底下哪有这样的道理。"

张明说："钟老板，你别急，我的话没有说完，你的损失，当然要赔。等一会儿，几个家长去橘子场看看，再确定赔多少，我估计，每个人也就赔百多块钱。你们家长同意就表个态，我马上放人。"

众家长都表示同意。张明接着说："这就对了，赔偿数额不多，现在你们把钱给钟老板。回去后好好教育孩子。

"我要对林小飞、周志光、肖四海三位同学说几句。你们做这事，我替你们感到不值，十块钱买几斤橘子，可以让你们三人吃饱。但是，你们做法不对，看看造成多大的后果。且不说你们在派出所关一晚上，受大罪。你们的家长，还有学校几个老师，为了你们的事情，耽误他们多少时间，影响他们的心情，丢他们的脸。

"你们人生道路还很长很长。望各位一定遵纪守法，通过这件事情，你们应该吸取教训，一辈子的教训。老师们，家长们，他们回到学校，回到家，学校和家庭教育要及时跟进，避免他们再犯类似错误。刘主任，流沙中学应该利用这件事，在学生中开展遵纪守法教育活动。"

"我们学校有这个打算，到时候，得请你这个法制副校长回去做报告。"刘成城严肃地说。

"那是必须的，谁让我当你们流沙中学的法制副校长。他们几个出事，我也有责任。"

"你占51%的股份，大股东。"刘成城开玩笑说。

张明笑而不答，笑眯眯看着众人。肖四海的爷爷说："我们这些做长辈的，负主要责任。有句古话，养不教，父之过。我这个做爷爷的，没管好，他爸爸妈妈出去揽活了，他归我管。"

张明插话："你们做长辈的，确实要多花点时间，多花点耐心教育他们，他们的父母为了生活，到外面去打工挣钱。我个人认为，孩子的教育，应该放在第一位。孩子教育不好，父母幸福难以保障，孩子是你的，他和你终生都脱不了关系。你们做爷爷奶奶的，应该督促他们的爸爸妈妈常回来，少挣几个钱，一样过。"

林小飞奶奶不停地点头："所长领导太对了，人人都想赚钱，出去打工，你以为能赚蛮多钱，还不是糊弄一下过日子，我们年轻那会儿，能吃饱饭，菜碗里时常有块肉，过年有身新衣服就满足了。我儿子，一年到头在外面做事，把小飞丢给我管，我年纪大了，管不到他。让他在家里坐着，他偏偏不听。一代管一代，隔代人怎么管都不亲。"

张明有点不耐烦，刘成城知道他有事，便说："我看这样吧！你们几位家长，和钟老板一起去橘子场，看看损失有多大，把事情了结。林小飞、周志光、肖四海你们回学校去，到我办公室里站着，你们是在校期间到外面犯事，学校要进行处理。"

等他们离开后，杨铁雄走到张明旁边说："张所长，今后教育学生遵纪守法，希望你多给我们帮助，再调皮的学生，看到你这身警服，心里也会害怕，我敢保证，他们被关在派出所这一夜，一辈子都不会忘记。"

张明点头答应，杨铁雄大步走出会议室，刚出来的几个学生不见踪影。刘成城掏出烟，点上，再掏一根，递给杨铁雄，帮他点燃。两人一路默默无语往前走。

"这事情终于处理完了，轻松了吧？"杨铁雄问。

"不一定。"刘成城吐了一口烟说。

杨铁雄吃惊地问："照你这么说，这事还没完？"

刘成城停了一会儿，转过脸说："我在派出所，预感会有点什么波折。到底有没有，这戏还得往下看。"

第十二章　乱麻不斩，事情没完没了

踏进学校，杨铁雄说先到班上看看，再去政教处。刘成城嗯一声，径直往政教处办公室走去。离办公室几米远时，他听到一阵哭声，好像不止一人哭，有几个人演奏多声部哭唱曲。

奇怪，怎么回事？刘成城加快脚步，他迫切想搞清是咋回事。

走进办公室，他倒吸一口凉气。当了二十年老师，没碰上这样的事，真有点吓人，刚才回来的三个学生，正哭得一把鼻涕一把泪，并伴有抽泣声，这是他万万没想到的。哭得最卖力、最伤心的数周志光，其他两人好像在伴哭。

"今天太阳从西边出来了，在我的印象中，你们几个是流血不流泪的英雄好汉。"刘成城把他们打量一番，故意若无其事地说。

三人并未止住哭声，反而把马力加大。

"你们是真哭吧！这完全不是你们的风格。早知如此，何必当初，现在后悔迟了。"刘成城一脸严肃看着他们说。

学生们一听这话，暂停一下，很快把哭声加大。

刘成城呆呆地看着他们，突然有点不知所措。按正常思维，他想不通。

他往200班教室走去，杨铁雄正从教室里出来，刘成城急急忙忙地说："你班上几个学生出事了。"

"出什么事？"杨铁雄追问道。顿时心脏扑通扑通地乱跳，他以为出人命案了，惊得脑袋一片空白。

"出怪——事了。"刘成城吞吞吐吐地说。

"你说清楚点，他们到底出了什么事，看你样子，好像外星人。"杨铁雄说完，急匆匆往前赶。

"他们三个人在我办公室号啕大哭，我教了二十多年书，从没有碰上这种情况，把你叫去，一起诊断他们发什么病。"

杨铁雄松了口气，他若有所思地说："可能他们在后悔自己做傻事。"进了办公室，除了三个正在哭的学生，200班地理老师也在。他最头痛这几个学生不听话，正给他们做思想工作呢！

面对哭泣，多数人会选择同情，杨铁雄却恰恰相反，他心里此刻涌动着愤怒、憎恨。他才离开半天，他们便折腾出这么大的事，他在派出所就想狠狠数落他们一顿，出出心中那口怨气。但在那个场合，他认为不适合。

"你们在这里哭什么？还嫌丢人丢得不够吗？这事全校师生都知道，你们在这里齐心协力哭，想让流沙中学的蚂蚁全晓得吗？

"我们国家的药有几万种，独独没后悔药，你钱再多，也买不到，我在班上反复说，婆婆妈妈地说，要你们守纪律、守法律，你们偏偏不听。现在摔倒了，伤口流血了，知道疼了。"

杨铁雄一顿气吞山河、行云流水、痛痛快快的数落，三个人的哭声倒渐渐小了，但仍未完全停止。

"杨老师，我们错了，给你惹那么多麻烦。"周志光哭道，头仍然低着。

紧接着，林小飞哽咽着说："杨老师，最对不起你的人是我，我不该带他们去橘子场，下次打死我也不敢去了。"

肖四海也不甘落后，向杨铁雄忏悔说："杨老师，我保证以后听你的话。"

听着学生真诚道歉的声音，杨铁雄好受些，他们几个屡教不改的家伙，今天道出这些话，不知他们是真心悔改，还是在老师面前装模作样。

时间过去十多分钟，刘成城还没回来，他不知道怎么处理他们，打个电话问问。

"刘主任，你在哪里？我班上的学生你准备怎么发落？他们认识还算深刻。我认为是前所未有的。"杨铁雄说。

"我一时回不去，你先处理吧！你是他们的班主任。"

挂了电话，杨铁雄盯着林小飞、周志光、肖四海，久久不说话。目光探照灯似的，从这个人脸上，看到那个人脸上，搞得三人心中再次忐忑不安。

"刘主任没来，我做主放你们回教室，以后他找不找你们，我不敢说。但我有个要求，你们每个人，写一篇认识书，你错在哪里，对在哪里。我要求你们把内心最真实的想法写出来。你们能不能做到？"

三个人依次说能做到。

"我还有个请求，你们一定答应。"杨铁雄盯着他们，加重语气说。

大家你看我，我看你，不说话，不知他葫芦里卖的什么药。

"杨老师，你说来听，看看我们能不能做到。"林小飞低声说，眼里充满着疑问。

"你们当然做得到，我先给你们打预防针，走出这个房子，你们或许会受到别人的嘲讽、冷眼，受到学校的处分。你们每个人的内心都要强大，绝对不能跳楼自杀，把我害惨。"

周志光忍不住笑出声，严肃地说："杨老师，你放一万个心，我不是那样的人。"

"你们两个呢？"杨铁雄盯着他们问。

"我绝对不会。"肖四海非常肯定地说。

"我更不会，我想好好活着。"林小飞说，脸上流露出不屑的神情。

"你们都向我保证了，我就放心。算我多心。离我们不远的一所学校，有学生受不了老师的批评，咚的一下，从五楼跳到一楼，人没了。我知道你们不会干傻事，只怕万一，我打打预防针，没害处。"

学生走后，杨铁雄感到很疲倦，昨天晚上，儿子吵得他凌晨两点钟才睡着，一大早起来赶最早的班车，好比一个弹簧，拉得太用力，最后的结局是断掉。他把课换到下午，回到房间，和衣躺下。迷迷糊糊中记起，没问儿子的情况，赶紧打电话给老婆。

老婆的电话一直占线，越打不通，他越要打。他想，难道儿子的病情又加重了，老婆的电话长时间通话，在和什么人聊天？

电话终于通了，杨铁雄忙问老婆儿子退烧没有。

那头冷冷甩过来两个字：退了。

他的怨气，立刻烟消云散，在电话中对老婆的甜言蜜语说个不停，老婆终于有点笑容，说他不正经。结束通话，杨铁雄一身轻松，躺在床上，呼呼大睡。

他睡得很沉，很香，还做了一个梦。梦里，他走进教育局大院，迎面走来一位衣着讲究的人，那人非常友好地和他打招呼，他却想不起对方是何人，笑哈哈和别人握手。

他终于忍不住，问对方在哪里高就。对方说在教育局当局长，要他去办公室坐坐。他想想反正没事，去了。

教育局四楼，有一间挂着局长办公室牌子，他们一前一后进去。

转瞬间，从外面拥进很多人，喊着"局长，局长"。他才确信对方是局长。

局长非常热情叫杨铁雄往前面坐时，他耳边响起一阵咚咚的敲门声，他被咚咚的敲门声吵醒。醒来时，天色大亮，杨铁雄甩甩脑袋，明白刚才在做美梦。

"杨老师，杨老师。"外面有人在叫，并有敲门声。

"谁？"杨铁雄冲外面大声喊。

"周志光和肖四海。"

"什么事？"

"交认识书！"

"知道了，稍等一下。"杨铁雄说，等他打开门，发现周志光、肖四海毕恭毕敬站在门外。不等他说话，周志光双手捧上用作业纸写的认识书，肖四海也双手递过认识书。

"自己认为写好了吗？"杨铁雄问。

"这是我最用心、最认真的一次。"周志光说。

"我写了两个多小时，吃完饭就到教室里写。"肖四海小声说。

"你们都吃完饭了？"杨铁雄问。

"是啊！杨老师你没吃饭？"周志光问。

杨铁雄掏出手机一看，下午1点20分，这一觉，他睡了三个小时。"我太累了，昨晚我儿子发烧，我下半夜两点才睡，今天一大早从城里赶过来，没休息好。"

"老师，对不起，对不起。"周志光带着歉意说。

肖四海愣在那里不说话，从他脸上的表情可以看出，他内心满怀内疚与懊悔。

"林小飞呢？"杨铁雄问。

"正在教室里写，估计快写完了。"周志光说，"他让我们先告诉你一声。"

此时此刻，杨铁雄心中有点感动，在派出所关了一夜，他们变化真大，假如他们平常有现在三分之一听话，他就心满意足。人啊！只有失去，或者将要失去时，才懂得珍惜，才懂得后悔，才懂得害怕。

一阵急促的奔跑声传来，众人循声望去，林小飞已飞到眼前，手中拿着作业纸。

"杨老师，我写完了。"林小飞喘着粗气说。

"我先看看再说。"杨铁雄接过来说。字都工整，一笔一画在写，比他们的作文好多了，看来他们在时间和态度上下了血本。学生一直盯着他，心中七上八下的，等待他做出评价。

"说句心里话，你们今天的表现，我比较满意。我这一关，让你们过了。经过这件事情，你们应该有很大的触动，要把读书学文化当作一回事，我不要求你们每个人考上高中，考上大学。这样有点强人所难，我希望你们每天进步一点。每天学一点，能不能做到？"

三人不约而同点点头，回答说："能做到。"

"你们回去吧！"杨铁雄笑着挥挥手说。

"老师，你还没吃饭，食堂早关门了。"周志光回过头来说。杨铁雄想起调皮的学生对老师有感情，这句话有一定的道理。

他教过的学生，目前跟他有联系的，当年很调皮。

周志光虽然调皮，但他时常会传递出一点正能量的东西。他聪明、机灵，如果这种聪明全部用在正道上，他今后肯定大有作为，可惜，他在乡镇中学读书。

杨铁雄到校外草草吃个盒饭，然后赶回学校。下午，200班课堂纪律很好，上课的政治老师说很爽，来劲，四大金刚中的两大金刚，变得像优等生一样听话，其他两大金刚似乎闻出空气中的异味，一直老老实实，规规矩矩。

晚上，杨铁雄突然想起橘子场那边的事，几个家长处理得怎么样？会折腾出什么事来？一整天，没听到那边有什么消息。他一会儿认为处理好了，一会儿又隐隐担心。

然而，让大家都没料到，这事，第二天卷土重来。

上午第二节课，流沙中学大门口，来了两位不速之客，骂骂咧咧，一人扛着枯萎的橘子树枝，上面连着叶子和橘子，一人挑着箩筐，装着带叶子缺皮的橘子。

"我们进去找校长，找校长！"中年男子边敲门边说。

"有事吗？"门卫问。

"我吃饱饭没事干？肯定有事找他。"男子怒气冲冲地说。

门卫不敢怠慢，忙起身来到窗口，悄悄推开一点点，瞅了瞅，他知道这两个人来者不善。

"你让我进去。"男子把门敲得更响。

"你再闹，我打派出所的电话。"门卫放了句硬话。

"打呀，你有本事就打，派出所的人拉屎不拉干净，搞得我们老百姓遭罪。"中年女人大声说，一副撒泼的样子。

女人尖锐的声音透过大铁门，在校园里回荡，几个老师跑出来观看。

杨铁雄看到铁门外的橘子树枝，突然明白怎么回事。他立刻前去扑火，刘成城、丁松华也明白了，一起往校门口走去。

此时，男人把橘子往学校里面倒，女人把枯萎的橘子树枝，通过铁门的空格，不停地往里面塞。

"你们在这里干什么？"丁松华问。

男子打量他一眼说："你们校长呢？叫他出来。"

"我就是，我姓丁。"丁松华镇定地说。

"丁校长，你们学校的学生，到我橘子场偷橘子，搞破坏，昨天在派出所说得好好的，赔偿我的损失。人放回来了，家长们也去看了，吵着吵着就不管了。"

丁松华提高声音："你可以向我们反映，你这样到学校一闹，影响多不好。如果你告诉我，我不管，随你怎么闹。"

这时，下课铃响了，一大群学生向校门口拥来看热闹，刘成城赶紧对他们说："快把你的橘子收拾好，弄开点，我帮你找家长赔钱。"

众老师动手收拾，橘子场老板迟疑一下，觉得闹下去也不是办法，开始捡脚边的几个橘子，挑着担离开校门，放到距离校门100多米远的地方。

丁松华、刘成城、杨铁雄三人走出校门，向橘子场老板了解情况。

原来，昨天钟老板和几个家长离开派出所后，来到橘子场。当时在派出所时，对赔偿多少已经很明确了，到了果场，钟老板反悔了，双方争起来。

周志光的妈妈说，赔多少不用再讨论了。

钟老板说，不讨论可以，在派出所时，张所长提出的价，我不同意，他也没说死。现在你们看到现场了，每人赔100元，我会同意吗？不说损失橘子，橘子树呢，还有误工费呢，最少赔450元。

三个家长一听，你看我，我看看你。

肖四海的爷爷说，他的孙子本来要回学校上课，林小飞喊他来的，害得肖四海在派出所里关了一夜，白白受一晚的罪。

听到这话，林小飞的奶奶不高兴了，说，肖四海十多岁，有自己的主张，是他自己走上来的，不是林小飞把他背上来的。

两位老人你来我往，争得脸红耳赤。

钟老板要他们别吵，赶快掏钱，再耽误他的时间，又得涨价。

听到这话，林小飞奶奶来气了，冲着钟老板说，农村里的孩子，谁没摘过别人家的桃呀、枣呀、黄瓜呀，主家晓得了，最多骂几句，或者告诉家长，让孩子的爸爸妈妈去教育。

钟老板报警，让三个孩子在派出所又脏又臭的房间待一夜，这样的损失，又怎么算。你去派出所那屋子里关一夜，我们出钱给你。没钱，借也借起给你。

钟老板气得浑身发抖，如果对方不是老人，他会用拳头教训对方。只听周志光妈妈接着说，孩子们犯了错误，给派出所关一夜，吃点苦，受点罪，让他们承担做错事的后果，反而是件好事。否则，他们今后会更难管，犯更大错误。

这话给林小飞奶奶迎头一击，她怔怔地看着周志光妈妈。觉得有理，不知用什么话来回击，便说她今天没带够钱，摘几个橘子，赔那么多钱。叫林小飞的父亲来赔。说完，她走了。

肖四海的爷爷见状，给钟老板一根烟，自己也点上一根。边抽边说，主犯的家长走了，他孙子是受害者，对不起，他走了。周志光妈妈跟着也离开了橘子场。

钟老板窝了一肚子火，再找派出所，他又不敢，唯一的路，只有找学校。

丁松华听完钟老板的话，便问："总共赔你450元钱，是吗？"

"没错，我两棵树，年年长橘子，收十年八年橘子没问题，你们老师评一评，我漫天喊价没有，我赚了还是亏了，有账算得清。"钟老板说。

"这样吧！明天上午之前，我保证你的赔偿到位，否则，我赔你。"

"有你这句话，我还有什么好说的。"钟老板心平气和地说。

丁松华转过身来，对杨铁雄说："你打电话通知三位学生的家长，要他们明天上午之内，必须把钱赔给钟老板。否则，叫他们来学校把自己的孩子领走。"

"我一定通知他们家长。"杨铁雄肯定地说。

"话要说狠点，就说是我的意见。"丁松华有些生气。

"丁校长，这个责任由我来担。他们家长本来做得不对，如果他们开始就重视此事，后面不会出这样的问题。"

丁松华深思一会儿："也好，你尽管放手去做，出了事我来承担。"

送走橘子场老板，杨铁雄他们返回学校。家长们在这件事情上的做法，很快在老师们中间传开，他们难免发发牢骚，议论一下。

杨铁雄呆坐在办公桌前，表情凝重。老师们的议论，他一句不漏听到耳朵里去了。他不能肯定，这件事赔完钱就会了结。这时，丁松华走进教师办公室。

"领导光临我们寒舍，有何贵干。"

"来慰问我们，也带点东西，多少是你的一份心意。"

丁松华并未理会这些调侃，他对杨铁雄说，你去找到三位学生，把情况的严重性和学生说说，让学生打电话给家长。如果你直接和家长对话，万一闹僵了，回旋余地都没有。要是你不便出面，叫刘成城一起来做这件事。

杨铁雄觉得让刘成城和学生说，代表学校的意思，到时他再来执行学校决定。三位学生去政教处时，许多同学用一种异样眼光打量他们，那是一种无声的指责。

"你们嫌我命太长，总来烦我。"刘成城第一句话就这样说。

三个学生低头不语，想笑，又不敢笑。想争辩，终究没说一个字。

杨铁雄接过话来说："吃哪份粮，打哪份仗，这事，注定要你干的。"

"哪个都能干，你杨铁雄还干得好些，单单你的名字，便可把他们吓得屁滚尿流，闻风丧胆。"刘成城抬一下头说。

杨铁雄双手抱拳："谢谢抬举，哪天你借我一点力量，把我班上这些调皮捣蛋的统统降服。"

几句玩笑，让屋子里紧张的空气稍稍活跃起来，学生们脸上，也渐渐舒展开来。

刘成城降低声音说："在你们心中，我专门做恶事，今天上午橘子场的老板，挑着橘子，抱着橘子树枝到学校来吵死，你们几个都晓得，昨天说得好好的，赔钱。但你们的家长，以为你们出来了，老板没办法。吵吵闹闹，不赔，林小飞奶奶起了很坏的带头作用。今天，丁校长给我们下死命令，明上午必须把钱赔偿到位。你们现在打电话回去，要你们家长立刻送钱到学校。再出什么问题，你们卷起铺盖回家。"

"我回家去拿。"林小飞低声说。

"这样更好。"杨铁雄说，又问，"你们两个呢？去拿还是叫家里人送来。"

他们说去家里拿。

杨铁雄看着他们说："你们每人写一张请假条，我签字，门卫好放行。

"另外，你们保证直接回家，不能到其他地方去玩，再出什么乱子，观音菩萨也救不了你们，第七节课前，赶到学校上课。我会打电话通知你们家长，丁校长已经向钟老板保证，超过明天上午，钱不到位，随便他怎么闹。"

三人出了政教处，回教室写请假条。

刘成城往椅子上一靠，说："你话讲得比我的多，这点芝麻小事，其实你交代一下就可以。"

"我夺了你的权，罪过，罪过。"杨铁雄双手合十说。

刘成城赶紧说："你理解错了，完全错了。"

"借你这块风水宝地用用，这里代表学校意见，级别高，杀伤力大。"

"你班上那几个人，是蒸不烂、煮不熟、锤不扁、砸不烂响当当的铜豌豆。"

下午，肖四海、林小飞、周志光在规定的时间回到学校，每人把150元钱交给班主任杨铁雄。杨铁雄接到两个家长打来的电话。

周志光妈妈向杨铁雄表示深深的歉意，她做得不对，给学校带来麻烦，希望他不要计较，不要对周志光有什么看法。

杨铁雄正要下楼时，又接到林小飞父亲的电话，他在电话中连说几个对不起，说林小飞很调皮，他很少在家，只要回家，他就会教育林小飞听话，不要惹事，希望老师把林小飞管严点，该打就打，该骂就骂，他毫无意见。

接完电话，杨铁雄骑着摩托车去橘子场，把钱交给钟老板，并说，三个学生家长都打了电话道歉，现在他把钱和歉意都带来了，聊了几分钟，杨铁雄打道回府。

杨铁雄回到学校，把事情处理结果告诉丁校长，丁校长淡淡地说："知道了。"

第十三章　亲情呼唤天南地北的家长

　　日子一天天过去。杨铁雄把所有的时间和精力都扑在学生身上，单独找同学聊天。班风有了很大转变，他的努力，获得许多家长认同。

　　正当杨铁雄把偷橘子的事情忘得差不多时，一件意外的事情发生了。有天上午，他发现教学楼前挤着很多学生，在看什么最新消息。

　　杨铁雄加快脚步，径直往学生堆中挤去，他拨开几个学生，看到一张白色的纸，上面写着"通报"二字，内容如下：

　　经调查，10月15日下午，200班学生林小飞、周志光、肖四海三人，逃课到钟家橘子场，趁橘子场的主人不在现场，大肆盗窃橘子，把质量不好的橘子扔得满地都是，还破坏两棵正在盛年期的橘子树。

　　因其家长不积极配合处理，橘子场老板选择向公安机关报案。三位同学被派出所关了一夜，因不满十六岁，以教育为主，赔偿老板的损失。

　　赔偿时，家长们与橘子场老板闹翻，老板到学校闹事，使流沙中学声誉蒙受巨大损失。

　　根据学校行政领导研究决定：对起带头作用的林小飞，给予记大过处分，给予周志光、肖四海两人记过处分。

　　希望全体同学引以为戒，做一个遵纪守法的合格中学生。

流沙中学

11月5日

杨铁雄有点生气，他马上奔政教处，劈头就问：

"怎么还要处分我班上的三位同学？"

"一直没说不处分！"刘成城坦然地说。

"他们后面的表现不错。"杨铁雄争辩说。

"电视里落网的犯罪嫌疑人，都很温顺，很老实，很乖巧，让人同情。"

"他们还是学生，可塑性很大，为什么不能给他们机会。"杨铁雄不依不饶地说。

"杀鸡给猴看，对其他同学起震慑作用，我们理解你，你也要理解学校的难处，这件事情我们经过慎重考虑。进了派出所还不处分，你说什么事情才够得上处分。"

杨铁雄无语，他知道再说也没用，处分结果已公布出去。学校这么做，也完全有道理。

看来，找丁校长也白搭，事已至此，只能接受，不知三位当事人有何想法。

下午，杨铁雄上楼时，一位外班的学生递给他一张请假条。

请假条

尊敬的杨老师：

您一定看到学校的通报，为有我们这样的学生而感到羞愧。

我们请两天假，离开学校，呼吸外面新鲜的空气。这样，您看不到我们，眼不见，心不烦。

您放心！我们会注意自己的安全，不用找我们，过两天，我们保证回学校。

请假人：周志光 林小飞

"他们什么时候给你的？"杨铁雄急忙问。

"下午1点钟左右。"学生说。

"看到他们往哪个方向走了吗？"

"没有。"

杨铁雄赶到教室，没发现周志光和林小飞两人，问了许多同学，他们最后见到周志光和林小飞，是中午吃饭的时候。有位同学说，好像看到他们趴在桌子上写什么，当时教室里只有周志光和林小飞两人，他马上出去了，后面的事就不知道。

周、林二人的确出去散心了，他们怕老师和家长担心，才写了一张请假条，算有点组织纪律性。假如出了问题，他这班主任没有报告，得承担责任，应该去报告丁校长。

"什么事这么急？"在四楼的拐弯处，丁松华对迎面冲上来的杨铁雄说。

"出事了。"杨铁雄喘着粗气说。

"什么事？"丁松华惊慌地问。

"到您办公室去说吧！"杨铁雄卖了个关子。

丁校长转身往他办公室去，掏出钥匙开门，却一时打不开，折腾一阵，门终于打开了。

"坐坐坐，出啥事了？你说。"丁松华追问道。

"上午学校贴出一张通报。"杨铁雄不急不忙地说。

"是啊，我知道。"

"我个人认为，那几个学生已经知错，这段时间也表现不错，不处分他们也说得过去。"

"你接着说，到底有什么事？"丁松华急急地说。

杨铁雄沉吟一会儿，才说："我们班的周志光和林小飞，因为学校那份处分通报，现在离开学校，不知去向。"

"你确认他们因为处分才离校？他们有做违法事情的勇气，承担错误的责任心却给狗叼走了。"丁松华有点生气。然后不语，他思考这个问题如何解决，他点上一支烟，不忘丢一支给杨铁雄，并把打火机递给杨铁雄。他认为学校处理学生，并无不当。但是因为学生是从学校走失的，学校肯定负有一定责任。

"你告诉学生家长了吗？"丁松华问。

"还没有，我刚得到消息，就来向您报告。他们走的时候，留下一张字条，说要请假两天，我没签字，算什么请假。"

"那张请假条呢？"

杨铁雄掏出来说："两个人的内容相同，您看看吧！"

"这样吧！你把此事告诉学生家长，别把处分说出来。不是还有一个没走吗？你要掌握他的思想动态，我现在有事，马上出去一下。"

离开校长办公室，杨铁雄打电话给周志光和林小飞的家长，他说，周志光和林小飞下午托人交给他一张请假条，然后没来上课，叫老师不要担心他们，大概他们去了一个安全的地方，家长也不必过分担心。

挂了电话，杨铁雄找来肖四海，肖四海心情有点低落，他用非常和气的语气，询问肖四海心情如何。又说，作为班主任，他对学校的通报有意见，他已经向刘主任和丁校长表达自己的不满。但学校这么做自有道理，应该正确认识通报，牢记它，今后想做那些坏事时，回忆通报，对自己是一种警醒，坏事，往往会变成好事。

杨铁雄推心置腹地说了很多道理，肖四海的心扉渐渐向老师打开，谈话快结束时，杨铁雄问肖四海，是不是不想看到那张通报。肖四海说确实是这样，他上厕所都绕很长一段路，避免看到它，受刺激。

杨铁雄说他也不想看到，他悄悄授意肖四海，晚上没人时，把它撕下来。

肖四海的眼睛里放出亮光，说他会做得很秘密。

杨铁雄对他点点头，示意他回教室。

第二天早上，杨铁雄去贴通报的地方，果然不见通报。他心中有种快感在全身弥漫，仅有两块不规则的白纸贴在那里，这是匆忙作案的遗漏，他看了几眼，不敢久留，怕别人起疑心。

后来，没人说起通报被撕的事，即使怀疑，没有确凿证据，谁敢乱说。

第二天上午第二节课时，杨铁雄正在办公室批改作业，突然听到走廊上有人说："周志光和林小飞两个死崽回来了。"

杨铁雄跑出去看，果然见周志光和林小飞朝教室走来，动作有点躲闪。他立刻奔下楼去，办公室不是聊天的理想场所，有些内容，不能让其他老师知道。

杨铁雄出现在他们面前时，林小飞和周志光吓了一跳，他们已无处躲藏，只有硬着头皮，等待和承受将发生的一切。

"你们昨天去哪里了？"杨铁雄轻声问。

"我一位同学家里。"周志光平静地说。

"你们不是请两天假吗？还没到期，就回来？"

"怕你担心，提前回来。"周志光紧接着说。

"林小飞你说，为什么提前回。"杨铁雄转过脸对着林小飞问。

"我们两人在外面很不安，怕你找我们，我们请假，没经过你批准就走，错上加错。"林小飞抬起头，看着杨铁雄说。

"你说的如果完全是真话，我心里很高兴，意味着你们懂事了。"

"杨老师，我如果说了假话，全家死光。"周志光激动地说，他呼吸的速度明显加快。

杨铁雄摆摆手："我心里有底。其实，学校贴通报，事先我一点都不知情。按我想法，你们改好了，不要再去追究。我对刘主任和丁校长说了，不该贴这个通报。学校的意思，通报不仅仅为了教育你们，而且给全校的学生以警告。"

"杨老师，我们知道错了。"林小飞说。

"你们能这样理解，那就好，今后好好学习。你们请假给家里打了电话吗？"

周志光说："杨老师，我打了电话给家里，让他们别找我。"

"你呢？"杨铁雄冲着林小飞问。

"也打了。"林小飞说。

"你们俩快点给我滚回教室去，这段时间给我夹着尾巴做人，表现好了，我对你们的看法会改变，表现不好，小心我翻旧账。"杨铁雄故意板着脸说。

期中考试结束后，200班成绩不理想。

杨铁雄教的语文，情况稍稍好些。改卷时，语文组组长翻阅一下各年级的试卷，发现比以前大面积减产，如果按旧有标准评判，不但严重挫伤学生的学习积极性，还会让老师得忧郁症。于是宣布，可给分可不给分的，统统给分。作文最能灵活处理的，管它通顺不通顺，离不离题，有多少错别字，只要写了的，都给分。

偏偏有几个同学的作文，一个字不写。考试两个小时，不知他怎么熬过来的。

在人为提分的政策下，仍有很多人不及格。

理科和英语更惨不忍睹，有的科目只有几个同学及格。其实和另外两个班相比，200班又要好些。然而，在同学中间，却没有飘荡着悲伤的气氛。前人总结的"考考考，老师的法宝；分分分，学生的命根"似乎有些不适用。

流沙中学的学生，没考上县属中学。父母钱不多，无权，花不了钱进好学校。家长对他们也没有多高要求。首先要求他们不惹事，能顺利读完初中，学知识，能学多少算多少。升不了学，去打工，还能省一笔巨额学费和生活费。

杨铁雄上语文课，学生不敢太放肆。他喊那些不愿意学习的同学读书，喊一下，动一下。

这两天，在老师办公室，传递着一件作品：保证书。纵然众老师对本校学生的低水平有充分认识，这份来自七年级某同学之手的保证书，还是震惊了每一位读者。

保证书的真实面貌如下。

保征（证）书

我以后不去上网，晚上不去网吧。上课尊首jì lù（"纪律"二字用拼音代替，可惜两个拼音都差那么一点，全错），不wé fàn（"违犯"二字又用拼音，再错）学guī（规，终于写对一个拼音），按时完成作业，如果没有做到就开处。

时间2014年11月15日

肖成

肖昌盛（该生爷爷受株连）

此学生是从其他学校转来的，流沙中学这种水平的学生，绝不止一个。

众老师皆称此保证书为奇葩，作家们坐在家里，绝对想象不出这种独一无二的保证书。

有人献言，寄给农民形象代言人：赵本山大叔。他演小品时，也许用得着。

据知情老师爆料，此生经历比较坎坷，小学时，少管教，他养成不爱学习的习惯，成天像个混世魔王。后来，家中确实无计可施，将他送至河南少林寺一所武术学校进修，每学期数千元学费，指望用那种劳其筋骨的方式，能使肖成听话些。

肖成"学成"归来，先前学校知其底细，无论如何不肯收留他，没有老师说他的好话，面对他的种种"罪状"，家长不好意思再让学校收他。其父长年在外面打工捞钱，由他爷爷管着，托人找到流沙中学，要求收留他读书。

转学的学生，大多有点问题，几经拒绝与说服，流沙中学终于收下他，要他写一份保证书，他爷爷也签上名字。

对于这份汉字加汉语拼音的保证书，众老师过目后，议论了一阵，渐渐把此事往记忆库里堆放，毕竟还有许多事情等待着大家去做。上课、备课、改作业，找学生谈话。为每天都有的闹心事情忙碌。

有老师发出感叹：天天难过天天过。

有老师反对，说看问题的角度应当转换，现在都什么年代了，社会进步那么快，用以前的标准要求现在的学生，用城里学生的标准要求乡下学生，有点跟不上时代节奏。老辈人有句古话：儿孙自有儿孙福。

是否可以仿照上面的句式，造一个句子：学生自有学生福。这种观点获得大多数老师的认同。你不认同，认死道理，自己心里难受，心情不好，人活着有啥意思。

期中考试后第十天，流沙中学发布全校性的通知：开家长会。时间定在下星期五的下午。校方有个小小要求，尽量让学生父母亲自参加，看哪个班上的父母到得最多。

杨铁雄当然希望他班上每个学生的父亲或母亲参加。他从肖玉龙和刘静媛他们那里了解到，很多学生家长在外地打工。

和廖欢的对话，让杨铁雄心里酸酸的，感慨良多。

"你父母在家还是在外面？"杨铁雄问。

"他们在佛山的一家工厂里做事。"廖欢说。

"想不想他们。"杨铁雄停了一会儿说。

"当然想！"说完，廖欢眼里闪着泪花。

"为了生活，他们不得不在外面打拼，还不是想让你们过得好一点。"杨铁雄笑着说，语气尽量显得轻松愉快些，以冲淡她的伤感。

"我宁肯他们少赚点钱，多回家。"廖欢低头看着地面说。

廖欢是比较文静的女孩子，她的成绩算不上好，但她不给老师添什么麻烦。她就像一棵默默无闻的小草，不引人注意，没想到，这棵默默无闻的小草，那么渴望亲情滋养。

杨铁雄在那一刻决定，尽量说服在外地的学生父母回家，参加家长会。

很多家长接到邀请他们回来参加家长会的电话，开始都说："杨老师，我在广东打工，我让孩子的爷爷去参加，有什么情况，他会告诉我。"

杨铁雄没有放弃，他早有思想准备，他说："我也这么想，要你们千里迢迢来参加一个家长会，这种花费确实有点大。我和班上很多学生聊天，他们内心很想父母在身边，他们宁肯少花点钱，让父母多点时间陪他们。从身体上，他们长得很高，但他们仍然十分渴望亲情陪伴。老师的爱，爷爷奶奶的爱，永远替代不了父母的爱。"

"老师，你说得很有道理。我们父母哪有不想孩子的。"

"你们一年到头在外面赚钱，是想让小孩过得好，孩子渴望见到父母，就像干渴的土地，渴望得到雨水滋润。你回来，不仅仅是参加家长会，而且是给你孩子干枯的心灵浇水，难道你就不想看看你的孩子。"

"老师，你说得对。你们文化人，说出的话就不一样。"

…………

很多家长经过杨铁雄反复做工作，逐渐认同杨铁雄亲情无价的观念。工作难做的家长，杨铁雄会提高声音反问："你孩子读三年初中，即使你时间再紧，就不能参加一次家长会吗？你不来，他心里会怎么想？"家长无语，防线崩溃。

有两位家长，原先答应回来，却请不到假，打电话给杨铁雄，希望杨铁雄能够给他们老板打个电话。

杨铁雄马上打电话给他们老板。老板说，开个家长会，用得着那么兴师动众吗？家里有老人，派个人去就行，做事情嘛，要计算成本，不合算的事情不要做。

杨铁雄首先承认老板说的有道理，因为行业不同，关于孩子们的教育，他们做老板的不一定晓得。他用事实说话，便讲起了廖欢希望见到父母的故事。讲一位常年在外打工的父亲，面对变坏的儿子，痛心不已。这位父亲说，如能让他的儿子变好，他宁肯把以前赚的钱都不要了。

最后，老板被说服。

星期一，廖欢语带兴奋地对杨铁雄说："杨老师，告诉你一个好消息。"

"什么好消息？"杨铁雄疑惑地问。

"我妈妈马上就要回来了，你怎么能不知道呢？！"廖欢自豪地说。

杨铁雄一惊，他心中猜来猜去，却没想到是这个好消息，他很快明白，马上说："你现在心情跟过节一样，马上可以见到你妈妈了。"

"嗯，很高兴。我妈妈说，你打电话要她回来的，不然的话，她不一定回来。老师，你的威力真大。"

"那确实，老师说得对，家长就要听。"杨铁雄自豪地说。

"我以前打电话叫她回来，她每次都说，请不到假啦，坐车很难啦，要我在家里听爷爷奶奶的话，真没劲。杨老师，我想问你个问题，可以吗？"

"什么问题，我能回答出来吗？"

"明年还开家长会吗？"

"应该会开吧！"杨铁雄有些模糊地说。

"你再打电话叫我妈妈回来。"

"必须的！"杨铁雄这次肯定地说。

廖欢父母每年过完春节，有时在春节期间，南下广东，快过年才回。暑假，她和弟弟有空儿，父母没有空儿，而且那边没住的地方。

家长会那天上午，学生上完四节课回家。杨铁雄吃完午饭来到办公室，拿起早已准备好的标语：热烈欢迎家长们。

他走进教室，放眼打量空荡荡的教室，琢磨着标语怎么挂，突然间进来几个学生。

"你们还没回去？"杨铁雄有些吃惊地问。

"等下就回。"一学生说，"开家长会时，希望老师多说说我们的好话，我们保证以后好好学习。"

杨铁雄想了想："好吧！我答应你们，少说缺点，多说优点。"

"谢谢啊！谢谢啊！"几个学生先后说。

杨铁雄挥挥手说："走吧！你们自己说的，好好学习，别欺骗我。"

把教室稍稍布置完，离家长会还有一个小时，进来一位学生家长，手里提着些东西。

"你是杨铁雄老师吗？"

"没错，你是谁的家长？"杨铁雄笑着说。

"肖四海父亲，在电话中和你打过交道，我那个崽，给你添了不少麻烦，我心里一直过意不去，向你说声对不起，我给你带了点自家的萝卜干，还有一瓶辣椒灰，不值钱的东西。"

"肖师傅，你的心意我领了，这些东西，你带回去吧！"

"杨老师，你别嫌少。这是我父亲种的，用农家肥，真正的环保菜。"

杨铁雄觉得再不收下，会伤害家长的感情。

这天，杨铁雄还收到一袋橘子。家长说，这些橘子，长在山坡上最当阳的地方，品质特别好，每年，他们家都会把这几棵树上的橘子留着，自己吃，或送亲戚朋友。

杨铁雄吃了一个，确实很甜，他突然想买一点这种橘子，转念一想，不行，他一说，家长不会收钱，他不想占家长的便宜。

最有意思的是一位学生的奶奶，她抓来一只老母鸡，足有五六斤重，下蛋很勤快。要杨老师在家里养着，天天有蛋吃。

杨铁雄想推辞，奶奶非常不高兴，说这只鸡的智商很高，比其他鸡更能领会人的意思，她把聪明的鸡送给老师，希望老师能把聪明传些给她的孙子。

杨铁雄心里很感动，多么纯朴的家长，这些自家产的东西，不值什么钱，却是家长的一片心意，是家长对他工作的肯定。他觉得以前受的委屈、吃的苦，在那一刻都得到了回报。

家长们毫不掩饰对杨铁雄的赞美。

"杨老师，听我儿子说，以前他们这个班，乱得不行，没有哪个老师肯当这个班的班主任。你为这个班操了很多心，他们变化很大。"

"抽个空，到我家去做客，我们全家欢迎你。"

"我那个崽，你给我管紧点，给他增加一点点压力。"

第十四章　同舟共济，为了学生的健康成长

家长会按日期、按钟点进行。

首先由丁松华校长讲话，地点在学校大操场里，天气很给力，非常美好，不冷不热。开场白如千千万万家长会开场白一样，平淡无奇，却非常管用、实在。

"我代表流沙中学行政领导班子，向来参加今天家长会的家长们，表示最真诚的谢意，你们用实际行动，支持着流沙中学。我今天特别说明一点，你们中间的很多人，原本在广东、福建、上海等地务工，接到我们老师的通知后，你们想方设法，不怕扣工资，不怕花路费，跟厂里请假，和别人换班，搭公交、赶火车、坐大巴。你们千里迢迢、风尘仆仆、夜以继日，从全国各地赶来，汇聚在流沙中学这块操场上，纵然我的口才再好，先前也做了准备，也不能把我心中的感激之情对你们表达出来，我只能用我的肢体语言来表达……"

说完，丁松华离开主席台，毕恭毕敬地站立着，然后把腰弯成九十度，保持五秒。

不知谁先鼓掌，紧接着，流沙中学的操场上，响起雷鸣般经久不息的声音。

丁松华站直了，望着家长们，大声说道："远道而来的家长们，你们在哪里，举起你们勤劳的手，给我挥动起来。"

人群中，刷刷地举起一只只手，使劲挥着，丁松华也兴奋地挥着手。

掌声，再次久久地响起。

掌声停后，丁松华又深深地鞠一躬，扯着嗓子说："再次向远道而来，向今天所有家长表示最诚挚的谢意和最热烈的欢迎。"

然后，他回到主席台，说："我是这学期才担任流沙中学的校长的，以前一直干副校长。

"说实话，我参加过很多届流沙中学的家长会，但从来没有哪次家长会，让我如此激动，让我从内心发出浓浓的感激之情。

"我们的孩子来到世界上，他有父母和爷爷奶奶的亲情，伙伴们的友情。到了上学的年龄，除了同学之情，还有师生情。

"人类的健康成长，需要各种各样的感情。

"父母的感情，父母的爱，是孩子成长过程中必不可少的，少了，会产生各种心理问题，只不过在某些人身上更表现明显。

"刚才我看到了，200班的家长队伍中，挥手的人最多，你们真的很棒。200班的班主任杨铁雄老师在哪里？你用了什么办法，让那么多家长费钱、费力大老远赶回来？"

站在队伍后面的杨铁雄举起手。丁松华叫他到台上说两句，他站在原地不动，丁松华坚持着。他红着脸上去了。他刚刚站稳时，操场上几百双眼睛都射向了他，他本不想上台讲话的，他不由自主地向家长们看了一眼。迎着200班家长目光，不知为什么，眼泪顿时止不住地涌了出来，接着，他说："我不是以家长会的名义，我是以渴望亲情的孩子的名义，呼唤在外打工的父亲或母亲回来。在亲情面前，他们不会计算损失多少钱；在亲情面前，他们会排除重重困难赶来！亲情是不能用数字来衡量的！我讲完了。"

这番有哲理而又有诗意的讲话，获得全场热烈的掌声，有几个家长对杨铁雄的话产生强烈共鸣，眼含热泪。

话筒又交给校长丁松华。

他介绍流沙中学的校情，多少个班，男生多少，女生多少。他开玩笑似的加一个小插曲，男生的家长们，回去告诉你们儿子，如果不努力，将来很有可能找不到老婆，中国男多女少。

很多人在笑，有人点头称赞。

他又提到女生，女生同样得努力，你是孩子的第一个老师，永远的老师，你的素质，直接影响你下一代的素质。你的下一代，影响你将来的幸福。

谈到教育误区时，丁松华呼吁，千万不要把孩子培养成精神残疾人，这个观念让大家耳目一新。

"所谓精神残疾人，他们从身体上来看，四肢健全，五官端正，有的还长得标致、漂亮。但这种人吃不了苦，做什么事情都三心二意，不能承担该承担的责任，让父母不断为他操心。

"家长朋友们，你们像天底下所有的父母一样，爱自己的孩子，远远胜过爱自己，这是人类的一种本性。

"我在这里想提醒你们，不要溺爱你的儿女。你可以把你的一切都给他们。将来，他是要走向社会的，社会是讲规则的。你的溺爱、娇惯、纵容，只会培养出一个没有爱心、没有责任心、贪婪的人。

"你想想，你是否给孩子很多零花钱，让他去上网，购买那些垃圾食品。回家后，什么活都不让他干，什么事情都为他做，而他整天守在电视机前。你是否对他的不良行为习惯睁一只眼闭一只眼。如果有上述情况，你赶快刹车。

"教育，是一项系统工程。

"家庭教育，学校教育，社会教育，三者必须紧密配合，形成合力，才能把学生培养好。现在有个别的家长，认为他把孩子送到学校，教育全部是学校的事。

"有这种思想的家长，你应该醒醒。千万别抱有这种愚蠢的想法，孩子是你的，永远是你的。

"前段时间，我们学校的几个学生，做了不应该做的事情，当时家长认为是件小事情，不积极配合老师处理它，结果弄成大事，学校的声誉也跟着受到影响。

"最后，学校通报处理了这几个学生。早知如此，何必当初。

"家长朋友们，你们的子女犯了错误，他（她）就该承担责任，你这个监护人，同样得承担责任。逃避责任，你觉得你占了便宜，但你想想，学生犯错误没受罚，他今后会不断犯错，因为不需要付出什么代价，最后犯到牢房里去。"

丁校长讲完话，学生家长回各班教室。

200班教室。

有的家长在谈论丁校长的讲话，有的在寻找位置。

杨铁雄面带微笑，友好地看着家长们，时而与他们交谈几句。等大家都找到位置坐好，他说："家长们，我们现在开会。"

教室里安静下来。

"首先，我对远道而来的家长们说，让你们破费了，花大价钱参加两个小时的家长会。谢谢你们的理解。刚才丁校长表扬我，高兴之余，我想我是不是干了件损人利己的事。"

"没事的，我们不懂教育，做得不好。"一位家长笑着说。有几位家长跟着说："对！对！老师为我们的崽女好。"

"谢谢你们理解，你们说了没有就没有，别人说三道四我不管。"杨铁雄笑着说，"200班家长会现在正式开始，我提个问题，认为对自己孩子学习非常关心的家长请举手。"

有一位家长举了手，发现周围的人都没有举手，马上把手放下，有点不好意思地问："怎样才算非常关心？"

"很简单，经常过问孩子的学习，督促检查学习，教育他懂礼貌。"杨铁雄说。

那位家长笑着说："没达到那个程度。"

另一位家长说："我们自己没读多少书，不知道怎么教育孩子，不听话，恼火了直接动手打人，每天干活那么累，哪有心思叫他学习。"其他的家长也说自己的不足，有的说不知道怎么去关心，除了叫孩子看书。农村的孩子，没有养成爱学习的习惯。

杨铁雄有意引蛇出洞，听听他们有啥想法，等家长们说得差不多了，他才说：

"刚才听了你们的议论，我想谈一点点自己的看法，是对！是错！由你们选择。以前，大学生毕业包分配那会儿，上了大学，有一份固定工作，端着国家铁饭碗，一辈子衣食无忧。当然也发不了财。那时候，农村人读书，奔着大学毕业后有份工作，很多人拼命去挤独木桥。

"后来，大学生不包分配，一些大学毕业生还找不到工作。

"于是，农村相当一部分人认为，读书无用。大学毕业照样去工厂干活，不如念个初中，直接去打工还好些，早赚钱，又能省笔巨额学费。

"这些年，我们国家经济发展很快，许多地方出现用工荒，只要是个人，不论男女老少，都能找到活干。书念得好不好，并不影响你找工作。

"我个人认为，今天的教育，最重要的不是给你一份工作，是提高个人的素质，提高个人的工作能力，让你多个选择工作的机会。

"我班上有些人认为读书无用、厌学。老师上课时，他不吵不闹，已经是看得起这位老师，作业不写，上课连书都不摆，考起试来，十几分，二三十分。

"家长们，我们一定要让孩子们清醒地认识到，学习，是为了提高自身的素质，这个社会变化太快，以前说三十年河东，三十年河西。现在则是三年河东，三年河西。你不学习，会被社会淘汰。回去后，拜托各位家长，和你家儿子、女儿谈谈，不管你智力如何，底子如何，在学校一天，就认真学一天。当然，老师也会和尚念经一样反复讲。

"怎么教育孩子，各位可能比不上城里学生的家长。或许，你们会给自己找各种各样的理由。

"我想说，你的孩子，是世界上独一无二的，是你老年的依靠。三百六十行，行行出状元，行行都需要知识，让我们共同携手，使

200班的每个学生一天比一天进步。

　　"我讲到这里，剩下的时间，留给大家提问，我们相互交流。"杨铁雄讲完，台下响起了热烈的掌声。

　　家长们向杨铁雄提出诸多疑问，怎么教育孩子，农村的家长，很多外出打工，走南闯北，见识也不少，他们自己在城市里从事很苦很累的工作，他们不希望自己的子女再去做苦差事。

　　孩子大了，有些话不和父母讲，表现得比较叛逆，有些家长不知怎么办，就依着孩子，对他们百依百顺。

　　他认为，关键是父母没有走进孩子的心灵，没有理解孩子，和孩子交朋友。谈到后来，大家的心情都有点沉重。家长们难，杨铁雄又何曾不难，以前，有人称200班是癌症班，没办法活，他在不完全知情的情况下，当上200班班主任。半个学期以来，他心中常感到疲倦。有时容易生气，着火点很低。人生的幸福感，在那段时间荡然无存。

　　他真的为一些同学感到惋惜，那么好的学习机会，他们白白浪费。

　　200班是最迟结束家长会的，杨铁雄锁好教室门，放眼校园里，静悄悄的，与先前的热闹形成强烈对比。他匆匆赶回房间，整理东西，跨出校门时手机响了，他不希望有事烦他，这么迟了，同事们也许到家了，他担心坐不到车，那得在学校住一晚，再被老婆批评。

　　手机固执地响着。

　　掏出一看，妻子李秋燕的电话。他一边奔跑，一边按下接听键。

　　"爸——爸，回——家。"儿子杨子豪用稚嫩的声音喊道。

　　"爸爸在回家的车上，你想爸爸没有。"

　　"想了。"

　　"哪里想？"

　　"脑袋想！"

　　"到什么地方了。"电话里终于传来妻子一句话。

"刚上车不久。"杨铁雄慌张地说。

"我在街上看到你们学校的老师,叫儿子打个电话看看。"

"下午开家长会,有几个家长从广东、福建赶过来,他们散会后,又找我聊了一会儿。"

杨铁雄跑到公路上时,一辆开往圣林县城的班车刚刚离去。再早三十秒钟,他就能搭上那辆车。假如刚才不接这个电话,三十秒能省下来;假如在教室少与家长聊几句;假如这辆车多停一会儿……杨铁雄正在假设时,后面传来一声:"杨老师,回家呀!"

杨铁雄转过头一看,他班上学生的家长,他说:"是的,这车刚刚走,我来得很不凑巧。"

"你再早来一点点,就能坐上那趟车,我不知道你没回家,刚才我还和那司机讲了几句话,我认识他。"

杨铁雄听得心里更酸酸的,差不多把肠子都悔青了。他说:"等下还有车来。"

家长满脸笑容地说:"杨老师,假如一开始,你就当200班的班主任,他们班不会变成这样子。以前,我家丫头回来说,她那个班怎么吵怎么闹。当着丫头的面,我只能要她管好自己,别人吵,没学到知识,那是别人事情。

"我碰见他们原来的班主任,提过意见,提来提去,没用!后来我也懒得说了,说多了,对自己孩子不好。"

"以前的事,我不知道。"杨铁雄带点歉意笑着说,"不过,他们这个班确实难管。"

…………

天色渐渐暗下来,班车仍然没来,杨铁雄显得有点儿焦躁不安。按理,这时还有到县城的班车。班车偏偏无影无踪,他无心和家长谈话。家长见状,走了。

突然,一辆小车在杨铁雄面前停下来,车窗玻璃随后摆下,对方吐出一句话:到圣林!到圣林!十块钱。

杨铁雄明白了，这是一辆不挂牌的出租车，偶尔带顺路客。他拉开车门，坐了进去，二十分钟后到县城，半小时能到家，一种幸福感在他全身弥漫，他赶紧给老婆发了一条微信：进城的路堵车，特向你请会儿假。

　　到了自家楼底下，杨铁雄的心扑通扑通跳得很快，想着马上就能见到儿子，心中的那种喜悦呼呼从心底冒出，这种感觉，与当年和妻子谈恋爱时一样。

　　儿子，他心中的恋人。

　　天伦之乐，人世间最纯洁的一种快乐。

　　咚咚咚，杨铁雄回家急迫的心情，把楼梯踩得震天响。

　　他刚要拿出钥匙开门，门开了，儿子站在门中央，开心地笑着："爸爸回来了，爸爸回来了。"两只小脚不停地动，两只小手摇来摇去，心中的喜悦赤裸裸展现出来。

　　"我儿子这么高兴？"杨铁雄摸着他的脑袋说。放下手中的东西，抱起儿子，亲了两下。儿子说，另外一边没亲。他赶紧补上。

　　"开饭啦！"在厨房忙碌的妻子喊一声。

　　"来啦！来啦！"杨铁雄回应道。

　　老婆给儿子弄好饭，才搭理他："今天还知道回来！"她嗔怪地看他一眼说。

　　"好险！好险！差一点真的回不了。"杨铁雄吞下一块猪肉说。"左等右等不见车来，突然一辆小轿车停在我眼前，一个陌生男人喊我上来。"

　　"然后你就上了。"

　　"再不上，我肯定在流沙过夜，享受单身汉待遇。"

　　"在就在呗，咱母子俩也习惯了。"她淡淡地说。

　　"关键我不习惯。"他有点委屈地说。

　　和家人在一起，杨铁雄的幸福感突然倍增，要是能一直保持这样的状态，该多好啊！

星期六，阳光明媚。杨铁雄带着儿子出门，老婆要在家中睡觉，她平日带儿子，常常睡不饱，只有等双休日补觉。

"儿子，咱们今天去哪玩？"

"森林公园。"

"还去其他地方吗？"

"森林公园。"子豪坚定地说。

"好吧！今天晚上我们在那里睡觉。"

子豪咯噔一下，说："不行，必须回家。"

"为什么？你说理由。"

"那里没有被子，会感冒的。"

杨铁雄拉着孩子说说笑笑，不知不觉到了公园。

森林公园是县城最近几年才修建的一处公园，位于县城南边。这地方原是村民的荒地。村民种些杉树、松树，长了十多年，一直没砍，随着城市的扩张，这片林子周围变成城市。

一天，县委书记来此地调研，发现这片树林，心中大喜。回去后，他把建公园的想法在县委常委会上提出来，又派规划、国土的专业人员实地察看。一把手重视，事情就很容易做。征地，补偿，各种机械进驻。两年时间，一个漂亮的公园便建起来了。据说，县里没花什么钱，都由老板投资。

森林公园建成后，旁边的高楼慢慢盖起来了。到圣林县来调研的领导，每每走在圣林县森林公园的鹅卵石林荫道上，呼吸着新鲜的空气，都会"龙颜"大悦，送上几句溢美之词。

后来，县委书记高升到市里去，据民间传说，森林公园为他政绩加分不少。

杨铁雄带着儿子来到森林公园广场，杨子豪看到熟悉的地方，迈开小腿，嘴里喊着，叫着，扑向广场中央。那样子，像鱼儿游向大海，杨铁雄站在那里，满脸幸福地看儿子奔跑。

突然，儿子摔倒在地，杨铁雄很快克制住内心的冲动，让他自己爬起来。杨子豪没哭，他扭过头，搜寻着父亲的身影，发现不远处的父亲没来扶他，他在地上趴了十多秒钟，慢慢爬起来，拍拍手，继续往前跑。杨铁雄跟上去，对着儿子竖起大拇指，夸他很棒。

广场周边，有个卖玩具的，用一辆车子推着。杨子豪被吸引过去，他很有兴趣地看着，他没哭着闹着要，只是不愿离开，杨铁雄实在不愿意扫他的兴，买了两辆玩具车。

在一家玩具商店，杨铁雄发现塑料做的二十六个英文字母，字母上有磁铁，能贴在带铁物体上面，他问儿子喜欢吗？儿子点点头。他买了回去，用做游戏的办法，把字母贴在防盗门、冰箱上面，教儿子认字母。到星期天晚上，儿子便认识了百分之八十的英文字母。

第十五章　过年的感觉，在数学课上弥漫

　　星期一早上，杨铁雄急匆匆往流沙中学赶，他得在8点30分之前到校，检查班上学生的情况。他的心情并不美好，最近有些疲倦，他对来学校有抗拒感。他的课程虽不多，但他必须时时刻刻待在学校里面。说不定啥时候学生又打架了，家长到学校问罪，或者哪个学生生病，班上的学生和任课老师发生冲突，需要他去处理。

　　只要他离开学校一会儿，十有八九会接到电话，班上发生什么事，或者学生请假、取钱、存钱之类的事情。办公室的电话，学生可以去用。

　　学生的钱，有时会不翼而飞，或掉了，偶尔也有被人偷的情况，很多学生把钱存在他这里，用的时候再取，取一元或两元，还得登记，后来他便规定，取五元才给取，这条规定出来后，有人一次取五元，也有人坚持取两三元，说怕丢。他只好依了他们，在流沙中学，每个班主任都是义务银行，这是世界上不盈利的银行，存款余额最多时，也就几百块钱。

　　有老师说，当了班主任，像用根绳索把自己捆住。有的人说，和坐牢的性质差不多，去哪里都不行。这种感觉，用当下最酷说法：不爽！不爽！真不爽！

　　对杨铁雄来说，当班主任另一害处：午休受到骚扰。这让他烦不胜烦。

　　他有午睡习惯，不论春夏秋冬，只要有条件，必须午睡，不睡，则精神不足，心情不佳。

学生不喜欢午睡，有点小事都来找你，请假、取钱、交说明书、反映情况之类的事，有两三次，他刚刚睡着，学生就来敲他的门，把他弄醒，再睡时，怎么也睡不着。

他在班宣布，以后凡中午时间，小事情都不许去找他，除非很急的事，才可以找他。

渐渐地，学生不敢在中午打扰他。

来自家长的打扰，他有苦说不出。

农村学生的家长，没有午睡习惯。有段时间，下午1点半左右，杨铁雄的电话时常响起来，一串陌生的号码，十有八九是家长，心中再恼，他也会把声音降低。有的询问子女在学校表现，要老师今后管紧点，该打就打，该骂就骂，老师和父母一样。有的说自己孩子在学校被欺负了，打电话告诉家长，家长打电话到班主任这里，督促班主任解决问题。

也有家长在他午睡时亲自找上门来。家长毕竟难得来一次。来了，说明他重视自己的孩子，你班主任好意思不接待？人家是客，不要你招待吃喝，你就谢天谢地。

星期一上午，第一节是数学课，教数学的吴老师性格温和，与世无争，和同事打交道，总笑眯眯的，很难说他与谁闹过矛盾，红过脸。对学生，他同样以和谐示人。

他的底细给学生掌握之后，那些不爱学习的同学，在他的课堂上，时常会大闹天宫，他除了动动嘴之外，无计可施。教学任务要完成，咋办？他只有和学生比嗓子，结果呢？他肯定最先败退，他常常会在离下课还有五分钟，或者十分钟，冲着学生骂几句，然后悻悻离开教室，到办公室去待上几分钟，再回教室，那些闹得有点辛苦的学生，也暂时休息一会儿。

上数学课时，杨铁雄常去教室瞧瞧，给那热火朝天的气氛降降温，抓一到两个闹得最起劲的做典型。这天，杨铁雄如往常一样，在教室外面观察，突然感到奇怪起来，他怀疑自己是否走错了班，但这种怀疑马上被他否定，即使不认得回家的路，他也不可能走错班级，每天至少来个十趟八趟的地方，瞎子也不会摸错。

教室里异常安静，如果没有讲课的声音，用鸦雀无声来描述很恰当，连平常最坐不住的四大金刚，都盯着黑板在看，那不是因他而来的摆设，是发自内心的行动。数学老师正用三角板在黑板上画图。

他们盯着黑板，看得懂吗？他知道班上很多同学不爱上数学课，因为听不懂。在外面站一分多钟，杨铁雄发现同学们比以前懂事多了。或许，每个学生家长，开完家长会后，都和子女进行了交流，学生们认识到自己的不对，想改变自己，所以表现好。

下课了。吴老师拿着三角板、教科书，满面春风、兴高采烈地回到教师办公室。

"中了六合彩吗？这么高兴。"杨铁雄说。

"你班上难得有今天这么好的纪律，像灌了什么迷魂汤给他们。"

"上星期五开了家长会。"

"哦，有这么大的效果。那多开几次。"

"我也搞不懂，觉得有些不可思议，难得数学课上如此安静。"杨铁雄有点疑惑地说。

"今天心情像过年一样。"吴老师笑着说。

"我们要求很低，像干旱土地上的小草，只要有点点水分，就用成长来回报。"杨铁雄回应。

"还是你语文老师说话有水平。假如他们每堂课都像今天，我肯定会多活几年，头上的白头发都会变黑。"

星期一，200班的学生，真的变乖了，老师们无一例外对他们表示赞赏。

这天，杨铁雄接到几个家长的电话，询问自家儿女在学校的表现。说他们开完家长会后，回到家里，给孩子们上了教育课，没有骂，没有打，慢慢讲道理，讲自己以前读书时不用功，现在很后悔，到外面做事时，因为文化少而吃亏。

有个学生的母亲，教育儿子时，边说边流泪。

下午第三节课，杨铁雄的班会课。他面带笑容，健步走向讲台，等大家起立后，他还笑着，目光柔和地看着大家。

"老师，你笑什么？"周志光问。

"刚才听了笑话，现在还想笑。"肖四海附和道。

"我们中间谁做了可笑的事情？"廖欢又接上话来。

杨铁雄不说话，摇着头，否定大家的推断。他故意这样做，只为加深同学们的印象。

"为——什——么——呀？"几个人异口同声地说。

"杨老师你快说，别折磨我们。"好学生肖玉龙急着说。

"今天是个大喜的日子。"杨铁雄说。

听说"大喜"二字，同学面露惊讶之状，纷纷猜测大喜的内容，有的说老师中了特码，有的说老师中了五百万的彩票，更有出格的，说老师走桃花运，那才叫大喜……

杨铁雄见大家越说越离谱，怕弄巧成拙。他赶紧做个暂停的手势。严肃告之，所谓的大喜，是200班任课老师的大喜。今天一整天，课堂纪律都相当好，没有让老师操半点心。数学老师今天心情最好，说像过年一样兴奋。

大家一听，原来如此，像泄气的皮球觉得没劲。有的说杨老师骗人，让他们空欢喜一场。

停顿一会儿，讲台下渐渐变得安静。

杨铁雄继续说，不过，他的声音比刚才小了许多。他没刚才那么激情四射，是一种风平浪静、推心置腹的交流，像那缓缓的流水，滋润着干涸的土地。

"我读书时，老师不止一次对我说，老师的心肠，和我们父母的一样，都愿我们好，古人说：一日为师，终身为父，把老师和你们父母放在同一位置。

"等自己当了老师，慢慢才明白和理解我老师当年说的话。

"你们数学老师今天说的一句话，我内心很有感触。你们仅仅安静了一节课，他便像过年一样高兴。老师，多么容易满足啊！你们摸着自己的胸口问一问，以前，你们在数学课上那么吵，那么闹，你不觉得在良心上过不去吗？

"你们正处于叛逆期，个别同学有很强的逆反心理，认为这样做痛快。这是一个中学生应该做的吗？数学老师温和谦逊、厚道老实，难道你们忍心一次又一次去欺负他，你们还有没有良心？

"以前数学课闹得最凶的几个，我心中清楚，同学们也清楚，我今天不点名，给你留点面子。"

说到这里，杨铁雄停下来，他用眼睛打量着班上的四大金刚，曾乐田、肖春意、周志光、林小飞。他们的眼睛，不敢和杨铁雄对视，表情一派严肃。

杨铁雄看看大家，继续说："或许有人认为，我吵闹，我不学习，影响你老师。我告诉你，受损失的是你，你浪费了青春，虚度年华。以前，没有知识，碰上好机会也可能发大财。

"比如说，你那村里有煤炭资源，国家当时管得不严，你请几个人，直接去挖，运气好，挖到大煤层，你不小心成了富翁。

"现在不行了，国家要求煤矿五证齐全，这个地方有多少煤炭，规定你挖多少，交多少钱给国家，如果碰上什么意外事故，不但赚不了钱，反而还会亏本。

"同学们，成功需要理由，天上掉馅饼，你要起得早，不然被别人捡了。"

杨铁雄说完转过身来，在黑板上写下："少壮不努力，老大徒伤悲。"他仔细检查，看看有没有写错的字，然后叫大家一起朗读。

"少壮不努力，老大徒伤悲。"他读道。

他指着黑板，反反复复让同学念，他在心里默默数着，十二遍，等他叫停的时候，某些同学有点气喘吁吁的样子。

"我为什么让你们和尚念经一样，反反复复在读，这十个字，用十秒钟也能记住。"杨铁雄下去说。

同学们顿时安静下来，有人回答，老师，你想让大家牢牢记住，一辈子不忘。想告诉大家现在不努力，老了别后悔。

杨铁雄笑着回答："好吧！我宣布我心目中的正确答案：年轻的时候你不吃苦，你什么时候吃苦？年轻的时候你不吃苦，老的时候你凭什么吃到甜的呢？

"有人这么说：现在是一个拼爹的时代。

"我今天不是歧视你们，我只告诉你们一个事实，你们的爹，大多数人靠出卖自己的体力来维持生活。他们养活一家老小，已经很不容易。你们要成就一番事业，只有靠自己去打拼。你想想，你学到什么本领，你将来如何在社会上立足；到养父母、养小孩的时候，你靠什么来养活他们。

"你们为啥就不好好学呢？你有啥资格不好好学呢？难道你将来心甘情愿做社会上最底层的人吗？难道你就不愿意努力学习提高自身的素质吗？"

杨铁雄讲到这里，停了一下，全班静悄悄的，他心里顿时像吃了蜜糖一样。然后，他来来回回扫视了大家一番，继续演讲：

"可喜的是，今天，我看到你们在变，看到你们积极上进，知识改变命运。今天的文盲，不再是不识字的人。而是不会接受新知识，不努力学习，不追求上进的人。

"今天不努力，等你成家立业后，你有儿子和女儿的时候，你没能力给他们良好的家庭教育。他们会变成什么样的人。大学录取的新生，城镇人口远多于农村人口。十年之后，你们二十多岁，正是挑大梁的时候，你凭什么去挑大梁。也许有人会说，我可以去下苦力。

"随着科技的发展，很多原来使用人工的地方，改用机器，前段时间，我看到一则消息，到2020年，机器人将大量投放到工厂，代替人做事。

"一个人来到世上，不论出生在穷人家，还是富人家，都要努力。"

"有钱还用努力？"一个同学轻声问。

杨铁雄停下说话，看看那学生说："当然，假如你爸爸传一份大产业到你身上，没知识，没能耐，你守得住吗？有这么一句话，打江山难，守江山更难。"

同学们个个无语。

杨铁雄接着又说："大道理，你们从小学到初中，听得耳朵都起茧了。从个儿头来说，很多人再过一年就会超过我。估计有人在心里骂我，婆婆妈妈，像个女人。其实，婆婆妈妈并不是我的爱好，也不是我的强项，我是被逼。最后，我想说的，让老师们多过几个年，多多益善。你们就当作做慈善吧！这样不花钱的慈善，何乐而不为呢？送人玫瑰，手有余香，这种慈善，最大的受益者是你自己。"

杨铁雄静静地看着大家。正当大家以为他要来句总结性的话时，他什么也没说，来一个坚定的转身，健步走下讲台，离开教室。

他口渴，要喝水，他选个合适的时机结束，留给大家一点回味，一点思考。教室里传来一阵掌声，一阵略略迟到的掌声。

他认为，这掌声，恰到好处，是同学们理解他的话后，发自内心深处的赞美。他站在三楼，内心被感动着，一种快感，从头到脚，传遍身上的每个细胞。

这星期，200班的学生很听话，课堂纪律发生了翻天覆地的变化。几个从来不交作业的同学，开始写作业，尽管明显有抄的嫌疑，他能抄，已经有进步。

吴老师每堂课完了后，回到办公室，脸上都挂着笑容。

"又过年了？"老师问。

"差不多。"他笑着回答。

"幸福生活啊！幸福生活！"数学老师吴老师笑得眼睛眯成一

条缝。

"不知道他们能坚持多久，我总担心现在处于黑暗前的黎明，幸福生活会突然消失，无影无踪，一夜回到解放前。"

地理老师，生物老师，历史老师，结成统一战线，反映200班这星期课堂纪律好，比先前好多了，不用操什么心。

丁松华到教师办公室串门时，初次听到大家谈论200班学生转变。开始他并没当一回事，后来再听到大家再议论，便把它当回事，问关于200班的一些具体情况。

200班任课老师，如数家珍般述说200班本周的变化，说得有声有色，声情并茂。丁松华脸上笑着，心里却满腹疑问。趁着上课时间，他以巡视纪律名义，一次次光临200班教室外。

他终于确信，200班实实在在转变了。

星期五，课间操。学生做完操后，丁松华迫不及待地拿起无线话筒，咳嗽两声，说："上个星期，我们召开了全校学生家长会，很多学生家长，放下自己手中的工作，从广东、福建、上海等地赶来，仅仅是为了参加两三个小时的家长会，付出的代价，如果用钱来计算，最高的达2000块。但是，亲情无价。

"家长会是沟通学校和家庭之间的桥梁，这座桥明显发挥了作用，本周以来，我校的校风、班风、学风得到很大改善，同学们的学习劲头更足了。

"很多老师也反映，200班本周转变最快。他们班数学老师上完课，总笑眯眯地回到办公室，他描述自己的心情，像过年一样。"

人群中发出一阵笑声。

丁校长继续说："笑过之后，你们想想，你们一点点进步，怎么会让老师高兴成这个样子。在你的一生中，你会遇到各种各样的人，除了亲人之外，有同学、老师、朋友。工作之后有领导、同事、生意伙伴、竞争对手……

"总之，你遇到的人，包括白种黑种人，老师对你最大公无私，他希望把自己的全部本领，毫无保留地教给你。我读书的时候，老师也这么对我说。当时我记在心里，不能完全理解。今天，我当了老师，当了校长。对当年我老师说的话，有了全新认识。

"你们想想，老师为啥无私？"

丁松华把话筒对着学生，期待回答。

有的人说，老师像父母一样。

有的人说，老师像蜡烛，燃烧自己，照亮别人。

还有的学生说，老师拿了工资，所以老师很无私，如果不拿工资的话，就不会无私。

轮到丁松华讲话："听了大家的回答，都有道理，世界上任何一个无私奉献的人，首先得自己活着，家人活着，教师是诸多职业中的一种，教师必须拿工资才能够养家糊口。应该从本质上去看，你取得的成绩，说穿了，就是老师的成绩，老师的价值在于学生的进步。所以老师才那么努力去教你们。我打个比方给你们听，你们是一块土地，老师是耕种这块土地的老农，你们的进步，是农作物的收成，就这么简单。"

操场上响起一阵掌声。

"怪不得，原来是这样。"有人叹口气说。

掌声停顿后，丁松华又说："老师对你进行批评教育，好像对农作物杀虫一样，如果不杀虫，农作物会减产，或者完全被虫子吃掉。你有毛病，老师不给你医治，你会和有病虫害的农作物一样的结局。

"一株苗感染害虫，如果不治，会影响整片农田。好比一个调皮捣蛋的学生，会影响整个班级一样。由于时间关系，我不再多说，最后，让我们以热烈的掌声，送给本周进步最快的200班，希望大家向200班学习。"

丁松华讲完，台下掌声并不热烈，有许多同学根本没一点儿反应，或许他们认为不值得鼓掌。看出了一些学生不服气的心理，他提高声音："鼓掌，它可以促进你的血液循环，有一种运动叫鼓掌操。

鼓掌，还能显示你宽广的胸怀，这么利己利人的事，你们大家为什么不做呢？我搞不明白。

"再次把热烈的掌声送给200班。"丁松华又补了一句。

杨铁雄像吃了糖精，甜滋滋的，脸上却不动声色。200班学生脸上洋溢着喜悦，但每个人在脸上及语言上的表现程度不相同。

第三节是英语课。离上课还有两分钟，杨铁雄走进200班的教室，大部分学生在教室里，他走到几个学生中间，颇为认真地说："请大家珍惜自己的荣誉，校长在大会上，花这么长的时间表扬一个班，比较罕见。人要脸，树要皮，我们要爱惜自己的荣誉，做个有尊严的人。

"今后，谁再破坏纪律，大家一起去说他（她），劝他（她），人人为班级荣誉尽力，众人拾柴火焰高。"

上课铃刚响，所有的同学到齐。

杨铁雄站在讲台上，敲敲桌子："我讲几句话，希望大家听到耳朵里，听到心脏里去。

"课间操时，丁校长在大会上表扬我们200班，作为班主任，我心里真痛快，我相信200班任何一个同学，心情都很爽。

"丁校长号召全校同学向200班学习，他还为200班讨了两次掌声。我希望，从现在开始，每个人都要做好自己该做的事，当你想违反纪律时，你马上想想，你在给先进集体200班抹黑。这两个星期，谁给200班抹黑，我会毫不留情地收拾他。"

正在这时，英语老师快步走了进来，抬头看到杨铁雄，自言自语道："我没走错教室吧！这节课是你们班的呀。"

杨铁雄笑道："你没错，我错了，马上撤退。"

第十六章　教室喝酒，醉倒一群不知深浅的人

接下来两个星期，杨铁雄为保住荣誉，对有损荣誉的隐患，采取严防死守政策。一有苗头，他便严加管制，耐心教育。采取一手硬、一手软的手段，从整体情况来看，基本上达到他所要的效果，他的休息时间，差不多都奉献出去了。不过，班上没出啥烦心事，他觉得这是一笔合理的投资。

一日，校长丁松华来了雅兴，决定深入200班前线察看实情，原生态接触他们，他到200班教室时，正是课间休息的十分钟。

四大金刚中的两大金刚，林小飞和曾乐田，正在开玩笑打闹，见校长来了，他们赶紧鸣金收兵。丁校长一反常态，没责怪他们，笑着走到他们中间，好像从未看见他们追打。

"你们班这段时间表现很不错！"丁校长很友好地说。

"是表扬我们吧！"曾乐田问。

"你说呢？这还用问。"

"丁校长，你能不能不表扬我们。"曾乐田说。

"为什么？"丁松华满脸疑惑。

林小飞抢着说："我们觉得挨批评是分内的事，习惯了。表扬跟我们无关，你在大会上表扬我们，我感觉到有些别扭，别人有没有我不知道。"

"浪子回头金不换，你喜欢批评？你们大家喜欢批评吗？我相信你们都讨厌批评。"

围在四周的同学异口同声答道："不喜欢。

丁松华说："我糊涂了,表扬你们倒是害你们,批评倒在帮你们,这个道理我有点搞不懂,你具体说。"他其实明白,有意引蛇出洞。

曾乐田说："校长,你表扬200班,我们班成了流沙中学的先进集体,进步标兵,人人羡慕。我们班主任很爱面子,这段时间对我们管得特别严,说最低限度得把这份荣誉保持两个星期,上课不能讲小话,早上不能睡懒觉,还有其方方面面的规矩,快把人憋死了。"

"你的意思让我在大会上批评你们班。"丁松华反问。

"不是!不是!"曾乐田说。

"那你到底要我干什么?"

林小飞马上说："校长,我知道曾乐田的意思,你别只口头表扬,倒不如奖励点物质的东西,更实在。"

"你们的想法蛮大胆,想让我怎样物质奖励你们,说来听听。"

这时,旁边有位不太爱说话的男生说了一句:"不如给我们每人发一颗椰子糖。"

"哪里有椰子糖卖?"

"学校商店里有,一块钱7个,很便宜。"

丁松华想想,说："那好,你们班48人,我拿7元钱,多的那一粒糖,算我的,这件事情交给林小飞去办。"

林小飞一听这话,脸红了一下,心中一阵忐忑,他知道自己在班上算个吊儿郎当的人,不喜欢读书,经常耍小动作挑起事端。现在校长如此信任他,要他去办这事。他只好从校长手中接过钱,奔跑着去商店。几个喜欢热闹的男生,也跟了出去。到了学校小卖部,林小飞大声叫着:"椰子糖,椰子糖,7块钱。"

旁边的同学认识他,商店老板也认识他,赶紧先给他拿。

丁校长在教室里和两个同学聊了一会儿,正准备离开,林小飞和他的几个随从回来了。林小飞兴奋地说:"丁校长,49个椰子糖,应该只多不少。"

"你占了别人的便宜吗？"

"不可能，我看到有个地方数错了，没说出来而已，这可怪不得我。"

"这样吧！你负责把糖发一下，每人一颗，没到教室的同学，放他们桌子上。"

林小飞立刻照办。在分发椰子糖的过程中，他脸上带点笑容，很容易看出，他内心充满着兴奋与激动，没了往日的张狂与轻浮，很认真地把糖分给每个同学。

最后剩下两颗椰子糖，林小飞把它们如数还给校长。丁校长接过，嗅了嗅，问谁还想吃糖，话音刚落，旁边伸出几只手来。

林小飞往他们身边一站，拍打其中的一只手，其他手赶紧往回撤。他说："你们不动动脑筋，校长的东西，想要，也假装不要，饿死鬼一样。"

"林小飞，我自愿给他们的。"丁松华笑道。

"他们不懂礼貌，不能惯坏他们。"林小飞对丁校长说。

丁松华没有坚持，把两颗椰子糖放在口袋里，掏出手机一看，还有一分钟上课，他说："我今天以一个大朋友的身份请你们吃糖，你们每一点进步，都会使老师和我感到高兴、愉快，你们现在无法理解。我希望，你们更进一步，让我这个校长感到骄傲。

"每人一颗糖，礼物虽小，却代表你们的朋友丁松华的一份心意，代表我对你们的肯定和赞赏，祝你们天天进步！"

话音刚落，林小飞带头鼓掌，他使劲地拍，在众人的掌声中，显得格外突出。

一把手的一举一动，都会成为底下人议论的素材。

丁松华请200班同学吃糖的事，很快传遍流沙中学。

老师们知道了。

同学们知道了。

有人不理解，说与校长身份不相符。也有人能够理解，支持这种做法，一颗椰子糖，虽小，但学生长大以后，直到老的时候，都可能记得，丁校长请全班吃糖。

　　此话一出，有人赞道："高明啊！高明！领导都具有战略眼光，否则，怎么可能当领导呢？"

　　老师们后面的议论，全是对丁校长高超智慧的解读和总结。当丁松华置身于教师办公室时，众人围住他开玩笑，问他决定给学生买椰子糖的时候，是否隐藏着什么玄机。

　　数学老师说："这是件一本万利的事，区区七元钱，收买48颗年轻的心。"

　　语文老师说："通过椰子糖的故事，显示了丁校长卓越的才能，和战略性眼光。"

　　物理老师说："小小椰子糖，好比给一根杠杆，撬动了一个班。"

　　化学老师说："小小的椰子糖，和原子弹差不多，产生巨大的威力。"

　　历史老师说："椰子糖在短短一瞬间灰飞烟灭，关于椰子糖的历史，却永久留在同学们心中，生命有多长，椰子糖记忆有多久。"

　　政治老师说："椰子糖啊椰子糖，你是友好的使者，标志着校长与学生关系的破冰之旅，其意义不亚于中美之间的乒乓球外交。"

　　丁松华笑眯眯地看着众老师，用他们学科的特色，来解读他的椰子糖，很有趣。等大家说完了，他把那根未抽完的烟摁灭，一手叉腰，一手挥过去。

　　"你们讲完了，我讲两点。

　　"第一点，我很高兴，因为你们如此有才华，是我的光荣。

　　"第二点，我很难过，你们高度歪曲了我心中最初的单纯想法。"

　　一老师追问："谈谈你当初的动机如何？"

　　答曰："好玩，纯属好玩，大家开心。"

一女老师马上接过话来："请问校长何时请老师们的客，不过首先声明，椰子糖绝对打发不了的，那是应付小朋友的。"

丁松华抱拳："好说！好说。"想想又说，"在我的经济承受范围。"

一老师曰："一千元钱之内可以承受得起吗？"

他掉头欲走。女老师甩出清脆之声："不请客，当心我们罢课。"

天气一天比一天冷。

冬日的寒风，呼啸着从流沙河那边吹来，流沙中学建在小山头之上，地势较高，颇得呼呼北风的眷顾。特别是晚上，有缝隙的窗户，被北风吹打，发出尖锐的叫声。

杨铁雄感冒了。他打了一场篮球，衣服大面积湿透。按照科学的做法，应立刻换掉，他没换，所以感冒了。刚开始，感冒来得和风细雨，杨铁雄没当回事。

最好的治疗时机转瞬间即逝，感冒像巨浪，排山倒海般向他袭来。他嗓子痛、鼻子塞、眼睛辣，这些症状集合起来，攻击他，使他难受得很。

他看过一篇谈感冒的文章，当今没有对付感冒病毒的特效药，甚至吃药不吃药也要那么长时间才好。受这种思想影响，他坚持不吃药，更不打针，每日喝水、喝水，再喝水。

水带走病毒的数量，少于病毒繁殖的数量，在难受中煎熬两天，杨铁雄抵挡不住。邓开文知道后，要他马上去镇卫生院打吊针。

他感冒后难受，便对班级管理工作有所放松，去教室时，象征性看看。学生见他来了，会自觉遵守纪律，稍站一会儿，他便离开。

由于他偷工减料，班上调皮捣蛋的人，开始浮出水面。自己都管不过来，让他们闹一阵子，估计也不会闹出大事。

估计总有误差的。晚上7点左右，杨铁雄正打第二瓶药水，他的心情很愉快，护士是流沙中学毕业的，听说杨铁雄是她母校老师，对他格外热情，打听她从前的老师，是否还在学校里，她虽然在镇上，却很少去学校，有种害怕踏进校园里的感觉。

女护士身材高挑，皮肤白皙，纵然穿着白大褂，两只丰满的乳房，仍然清晰可见。男人属视觉动物，有美女相伴聊天，感冒似乎好了许多。

正在此时，两个气喘吁吁的学生闯进来：

"杨老师，杨老师，班上的同学在喝酒。"肖玉龙说。

他问："他们喝什么酒？"

"好多人在教室里喝白酒。"另一位学生慌慌张张说。

"我知道了，你们先回去。"杨铁雄挥挥手，让两个学生先回去。

两个学生并没有走，肖玉龙有点欲言又止的样子。杨铁雄心平气和地说："我正在打针，怎么也得打完再回去，他们喝酒，让他们喝。"

肖玉龙着急地说："他们喝醉了，在教室里发酒疯，桌子搞得东倒西歪。黄辉在走廊上，哭着、闹着要跳楼。所以，我们才到这里来找你。"

杨铁雄觉得事态严重，他本能地站起来，往前走两步。女护士赶紧说："杨老师，你不能走，针还没打完呢！"

杨铁雄退回到座位上，焦急地说："你帮我拔掉针头，我等会儿再来打。"

"等会儿再去不行吗？"

"不行，学生喝醉了，我得立刻回学校，万一真出了人命，我的责任可大啦。"

女护士没再说什么，赶紧拿着棉签，替他拔出针头，对肖玉龙他们说："你们老师病成这样，你们一点都不懂事，害得他打针都打不成。"

"快走。"杨铁雄快步走出卫生院，向学校跑去，两个学生紧跟其后。

"哪里来的酒？"

"李义从家里带的。"肖玉龙说。

"带了多少酒？"

"用一个大瓶子装的，两斤半。"肖玉龙非常肯定地说。

"你确定有这么多吗？"杨铁雄回过头来问。

"我给家里买过酒，用那种型号的瓶子，打满是两斤半。"

"酒的度数高不高？"

"我不知道，反正气味很大，整个教室里都是白酒味。"

进了校门，杨铁雄没再跑，他的眼睛望着二楼200班教室，走廊上很多人聚集在一起。一楼教室前面，没什么异常。说明喝醉的人没有跳楼，他心中的一块石头似乎落了地。杨铁雄加快脚步，接近教学楼时，二楼的同学发现了他，大叫："老班来了，老班来了。"接着听到黄辉在大声说话。

楼梯间弥漫白酒的气味，杨铁雄看到了黄辉，两只脚交叉走着路，摇摇欲坠的样子，身上散发出一股强烈的白酒味。杨铁雄判断，是农村里那种五十二度的白酒，用粮食酿出来的。

黄辉说："你们别吓我，就是——班主任来了，我也不怕，他算老几。"

旁边的同学笑了起来。

"笑你家里死人，你们全是胆小鬼，有谁敢从这里跳下去，你敢吗？就我黄辉一个人有这胆量。"说话的同时，黄辉趴在走廊上。

杨铁雄急了，上前抓住他，就一巴掌，狠狠打在黄辉脸上，打得货真价实，声音清脆而响亮。

"哎哟，好痛！"黄辉用手捂住脸说。

"知道痛？说明你有感觉，还活着。"杨铁雄厉声说道。

黄辉弯着腰，歪着头，眼睛看着杨铁雄说："我很清醒，从二楼跳到一楼，不摔伤手，就摔伤脚，估计死不了。"

"你真的跳下去，摔成瘫痪，你家里就得照顾你一辈子。"

此时，教室里传来断断续续的叫喊声，杨铁雄吩咐两个学生看住黄辉，如果他有不正常的举动，马上拖住他。

两位学生答应着，杨铁雄走进教室，迎接他是浓浓的酒味，在一张课桌上，摆着一只大瓶子，没有盖子，里面空空的。

另外几张桌子上，散落着一次性的杯子，有的里面还有酒。肖春意在教室里走来走去，不时碰碰这个同学，摸摸那个同学，借酒发疯。女同学看到他来了，性格温柔的，我惹不起你，难道躲不起吗？性格泼辣的，你敢动我，我收拾你，没武器，就地取材，用书打。

"肖春意，你疯了。"杨铁雄大声喊道。

肖春意回过头，看到满脸怒火的杨铁雄，身子颤抖一下。

"今天有点疯。"肖春意说。他仍然在教室里走来走去，不过，他到底怕班主任，行为收敛了许多，不像刚才那么张狂，不敢碰摸同学了。

"坐到你位置上去。"杨铁雄压制着内心怒火说。

"我不想坐，难受。"

"难受也得坐！"

"……"

"再不听话，我对你不客气。"杨铁雄朝肖春意走去。肖春意彻底怕了，老老实实坐到旁边的位置上。

症状比较严重的，还有张一豪，他趴在桌子上，不停地用手拍打课桌，嘴里唠叨不止："难受，难受！用手捂住肚子，脸上呈现痛苦状。"

教室里还有好几个脸红的人，周志光的脸最红，他安安稳稳地坐在那里，一言不发，看样子心里难受。

"有多少人喝了酒？"杨铁雄大声问道。

有人帮着数：一、二、三、四……

总共有九个人喝了酒，后来喝酒的人，有两人只喝半杯，他们没啥要紧。

突然，张一豪哇的一声，把吃进肚子里的东西吐了出来，旁边的人大叫，纷纷躲开。

"他喝了几杯？"杨铁雄走过来问。

"四杯，或者五杯。"

"满杯的？"杨铁雄吃惊地问。

"差那么一点点。"

"难怪呢？大人喝这么多也会醉。"

"老师，张一豪吐血了！"一学生惊叫。

杨铁雄一看，果真带血。他吩咐两个同学，赶紧到食堂去弄些灰来，把污物盖住。

两位同学开始有些不愿意，杨铁雄说："还不快去，要我发奖给你们？"

他们被吓了一跳，意识到事态严重性，赶紧提着装垃圾的桶，出了教室。杨铁雄快步赶到三楼，把家长联系电话名册拿来。

先打张一豪父亲的电话，张一豪住在镇上，他父亲答应马上来。

杨铁雄知道每个人喝酒的杯数，再观察现状，黄辉和肖春意必须到医院去。他打电话给黄辉和肖春意的家长，要他们赶到学校，带钱来，他们的儿子喝酒醉了，要去医院。家长们接到电话，一阵抱怨，杨铁雄打断对方的话，请他们马上过来。

关于解酒，有各种各样的说法，杨铁雄觉得最靠谱最容易实施的是多喝水，降低体内酒精浓度。200班教室里没有饮水机，学生喝水，很多人对着水龙头喝。农村的孩子，在家常喝井水，在学校喝水龙头的水，也不奇怪。也有同学去学校商店买矿泉水，或到老师办公室接水喝。

"你们跟我去办公室，先把那桶水搬到教室里来。今天晚上喝了酒的，多喝水，用你们刚才喝酒的杯子，把你们的肚子装满水，降低酒的浓度，会好受些。"

几个学生跟着杨铁雄到办公室，扛着一桶水来到教室里面。杨铁雄命令喝了酒的，赶快拿杯子倒水喝。然后，他拿出五元钱，让两位同学到学校商店买一桶水，扛到教师办公室。

张一豪的父亲和母亲赶来了，他父亲把张一豪一顿臭骂，母亲眼泪汪汪的，问他有什么感觉，哪里不舒服。

杨铁雄对张一豪的父母说，张一豪醉得厉害，胃都出血了，建议立刻到县城去治疗，这样保险点。两人不住点头，商量下一步怎么做。

他们联系熟人的车子，到流沙中学接人。

张一豪和他父母上车后，杨铁雄觉得肩上的担子轻松了一点，张一豪的事，他可以暂时放下不管，等他酒醒后，再来处分。

眼下最要紧的是黄辉和肖春意，两人处在醉酒的状态，要去镇里的卫生院打针。

他指挥几位高个子男同学，搀扶着黄辉和肖春意，去卫生院。还不放心，把肖玉龙也叫上，他想等会儿万一有啥事，身边有人。

肖春意甩开扶他的同学，说他会走，他没醉，一点都没醉。别说走到卫生院，跑去也没问题。杨铁雄很恼火，对他后背拍一巴掌，警告他老实点，他父亲或母亲来了，老师才可以不管他，他马上变得老实。杨铁雄带着学生来到镇卫生院，给他打针的护士正在看手机。他说了句：我又来了。然后领着两个学生去医生那里。

忙碌一阵子，黄辉和肖春意两人都打上点滴。医药费分文未交，先欠着。杨铁雄说他们的父母马上会来，假如他们不付钱，他负责。医院里的人听他这么说，同意先看病后收钱。

杨铁雄自己的药水没打完，女护士重新给换了针头给他打。

杨铁雄打吊针的时候，肖春意父亲匆匆赶到医院，他中等身材，皮肤较黑，明显的体力劳动者，他开着摩托车来的，数落肖春意几句，便询问医生，他儿子多长时间会醒酒。听说还未交医药费时，赶紧掏出钱交费。

黄辉家里来的是他爷爷，他父母都到外面打工去了，由爷爷奶奶照看他。

在医院里，家长们把自己的儿子、孙子狠狠数落一顿。历数他们不是省油的灯，要他们今后别再喝酒，空肚子喝酒很危险，会出人命。

杨铁雄听他们翻来覆去说着同样的话，两个学生，似乎很烦，他们在家的表现可想而知，苦于班主任在身边，他们不敢大肆发作。杨铁雄见机让家长们别说话，让他们安心治疗，他们也知道错了。

杨铁雄这会儿才想起从家里带酒来的李义。他在教室时，好像没发现李义，当时情况紧急，没有顾得上李义。

学生告诉杨铁雄，李义喝了两杯，一点事也没有，他爸爸在家常喝酒，他时常跟着喝一点，有一定酒量，他见几个同学喝醉，还吐了，肖玉龙跑去找老师，他肯定会挨批评，便溜出教室，现在是否回家，谁都不敢确定。

杨铁雄把电话打到李义家，他母亲接的。杨铁雄首先问李义到家没有，她母亲说李义刚刚到家。杨铁雄说，李义从家中带了一瓶酒到学校，班上八九个同学喝了，三个同学醉倒，醉得吐血的那个，住在镇上，家人已经把他送到县城医院去了，剩下两个醉得不严重，在镇卫生院打针，他们的家长，已经到医院里。李义有一定责任，他的家长，应该到医院来看看。

电话里传来李义母亲责问李义的声音，李义在追问声中，承认从家里带酒去学校的事情。紧接着，李义母亲骂他父亲，说一个大酒鬼，带出一个小酒鬼。

过了很久，李义和他父母才赶到医院。他母亲见面就赔礼道歉，说李义开始不敢来，他做错了事，怕面对同学，更怕班主任。她做了很长时间思想工作，李义知道迟早要面对这件事情，拖了很久才肯过来。

李义母亲反复向两位家长说对不起，她没把儿子管好，给他们添麻烦了。两位家长即便心中有怒火，也消了，显得宽宏大量，说都有错，今后各人管好各人的孩子。

然后，李义母亲要李义道歉。李义站着不动，头也不敢抬一下。他父亲在后面推他一把，他才走上前去，对肖春意的父亲和黄辉的爷爷，鞠一躬，说些对不起之类的话。

杨铁雄感到稍稍安慰点，他对李义讲了几句，意思是让他吸取教训，今后做什么事，要想想后果，自己走上社会后，做事更要前思后想，十八岁后是成人，得承担全责。

杨铁雄牵挂着张一豪的病情，打电话给他的父亲。

张一豪在去县城的路上，吐了两次，搞得开车的司机很不高兴，目前暂时没有什么大碍。

第二天，张一豪从县城回家，在镇卫生院继续治疗，又打了两天针。他的钱花得最多，两个医院的费用加起来，超过一千元。

第十七章　全体行动，寻觅失联学生

学生醉酒后的第二个星期，一切归于平静，好像往湖中投一块石头，开始会溅起巨大水花，泛起波纹，稍后便看不出一点痕迹。班上的纪律也还让人满意。

张一豪又呈现生龙活虎的样子，问他哪里异常吗？他说没有，和先前一模一样。

杨铁雄的感冒，没有彻底好转，有一点尾巴，他时刻想着班主任的职责。这几天，他去上课时，把目光反复在几个喝酒的同学脸上扫来扫去。

有的同学会悄悄地问："老师，上星期喝酒的事，还处分我们吗？"

杨铁雄说："当然要处理。"

"什么时候处理？"

"我这两天感冒还没好，等完全好了，我会收拾你们，闹出那么大的事，差点出人命，想我放你们一马，你说可能吗？"

学生无言，不敢再说话，低着头离开。那几天，喝过酒的学生，变得老老实实，用他们后来的话说，叫做夹着尾巴做人，生怕再折腾出什么事，罪上加罪。

其实，从杨铁雄内心来说，他不愿意再多出点事来做。但他的话已经放出去了，不给他们一点惩罚，让他们长点记性，班主任的威信会下降，学生不怕他，以后做事会很被动。

周三，杨铁雄的感冒明显好多了，他觉得像红军当年爬过大雪山。他在心里权衡了一番，决定先对几个学生进行一次严格的教育。

下午，杨铁雄把喝了酒的九条小汉子，全部拉到三楼办公室走廊上，站成一排，看起来有点壮观。

"你班上开公审大会。"路过的老师笑着说。

"案情已经浮出水面，不用审了。"杨铁雄说，"叫宣判大会。"

"宣判大会要有人山人海的观众。你早说，我把他们拉到全校师生面前，让大家都来认识他们。"老师笑道。

杨铁雄进了办公室，找到一根旧的、手指般大小的棍子，然后一言不发走出来，把目光整得凶狠狠的，在九条高矮不一、胖瘦不均的汉子脸上盯来盯去，久久不语。

大家心里忐忑不安，不知他将开出啥惩罚清单，突然听到大而短促有力的声音："站好！"

众人赶紧双手垂立，抬头挺胸，用余光看旁边的人。

杨铁雄走到李义面前，把棍子举起，李义知道自己罪孽深重，不躲不闹，咬紧牙关，双眼紧闭，等待老师的棍子落下来。

一秒，两秒……

杨铁雄的棍子始终没有落下。

李义睁开眼，见老师依旧站在他面前。他不敢说话，杨铁雄再次举棍，仍然未抽。等到第三次举起时，既打雷，又下雨，棍子抽在李义小腿上。李义脸上呈现出痛苦的表情，张开嘴，终究未喊。

"一切的一切，全由你引起。我为什么迟迟不抽你，先让你精神上痛苦，再让你肉体痛苦。"杨铁雄非常严肃地说。

接下来，棍子抽向张一豪、黄辉、肖春意，每人都被重重地抽了一棍。

轮到其他人，则明显轻得多，有"放水"的嫌疑。抽完后，有人小声说："好像没打一样。"

杨铁雄说："实话告诉你吧！我这么做有我的理由。他们虽然喝了酒，但喝得少，没醉，没造成严重后果。你们几个就不一样，这一点不用我重复。

"有些国家，法律明文禁止未成年人喝酒，商场不得向未成年人销售酒。

"喝酒对身体有害，具体来说：伤脑，喝多了使你头昏脑涨。伤肝，酒精到人体之后，靠肝来解毒，喝酒多了，增加肝脏负担。同时，喝酒还伤肾。总之，喝酒对身体有害，我相信经历这次醉酒，你们会有切肤之痛。你们听说喝酒醉死人的事情吗？"

"我在电视里看到过。"周志光小声说。

"我也看到过。"林小飞抬起头，盯着杨铁雄说。

杨铁雄望着九条高高低低的小汉子，深深吸了口气，觉得训话该结束了。

"下面我布置一个任务，你们仔细听着，每个人都有份，你们回教室写检讨书，把喝酒的经过、感受，详细写出来，必须谈喝酒的危害。

"明天上午之前交给我。只能提前，不能推后，你们几个喝醉的，把检讨书写深刻一点，我会重点关照你们几个。字写得不好的，一笔一画写好，你们回教室吧！"

当天便有人开始交检讨书，第二天上午，检讨书全部交齐。有两人的检讨书被打回重写。

通过阅读一份份检讨书。终于还原整个事情的真相。李义从家里带来一瓶米酒。是同学叫他带的，具体谁说的，李义保密工作做得好，或许他记不清谁先说。

酒带到学校后，开始没喝。后来，有人到商店里买来一次性杯子，教室里一阵欢呼。

黄辉、张一豪先喝，喝下去时，喉咙感到有点儿辣，难入口。但他们还是鼓足勇气，咬紧牙关，喝了，后来感到头昏，人醉了。

所有的检讨书，最后面部分，商量好似的，写了两点。

第一，后悔自己喝酒。第二，保证自己不再喝酒。

按杨铁雄原来的想法，几个"罪行"重的人，应该让他们在操场上跑几圈，想想算了！他们也是受害者。

天气，越来越冷。

时间，一天天靠近期末考试。

老师们的言谈，渴望假期早点到来。乡镇中学的老师，没有太大升学压力。但是，天天面对着一帮厌学的学生，他们不想学习，总会搞点什么事来消耗体内的能量。讲小话，搞小动作，弄同学一下，偷家里的钱、上网。他们精力充沛，不读书，睡觉又睡不着，只好搞事。

假如你天天和一帮人吵架，你想想会是什么感觉。这种日子和暗无天日差不多，还好，吵多了，会总结出一些经验，有时假生气，外表凶相毕露，内心风平浪静，以免伤肝。

这期间，203班发生一件让众老师大跌眼镜的事情。一男生的被子，被人抱出宿舍，丢在公共厕所里面，那里又湿又臭，被子当然不能再盖。

这类案子，派出所肯定不管，任课老师不会管。只能由班主任充当业余警察，捉拿嫌犯。

于是，找相关同学了解情况，寻找线索，向真相靠近，成为班主任的工作。

首先从受害者问起，这段时间和谁发生过纠纷，谁最有可能成为作案者。然后从作案时间上去推断、锁定嫌疑人，某段时间逗留宿舍的人，被一个个叫来询问，把没有作案时间的同学排除在外。这时候，老师要有丰富的经验，分辨出哪些人说了谎。

最后还有致命一招，调监控。宿舍走廊里，有一个监控探头。可画面模糊，根据画面图像，锁定一位同学，班主任把他作为重点怀疑对象，叫到办公室来审问。

不论班主任怎么用计，该同学就是不承认，死死咬定自己没做这事，也不知谁干的。

差不多审了两节课，班主任承受能力到达极限。旁边的老师，不断被问话声骚扰，心中有苦，不免也说两句，此案破不出便算了。你又不是警察，你的主业是教书，非破案，万一弄个冤案出来，你要受连累。

此案便不了了之，老师在班上强调，同学们要睁开双眼，看清谁在黑暗中做坏事，一有线索，立刻向老师报告，注意看好自己的钱和物。

那位同学的被子，去厕所打了个转，想想都恶心，当然不能再睡了，让他暂时和同学睡，下星期从家中带被子。

再说说200班吧，小问题，诸如上课有人迟到，讲小话，作业不按时交，同学之间小小摩擦，偶尔也有。

让杨铁雄没想到的是，一周后，他班上又发生一次打架的事，并且引起严重后果，带给他的烦恼，一点点撕咬着他的神经。

这是一场什么样的战争呢？

周一下午最后一节课，是200班体育课。林小飞慢慢走进教师办公室，那样子，和得了病的瘟鸡差不多。杨铁雄正收拾桌面上的东西，准备去食堂吃饭，见林小飞心事重重的样子，他问："找我有事吗？"问得有点轻描淡写。

"一点点事。"林小飞低声说。

"你快说，我马上要去吃饭了。"

"其实……"

"其实什么，你直接说。"

"黄成兵没有请假。"

杨铁雄生气了，扭头对他说："这么说你在我面前撒谎了，你为啥要帮着他。万一他去做坏事呢？你以为自己很讲义气？"

"我不是讲义气，他做了不该做的事情，我们打了他，他就跑掉了，到现在也没回来。所以，向你报告。"

"为什么打他？还有谁打了他？"杨铁雄步步紧逼。

"他搞坏曾乐田的手机，不肯赔钱，我们直接对他动手，曾乐田和肖春意都动了手。"

"去把他们俩叫来，速度快点。"

林小飞跑着出去。杨铁雄心中异常烦躁，在办公室里走来走去，一种不祥的预感，像毒蛇一样咬住他。林小飞向来很少主动承认错误，今天好像是第一次，说明他害怕了，黄成兵到底被打得怎样，受了伤吗？是回家，或者去了其他地方？

正想着，曾乐田和肖春意十分不情愿地进来了，步子拖沓，他们知道，挨一顿批是肯定的。

"林小飞呢？跑哪去了？"杨铁雄大声吼了起来，想给他们俩来个下马威，首先从气势上压倒他们，以便下一步工作开展。

两人没有防备，被吓了一跳，肖春意喏喏地说："他上厕所去了，等会儿来。"

杨铁雄走出办公室，探头往操场上一望，果然看到林小飞从厕所方向走来。说明他们没撒谎。他转身进去，拿起一根小竹棍，坐在凳子上，专等林小飞到案。

林小飞进来时，踏着急急的碎步，以示他的积极，渴望求得老师对他的谅解与宽容。

尽管如此，杨铁雄还是要体罚三个学生，尽管教育部门三令五申，不准体罚学生，但教育部门非常清楚，哪所学校或多或少都有体罚的情况。

只不过有的老师一时控制不住自己的情绪，做得太出格，学生受到伤害。没有体罚的教育，是不完整的教育。个别学生吃准老师只能动嘴，不敢动手，不闹翻天才怪呢！

杨铁雄操起一根小棍子，一言不发，朝着每个人脚上抽一棍，轻重程度差不多，但各人的表情不一样，肖春意甚至叫出了声。

然后，他把棍子往桌子上一丢："你们知道痛就好，我心里烦躁得很，我敢肯定，黄成兵没有回家。"

三个人你看我，我看你。

"老师，你打个电话，万一他回家了呢？"说话的是林小飞。

"没有万一，我相信我的感觉，黄成兵肯定没回家，不要把时间浪费在猜测上面。曾乐田，你把事情的经过说说。"

曾乐田害怕地看一眼杨铁雄，把目光移开，胆怯地说："黄成兵搞坏我的手机，我拿去修，花了60元钱才搞好。让他赔钱时，他一分钱都不给，几次问他要，他总赖账，不然也不会打他。"

"曾乐田，你应该明白，学生不准带手机到学校里。"

"知道！"曾乐田声音低低地说。

"如果这件事追究起来，首先你错了，违反校规。他搞坏你的手机，你应该把情况反映到我这里，由我来处理，他没钱，我找他家长。而不是你找两个人，揍别人一顿。本来你有理，现在你变成没理，连累两位和你玩得好的同学。我判断，黄成兵不会回家，他有不对的地方。"

三个人你看看我，我看看你，觉得杨老师说得有道理。

杨铁雄看出他们的端倪，打开抽屉，拿出家长通信录，拨通黄成兵父亲的电话。

听说是班主任杨铁雄，黄成兵的父亲立刻热情起来，忙问是不是黄成兵在学校犯错误了，他这个崽调皮，杨老师该打就打，该骂就骂，帮他管紧点。

杨铁雄沉吟一下说："他搞坏同学的手机，修手机的钱，应由他出，他不给，几个同学打了他，整个下午没看到他，不知他回家了吗？"

"没有啊，他不在学校，会去哪里？"黄成兵父亲有点着急地说。

"你不要急，他可能去亲戚家了，你打电话问问。我们学校以前也出现过这样的事，过一两天，学生自己回来了，也许，他到同学家去玩了。"

聊了很长时间，杨铁雄终于稳住黄成兵父亲。回头看看几个学生，让他们暂时回教室。

晚上，查完寝之后，杨铁雄参加一个牌局，学校几个老师凑成一桌放松。他平常很少打牌，今天却有强烈的欲望，换种活法。

也许运气不好，心情不好，或许两者兼而有之。杨铁雄变成书（输）记，输掉200多元，输得他脸色凝固似的，火气呼呼往上蹿。临近12点钟时，两个赚了钱的，问他打到什么时候，他说再打40分钟。晚上12点，情况风云突变，杨铁雄连打三盘全胜牌，对方一张牌都没出。此后，他全身细胞兴奋起来，结局时，他把手中的钱一数，赚了一元。

第二天早上，他把学生从宿舍喊到操场上，看他们围操场跑完两圈，再回房间睡觉，他太困了，昨晚两点钟才睡。睡梦中，听到有人敲门，敲得很固执、执着，还听见外面喊："杨老师，杨老师。"

听声音可能是家长，杨铁雄开门一看，一位中年男人，四十岁上下，他挤出些笑容说："我是黄成兵的家长。"

"你去办公室等我，我刚起床，一会儿到。"杨铁雄笑着对他说道。

他迟疑几秒钟，似乎有什么话要说，最终没说出来。杨铁雄趁机细细打量他几秒，他穿着一身旧西服，皱巴巴的，看样子有四五年了，前襟有些脏，头发很零乱地堆在头上，脚穿一双黄色解放鞋。他往办公室去时，杨铁雄关门换衣服。

林小飞、肖春意、曾乐田三人被叫到办公室，站成一排。

杨铁雄是班主任，当仁不让充当主角："你们三个干的好事，家长找上门来。如果黄成兵没出事，算你们走运，有什么三长两短，你们几个人承担责任，你们没能力，你们家长承担。现在你们想方设法，尽快找到黄成兵。"

三人低头不语，黄成兵父亲难过地说："肖春意，你去过我家，我把你当成客人，很客气，很热情，当时家里没什么菜，我骑摩托车赶到坳背，买了四五十元钱菜。你吃完就不认账了，以前把黄成兵当朋友，今天把他当仇人，翻脸比翻书快。我把那些饭菜倒给一条狗吃，它会向我摇摇尾巴，表示感谢。"

肖春意不语，头低得更下了。

"你们两个，没去过我家，我儿子欠了你们的钱，你可以告诉老师，老师告诉我。我如果不管，你们怎么打他，我没话说。三个人打他一个人，算什么本事。今天是在学校里，要是在外面，我喊几个人来，把你们几个往死里打，你们会怎么想？"

黄成兵父亲把三人狠狠数落一顿，心中的怒气消失了一部分。杨铁雄抓住时机说："对他们几个，我昨天用棍子抽过，道理讲了无数遍。总之，要他们开动脑筋，把成兵找回来。"

肖春意说，在网上找黄成兵，他有手机，经常把QQ挂在网上，其他两位同学也赞成这个办法。杨铁雄觉得不靠谱，只凭直觉。但他一时也想不出啥好法子，只好依了他们，给在场的黄成兵父亲一个交代。

林小飞坐在办公室的电脑旁，非常熟练地敲击着键盘，点击鼠标。另两人在旁边观看，指挥林小飞把他们的QQ登上。他们都加了黄成兵的QQ，每人都给黄成兵发信息，内容相同：成兵，你在哪里？

杨铁雄看得很恼火，怒道："你们平常骂人时出口成章，现在几个人除了这句话，你们难道想不出其他要说的吗？"

曾乐田说："我们写什么好呢？"

杨铁雄本想批评他们不学无术，终于忍住。他们本来就不学无术，他说："我给你们提两点意见：第一向他道歉，不该打他；第二，向他保证，不再打他。"

三个人想了半天，弄出两句话：黄成兵，我们打你不对，现在好后悔。黄成兵，你快点回来，急死我们了，大家都在找你，回来后，我们还是好兄弟。

信息发出后，如石沉大海，黄成兵一直没在线上。曾乐田说，昨天晚上看到黄成兵在线，问他在哪里，他不说。

杨铁雄带着黄成兵父亲来到教室，问班上同学，谁知道黄成兵去了哪里。这时，肖四海提供一条重要线索，昨天中午，他看到黄成兵坐上去县城的班车。

杨铁雄如获宝贝，把肖四海叫到办公室，让他仔细回忆昨天看到黄成兵的细节。然而，说来说去，肖四海只能确定黄成兵坐上去县城的车，他们之间有过如此简短的对话：

"你去城里吗？"肖四海问。

"嗯！"黄成兵答道，言语间躲躲闪闪。似乎隐瞒着什么东西。车子马上开动，终止了他们之间的对话。

杨铁雄问黄成兵身上有多少钱，在外面能坚持多长时间，黄成兵父亲说，本周给了他二十元钱，不知道他奶奶给钱没有，他奶奶很疼他，时常塞点钱给他。

折腾到第三节课前，黄成兵的QQ仍然死一般寂静，毫无反应。杨铁雄要上课，他让几个学生先回教室，安慰黄成兵的父亲，黄成兵不会有事的，他很机灵，很活跃，属于那种在社会上闯荡的人物。

听了这番话，黄成兵父亲的脸色舒缓许多，杨铁雄叫他往亲朋处再打电话问问。

星期二，整整一天，直到晚上11点钟，仍然没有黄成兵半点消息。

杨铁雄靠在床上，心里乱糟糟的。他相信黄成兵不会有事。但是，万一出事呢？明天，明天会有什么结果，明天黄成兵会出现在流沙中学的校园里吗？

第十八章　揭开谜底，没有想象的那么复杂

星期三的情况进一步恶化，好比演戏，进入高潮。

上午第二节课，杨铁雄正在上课，突然听到外面有老妇人哭泣的声音，紧接着，传来清晰的声音："我家兵兵在哪间教室读书，他没告诉我什么班。"

杨铁雄心想，难道黄成兵奶奶找上门来了，完全有可能，老人疼爱孙子，孙子不见了，她能不着急吗？他决定主动点，走出教室问：

"你老人家找谁？"

"我孙子黄成兵被几个同学打跑了，几天不归家，昨日他爸爸到学校等了一天，没半点音信。怎么办呢？"老人带着哭腔。

杨铁雄知道，麻烦越来越大了，此事怎么收场呢？现在碰上个女的，而且是年纪大的，她只会认死理，今天肯定有好戏看。他赶紧上前，和颜悦色地说："我是成兵的班主任，我带你到办公室坐会儿。你放心，成兵肯定不会有事的，他那么机灵，我敢跟你打包票，他爱玩，说不定正躲在什么地方享受美好生活呢！"

"没事就好！没事就好！就怕万一。"老人抹着眼泪说。

"你的孙子你了解，调皮的人，在社会上生存能力很强。"杨铁雄说。

他把黄成兵的奶奶带到政教处办公室坐着，大办公室里老师多，等会儿老太太又哭又闹的，他不想影响大家，也不想让众老师知道他班上负面的东西。

政教处办公室没人，两位老师都上课去了，杨铁雄找出杯子给她

倒杯开水。正欲回教室，老太太发话了。

"老师你贵姓？"

"我姓杨，你叫我杨老师或小杨都行。"

"对！对！对！进学校门时，我还记得你是杨老师，年纪大了，不中用，转身就忘了。昨天晚上，我没合过眼，总想着兵兵的事情，还做了几个不吉利的梦。"

杨铁雄微笑着说："我半夜吓醒过几次，做噩梦。学生不听话，老师和父母是一样的，着急呀！成兵他爸爸呢？"

"我崽今天一大早出了门，到县城去捞成兵，有同学看到成兵往城里方向去，他爸爸想碰碰运气，看捞不捞得到他的魂。"

"你老人家先坐一会儿，不要急。我去教室里打个转，把打你孙子的三个同学抓来，让你问问他们，现在没下课，我去布置作业让他们做，要耽误一点点时间。"

"老师，你去吧！几十号人等着你，我不晓得你这个时候上课。晓得就迟点来。"黄成兵奶奶朝杨铁雄挥挥手说。

多通情达理的家长啊，没说一句责备老师的话。杨铁雄心里有点内疚。教室里乱糟糟的，杨铁雄刚进去，所有的声音戛然而止，并伴随移动桌凳的声音。他指指林小飞、曾乐田、肖春意，再一挥手，三人非常配合，老老实实按先后顺序，站在讲台旁边，低着头，偶尔看看同学。

杨铁雄的目光，扫过一张张男女同学的脸。最后停留在黄成兵课桌上，空着的，主人不知去哪儿了。纵然黄成兵理亏在先，纵然他调皮，但他现在下落不明，生死未卜，他也是父母心头的肉啊！安全大于天。

教室里一片寂静。

教室里鸦雀无声。

学生等着杨铁雄讲话，杨铁雄偏偏不说，就这么一言不发和大家耗着。大家表面上平静，其实内心汹涌澎湃。

最后，他看看时间，离下课还有三分钟，对同学说："你们自己看书。"转身冲三位讲台边的学生喝道："跟我来。"

三人在政教处办公室站成一排，他们看到黄成兵奶奶，知道麻烦事情来了，心中胆怯，把目光移向其他地方。

稍过一会儿，杨铁雄赶到，首先要林小飞他们站好、站直。然后说："老人家，和你家孙子打架的，是这三个人。"

黄成兵奶奶站了起来，眨眨眼睛，用手擦擦眼睛，再走近他们，仔细打量着，很久才说："你们同样的年纪，应该玩到一起，交好朋友，怎么就打架了呢？还把我孙子打跑了。

"我听说，成兵欠了你们的钱，60元，我今天把钱带来了，一分不少，还给你们。你们要把我孙子还给我，少一根头发，我跟你们没完。"老人说得一字一句，很清楚。

说着，成兵奶奶转身坐在椅子上，解开外面的衣扣，从里面掏出装盐的塑料袋，用颤抖的手，把十元、五元、一元的钱，一张张数在茶几上面。

"欠哪个的钱，还是欠你们三个人的。"成兵奶奶打量着他们问。

"欠他的。"林小飞和肖春意指着曾乐田说。

成兵奶奶把钱往曾乐田口袋里塞，曾乐田反应过来后，用手捂紧他的口袋，几张散碎钞票，掉落在地上。

正在此时，政教处主任刘成城进来了，他吃惊地打量着一屋子的人，很快明白了是怎么回事，杨铁雄本想解释一下，借用政教处宝地，终于懒得说。

刘成城一脸严肃地盯着三个学生，然后用力哼一声。随后坐在椅子上，掏出一支软装白沙烟，非常熟练地点上，吐出一个烟圈。杨铁雄向黄成兵奶奶介绍说，这位是政教处的刘主任，专门管调皮捣蛋学生。

成兵奶奶一听，动了感情，立刻眼泪汪汪，哽咽着说："主任老师，我就一个儿子，我儿子也只有一个儿子，我们黄家三代单传。昨天晚上，我想起就哭，想起就哭。我儿子劝我不要哭，说会找到。今天一大早，他坐车去圣林城里，看能不能碰上成兵。

"我早上去湾里的灵应庙上香，求菩萨保佑我孙子平安无事。我头上的白发，昨天晚上又多了几把。"

说到这里，黄成兵的奶奶掏出手帕，擦擦鼻涕，那凄凄惨惨的样子，令人不忍久看。

刘成城从椅子上站起来，说道："以前反反复复和你们讲道理，不听，这个耳朵进，那个耳朵出。现在惹出事，后悔了，黄成兵如果有什么三长两短，你们几个吃不了兜着走。

"三个人赔给她当孙子，她不会要，你们再漂亮，成绩好得能飞天，别人也不要，和她没有血缘关系，假孙子。

"何况你们不优秀，自己父母都把你们看成狗屎一样。你们中间谁的父母没在我这个办公室待过？谁的父母在我这里有一张笑脸？"说完，他黑着脸，盯住他们。

杨铁雄接着插话说："刘主任，难得你今天心情好，对他们如此苦口婆心，我现要他们把人找回来，这事比天大，不然对我们谁都不好。"

又是整整一个白天，黄成兵依然毫无消息，他仿佛从人间消失了一样。下午，成兵父亲来到学校，满面愁容，天气那么冷，他儿子晚上住哪里？

夜幕降临之时，黄成兵的父亲和奶奶，迈着蹒跚步子，一步一步，走出流沙中学校园。杨铁雄看着他们母子黯然离去，心里非常难受，不祥的预感，在他心头越压越重，黄成兵几天不归，他的家人目前还算通情达理，没在学校大吵大闹。他们的可怜，他们的眼泪，倒像刀一样刺痛着杨铁雄的神经。晚上，他分别打电话给林小飞、肖春意和曾乐田的家长，要他们明天一大早赶到流沙中学，然后到外面去找黄成兵，谁不去，谁就负主要责任。

第二天，接到电话的几位家长屁颠屁颠地赶到流沙中学，从速度上看，不能说不快。这次，杨铁雄把几位家长领到大办公室，再把几位学生叫上来。

家长们免不了当着全体教师的面，教育自己的孩子，方式各不相同。曾乐田的老父亲，方式比较温柔，细声细语讲道理，他是性格软弱的人，即使天塌下来，也不会暴跳如雷。林小飞妈妈则说了几句狠话，说得咬牙切齿，仅此而已，有做样子的嫌疑。肖春意的父亲年轻气盛，他教训儿子时很暴力，说不了几句，冲上前，给了两巴掌，打得肖春意眼冒金星，眼泪当场哗哗往下掉。

成兵的父亲和奶奶随后到了学校，他奶奶照样使用杀手锏，抹眼泪，示弱。边哭边唱，哭她命不好，哭她孙子调皮。成兵父亲则坐在那里，一言不发。大家试着从网上联系成兵，他一直不回答。据班上同学说，昨天晚上曾看到他登录QQ，追问他在哪里，两分钟后，他下线了，什么也不说。

流沙中学校长丁松华进来了，他看看大家，想说什么，大约没找到恰当的词语，没说话。杨铁雄把他介绍给大家，并请他做指示。

丁松华在凳子上坐好，立刻发表具有领导特色的讲话。

他说自从这件事情发生之后，从班主任到学校领导，都对此事非常关心，并且做出积极的努力，想方设法寻找线索，追踪黄成兵同学的下落，他本人每天都在关注着事情的进展。

根据他这些天的分析，成兵同学的安全不会有问题。以前，他们学校出现过类似的事情，特别是调皮的学生，受不了学校纪律约束，想出去玩，他们在外面玩够了，玩得身上没钱了，会自动回来。

昨天晚上成兵的QQ上线，说明他在网吧待着，生活过得很好。

和其他乡镇中学校长聊天时，也发现有学生出走的情况，最后都有惊无险，学生在外面闯荡几天后，回来了。

造成当前这种现象的原因，部分学生厌学，且相当厉害。所以，一点点事情，便促使他们离开学校，离开家庭。

成兵父亲说，他问遍所有亲戚，没有成兵消息，他只那么几个同学，大家都在上学，想不起有他能投靠的地方。说完，他头一偏，做出一副可怜巴巴的样子。也难怪，对于老师和学校，多一个学生，少一个学生，无关紧要。而对学生家长，自家孩子则是全部希望，人没了，天会突然塌下来。

沉默一会儿，丁校长说，现在学生流动性大，谁知道他的同学到哪里读书。像黄成兵这种外向型的人，交际广，也许和社会上的人拉上关系。

丁松华安慰一阵后，黄成兵的父亲和奶奶稍稍宽心。几个学生家长，分头去寻人。找不找得到是一回事，找不找又是另一回事。

家长们出去找人，杨铁雄在学校照看班上几十号人。丁校长把他和刘成城找去，商量商量，看看下一步怎么办。刘成城先给每人发一根烟，并点燃。三根烟枪，一齐朝空气中排放，很快烟雾弥漫。

"刘主任，你是管他们的老大，你发句话，传到道上去，让黄成兵早点回来，我这几天脑细胞不知死了多少亿。"杨铁雄打趣道。

"在你家一亩三分地上，你发话，肯定比我威力大些。"刘成城弹弹烟灰说。

丁松华把两人打量又打量，说："这个死崽，在外面待这么多天。杨老师，你班上昨晚有人看到他上网，消息准确吗？"

"完全属实，刚才我又找那位同学问了情况，他把与成兵的聊天记录给我看了，成兵只打了一个字：嗯。便没下文，大约他不想让同学知道他的情况。"

丁松华突然用力一拍桌子："我们不用找了，该干吗干吗，他自己会出来，今天不回，明天还不回，我这个校长自动辞职。"

"人都会给你吓死。"刘成城站起来说，随后把烟蒂丢进垃圾筒："看样子我们可以收兵了。"

"找也白找！谁知道他藏在哪块天？"丁松华说。

"丁校长，家长那边，还让他们继续找吗？"杨铁雄问。

"当然得找，在我们没确认黄成兵回家或回学校之前，必须找。不过，我们得外紧内松，别把太多精力放在这上面。"

流沙中学校长丁松华的预见是正确的。

有人说他高瞻远瞩。

有人说他瞎猫碰上死耗子。

下午3点，杨铁雄的手机骤响。电话是黄成兵父亲打来的，这几天，他们之间经常通话，他太熟悉这串号码，他心里一直怕接这个电话。

"杨老师，我是成兵爸爸，刚刚家里来电话，说他回家了。"

"回家了，回家了，回去就好。"杨铁雄如释重负地说。

"让你们老师操心了，我回家好好修理他一顿。"

"平安回来就好。"说着，杨铁雄的眼睛有点湿润。几天的焦虑、担心，在这一刻终止。

"杨老师，你告诉其他几位同学的家长，说成兵回家了。"

杨铁雄答应着，忙问黄成兵去哪了。他说不知道，等到家里再问问清楚。

下午，办公室里，同事都在赶教案、抄听课记录、写年度总结，据说教育局要来检查。杨铁雄赶紧投入到这项伟大又渺小的工作中去。说它伟大，因为你不做，会挨上级领导批评，说它渺小，这些东西对促进教学毫无益处，倒把老师们折腾出一肚子怨言。

杨铁雄马不停蹄，分秒必争写教案，抄听课记录，晚上8点，终于完成这件大事。此时，他身心极度疲劳，黄成兵出走，令他几个晚上没休息好。他趴在床上，很快呼呼大睡，无梦。醒来时，他发现四周特别安静，感觉人特精神，拿起手机看时间，晚上11点半。手机有两个未接电话，打电话的时间，正是查寝的时候，他调成静音，所以没听到，值周领导叫他去查寝。他在心里默默祈祷，上帝保佑，但愿今晚学生都到齐了。

县教育局原定星期五来流沙中学，进行年终综合督导评估。后来又说不来，改在下个星期。老师们不免抱怨，领导一句话，搞得下面的人好多天睡不安稳。

星期一，对杨铁雄来说最大的事情，莫过于找黄成兵，把他失踪那几天的情况搞得清清楚楚，明明白白。

他在教室里发现黄成兵，两人目光相遇，便用手朝他做了个动作，黄成兵知道是怎么回事，非常配合，马上走出教室，来到教师办公室，那样子，极其顺从。

有千言万语要说，杨铁雄首先问："你爸打你没有？"

"打了。"黄成兵小声地说，低着头，样子怯怯的。

"该打！该打！等会儿我还要打你。"

黄成兵对这句话没任何反应，不知他早有准备，还是没听清楚。杨铁雄拿来一根棍子，让黄成兵伸出右手，然后狠狠地抽两下，黄成兵痛得眼泪都出来了。

"你这一跑，在外面活得神仙似的，你知道给多少人带来痛苦，你奶奶的白头发又多了几把，我这当班主任的，整天担心你出事，有两个晚上半夜醒来，怎么睡都睡不着，这些你可能不知道。

"肖春意他们三个人，天天被我抓到办公室，他们也害怕你出事。假如你出了事，受伤害最深的是你家里，你父母把你从小养到大，到底要花多少精力和金钱，只有你将来成了家，有了小孩，才能深刻领会。父母付出有多少，对你的担心和牵挂就有多少。"

"杨老师，我错了。"黄成兵流着眼泪说。

"你应该从这次事件中吸取教训。做错了事，要勇于承担，否则，有可能酿成更大的事。"

…………

黄成兵出走四天之谜，在黄成兵回学校之后，终于真相大白。

黄成兵欠曾乐田的钱，曾乐田数次讨要，未果，便找来肖春意和林小飞，让他们帮他讨债，许诺成功之后，拿出十元钱请他们吃东西。肖、林二人毫不犹豫答应。

黄成兵拿不出钱，等待他的是一顿拳打脚踢。他们下手很重，黄成兵后来回忆被打的一幕，还有些害怕。

如果仅仅被打一顿，黄成兵也许不会逃跑。他们威胁他，如果不给钱，还要打他，打得更严重，打到他给钱为止。黄成兵太了解他们，他们说做到。理亏加害怕，他选择逃跑，翻围墙出学校。他有个同学，在圣林城里一所民办寄宿制学校读书，同学的父母在外地打工，黄成兵事先与同学约好，到城里找他。

这位同学叫赵伟，是厌学之徒，星期一下午，他找个理由，向老师请了假，逃出学校。赵伟平常一个人在家，自己照顾自己，他父母觉得自己对不住他，往他银行卡里存很多钱，要花，随便他取。这么好的条件，对黄成兵来说，简直得天独厚，也是他几天未归的重要原因。

星期一，两人在叙旧、看电视中度过。

星期二，赵伟没回学校，带着黄成兵在圣林城里面玩。在公园里坐碰碰车，坐旋转飞机，到城里的大街小巷，漫无目的地走来走去，晚上睡在赵伟家中。他们去网吧，老板不给他们开机，因他们年龄不够。

星期三，两人觉得在城里玩没意思，商量去新鲜的地方玩。最后选定离县城十多公里的水浸窝泡温泉。当时已进入深冬，泡温泉是最美的享受。

泡完温泉，到中午时分，他们买点面包充饥。两人没回圣林县城，在水浸窝的一家网吧上通宵，农村里的网吧，没那么多讲究，不用身份证也能上。老板把五六台电脑往家中一摆，组成个小小网吧！你想怎么玩就怎么玩。

黄成兵在网吧登录自己的QQ，只看看留言，他上线的踪迹被流沙中学200班同学发现，不过，他没和同学实质性交谈。

星期四上午，劳累一个晚上的黄成兵在网吧睡觉。那会儿上网的人不多。老板没赶他们走。中午时分，老板叫醒他们，要他们离开网吧。迫不得已，他们随便找点东西吃。黄成兵和患难几天的同学赵伟分手，学校不敢去，也不想去，他选择回家。

所有人的担心，在他出现这一刻全部放下。所有把神经绷得紧紧的人，让自己松弛下来，先喘口气再说。

人回来了，事情得善后，必须处理，给打人者一个深刻教训。杨铁雄首先要弄清真实情况，在寻找黄成兵的几天中，他问过林小飞、肖春意、曾乐田，他们如何打黄成兵的。三人均说，只轻轻地打一下，开玩笑那样，没想到黄成兵跑了。杨铁雄凭直觉，认为他们几个在撒谎。但那时候黄成兵无影无踪，死无对证，当时工作重点是找人，他没在这个问题上深究。

杨铁雄让黄成兵讲述被打过程，交代他不能说半句假话，如果说假话，到时被抓住把柄，反而处于被动局面，杨老师从心里向着他，同情他。

经过杨铁雄的一番提醒，黄成兵把那天发生的事情一五一十讲了出来，包括他心里的感受，他提供当时在场的两位目击者：侯昌盛，还有一位同学的名字，不能确定，只看到他在旁边。

杨铁雄相信黄成兵说的大部分是实话，与学生打交道久了，他能从学生的语气、眼神、说话内容，大致判断对方说了谎没有。他利用下课时间，把侯昌盛找到办公室，这样能减少大家对他的注意力，起到保护他的作用。

侯昌盛起初不承认他看到打架场面，杨铁雄略施妙计，他便老实说看到了，并把事情经过讲出来，其情节和黄成兵讲的大致相当，能对上号，说明两人说的话基本可信。

杨铁雄让侯昌盛把事情经过写出来，字要写工整点，与他平常的字有点区别，末尾不用写自己的名字。他收集证据，以证据说话。

侯昌盛说出另一名在场学生的名字。

杨铁雄把那名学生找到办公室，请他讲述他亲眼看到打架的事情，并保证内容真实。这个同学说的与侯昌盛说的情况差不多。杨铁雄也叫他把过程写好，不留真实姓名。

下一步，杨铁雄把林小飞等三人找来，告诉他们，老师已经掌握打架内幕，并且有意透露一些细节。三人你看我，我看你，知道瞒不住，交代了打人的详情。他们不只是轻轻地打，还用脚踹，用脚踢。

事情搞清楚后，杨铁雄把双方家长叫到学校，处理打架、出走之事。教务处主任刘成城应邀参加。他对杨铁雄说，他只当配角，在一旁观看，主角由班主任唱。他会在学生做操时讲一讲这件事。

仅仅花了十多分钟，杨铁雄便把事情处理完。打人的三个学生，每人出人民币一百元，用于给黄成兵看病，此事今后不得再纠缠不清，并立字据。对黄成兵也给予了处分，在班上做公开检讨，他闹失踪，给老师、家长带来很大麻烦。

如此雷厉风行，杨铁雄连自己都觉得惊讶，他太想把此事了结了。

黄成兵的检讨，本来规定他写好后，在班上读。可他没按时写好，他说要仔细想清楚再写。杨铁雄很恼火，干脆把他拉到讲台上，让他口头检讨。黄成兵说得前言不搭后语，引得同学哈哈大笑。杨铁雄让他在讲台上鞠了三个躬，然后回到座位。至此，事情完全处理完毕，盖棺定论，今后不得再翻案。

一天上午，时间尚早，几个很有派头的人悄无声息进入流沙中学校园里。他们把车子停在大门外，在穿过校园时，谁都不说话，仿佛该说的话已讲完。门卫那一刻头脑不太清醒，忘记盘问，因为见他们不像坏人，没问。

他们径直走到校长办公室，领头的叫一声："丁校长，我带了两个兵，到你地盘看看。"

丁松华抬起头来，怔了一下，晃晃头，缓过神来吃惊地说："陈局长亲自来我们学校，事先也不打个电话，让我们做好准备。"

这时，教育局办公室主任说："我们陈局长很反感来虚的，他想看到各学校的真实情况。"

丁松华赶紧给每人发支烟，再打刘成城的电话，拿电壶烧开水。陈乐彬要他别烧了，先到食堂去看看。说完，走出校长办公室，丁松华马上跟出来，正好刘成城上来，他悄悄交代刘成城，让老师们准备一下，别出乱子。

局长来检查的消息很快传遍流沙中学，各班班主任到教室里，警告学生不得乱来，谁不守纪律，影响班级，影响学校声誉，后果比任何违纪都严重。这话一放出去，各班纪律明显好转。教学常规缺胳膊短腿的，赶紧补火。有人在桌子上奋笔一阵，然后掷笔长叹曰："这点时间，最多写两个教案，领导看到了，会说我们临时抱佛脚，费力不讨好。"

陈局长一行从食堂归来，直接往教室里钻，深入同学中间，翻他们的书，看作业本，然后很慈祥地拍拍学生的肩膀："努力读书！你们现在条件好，别浪费了。"

丁松华叫人把学校各种资料，搬至校长办公室，等待局长的审阅。

陈乐彬再次踏进办公室时，看到一大堆资料，他马上明白过来，说："我这次来，不看资料，我一个大老粗，看这么多资料，很头疼。你们辛苦了，一个学校做了什么工作，进教室，和同学聊天，观察他们的行为，能够感觉出来，你们学校的杨铁雄，如果他在，我想和他聊聊天。"

听说局长找他，杨铁雄起初并不慌，认为这是天经地义理所当然，快到校长办公室时，突然有些紧张，不知局长会问他什么话，是凶？是吉？

"你就是杨铁雄老师吧！"刚进校长办公室，陈乐彬从座位上站起，紧紧握住他的手，满面笑容。

杨铁雄的心情一下子变得轻松起来，陈局长轻言细语和他拉起家常，仿佛他们之间是多年的老朋友，然后问起学校的情况，要他一定说实话，不讲假话、空话。杨铁雄便把他担任200班一学期来的酸甜苦辣，毫不保留，像倒垃圾似的，向陈局长倾倒。丁校长看得很着急，做手势、咳嗽，想以此来打断杨铁雄的话，杨铁雄却好像没看见。

陈乐彬发现了，他轻轻对丁松华说，他这次来，想听基层的声音，最真实的声音。他不会因为在流沙中学听到不中听的话，便否定流沙中学的成绩，也不会因为某个学校汇报好，就肯定他那里好。现在的农村中学，已不是20世纪七八十年代的农村中学。无论从学生素质、师资、硬件设施方面，和城里学校都有差距。

丁松华等陈局长说完，朝杨铁雄一挥手，既然这样，杨铁雄你就痛痛快快地说。

杨铁雄领旨，心中没压力，把他担任流沙中学200班班主任以来的酸甜苦辣，继续倒，部分学生厌学情绪严重，家长只顾赚钱养家，疏于管教孩子，家长也不知怎么管孩子。农村教育，应办适应农村特色的教育，而不是和城里学校一样的要求。

听完，陈乐彬握住杨铁雄的双手，深情地说："你讲得很对，200班，拜托你多操心，圣林农村教育，拜托你们这些坚守在农村学校的老师，我是为你们服务的。有事你随时找我。"

第十九章　父子畅谈，忧国忧民忧教育

期盼已久的寒假，终于到了。

很多人羡慕老师拥有寒假、暑假。互联网上，有精彩的辩解内容，在此不一一列举，只说一个事实，只见老师去考公务员，公务员考老师的，恐怕比大熊猫还少，算得上重大新闻。很多地方招聘教师，尽管标准一降再降，仍不能按计划招满，只招到一半也不算啥新闻。

老师待遇如果真的好，为啥会出这种问题？据说，有的特岗老师，刚参加工作，一月才一千多块钱，年轻人爱花钱，个别人到过年时，连回家的费用都没着落。

每到五一、国庆假期，电视上总会报道景区人挤人的盛况。到外面玩，要时间，老师们有寒假、暑假，却没有人民币撑腰。每个长长的假期，杨铁雄都在家待着。他已习惯这种生活方式，他周围的老师们，和他一样。

世上的人啊！有时间的没钱，有钱的没时间。这是一首歌里面的词。

有朋友喊打牌，杨铁雄不去。他啥也不想做，就想放松自己，他想陪陪儿子，弥补在学校期间欠儿子的爱，生命中有这么一个可爱的小家伙，心中总有一份牵挂，这种牵挂，有如谈恋爱时的那份感觉。

杨铁雄带着儿子从县城回老家。他父亲是一位小学退休教师，如今和母亲在老家过着日出而作，日落而息的生活。虽然生活在一个乡镇，他却不经常回家，他当个班主任，平常学校事多。好像被用绳索捆住脚，去哪里都不行。放假的时候，又回城里的家，老婆孩子的吸引力远远大于父母。

天气比较作美、给力，温度虽然不高，冬日的阳光却十分灿烂。杨铁雄父母在村子前面迎着他们父子俩，杨铁雄放下儿子，儿子迈着歪歪扭扭的脚步，向前，向前，脸上笑容如盛开的鲜花。

桌上已摆满香喷喷的一桌菜，土鸡的香味在房间里弥漫。杨铁雄用手拎了一块放进嘴里，满口香味，与城里鸡肉的口味不同。

杨铁雄陪着父亲喝酒，两杯米酒下肚，父子俩拉开话匣子。

"这个学期调回来，感觉怎么样？"父亲微笑着说，似乎话中有话。以前，父子俩决不谈及有关学校的事情。

"学生难教。"杨铁雄无限感慨地说。

"哦——第一次听你这么说。怎么难法，说出来听听。"

"我带的这个班，是差班，谁都不肯当他们的班主任，如果我不去，不知如何解决。"

他父亲没接着话题说下去，另起炉灶，问他："听说局长到你们学校检查，还找你谈了话，说些什么？"

"你听谁说的，消息倒蛮快。"杨铁雄吃惊地问。

他父亲淡淡一笑："昨天我碰到你同学邓开文，他说局长到流沙中学检查工作，找你谈话，他说会把你调到城里的学校去。"

杨铁雄发现，尽管父亲不相信他会马上进城，言语中还是流淌着喜悦。儿子进城，他脸上也有光。"爸，哪有这么好的事情，陈局长找我谈话，因为我带的班是个记号鸭，让局长记住了。他心里的真实原因，我不晓得。"

"你这个班很有名吗？"他父亲疑惑地问。

"我来之前，学生打电话到市长热线反映情况，市长热线又把此事转给报社。报纸上刊登200班没有班主任的消息。活该我们学校倒霉，县长偶然看到这条消息，当场打电话给我们教育局长，估计说了重话，局长放下其他工作，专门召见我们校长丁松华，校长不小心说错了话，还被局长踢了一脚。这件事搞得全教育系统都知道。"

"局长他和你说了什么。说来我听听。"

"他问了些情况，要我说真话，说假话，他听得出。我向他倒了很多苦水。"

"当官的喜欢听好话，你应该知道。局长听了有什么反应，没有对你黑着脸吧！"

"当时没作声，可能先有准备，看起来心情比较沉重，他握着我的手，用一双手握着，拜托我把200班管好，说圣林农村的教育，靠我们这些农村教师。我感觉陈局长这个人还行，如果他不当官，我和他能成为好哥们。"杨铁雄得意地说。

"你那个班现在怎样了？"父亲关心地问。

"学生怕我，我不可能时时刻刻跟着他们。于是，喝酒、打架、离校出走之类的事情，一件接一件。我不明白，有些同学就不喜欢读书，读书有那么难，有那么痛苦吗？

"相当一部分学生，对学习抱着无所谓的态度，每个人来到这个世界上，总会有条路走，有口饭吃，我不强迫他们读书，没人扣我工资，没人指责我。但我心里难过，学生花那么多时间，家里花很多钱，国家花很多钱。结果呢，这些投入没得到相应的产出，这是很大的浪费，这种浪费具有隐藏性，直接影响个人的将来。"

杨铁雄父亲一脸严肃，沉浸在自己的思考中。过一会儿，他说："改革开放三十多年，农村发生很大变化，主要是衣食住行、物质方面条件都比过去好很多。但是，现在农村的人越来越少，没多少人种田，年轻的都到外面去找门路挣钱。

"我们村小学，很多学生父母在外面打工，他们跟着爷爷奶奶在家里，爷爷奶奶年纪大，文化不高，能管他们吃饱吃好就不错了。他们的学习、思想品德，父母想管却鞭长莫及，坏习惯、厌学思想早早养成。

"村小老师年纪偏大，地理位置偏，上面领导偶尔来检查，打个转就走。村小的教学与管理，肯定比城里差，上课下课由老师自己说了算。有的学生在小学阶段，老师便管不住他，到初中，随着年龄增加，进入青春叛逆期，管理更难。"

杨铁雄喝一口酒说："爸，你说得有道理，农村中学难搞，有社会的、家庭的、学生本身的原因。社会日新月异发生变化。我们教育的步伐，却表现得相对滞后，我多次听家长对我说，他们不希望孩子有多大出息，他们长大后不学坏，能够自己搞到饭吃就行。

"我们有知识水平考核标准，六十分及格，分数在班上、学校进行排名。而个人品德、行为习惯方面，虽然我们嘴上强调它们的重要性，实际上只是说说而已。应对其进行量化，在学生中间进行排名，促进学生好的品德修养、良好行为习惯的养成。

"一个人的知识水平高低，只影响个人将来对职业的选择。而道德修养、行为习惯，却会影响周围人、影响社会的和谐。哪个轻，哪个重，一比就知道。

"我们实际教学过程中，没有把行为习惯、道德修养提高到应有的地位。举个例子，某同学在学校欺负别的同学。实行量化政策，打架一次扣几分，上课严重影响纪律扣几分，扣分达到一定程度怎么处理。

"这样做似乎给老师增加工作量。其实没有，反而会使各项管理工作变得有序，用分数量化，对学生有一定的约束，管理起来也容易。"

杨铁雄的父亲静静地听着，不时点点头，脸上逐渐兴奋起来。他搞了一辈子教育，没想到儿子今天说到点子上。看来，这世界是他们年轻人的。他夹了一只鸡腿放到儿子碗里。然后说：

"我们杨家湾，一半多的人到外面去了，留下些老弱病残。上面喊关心留守儿童。那一点点关心，起不到多少作用。老师的关爱，始终是老师的关爱，变不成父母的关爱。"

"爸，我很赞同你的观点，这个学期开家长会，我特地打电话，让在外面打工的家长赶过来。赚钱，不就是为子女过得好吗？父母长期不在身边，孩子能真正过好吗？"

一对父子，一位退休小学老师，一位在职中学教师，在饭桌上谈起国家教育。思想的碰撞，让他们找到一些共鸣，儿子似乎第一次重新认识父亲，父亲似乎第一次认识儿子。

谈论的结果，双方心情都很沉重。

母亲见他们说些不高兴的事情，开始唠叨，叫他们别说学生、学校的话题，并把父亲一顿嗔怪。说儿子难得回家，说点高兴事。于是，他们不再谈论沉重的话题，转而谈到杨家湾的人和事。

"大碗不在了。"父亲说，言语中轻描淡写。

"他身体好像不错，怎么说没就没了。年纪好像也不大。"杨铁雄吃惊地说。

"他算有福之人，没受什么罪，突然死掉的，第二天被人发现。崽女都不在身边，就这点有些可怜。"

杨铁雄和大碗儿子是同学，以前常到他家去玩。他独居在一个自然村，原先那里有三户人家，后来都搬走了，只留下大碗家一户人。大碗老婆死了多年，两个儿子在外打工。

大碗独自守着那个自然村，怪孤独的。有时，他到大湾里走走。有时，和他聊得来的人，也到他坽里坐坐，喝杯茶。

像他这样一位老人，不生病突然走了，真的算福气。杨铁雄沉默好一会儿，毕竟，一个活生生的老人永远没了，那个人，他同学父亲，是和他有点牵连的人。

最恋家的传兵也出去打工了，去青岛，很远很远的地方，据说在大海上作业，干一天活，赚三百多元钱。传兵的儿子已上高中，小儿子在村里的学校读书，由他父母带着。他老婆去广东打工，一家人天南地北散落着。

杨铁雄的堂兄杨仁，年过六十，农村里六十岁的老人，可做很多事情。杨仁也出去打工，在全州城里一家小公司，公司老板是本地人，叫个贴心知根知底的人过去，既做事，又帮着看房子。

杨仁每天买菜做饭，伙食费由老板出。做轻快事，不过时间稍长点，要他这种上了年纪的人才行。他还把老婆带去了，他老婆在一家酒店上班，负责洗菜，搞卫生，他老婆手脚勤快，深得酒店老板赞赏，说她是店里优秀员工。

饭后，杨铁雄到村里各处走走，临近过年，部分人从外地回家过年，有的则不回家过年，嫌挤车很麻烦，不回家过年的，厂里有奖励。算来算去，不回家，能省万把块钱，打工的能多挣万把块钱，很不容易。

他在湾里碰上两位流沙中学的学生，不是他们班的。他们正和村里人玩扑克，见杨铁雄来了，怯怯地叫了声老师。杨铁雄问他们是谁家孩子，父母到哪去了，两位学生一一做了回答。

这时，一位年近六十岁的妇女向杨铁雄打招呼，满面笑容，问他是不是调到流沙中学来教书了。杨铁雄说是的，不过没教她孙子，以前也认不得他们。

论辈分，杨铁雄该叫这位妇女婶婶，她名字中有个"容"字，大家叫她容婶。

容婶请杨铁雄到屋里坐，给他倒一杯白开水，拿着装白糖的罐子，准备往里面加些糖。杨铁雄阻止她，说白开水最好。

容婶没有坚持，指挥她孙子杨楚兵去拿东西招待杨铁雄。

杨楚兵的父母都出去打工了，两口子在广东佛山的工厂，农历腊月二十四才回家，厂里那时候才放假，楚兵有个妹妹，读小学五年级，也由容婶带着。

问她的孙子回家看书吗？容婶这下拉开了话匣子。说楚兵回家后，从来不看书，最喜欢看电视，手握遥控器，从这个台看到那个台，晚上看到电视台的人睡觉，他才肯罢休，喊他做点事，把喉咙喊得冒烟，他才会动。今天最麻利，因为有老师在，现在没上他的课，也许今后会教呢！他心里有点害怕。

杨楚兵除了懒，不爱读书，其他方面倒还行，不去外面招惹是非，不给家长添加麻烦。他爸爸妈妈一星期也会打个电话回来，问问情况。她现在年纪大了，管不到他，今后成虫还是成龙，由他去。

杨铁雄吃着杨楚兵从楼上拿的东西，鼓励他多学点知识。这个世界上，那些优秀的人，通过努力拼搏，才取得辉煌成就。现在他正是学习的年纪，过了这个时期，求知欲会下降，更加不想学习。将来到社会上，没人逼着学，肯定不学。

现在的社会，即使当一个农民，都需要知识，随着科学技术发展，农业也在发展，当农民，必须当有知识的农民。

去城里打工，面对科学技术世界，更需要知识。今后的文盲，不是用是否识字为标准来衡量，而是看你有没有继续学习的能力和意愿，我们现在义务制教育阶段，学习基础知识，有了基础，才能学习其他方面的知识。好比建房子打基础，基础不牢，房子建不高。

农村里老辈人有句俗话：天上有东西掉下来，你也要起得早才能捡到。想得到，必须有付出。

杨铁雄苦口婆心地讲。杨楚兵默默听着，表情僵硬。作为农村中学教师的杨铁雄，他太熟悉这类表情，一席谈话，改变不了杨楚兵。

沉默的间隙，容婶说话了。

她说，他们家没有读书的种，楚兵爸爸读书时，也不想进学堂门。有一次，她拿着一根棍子，打他父亲一棍，他才去，每年的成绩册，从学校领回来后，从不敢给她看，后来，她也懒得去问，免得自己烦心。

杨楚兵接了他父亲的班，跟书结仇，这仇恐怕会结一辈子。

容婶提高声音，说把楚兵交给杨铁雄看管，今后如果他不听话，尽管打，打坏了不用赔。她给他放权，说话绝对算数。

杨铁雄笑了笑，对楚兵说，在学校里要听话。他会时常向班主任，向任课老师了解他的情况。以前不晓得就算了，如今晓得了，就得管管。

杨楚兵脸上先前还有点笑容，大约不惧怕他的奶奶，而杨铁雄说话时，他则收敛笑容，老师，看来在他心目中有一定地位。

坐了大约半个小时，杨铁雄起身离开。容婶用袋子装了几个梨子、饼干、糖果，一定要杨铁雄带走。推辞几个回合，他见容婶认了真，便收下了。

他交代楚兵，生活有困难去找他，他把手机号码留给容婶，他怕事情多，有时忘记过问楚兵的情况，要她打个电话提醒。

回到家里，儿子在睡觉。杨铁雄父亲正清理屋后水沟。

"去谁家了？"父亲收起锄头问。

"在容婶家坐了一阵，她孙子楚兵在中学读书，调皮、成绩差、又不想读书，要我替她管一管，她提着一袋子东西，非叫我提来。"杨铁雄举着那一兜东西说。

"楚兵读小学时，我教过他，一、二年级，他读书的劲头大，没教的课文，他提前看了，考试成绩经常在九十分以上。后来，他爸爸做事的家具厂倒闭，出去打工，过了一年，他妈妈也去打工，他跟着容婶。容婶没文化，孩子听话还好。不听话时，她就骂、动手打。她讲的道理很朴素、简单，教育小孩不怎么管用。

"小孩失去父母管教，自然容易有不爱学习、好吃懒做的毛病。我有时到楚兵家去，发现他一年比一年不爱读书。回来之后，不是看电视，就和一群小孩子到处玩，吃饭的时候，容婶扯开嗓子到处喊。"

杨铁雄叹口气说："他这种情况，不可能改变他多少，时常过问他的情况，他心中有个怕字，不会学坏。现在的学生，很多人有手机，教室里有电脑，还有网吧！给他们玩游戏提供了方便，各种游戏在他们心中烂熟于胸。一些人，连省会城市名字都不知道，我国首都在哪里，也不知道。我没料到他们的知识面会窄到这种程度。"

"啊——会差到那种程度？个别现象吧！小学生都该知道的知识，初中生还不晓得？"杨铁雄父亲惊讶地说道。

"爸，我班上很多人不知道。我做过实验，叫五个人，是比较调皮的学生，问同样问题，仅仅一个人能答出来。

　　"我去上大学时，在校门口看到几个黄色的大字：教师是太阳底下最光辉的职业。而如今，我却找不到一丝光辉的感觉，我们的学生，水平差成那样子，别人会把我们放到很重要的位置吗？不会，绝对不会。

　　"我们不愿意把光辉的帽子戴在头上，免费的也不戴。心里感到内疚啊！找不到一点成就感。我以为，就我们教出来的学生差，问问我的大学同学，他在其他地方教书。他说，他班上有十来个学生，左右都分不清楚。我说智力问题？他说智力正常。我说他讲笑话，他保证绝对没有。现在他已经教会他们分清左和右。"

　　父子俩相对无言，各自默默想着心事，思考对策，这个世界变化太快，快得他们反应不过来。

　　杨铁雄父亲打破沉默："做哪一行，都有不如意的地方，谁的生活都有抱怨，你换个单位，又会发现新的问题。这些日子，我在家看教育方面的书，看别人如何当老师，当班主任，很有收获，很感慨。假如早二十年，我细细品读这些书，我到退休时，可能不只是个小学校长。"

　　"爸，你在看教育方面的书？真的不可思议，你又不用上课了。"

　　"年轻时事情多，读书少。其实是个借口，每天抽半个小时，绝对没问题——不学习就是因为没有学习精神。退休后，脑袋不想事情，会得阿尔茨海默病。我把书拿给你瞧瞧。"

　　杨铁雄到父亲房间，看到一本《班主任的教育智慧》，封面上有几行字：有智慧的班主任，他们的教育是鲜活的，闪烁着智慧的火光；有智慧的班主任，他们的教育是深刻的。他把书翻开，细细品读，对照书中所写，想想自己，他时而掩卷而思，教育好学生，不是件容易的事情。

　　他发现一段用红笔标记的文字：

老师尊重每一个学生，善待每一个学生，关爱每一个学生，把学生当成自己的孩子，当成自己的朋友，给学生以心灵的自由，多与每一个学生接触，缩短师生间的心理距离，与学生打成一片，切实走进学生的心灵，做学生最信任的领路人。

　　这是中国著名教育家魏书生的一段话。杨铁雄想起他担任班主任这半年来，确实没有真正走进学生的心里，了解学生所思所想。每天，学生或多或少给他找点麻烦，使他失去温柔，失去耐心，对他们的训斥，远远多于关心。

　　正在此时，杨铁雄父亲干完活回来，见杨铁雄盯着画线的那段话，说："再调皮的学生，他心中也渴望老师的认同，渴望老师把他当朋友，一旦你和学生成了朋友，你会收获很多，你不会因为他不听话而生气，你对他的容忍度增加了。一旦你和学生成了朋友，他不守纪律，做其他坏事，心里会觉得对不起你。初中的男生，讲点哥们义气，又处在叛逆期，你单单用强制手段，不能使他们屈服，你多和他们进行朋友式交往，换种办法，或许能收到良好效果。"

　　杨铁雄点点头说："我试试看。"

　　"你认为这本书有用，拿回去看。农村书屋里，还有这方面的书。"

　　"我们村里面有图书室？"杨铁雄吃惊地问。

　　"在学校三楼会议室，钥匙由我管着。我退休在家，义务当图书管理员。可惜现在看书的人太少。以前大家想看书，又无书可看。现在有书了，可是人其他的选择却太多了。"

　　"你把钥匙给我，我去找几本书来。"

　　"桌子上有个本子，拿了什么书，你在上面登记，看完后还过来。"

　　图书室由教室改成，里面摆着两张乒乓球桌，书架靠墙排列着。村里的干部开会，也在这里。一排排新书整齐地摆放在书架上，书脊上贴着图书号码。杨铁雄扫描一下，大致是文学、养殖、做人处世之类的书。

教育类的书，有《班主任开展主题班会技巧》《教师管理课堂的艺术》《班主任能力修养》《学校管理的50个典型案例》《中学班主任20个难点及对策》等书籍。

杨铁雄选了六本书，六六大顺，他深深亲吻一下书的封面，希望这些书能带他走出迷茫，希望他的学生一天天进步。

他一笔一画在登记本上写着书名、借阅时间、借阅人。把六本书带回家，他父亲拿起书看看，偶尔看看书里面的某一段，语重心长地对他说，他在工作中的困惑与焦虑，等他看完这些书后，会找到答案。

世界在不断变化，包括世界上的人。作为教师，必须不断调整自己的工作方法和工作思路，否则会落伍。与学生交朋友，走进他们的心灵，发现他们的长处，容忍他们的短处。

既然改变不了世界，就改变自己，去适应这个世界。

两天后，杨铁雄回到县城的家。他收到父亲的短信：耐心看完你带过去的每一本书。

临近年关，大家忙过年的事。杨铁雄每天抽几个小时，看他从老家带回的书。大年初一，他把自己关在房间里，细细研读，忽而掩卷沉思，忽而碰出思想的火花。在新年的鞭炮声中，他做出一个决定：给学生拜年，给全班学生拜年，在浓浓的年味中，密切和学生之间的关系。此时去学生家，会冲淡学生对老师的害怕与恐惧。

这个想法诞生之后，他兴奋了好一阵子，琢磨如何进行家访，重点访哪些学生家，哪些学生家去一下就行，花几天时间，出现意外情况怎么办。

他头脑里翻来覆去想着给学生拜年，思绪好像腾云驾雾一般。这事情塞满他整个头脑，容不下别的东西，以致他认为，得把此事用文字表述，弄个日程表，免得到时手忙脚乱。他花了两三个小时，经反复修改，完成了方案。

第二十章　老班家访，竟然选在新年里

农历正月初六，阳光明媚，分外给力，把人的心情整得美美的。

杨铁雄给学生拜年的第一站，选在樟水七组肖春意家。肖春意问题多，表现在自控力差，老师同学对他意见大。老师们稍欣慰的是，肖春意父母对学校工作很支持，只要肖春意惹事，老师通知他们，他的父亲或母亲，总会在很短时间内赶到学校。

肖春意父亲老早守在村口，等待杨铁雄的到来。肖春意被他父亲告知，今天有个非常重要的，他意想不到的客人来拜年，不要到外面去玩。

杨铁雄骑着摩托车来了，肖春意父亲热情迎上去。杨铁雄放一挂鞭炮，弄点响动，以示他拜年的心意。肖春意父亲赶紧从家里拿出一特大圆盘鞭炮，在屋前的坪里点燃，表示隆重接待。

在一阵长时间鞭炮巨响声中，周围邻居纷纷站到外面，看看谁来了。肖春意也从别人家赶来，见到杨铁雄，他满面春风，笑得合不拢嘴，向老师祝贺新年，没想到他父亲说的客人是杨老师，太让他感到意外了。

肖春意父亲笑着对邻居们说："我儿子肖春意的班主任专门来我家拜年，好看得起我这张黑脸。"那骄傲与自豪显而易见。

"啊！是春意的班主任，老师给学生拜年，我第一次听说。"有位邻居说。

"那是，那是，我几十岁了，老师来家访过。但是来我家拜年，这是第一次。"肖春意父亲得意地说。拿出芙蓉王牌香烟，给大家敬上，有的人不抽烟，拒绝他，他便笑眯眯地坚持着，直到别人接了他的烟，瞧他那神态，仿佛他中了五百万大奖。

桌上摆满糖果、饼干、水果之类的年货，很丰盛。肖春意父亲热情招呼杨铁雄吃东西，拿出几包烟，要杨铁雄收下。杨铁雄坚决不收，肖春意父亲坚决要他收。杨铁雄只得收下。然后，他和肖春意父亲聊去年在外打工的事情。

肖师傅说，他去年收益不错，带着十多个人在外面承包小工程，搞护坡，事情多得做不过来，老板结账很及时。过年前，他带了五六万块钱回来，外面还有点账没结。说到这里，他吩咐肖春意和他爷爷，抓一只公鸡去杀，招待杨老师这样的贵客，要用新鲜的菜。

杨铁雄赶紧制止他，说随便吃点。他却提高声音对肖春意说："快去！快去！"肖春意领命，飞奔而去，很快，外面传来公鸡挣扎的叫声。

吃完点心，喝完开水，肖师傅把杨铁雄领到电烤炉边，打开开关，然后拉开话匣子。

他对杨铁雄说，他现在日夜牵挂的是肖春意。他在外面赚了钱，总提心吊胆，担心哪一天突然接到老师的电话，说肖春意在学校把同学打了。肖春意在学校给老师添了不少麻烦，他向杨铁雄表示深深的歉意，要杨铁雄把这份歉意带给其他的老师和同学。

肖春意变成现在这样，说来说去，是他们夫妻的责任。

肖春意一岁半时，他们把他丢给爷爷奶奶照顾，出去打工。他们在外贸服装工厂做事，厂里订单多，过年的时候才回家。时常年没过完，他们又赶回工厂上班，靠打电话和家里联系。

肖春意十一岁那年，他们才终止在外面的打工生涯，回家做点事。最主要是管孩子。这时，他们发现肖春意变坏了，很不听话，经常和同学打架，上课不听老师讲课。他们过年回来，肖春意对他们也不亲热，爱理不理。

肖春意性格已经定型，前一阵子，他在微信朋友圈里看到一篇文章，说做父母的有效期只有十年，孩子十岁前，如果没有养成良好习惯，以后则难以改变。

肖春意是他爷爷奶奶第一个孙子，老人格外娇纵他，他要什么给什么，舍不得打，舍不得骂，事事顺着他，才养成他今天这些不良习惯和行为。

他们回家后，各种办法用尽，想改变肖春意，但是发现已经没办法可以改变了。有人把教育小孩子比喻成一个三角形，小时候花的时间多，长大了，花的时间就越小。假如小时候花的时间少，像倒立的三角形，到了十多岁，想改变，花的时间是以前的数倍。

杨铁雄赞美肖师傅很懂教育，比老师还懂。

肖师傅苦笑一声，说现在懂得太迟了。他加了一个亲戚的微信，亲戚在省城一所学校当老师，经常发些教育孩子的文章。他们欠教育孩子的债太多了，还不起也得还，慢慢还，不可能像丢垃圾一样，把这个儿子丢掉。

说到这里，肖师傅眼里含着泪花，大约他想起一些伤心事。与他刚才满面笑容的样子全然不同。

大过年的，杨铁雄不想把气氛弄得沉重。他说，肖春意有他的优点，老师虽然骂他，甚至打他，但他不记仇，见了老师，仍然会向老师打招呼。他的情商比很多同学高，智商也不错，只要他愿意学习，他学得快。班上的事情，他十分热心，别人搞不定的事，他搞得定。家长要给他鼓励，相信他。

肖师傅脸上慢慢露出笑容，尽管笑得有点勉强，有点暗淡。

一会儿，肖春意进来报告，鸡已杀好。

肖春意爷爷进来，站在杨铁雄面前，带着歉意与笑容说，他没把这个孙子管好，给学校的老师增加麻烦，非常对不起。现在有饱饭吃，可以天天吃肉，小孩不用帮家里做什么事，只一心一意读书就可以。他们却不愿读书，整天坐在电视机前看电视，进网吧打游戏，喊都喊不回。

他老了，年轻人的很多事情他看不懂，他那么老实本分的人，他儿子也老实，他孙子肖春意怎么会让老师那么操心。

中午的菜很丰盛，一只五斤多重的农家土鸡，装在一个小脸盆里面，色香味俱全，鸡肉香味在屋里弥漫，即使在过年的日子里，也让人流口水。

肖春意表现得很机灵、懂事，替杨铁雄拿碗、拿筷子、倒酒。同时替其他人递碗拿筷，一点也不像学校里那个调皮、令老师讨厌的肖春意。

席间，肖春意用公筷子，给杨铁雄夹起一个鸡腿，说，他以前在学校里做了些不该做的事情，请老师原谅他，他今后一定做个好学生。

肖春意妈妈的表情哭笑兼有，眼含泪花，带头鼓掌，其他人跟着鼓掌。肖春意在掌声中脸红了。他父亲语重心长地说，杨老师把拜年第一站选在他们家，在他们家待那么长时间，说明老师对他相当重视。开学后，要遵守学校的纪律，用心学习，才对得起杨老师。刚才老师列举他很多优点，聪明、懂礼貌、集体荣誉感强。现在读书难，将来走向社会更难，碰到问题和困难更多，他在外面做事，经常后悔自己少了文化，如果当初他多用功读点书，现在肯定更好些。肖春意在学校不惹事，他才能安心在外面赚钱，去年运气好，过年前带了点钱回家。

肖春意叔叔也来了，向杨铁雄点头，微笑，敬烟。他被肖春意的父亲叫来陪酒。如果杨铁雄的酒没喝到位，说明主家不热情。杨铁雄下午要去其他几个学生家，肖春意父亲打算由他骑车，送杨铁雄去。

几杯酒下肚，杨铁雄脸上泛红，眼睛也红了，脑袋略略迷糊。他说他醉了，真醉了，不能喝了。下午即使不开摩托车，也得和学生家长聊天、吹吹牛。大家见状，不让他喝了。

在酒精作用下，杨铁雄用手搭在肖春意肩膀上，他说："不管他以前怎么不守纪律，惹了多大的事，都已经过去。一个人犯错误不可怕，可怕的是不改正错误，继续犯错误。

"只要你表现好，老师们会改变对你的看法，从内心欢迎你。每个人都希望得到别人的尊重与赞赏，你肖春意脑子那么灵活，完全可以通过努力，获得别人的认可。"

肖春意点点头，看得出，这是发自灵魂深处的认可。杨铁雄虽说有点醉酒状态，心里却非常清醒，他继续对肖春意说，今天来到他家做客，他们之间的关系，不仅仅是师生关系，多了一层朋友关系，他反问肖春意对不对。

肖春意慌乱点头，老师把他当朋友，他心里觉得高看了他。

杨铁雄说，既然是朋友，就要真心为朋友着想，帮助对方。今后，有什么困难，随时找他。如果他上课扰乱课堂纪律，或者犯其他错误，老师作为朋友，不能纵容他，纵容他等于害他，这个道理一定要明白。

肖春意妈妈接过话，用朴素的道理，解释什么是真正的朋友，什么是假朋友。再举例子，打比方。

肖春意叔叔借着酒劲，也给肖春意上了一课。他说，他从小学读到中学，从来没有老师主动到他家来拜年，听都没听过，冲着这一点，他认为杨老师不错，非常难得，够朋友。他肖春意今后不能给这样的老师增加麻烦，还要带动其他同学学好，替老师分忧。

杨铁雄赶紧把话题引开，一味给肖春意上政治课，说多了，反而会引起他的反感，什么事情得讲究一个度。

饭后一小时后，杨铁雄的酒稍稍醒了，他脸上还略有些红，他准备前往其他同学家拜年。肖春意父亲怕杨铁雄路上有什么闪失，执意由他开车，这是先前讲好的。杨铁雄最终同意了，再说，在人家地盘上，别人哪个角落里都熟，省去他问路的麻烦。

摩托车行驶在乡间的水泥公路上，国家实行通村工程后，圣林县每个行政村通了水泥路，许多自然村都通了水泥路，基础设施大大改观。

行至一偏僻路段时，摩托车停下来。杨铁雄以为肖师傅喝多了酒，要方便，他赶紧先下车。出乎他的意料，肖师傅掏出一个红包，对杨铁雄说："杨老师，我家肖春意，拜托你多费点心，这两千块钱，请你收下。"

　　杨铁雄受惊似的往后退："肖师傅，不行，我不能要你的钱，真的不能要。"

　　"你不会嫌少吧？！"肖春意父亲有些着急地说。

　　"绝不是这个意思。"

　　"现在送点礼很正常，两千块钱，能够让我儿子转变，我安心在外赚钱，说不定两万都回来了，这是最合算的买卖。"

　　"教好他们，是我的职责，我已领了国家的工资。"

　　"杨老师，你不收，我心里一点都不踏实。肖春意给你增加那么多麻烦，我心里一直对你很内疚，很过意不去。"

　　"肖师傅，这钱我绝对不能收，收了，我夜晚会做噩梦。你的心意我领了，我保证会对你儿子尽心尽力，多关照他。"

　　"杨老师，我们下苦力的人，今天口袋里有几个钱，明天不一定有，到时想感谢你，也会有心无力，不像你们拿国家工资的，旱涝保收。"

　　"你们弄点钱不容易，我更不能收。"杨铁雄坚定地说。

　　"我说错了，说错话了。"肖师傅说着，硬把钱往杨铁雄口袋塞。

　　杨铁雄往后退几步。此时，远处走来几个人，有说有笑。肖师傅这才把红包放进自己袋里。

　　两人重新上车，行驶五百米远，便到麻冲窝，这里有两个学生：肖梅和肖利旺。

　　肖梅父亲站在门口，满脸笑容祝贺杨铁雄新年好，全家幸福，万事如意。肖梅有点害羞，不过，她还是主动给杨铁雄拜年。

　　肖梅在班上属于那种让老师省心的学生，几乎没有哪个老师说过她，每科的作业都按时交，字很工整、整洁，看着很舒服。肖梅的父亲说，肖梅在家喜欢看电视，喊她看书，才会看一下，不知她看进去没有；干农活时，也怕苦，今后在农村怎么办。

杨铁雄说，肖梅在学校表现算好了，班上的学生个个像肖梅，他这个班主任就好当多了，幸福感会呼呼往上蹿，他宁可少拿点钱。

肖春意父亲接过话说，如果都像他儿子，杨老师这个班主任没法当。现在老师难当，农村家长个个把小孩当宝一样对待，使他们养成坏脾气、坏性格，一个班上有十分之一坏脾气，就够老师们头痛了。

肖梅父亲忙叫大家吃东西，别光顾说话。是龙是虫，现在算不到，做家长的，把他们养大就行了，到成家立业的时候，总有条路给他走，儿孙自有儿孙福。

杨铁雄打发肖梅去叫肖利旺和他父亲。

不一会儿，肖利旺来了，同来的一位中年汉子，很壮实，中年汉子先说肖利旺没叫老师，不礼貌，要杨铁雄到他家去坐坐，过年了，再穷也有吃有喝。

肖梅父亲倒了杯开水，喊他坐下喝，说杨老师肯定会到他家去，他家有什么山珍海味，多得吃不完的话，欢迎带我来。

杨铁雄忙说，现在农村人很有钱，一天挣几百元钱很常见，他读了十多年书，一天工资不够一百元钱，不如在家当农民划得来些。

众家长集体不服，说当老师旱涝保收，没有风吹、日晒、雨淋，将来老了，干活干不动了，有退休工资。

坐了二十分钟左右，杨铁雄提议到肖利旺家去。大家一起去，过年图个热闹。肖利旺性格内向，和玩得来的同学，有说有笑。他不太在乎学习，反正以后也是下苦力的。他父亲说，肖利旺在家会帮他干活，舍得花力气，不偷懒，这是他的优点。今后如果只晓得下死力干活，怕吃不开，应学会广交朋友，多读书，头脑才会灵活。

杨铁雄问肖利旺寒假期间做了什么事，看什么电视，玩啥游戏。鼓励他多读书，新学期，他们班会营造良好的学习氛围，学到知识，在自己头脑里，谁也拿不走。一个人的成功，性格因素起关键作用，某种程度上可以说，性格决定成败。

肖利旺说他上课时有些控制不住自己，开学后一定好好学习，不让老师操心。

准备离开肖利旺家时，杨铁雄的酒已完全醒，脸也不红了。他让肖春意父亲回去，他要去另外两个学生家，人到心意到，学生和家长都高兴。

天将黑时，杨铁雄骑着摩托车回到杨家湾，儿子迈着摇摇晃晃的脚步，向他走来，嘴里叫着爸爸，妻子站在门口，冲他望一眼，进屋去了，他抱起儿子，在他脸上亲了两下。

今天家访五个学生，收获颇多，收获家长们殷切的希望，收获友谊，收获一种从来未有过的责任。每个学生，都是父母心中的宝贝，一辈子牵挂的宝贝。他参与几十个人的成长，他的付出，直接影响他们的一生。

进屋后，母亲问杨铁雄吃饭没有，父亲则问他今天有什么感受。他说没吃饭，家长留他吃饭，他不肯，肚里装得满满的，他不想吃晚饭，让胃稍稍休息一下。他对父亲说，今天家访收获颇多，看来这一着棋走对了。

晚上，杨铁雄无意间登录QQ，发现200班群里面很热闹，他没有家访过的学生，很多人问他，杨老师什么时候去他（她）家，欢迎杨老师去。他心里好感动，他发现，原来平日里调皮捣蛋的学生，对他充满着感情，他平日对他们凶巴巴的，太不应该。

他很少在班级空间里发表文字，今天他写下："祝同学们和你们的家人春节愉快。新的学期即将来临，我将和同学们共同努力，让你们的青春无悔。"

他得早点睡觉，明天要继续家访，写下祝同学们晚安。不到一分钟，群里连续出现几条消息，祝杨老师睡得香，做个好梦。他弄了几个再见的表情，下了线，关机睡觉。

农历正月初七，上午8点半，杨铁雄从杨家湾出发，骑着摩托车，前往学生家里。妻子抱着儿子跟在后面，嘱咐他早点回来，别喝酒。他给自己定下任务，每天家访十户以上学生。对那些不用怎么操心的同学，少待些时间，主要是人到，情到，联络感情。

　　今天的第一个家访对象叫刘巧珍，杨铁雄知道一些关于她的情况，父亡，母亲改嫁，她跟着奶奶过日子。刘巧珍在学校表现很一般，对学习不怎么感兴趣。她住在一个叫天坑冲的地方。

　　在路人指点下，杨铁雄找到了天坑冲。临近天坑冲时，他没看到一个人影，房屋倒有很多，全是旧房子，房屋两米高之内用石头、青砖，再往上便是土砖，有的房屋倒塌，只剩半截土墙，他怀疑自己走错了，刘巧珍的联系电话是他叔叔的，他已经和她叔叔通过电话。

　　顺着一条光亮的路往里走，打量一幢幢老屋。门都锁着，毫无人烟的迹象。突然，他心生一计，拿出一挂鞭炮点燃，一刹那，从巷子深处传来一阵狗叫声，刘巧珍从他后面的巷子跑来。笑着对他说："杨老师，新年好，恭喜发大财。"杨铁雄笑着应答。此时，旁边的门吱呀一声开了，出来一位衣衫散乱，头发花白的老头，他向杨铁雄笑着，问："巧珍，是你什么人？"巧珍答道："我班主任。"老人立刻叫"老师好"。杨铁雄掏出烟来，发给老人几根。他看见，老人身后，还有一位老年妇人，大约是他妻子，她没与杨铁雄说话。

　　刘巧珍领着杨铁雄绕到后面一排房子，她叫一声："奶奶，老师来啦！"随着应答声，一间旧屋里出来一位老太太，她的头发全白了，穿一件蓝布棉袄。

　　坐下后，杨铁雄仔细打量四周，屋里摆设极为简单，电器除了电灯和一台旧电视，再无其他东西。杨铁雄喝一口开水之后问，这个村子只有两户人家吗？刘奶奶忙说是的，前排的两个老人，只养了个女，嫁到外面去了，过年过节的时候才回来。这地方偏，年轻人都到公路边去建房子，图个方便、热闹。

　　早二十年，天坑冲很热闹。当时上百口人挨挨挤挤。那时他们说，天坑冲搬出去三分之一，就会显得宽松。现在看来，用不了几年，天坑冲就没人住啦。

刘巧珍说："奶奶，再过十年，我还要住在天坑冲，我没地方住，不可能住大街上。有两户在外面打工的人，他们以后也要回天坑冲。"

刘奶奶说："他们回来就好，天坑冲会热闹些。年轻人喜欢热闹，听说他们准备到城里买房子。"说完，她去旁边的偏房，提来一个火盆，让杨铁雄烤身子。她们一年四季烧柴，做饭炒菜烧水，都用柴火，煤炭和煤气要花钱，柴火，只需力气，山上有的是柴火。

在淡淡的忧伤气氛中，刘巧珍奶奶拉开话匣子，谈起关于她们家悲伤的故事，尽管是新年，她以前一直避讳，却没换来好日子。

巧珍四岁那年，她父亲在采石场被炸死，炸得血肉横飞。采石场老板只赔了几万元钱，老板在县里有亲戚，他们闹也没用。一年后，巧珍妈妈再嫁，组建新的家庭。巧珍妈妈不到三十岁，不可能带着巧珍守寡。刚开始那两年，她经常把巧珍接过去。后来，她妈妈生了弟弟，隔两年后又生了妹妹，便顾不上巧珍了。

巧珍十岁前，她爷爷还在，有个男人帮着，生活勉强过得下去。这些年，她们祖孙俩相依为命，政府给她们吃低保，每月有点钱。巧珍叔叔有时给点钱，不多，他自己都搞不到什么钱，巧珍妈妈每年给一千多块作为巧珍的生活费，日子紧巴巴的，总算能过下去。

去年冬天她得病，身体越来越差。她担心，哪一天，她两脚一蹬，到阎王那里报到去了，她这个孙女怎么办，谁管她。说到这里，刘巧珍的奶奶抹着眼泪，不说话，不时抽泣一下。巧珍也眼泪汪汪，感叹自己的命不好。过一会儿，她摇着奶奶的手，说奶奶一定会长命百岁。

杨铁雄从口袋里掏出两百元钱，塞到巧珍奶奶手中，说给她买点东西吃。她奶奶马上推开杨铁雄的手说，要别人的钱，也不能要老师的，这样做会天打雷劈，巧珍帮着奶奶说不要。

杨铁雄对巧珍说，这两百元钱，算借给她的，将来她挣了钱，再还给他。杨铁雄一再要求，巧珍奶奶终于收下了两百元钱。他说，刘巧珍是他班上的学生，他一个人力量有限，要发动全班同学，来帮助刘巧珍，希望刘巧珍今后能够放下包袱，好好学习，有知识才能改变命运。

　　突然，刘巧珍奶奶扑通一下，跪在杨铁雄面前。说道："老师，我替巧珍先谢谢你。"杨铁雄一惊，伸手拉她起来，她不肯，说她现在活着，身体还能对付，能跪，只有用跪来报答老师，她最近老做不好的梦，阎王说她的寿数到了，不能在人世间待了。

　　杨铁雄说，他受不了她一拜，会折他的寿。听到这话，刘巧珍奶奶才从地上爬起来，扯起衣服，擦擦眼泪。

　　杨铁雄打起精神，面带微笑说："奶奶，你再活二十年没问题，你要看着刘巧珍结婚，生孩子，你还要享她的福，你坚强一点，性格开朗一点，你们这里空气好，水好，你身体会好起来。

　　"刘巧珍你要坚强，你现在是小大人，在学校，要努力学习，不能虚度光阴，将来不论做什么，都要有知识。读完初中后，希望你能读职业学校，多读几年书，你的档次会不一样，将来找工作，机会多。"

　　离开刘巧珍的家时，杨铁雄心情很沉重，他突然想到一个办法，既能使班上学生得到教育，又能帮助困难学生。

　　周志光获知杨铁雄要来他家，早早在村口守着。他已经和杨铁雄通过两次电话，打探他的确切行踪。

　　杨铁雄看到东张西望的周志光，扯着嗓子向他喊话，再挥挥手。周志光见了，一路跑过去。

　　"你们村的这几棵松树真不错。"杨铁雄高兴地说。

　　"听老人们说，这些树能使村子里冬暖夏凉，人丁兴旺，出人才。可惜，我不争气。"

　　杨铁雄淡淡一笑："你是不是人才，现在还说不准，世界首富盖茨，大学没念完，人家怎么样？说真的，你稍稍改变一下自己，发展潜力很大的。"

"谢谢老师夸奖。"周志光有点不好意思地说。

"我跟你说真的，你改掉坏习惯，努点力，多学些知识，不管你将来能否上大学，你一样有出息，有句话叫作行行出状元。"

"杨老师，你这话我听着高兴，用当前时髦的话，叫作传递正能量。我离你的要求差得远，我自己有几斤几两，心里清楚。我是200班的四大金刚之一，丁校长被教育局长踢一脚，是我惹的祸。"周志光一脸正经说。

"站在公正的立场上来说，你那件事做得并没错。你今天出来等我，说明你的情商高，对老师有感情。我去了十多个同学家，没谁主动出来接我，可见你与他们不同。"杨铁雄非常肯定地说。

周志光家在村西头，一幢三层楼的房子，格外显眼，周围的房子与之相比，显得老旧，小气。一眼望去，周志光父亲是个精明人，从他的谈吐来看，他去过很多地方，啥都懂点，难怪周志光也见多识广。

在聊天中，杨铁雄知道，周志光家曾经很富有，他父亲随一位亲戚做金、银生意，最盛的时候，十多年前有几百万，在当时农村算有钱了。自从亲戚出事后，他父亲没碰过金银方面的业务。花了一年时间，在家建了一幢三层楼的房子。

手中有钱，却没寻到好的投资门路。有一天，周志光父亲的一位朋友找上门来，说有笔非常好的买卖。他父亲不懂行，不愿投资。对方提出以三分利息借五十万元。当时周志光的妈妈反对借钱，她凭女人的直觉，认为那朋友不靠谱，周志光父亲悄悄把钱借给朋友。

不到三个月，传来可怕的消息，那位朋友在澳门赌博输了，还骗了别人的钱，被抓进牢房。

人抓到了，从周志光父亲那里借的钱却没了。

那一年，周志光上小学三年级，他妈妈动不动就和爸爸吵架，他爸爸动不动就离家几天，不知到什么地方鬼混去了。有一天，他妈妈也一个人离开了家，到外地打工去了，一走就是大半年。周志光爸爸在家带着周志光和他弟弟。

这样折腾一年多，原先成绩很好的周志光，从班上前五名下降到三十多名，最可怕的是，他养成上课爱讲小话、与同学打架、不完成作业等不良习惯。

此时，他父母虽然想管他，但双方心情都不好，没心思严管他，况且周志光已顽劣成性，难以管教，便任他去了。直到他上了初中，没有任何改变，由于他的表现，当选为流沙中学最乱班的"四大金刚"之一。

第二十一章　师生之间的礼尚往来

那些日子，杨铁雄骑着摩托车，在流沙镇山山岭岭之间来往穿梭。他收获颇多，感触颇多。他想起一句话，一篇文章的标题："问题孩子"是问题家庭的代言人。当一个家庭生病了，一定会有一个或多个家庭成员把家庭的病症呈现出来，而这个人，往往是家庭中能量较弱的，敏感度较高的，能力较小的，无力自保的那一个——我们的孩子。

有人说，中国最需要教育的不是孩子，是家长。家长应了解孩子成长的规律，好比农民种庄稼，必懂种庄稼的技术，啥时除草，啥时杀虫，一步都不能乱，才会有好收成。

十二岭，学生侯德胜的家。

从地名看，应在偏僻大山之中。事实上的确如此，从国道转入一条通村公路，这条新修的水泥路艰难盘旋着，爬行五公里后，终于到达十二岭侯德胜家。杨铁雄想着侯德胜每次上学回家，都靠步行，真是无比艰难。

侯德胜十四岁，一米六五的个子，头发散乱铺在头上，国字脸，皮肤较为白皙。细细打量他，有点漂亮与迷人，只不过被他随意的穿着掩盖了、削弱了。

他性格文静，与人打闹的时候，也不会弄出多大动静，显得颇为低调，他的位置与黑板有点遥远，也许这是他不爱听讲的理由之一。

仅仅从守纪律方面来说，侯德胜是个当仁不让的好学生，他从未有过上课捣乱的记录。他好像未让老师感觉到他的存在，除了爱上网，他不让老师操什么心。

他的成绩很差，期末考试，语文成绩仅有十多分。拿分的大项作文，他竟然一字未写，让人又气又恨。因为过年，或事先得到通知，侯德胜的父母全部在家。侯德胜见到杨铁雄，表情怯怯的，忘记向他问好、打招呼。

侯德胜的父亲在县城打工，搞建筑。他说，他的小孩子没管好，他自己有责任，更大的责任在他老婆身上。侯德胜读小学时，他买了一辆货车，长时间在外面跑车，待在家的时间很少，即使在家，也因多日劳累，想休息，没时间管孩子。

他老婆迷上打牌，打麻将，只要哪里有人喊一声，她不管有没有事，先打牌。十二岭的村子不大，人不多，她就跑到其他地方去打，有时打几天不归家，侯德胜还有个哥哥，两兄弟在家自己照顾自己。他们会煮饭、炒菜、洗衣。为了这事，他和老婆吵过、闹过，甚至打过架。开始有点好转，过一阵子又是一样。喜欢打牌，好像吸毒，戒都戒不掉。

他想到离婚，离了之后又怎样，再找个女人，不是那么容易的事情，即使找得到，能保证那女人对两个儿子好吗？无论怎样，继母总不如亲生母亲好。

于是，日子一天天过下来，他控制她手中的钱，尽量不从她手上过钱，买什么东西，他亲自去。即使这样，她打牌的爱好仍然没有完全改掉，不过比先前收敛多了。

有这样的母亲，两个儿子从小学就成绩不好，侯德胜的哥哥侯德利，也是从流沙中学毕业的，毕业后参了军。在部队，侯德利不论思想品德，还是军事技能，都深受连长喜欢。他致命的缺点是没文化，初中那点知识，他没学多少。于是，他便抽时间去补习文化课。

即使有哥哥的例子在那里摆着，侯德胜仍然对学习不当回事，他似乎不如同学那么成熟。谈到未来，他说想去当兵。

当兵之后没文化，又出钱去学文化课。这个问题，他也许想过，仅仅是想过而已。

四大金刚之一的曾乐田。他父亲个子不高，脸膛黝黑，五十多岁的年纪，因其从事体力劳动，看起来更大些，他和曾乐田在一起，常被人误认为是爷孙俩。

谁都想在该结婚的时候结婚，到了年龄，性欲在体内像一团火一样燃烧着。曾乐田父亲家穷，又无相貌堂堂的外貌，在适婚年龄段，他相亲过几次，结果惊人相似，没有结果。

过了四十岁，终于有个女人愿意嫁给他，这女人是曾乐田的妈妈。曾乐田的妈妈腿有残疾，走起路来，近看摇摇晃晃，远看有点张牙舞爪。最要命的，她在年龄上面没有优势，已经三十开外，在城里，这个年龄段算剩女，在农村，算剩女中的剩女。当有人给她做介绍时，她答应见面，最初见到未来的男人时，她心中像被什么东西刺疼一样。

想想他们之间组合成功，因那四个字：门当户对。一年后，曾乐田来到这个世界上，小伙子继承他母亲基因多些，看起来眉清目秀。

曾乐田父亲中年得子，心中自然欢喜无比。他除了在田里干活，总带着曾乐田，牵着他在村里到处走，幸福之情溢于言表。真像书上所说的：捧在手上怕摔了，含在口中怕化了。

如何教育孩子，曾乐田父亲不太懂，刚刚懂事的曾乐田，明白自己在家中说一不二的地位，常常向父亲提很多要求，要这要那，他父亲总会在一声长叹之后，满足他的要求。

上了学，父老母残，曾乐田在同学中有点抬不起头，他的性格，女性化成分多些，多愁善感，他对学习提不起兴趣。

曾乐田每学期领通知书回家，无论成绩多差，都不惧怕给父亲看，他父亲很少因他的成绩不好而责备他，怕他不去学校。他母亲在他调皮时，除了责骂几句，再无其他招数。这种家庭教育，久而久之，造成曾乐田上初中之后，成为四大金刚之一。

再说说林小飞。从外形来看，他继承了母亲的特点。他母亲长得粗壮，中等个子，国字脸，性格略有急躁。相反，他父亲则长得清秀、单薄，性格温和、平静，有种天塌下来也不着急的味道。别人说他长期修炼之后才有这种好性格，他说是从娘胎里带来的。

林小飞母亲说，很难确定小飞是在什么时候变坏的，在她的记忆中，他很小很小的时候，就喜欢和小伙伴们打架，他力气大，常把别人打哭。这么说来，小飞和同学打架的习惯，有从娘胎里带来的嫌疑。

林小飞的父亲教育儿子，采取无为之政策。向别人赔礼道歉之后，他并不会怎么责怪儿子做错事。他母亲有时被他父亲气得头昏，就对他一顿乱骂。她最高的惩罚也不过如此，不论现在和从前，她从未打过林小飞，他父亲在这方面更无作为。养不教，父之过，是对林小飞父亲最恰当的描述。

有这样的父母，林小飞的坏习惯像无拘无束的野草一样疯长。老师打压他一下，他稍稍老实些，但老师得把精力分摊到教学上，管理其他学生，面对林小飞这样一颗蒸不烂、煮不熟、锤不扁、响当当的铜豌豆，家长配合不力，学校老师有点鞭长莫及的味道。

花了四天半时间，杨铁雄走遍全班百分之九十以上的同学家里，有两位同学奔广东过年去了，无法家访，还有位同学家走亲戚，回来路程远，有几天行程。

每天，同学总在关注着杨铁雄的行踪，今天到哪些同学家去了，明天将去哪里。学生对老师充满感情。他们会在QQ上留言，告诉杨铁雄，什么地方要注意，什么地方的路容易搞混，请老师注意路上的安全。

杨铁雄伟大的家访行动即将结束时，200班的QQ群里发出了一个倡议：到杨家湾去，给班主任拜年。杨铁雄比较委婉地拒绝大家，他说天寒地冻，有些同学家路途很遥远，又没有交通工具，同学的心意，他心里领了。

发倡议的人是周志光，等杨铁雄看到时，已经有十多人响应，他们按各家所住位置，约定在什么地方集合，分批前往杨家湾。

针对路远，没有交通工具，他们说可以租摩托车，租面包车，每个人都有压岁钱，租车给老师拜年，家长都会同意。万一哪个同学脱不开身，缺一个就缺一个。

杨铁雄一再推辞，他确实有些怕麻烦，麻烦自己，更麻烦别人。有同学问他，怕这么多人去，把老师家的东西吃光吗？他们要求每个去的同学，都带些东西去。

马上有人接招，说他带一碗肉，有人带一碗鱼，有人带两碗豆腐，有人带一碗鸡肉，有人带狗肉……

杨铁雄看着不断更新的消息，心里无比感动，眼泪都流出来了，多好的学生啊！他同意大家来，请大家别带东西，一餐饭，他招待得起。全班同学，利用过年的机会聚一聚，对于促进同学之间的感情，十分有益，也能增进师生之间的友谊。这时候跟他们讲学习，讲上进，他们肯定能听到心里去。

四大金刚中的三大金刚，除曾乐田外，主动承担起给老师拜年的组织与策划。后来，他们的家长参与进来，给他们联系出租面包车，很多学生家有摩托车，他们很支持孩子给老师拜年，愿意用摩托车送他们到杨家湾。

这一天，杨家湾的鞭炮声不停地响起。好像办喜事一样，肖四海负责替同学放鞭炮。他非常搞笑，每到一人，他高声道：肖利旺驾到——曾乐田驾到——林小飞驾到——

杨家湾的新年，因为有这些学生的到来，变得格外热闹起来。没事的人，过来看热闹，旁边上了年纪的人，免不了夸赞杨铁雄几句。杨铁雄心里听了美滋滋的，旁边的学生会神气地说："那当然，我们班主任杨老师，中国第一好人，盖世无双。"

学生都提着东西，除猪肉、鸡肉、鱼肉等，还有粉丝、红枣甚至萝卜、白菜之类的小菜。有位学生的亲戚在杨家湾，他负责从亲戚家借来桌子、凳子、碗筷，杨铁雄的父亲见到这么多学生来他家拜年，心里乐呵呵的。他教了一辈子书，虽说常有学生来拜年，但一次来这么多人，却从未有过。

一块老屋的门板卸了下来，架在凳子上，摇身一变，成了长方形的桌子，大家带来的菜，倒在几个大脸盆里。由于人多，打算用大锅、用柴火炒菜。两个柴火灶烧起来，像农村里办酒席的架势。

周志光是学生总指挥，他安排同学们干活，烧火劈柴的，洗碗择菜的，摆碗蒸饭的。没有安排的同学，饭后洗碗，打扫战场。炒菜这等重要事情，由杨铁雄亲自担当，学生毕竟没做菜的经验，即使在家做过，也只管煮熟。上大场面，他们不敢。

学生带来的肉类，为了保存久点，盐量很足。第一步用水煮，把多余的盐分弄出来，他一边做，一边教给同学炒菜的知识。把握火候，先放什么，再放什么。有学生问他，在家是否把炒菜之类的事全包了。他说很多家里厨艺最高的是男人，经常做菜的是女人。

有少数人同意他的观点，有的同学则说不出家中谁的厨艺高，他的记忆中，父亲在家里没炒过菜，至少没有真正炒过菜。

师生通力合作，约半个多小时，几大盆菜便摆在桌上，散发着诱人的香味。很多同学拿起手机拍照。按理说，学生不能喝酒，但是为了活跃气氛，杨铁雄同意大家喝点水酒。这是农家做的酒，度数很低，只有几度，有的十度开外，看加水多少而定。

坐定，杨铁雄吩咐大家先吃点菜，因为他知道菜的香味已经折磨大家很久了。

几个人点头称是，班主任说出了他们心里的话，厉害！厉害！另一些人笑起来。

周志光提醒杨铁雄，要他在端杯喝酒之前讲几句话。杨铁雄问，他怎会对这些礼节如此清楚。周志光说，他爸带他参加过几次饭局，按这个程序走的，所以他清楚。

杨铁雄环视一下大家，除两位到广东过年的同学，全部到齐。他说，像今天这样的聚会，到得这么齐，实在少见。他心里除了高兴之外，还有满满的骄傲。今天这次活动，毫无疑问会刻在同学们的脑海里，保存三十年、五十年，甚至永远。

"我以前对你们太凶、太恶。今天我在这里向你们表示我深深的歉意。"

说罢，杨铁雄站起来，表情严肃，朝每个方向的同学鞠一躬。

最先站起来向杨铁雄道歉的是林小飞。他这时有点害羞，吞吞吐吐对杨铁雄说，他保证，这个学期学好，如果没有做到，全班同学可以揍他，他决不还手。

杨铁雄正想说什么，周志光很快站起来，他说他也不是什么好货色，给杨老师和其他老师添了很多乱，现在想起来，有些不好意思。这学期，他保证做个守纪律的学生，否则对不起杨老师。

后来，又有三个学生站起向大家检讨。杨铁雄内心很受感动，他再次发现，调皮的学生，心中都渴望自己进步。他制止大家继续自责下去。他说，他已经接受了同学们心灵深处的忏悔，他看到每位同学改变自己的决心如此之大。他要克服困难，和大家一起进步。

同学们不停地鼓掌，掌声热烈，经久不息。场外，有人在拍照，录视频。

鼓掌的还有村里叔叔、伯伯、婶婶、阿姨。他们来看热闹。他们说，假如当老师的都像杨铁雄一样，教育一定会搞上来，农村小孩成绩就不会差。杨家湾出一个杨铁雄这样的好老师，他们感到骄傲，脸上有光。

杨铁雄听到这些议论，脸突然红了，他站起来，朝村里的乡亲说，他没有他们讲的那么好。但他今后会加倍努力，把学生教好，管好。通过这几天的家访，他深深感受到，他肩负着几十个家庭的期望，他努力一阵子，改变学生一辈子。

说到这里，几个学生异口同声地说，谢谢老班，谢谢老班为他们付出。

听着暖心窝的话，杨铁雄用手蒙住双眼，他怕当着学生的面，流下感动的泪水。拿开手后，他说："同学们，你们每个人都是父母的心肝宝贝，是这世界上独一无二的人。所以，你们首先要自己看得起自己，相信自己。只要你努力，不放弃，你的知识水平一定能提高到一定程度。

"你们在学校读书，先把看不见摸不着的宝贵时间放一边，每个月我们交两百多块钱生活费，加上零用钱，往来学校车费，以及其他方面的开销，每月五百元钱不算多。

"我们拿着这些钱，去为学校这个知识商店购买知识，交了钱，但是知识很沉重。于是，有些懒人干脆空手回来，有些人随便用口袋装一点点知识回来。

"我想问这些同学，你去都去了，钱也交了，为什么不多装点知识回来。答曰，好辛苦，带回来好像没有什么用。"

说到这里，同学们笑了，旁边看热闹的叔叔、伯伯、婶婶、阿姨也笑了。说这比喻很恰当，学生听得懂，没文化也听得懂。

杨铁雄在别人的笑声中组织着语言，他说："不错，我们现在学的东西好像没用，不代表将来没有用。将来你走向社会，走向工作岗位，知识是你的劳动工具，工具好，劳动效率就高，工具好，可选择好的工作。有知识的脑袋，肯定比没知识的脑袋要聪明，接受新鲜事物快。

"我们目前的世界，正处在全球城市化浪潮之中，新产品，新技术，不断应用到城市的各个方面，没知识，你怎么去城里开始新的生活？"

大家听得一愣一愣的，原来学习是这么回事。美食在大家面前摆着，杨铁雄赶紧招呼他们开怀畅吃。他们的动作并不快，脸上并无与美食即将亲密接触的喜悦。他开玩笑说，这是吃他们自己的东西，不必客气！完全不必客气！

有几位女同学吃吃地笑了，气氛渐渐开始活跃起来。杨铁雄招呼看热闹的乡亲，请他们上桌吃，大过年的，别客气，他们不肯，四散而去。

几个学生要杨铁雄喝白酒，说那才过瘾，才有味，才像过年。

杨铁雄想起几个男生喝酒醉的事情，既担心又害怕。等会儿学生还得回家呢，出了问题，他担待不起。就说："上次你们醉酒，你们瞒着我喝。这次你们当着我的面喝，醉了，我难逃法网。"

肖春意马上说："老师，上次喝得太猛，太多，又没吃东西。所以醉了。"

周志光吆喝一声："保证不喝醉的人请举手，首先我保证自己不喝醉。"

话刚落音，几个活跃的男生举起右手。曾经喝得胃出血的张一豪，左看看，右看看，勉强举起手。

周志光马上说："你们有没有搞错，酒桌上哪有抢着要酒喝的，好在是我们一个班的，自己人，你们这样做不算出格，也没人笑话你们。"

"今天过年，不给你们喝点，会说我小气。我现在宣布，总量一斤白酒，尝点味道就行，不要想着过瘾。"

众学生一阵欢呼，肖玉龙拿来一筒一次性杯子，沿桌子边上摆开，然后分别往酒杯里倒酒，一斤白酒，倒出二十一杯，酒瓶里还有二两的样子。

"二十一，好数字，不管三七二十一，给男生每人一杯。"杨铁雄手一挥，大声说。

坐在旁边的，主动拿一杯，拿完后，杨铁雄没了，他问："我的呢？"

肖玉龙把瓶子递给他，不苟言笑地说道："杨老师，你的酒在这里。"

"想把我搞醉吗？"杨铁雄瞪大眼睛说。

"不会，不会。"几个学生齐声说。

"醉了，你们就群龙无首。"

周志光扮了个猴子的动作，眨眨眼睛说："山中无老虎，猴子称霸王。"引得一些女生不停地笑。

林小飞不满，他说："猴王是谁还没定呢？你想当霸王还早了点。这点酒难不倒杨老师。"

见此情景，杨铁雄摆摆手，对大家说："这点酒我全包了，醉倒在自己家里，亏了我一个，幸福全班人。吃完后，你们自觉打扫战场。我先把话说完，免得醉倒说不了。"

酒，慢慢地喝，几个人轮流敬杨铁雄。等到喝完时，杨铁雄脸红了，头脑有点晕，但很清醒。几个人掏出手机拍照。杨铁雄用手挡在前面说："我这样子你们还拍，这叫落井下石，落井下石啊！"

班长刘静媛说："老班，你说错了，你现在红光满面，最漂亮。我们给你留住最美的瞬间。大家说对不对？"

周志光使劲拍巴掌说："太对了，我们美女班长要么不发言，一发言，出口成章。杨老师，你这时候最可爱，同意的人举手。"

在一片喧闹声中，杨铁雄承认他最可爱。他说，大丈夫能伸能屈，然后招呼大家吃饱吃好。女生饭量少，过年时肚里油水足，吃一点点便不吃了。杨铁雄乘机再次提起他打过的比方：

"我今天给你们打的比方，一定要牢记在心。当你不想学习的时候，想想你花了钱，却把买到的东西丢了，没带回来，你说冤枉不冤枉。

"你一次带五十斤知识回来很累，那么你就带四十斤，或者带三十斤也可以。如今我们有的同学，十斤知识都不愿意带，空手而回。今天你们来我家做客，我给你们面子，不点名，大家心里明白就行。

"你们将来出去，挣的钱比我多。但是，一个人没有知识，他再有钱，也是大老粗，没有品位。书到用时方恨少，这次我去侯德胜家，了解到一个重要又重要的情况。"说到这里，杨铁雄停住，盯着侯德胜，大家的目光也盯着他。

"什么事，什么事。"有人按捺不住问。

"说说你哥哥在部队学文化的事情，你发布，更加权威。"杨铁雄指指侯德胜说。

侯德胜很少在公共场合发表谈话，突然把如此重任放在他肩上，怎能不使他血液循环加快、心跳加速、脸红脖子粗。他吞吞吐吐地说："我哥哥在部队学文化，让家里寄钱去。"

杨铁雄补充说："他哥哥也是流沙中学毕业的，读书时不好好学，到了部队，什么科目成绩都好，就文化成绩不行。于是让家里寄钱过去，在当地学文化，对不对？"

侯德胜点头，蚊子叫似的吐出："是的。"

"你们看看，不好好读书，一件简单的事情都说不清。没文化，真可怕。我不仅仅是说侯德胜一人。

"这学期，我有新的打算，先透露一下，我自己跟自己过不去，因为这项计划的实施，将大大增加我的工作量。但是，它对你们的将来有用，我吃些亏，又有什么关系。我也不卖关子了，我决定在200班推行个人素质评分。比如说你做一件好事，我给你记两分，你对老师有礼貌，记两分，你的个人卫生搞得好，给你记两分，你爱看课外书，你乒乓球打得好，给你记五分。"

吃完饭，学生主动收拾碗筷，女生舀来热水洗碗，将门板仔细擦洗干净。有的同学打电话回去，让家人开摩托车来接。肖春意、周志光、林小飞等几个平常调皮的学生，被杨铁雄委以重任，安排调度同学回家。路途远的，联系出租车送他们回家，要求到家后必须打电话报平安。

几个人领命，分别去做，按地理位置划分，谁管哪个村的同学。周志光对大家说，十年后，全班同学，再来给杨老师拜年。

可有谁知道，最先失约，没有给杨老师拜年的，竟然是他周志光。

忙到下午4点，回去的同学都到家，并且来电确认。周志光他们最后回，趁等车的间隙，杨铁雄说，他们几个牵头组织的活动很成功，显示了他们非凡的组织活动能力。如果实行综合评分，可以给他们加分。

学生全部走后，杨铁雄回到房间，倒在床上，两分钟之内呼呼大睡，醒来时，新闻联播已经结束。

第二十二章　用心用爱，感动学生、家长、领导

农历正月十六日是开学的日子，流沙中学校园。洋溢着欢声笑语，学生们穿着新衣服，高高兴兴走进校园。很多家长陪着孩子同来。

广播里播放着《走进新时代》《好日子》《父老乡亲》等经典老歌。音响很好，歌声嘹亮，附近的村庄都能听到。各班学生到自己教室报到。杨铁雄一大早就从县城赶来。他得布置好教室，让同学们感受到新学期的不同。

200班黑板上，用彩色粉笔写着九个大字：新学期，新开始、新气象。几个大字苍劲有力，又不失洒脱，里面是白色，外面用红、蓝、黄色包裹，显示出喜庆的氛围。

可圈可点的，不仅仅是黑板上的字。

教室墙壁上，贴着红纸横幅，上面用毛笔写着：杨铁雄热烈欢迎200班全体同学！祝每位同学每天进步一点点。"杨铁雄"三个字很突出，笔画粗、大。

窗户上，吊着几个彩色气球，挂着些彩带，它们组合一起，把喜庆的气氛整得浓浓的。

走进教室的同学，会突然大叫一声："哇！这么漂亮，真没想到！"即使那些感情内敛、不善言语的同学，也会脸露惊喜之色，眼睛瞪得大大的。

每位走进教室的同学。杨铁雄都会主动喊他（她）的名字，然后说声"新年好"，再给他们履行报到手续。

肖春意父亲到教室一看，很感动。他说杨老师太用心了，他这

样的人，评个教授才对得起他，他叮嘱肖春意，好好学习，别给老师添乱，做人要讲良心，讲感情。其他家长走进教室，看到教室里的装饰，无不称赞，他们以前也送孩子报到，从来没有老师这样做过，他们心里感觉很舒服，很温暖。

一些报了到的同学，不急着去交费，领书，他们想坐在教室里，享受美好的心情，怕过一阵子，这美好会烟消云散。

"哇，杨老师，你教室里真的是人间天堂。"随着一声惊叫，流沙中学最高领导人丁松华校长闯进来了。杨铁雄赶紧放下手中的笔，使劲鼓掌："欢迎丁校长到我们200班检查指导工作。"几个在教室里的学生，跟着鼓掌，向校长祝贺新年。

丁松华细细打量着教室里的布置，然后用手在心脏的地方抚摸两下，说："用你们文学的语言，我现在有点按捺不住激动的心情。"教室里爆发出一阵笑声。"刚才在操场上，我碰到你们班一位学生家长，说杨老师很用心，他每个学期都送女儿来报到。但他第一次发现，班主任那样用心。现在一看，果然没错。杨老师，有件事我想问你。"丁松华压低声音说。

"什么事？"杨铁雄不解地问。

"你过年的时候，去学生家喝酒了，这么大的事，我一点信息都没捞到。"

"报告校长，确实有这么回事，过年喝酒，没有违反中央八项规定吧？"

"没有！没有！"丁松华一边摇头，一边认真地说："你这是私款吃喝，八项规定只管公款吃喝。开个玩笑，开个玩笑。我听家长说的，难道你真的把每个学生家都走到了？"

杨铁雄坦然说："除了没人在家的，都去了。"

"几个没去？"

"三位，两位同学到广州去了，他们的父母在那边过年，一位同学全家走亲戚。"

"哦，是这样。"丁松华若有所思地说。

"丁校长，我们全班同学都去了杨老师家拜年，很好玩，很好玩。"说话的是女生肖梅。

丁校长故作惊讶状，笑道："有这种好事情，杨铁雄，我命令你，下次再有这样的好机会，必须告诉我，我和你一块去。"

"校长，你真去我们家，我叫我爸开车来接你，不过别在我爸面前说我的缺点，影响他的心情。"肖梅说。

杨铁雄站起来说："我们校长真会开玩笑，全校九个班，我们又是后进班，凭什么相信你会去我们班学生家里。"

丁松华马上说："你们班上的同学虽然调皮点，但他们一个学期来变化很大，他们今后的成就，不一定不如学习好的同学。最近有个段子很流行，一位高中老师对他的学生说：考上大学的，要和没考上大学的搞好关系，大学毕业了，好去他们公司打工。一本的要和二本的搞好关系，他们是家乡未来的领导。二本的要和没上大学而去当兵的同学搞好关系，他们是未来的交警、警察和城管。所以说，我要和你们班上这些未来的公司老板、警察搞好关系。"

众人笑成一片。

正在此时，政教主任刘成城迈着方步走进教室，打量大家说："好热闹，又好漂亮。"

"我给他们讲了个段子。"

"有请。"刘成城做了个漂亮的动作说。

"谁请我。"丁松华问。

"当然是官大的人，教育局领导来检查开学工作，我知道你在这里。"

丁松华立刻离开200班教室，接待教育局开学检查组。杨铁雄重新坐下，给同学办报到手续，交代注意哪些问题。

仅仅过了十来分钟，杨铁雄听到一群人正向200班走来，能听出校长丁松华的声音。他心里一紧，难道检查组要到他们班上来检查？他马上让自己镇定下来。

正想着，一群人拥了进来，他们先看到教室的布置，发出赞叹不已的声音，说要作为经验推广。丁校长随后介绍班主任杨铁雄。

　　一位当头模样的人，上前握住杨铁雄的手，笑着说："杨老师，你辛苦了，辛苦了。"

　　丁校长说："他是县教育局政工股的刘股长，刚才我和他说了你家访的事，他马上要过来见你。今天局办公室欧阳秘书，我们教育局有名的笔杆子也过来了，他想找你了解情况，估计想报道你。"

　　"丁校长，我看算了吧！到学生家里吃吃喝喝，这样的事报道出去，是负面报道，真的不好！"杨铁雄委婉又坚决地说。

　　刘股长刘贤军拍着杨铁雄的肩膀，一本正经地说："杨铁雄老师，大过年的，别人走完亲戚，不是在家看电视，就是几个人坐一桌搞娱乐。你顶风冒雨，走遍班上的每个学生家，这种精神，确实令我感动，别人感不感动我管不着。据我所知，我们圣林县教育界，没谁这样做过。全州市教育界，也没听说哪个老师在春节去每个学生家家访。说到吃喝问题，现在生活水平高了，过年时谁家没有吃的。

　　"你看看，教室里的布置，'杨铁雄热烈欢迎200班的全体同学'，真名实姓，责任清清楚楚，欢迎标语，没你这么写的，你把自己的名字写上去，我读出了一种担当。

　　"所以，你必须接受欧阳秘书的'盘问'，不仅仅为你，为流沙中学，更为我们圣林教育。"

　　杨铁雄红着脸，有点紧张幽默地说："领导的意思，我今天必须'献身'。"

　　"是的，你已经为我们圣林教育献身过，再献一次又何妨。"刘股长笑着说。

　　杨铁雄转向丁松华说："我们班还有几个学生没报到，你看怎么安排。"

　　丁校长指指刘成城说："你把这事情安排一下，杨老师接受采访，是政治任务。"

刘成城笑着说："有什么办法，只有我亲自为200班献一下身。"众人大笑。

出了办公室，他们兵分两路。丁校长带着刘股长去办公室，汇报相关开学工作。欧阳秘书想找个安静的地方，他们交谈半个小时即可。想来想去，杨铁雄说，如果不嫌弃，到他单身宿舍去，条件不很好，聊天绝对适合，没人打扰。

去宿舍的路上，杨铁雄打探出欧阳秘书的简历。他原来在中学教书，后来到省里一家报社搞了半年。回来后，到教育局办公室写材料，经常写关于教育的文章，在报纸上发表。

落座后，欧阳秘书马上打开他的采访本，向杨铁雄一次性抛出他要采访的内容。

他怎么想到去家访，为啥选择在过年的时候，在家访过程中收获了什么、感受是什么。

杨铁雄说："我父亲是一位退休教师，从事教学工作四十余年。过年前我回老家，和父亲谈起现在学生难教。我父亲退休后，管着农村书屋，他正在读教育方面的书。他告诉我，要和学生交朋友，真心去爱护他们。于是，我想到去学生家里拜年。在过年的气氛中，更容易和学生成为朋友。过年时，学生家长基本在家，我也有大块时间，完成走访每个学生的任务。

"友谊，在交往中产生，去学生家，我受到家长们贵宾般热情接待。我再面对学生时，心中涌动着对他们的爱。今天的教室，我稍稍布置一下，我想给我的学生朋友们一点惊喜，为他们做点事情，我心里感到高兴。

"我还发现，那些调皮的、不爱学习的同学，家庭或多或少出过问题。有的人是多年留守儿童，有的被父母无限娇纵，养成坏习惯，反正情况各不相同。

"我发现问题背后的原因，从心里深深同情他们，理解他们，决定多费点心思帮助他们。我们老师辛苦一阵子，改变学生一辈子。"

欧阳秘书兴奋地说："杨老师，你做得好，说得也好，我怕我的拙笔，不能如实地写出你对学生的爱，对教育的爱。"

后来，杨铁雄讲述家访的具体事例，学生集体给他拜年，肖春意、林小飞、周志光组织这次活动，得到锻炼，所产生的效果，在多年后会在他们身上体现出来。

欧阳秘书记下杨铁雄的电话，并把他的手机号码告诉杨铁雄，交代他有事多联络。

望着欧阳秘书远去的背影，杨铁雄的心情很复杂。200班学生的养成习惯差，知识底子薄，欧阳秘书的文章发表出去，他们班将成为全县师生关注焦点和对象，他们的压力更大。

胡思乱想两三分钟，他突然想起，学生报到正在进行，刘成城在教室里替他扛着，他简单把房间收拾一下，奔200班教室而去。

刘成城正在悠闲地抽着烟，见杨铁雄来了，忙站起来，非常优雅熟练地吐出一口烟，说道："感谢你来救我，坐在你这个教室里，我浑身不自在，好像睡陌生床，睡不着。"

"报了几个。"

"就差两个同学没来！"

"你辛苦了！谢谢领导下基层体验我们班主任生活，慢走！"杨铁雄边说，边向他挥手致敬。

刘巧珍未到，她没有父亲骑摩托车送她，她家住天坑冲，位置偏，她挑着箱子被盖到公路上要花时间，为节约钱，她常常舍不得花两块钱车费。还有一位没来的学生请了假。

上午学生报到。

下午班主任搞入学教育。

杨铁雄先向大家致以新春问候，然后在黑板上写下几个大字：让我们全面成长。他满面笑容地对同学们说：

"有人对恢复高考以来的高考状元进行跟踪调查，结果发现：考场上的顶尖人物，后来却没有成为行业的顶尖人物。还有个有趣的现象，班上最有出息的，是学习成绩第十名左右的同学。这是为什么呢？我认为，主要是他们的综合素质高。

"大凡能成就一番事业的人，不仅仅专业水平要好，而且与他人沟通能力、心理素质、为人处世的态度，都很重要，干事业必须团结一帮人。

"所以，从现在开始，我就要培养你们的综合能力，让你们将来走向社会后，成就一番事业。"杨铁雄说这番话时，声音高亢，大手一挥，做了个十分肯定的动作。有几个同学笑出声，大约他们觉得，自己离做大事差得远。

他没有制止这种行为，稍稍停顿一会儿，他严肃地说："我曾说过，要给你们除学习成绩以外的综合分，综合分包括下面这些内容，组织能力，比如说今年你们去我家拜年，由周志光、肖春意、林小飞三个人组织，完成得很好，我可以给他们组织分。将来你们走向社会，组织能力决定你是否能够出人头地，是否有出息。

"个人品德不可小瞧，也许你们现在觉得，大家的品德都一样。如果你仔细观察，同学之间很不一样：有些人借别人的钱，第二个星期马上还，说话做事，言出必行。一句话，就是讲诚信。有些人则不是这样。一个人，如果缺少诚信，他无法成就大事，不诚信会成为过街老鼠，人人喊打。目前，社会上关于建立个人道德诚信档案的呼声，一浪高过一浪。我们对道德品质好的同学要加分，对那些有不道德行为的人，要扣分。沟通、交流与合作也很重要。社会分工越来越细化，我们一件衣服的原料，有布、拉链、扣子、花边、珠片，每种原料，都由不同的生产商生产出来，后面的环节有：加工、运输、贮存，销售分一级批发、二级批发、零售。你们算一算，一件衣服，要经过多少环节，多少人。这个世界上，人与人之间离不开合作，合作又以沟通、交流为基础。

"合作，从小的方面来说，是人与人之间合作；从大的方面，是国家与国家之间合作，我们看新闻，经常看到国家领导人到访其他国家，谈到国家之间合作共赢。

"我扯远了，说点身边事，如果你不仅在本班有朋友，而且与其他班上的同学交朋友，说明你交友方面综合素质高。有这么一句话，多个朋友多条路，你现在锻炼出交朋友的能力，今后受益无穷。不过，要交正派朋友，能帮助你的朋友，即益友。

"下面我要说的是学习能力，我们在学校不仅仅学知识，更重要的是获得学习的能力。社会飞速发展，新鲜事物不断出现。因此，学习能力尤为重要。评价学习能力的标准，包括学习的兴趣、方法，运用所学知识解决问题的能力。如果你厌学，我很难给你打高分。

"个性情感，在综合能力中占很重要的地位。有的人积极乐观面对生活，挫折来临时，不屈不挠。有的人性格好，有的人脾气暴躁。有一本书，《性格决定成败》。你性格不好，很难与人合作，即使合作，也难长久。现在有些同学，在家里骄纵惯了，动不动就发脾气。你对父母发脾气，父母会包容你，过两天会没事。对朋友发脾气，你可能会失去朋友，失去事业上的伙伴。"

200班的学生非常安静地听着，他们睁大眼睛，脸上露出渴求的表情。有人吞着唾沫，他们没有想到，和他们朝夕相处的班主任，今天会讲这么多新鲜的道理。

"我一个人说了那么多，想听听你们的意见，毕竟综合分跟你们息息相关。"

教室里很安静，没人发言。杨铁雄打量着同学们，有的在思索，有的啥也没想，期待其他同学发言。放在以前，四大金刚早就发言了，不管说得对不对。过年家访，给他们委以重任，他们显得比以前成熟，懂事。

"周志光，说说你内心的真实想法。"杨铁雄突然指着周志光说。

正在想问题的周志光吓了一跳，他站起来，脸上有点红，全班同学的注意力，集中到他身上，有同学长长出了口气，为终于没叫到自己庆幸，周志光抬起头说："刚才杨老师说的这些，我完全同意，因为对我们未来有用。我只说一句话，改革是必须的，虽然改革过程中会有各种各样的矛盾和痛苦。"

"好的，说得好，你这句话太有水平，有高度，有哲理。"杨铁雄非常兴奋地说，他从同学中间走到讲台上。环视全班同学，期待下一位同学发言。有的同学跃跃欲试，却没有主动站起来的勇气。难道开学第一天，大家比较害羞。他点了侯德胜的名，侯德胜站起来说："老师，你这样做，我们这些成绩不好的人，综合分会比学习方面的分多，我心里高兴。我想问打篮球给不给分。"

"给分！"杨铁雄毫不犹豫地说，"所谓综合分，指你各方面的能力，你篮球打得好，说明你的体育素质好，没有好身体，你赚再多钱，学再多知识也没用。

"我上面提到的几个方面，只是综合素质的一部分。还有礼貌问题。小时候，父母就教育我们要有礼貌。为什么？很简单，你有礼貌，才有人喜欢。一句话说好了，能交上好朋友。一句话说得不好，严重的可以引发命案。礼貌问题，修养问题，值得你一辈子去钻研、实践。同学们，如果你养成礼貌的习惯，这辈子将受益无穷。

"这里我插一句，不仅仅我们班，我们学校，甚至全国其他学校，都有这样的现象，学习成绩好的学生，碰到老师往往不打招呼，倒是成绩一般，调皮的学生，碰到老师很热情打招呼。你们在智商上赢了，但在情商上输了。生活中，情商很多时候比智商更重要。

"今后，我将通过综合分，推动大家在情商方面的发展。能使你们有多少改变，我说不准，至少，我把情商重要的思想输入你头脑里，在你们心里埋下一颗种子，这颗种子会发芽、成长，只不过有些人的土地肥力不够，长得慢些罢了。

"我们人类，属于群居的高级动物，为啥要群居，有人给出答案，人怕寂寞。我认为，人与人之间，需要互相帮助，远亲不如近邻。这种互助，是爱心的体现。

"我想请问同学们，综合评分还要包括一项什么样的指标？"

"爱心！"同学们异口同声地说，然后有人低头窃窃私语。他们在议论怎么样去帮助别人。

一会儿，声音渐小，杨铁雄说："有一首歌叫作《爱的奉献》，歌中唱道：只要人人都献出一点爱，世界将变成美好的人间，我们常说，送人玫瑰，手有余香，在献出爱心的过程中，你同时也收获了。有人对爱心企业家的投入和产出做过统计，每捐出一元钱，就有七元钱收益。同学们搞不明白，明明是捐钱，怎么就赚钱了呢？

"你看，企业家捐款，会有电视台、报纸、网站等新闻媒体去报道。通过这种方式，观众更容易接受你这个人，接受你的企业。百姓相信你的产品，购买的人多，当然利润高。

"献爱心，让我们找到人生的价值。

"你们都是消费者，有多大能力，就做多大的善事，爱心不分大小，只看你有没有，心诚不诚。"

下课铃声响起，吃饭的时间到了。教学楼响起一片骚动的声音。杨铁雄宣布下课。几个同学拥到讲台边，他们似乎有话要说，杨铁雄停下，等待他们提问。

"老师，综合评分什么时候开始？"问话的是刘静媛，一个乖巧又文静的女孩，看样子，她想在综合分上也有所作为。

杨铁雄略一思索："从现在起，开始生效。"

"啊——这么快！"刘静媛吃惊地说。

"杨老师，假如我捐一元钱给同班同学，我这种行为算不算献爱心。"曾乐田挤过来说。

杨铁雄略一思考，说："这种行为不应该算献爱心。其一，你这钱的数量太少；最重要的，你主观上不是去帮助别人，是好玩。"

曾乐田马上抛出另一个问题："假如一个很贫穷的同学借了我二十元钱，我不要他还了，这样做算不算献爱心。"

"不算！不算！"几个女生在旁边连连说道。然后用期待的眼光看着杨铁雄。

"我损失二十块呢！这么大一笔巨款，怎么就不算爱心。"曾乐田用怪表情冲她们说。

杨铁雄发话："你损失二十元钱，你最初是借给别人，不是以捐的形式给人家。但可以与献爱心挂上一点关系。"

他们似乎还有古怪的问题要提出。杨铁雄不愿搞那么复杂。如果顺着他们的思路，会把他搞晕。他说，食堂上等会儿没饭吃了，大家快去，他也得去吃饭。

经他这么一催，大家一哄而散，不再纠缠。他收拾讲台上的东西，快步奔向办公室。因心情高兴，脚步轻快。

开学两天来，200班学生表现很好。杨铁雄的综合测评方案在星期五出炉了，他强调，这是个粗糙方案，具体操作时，他会根据实际情况而定，他会尽量做到公平、公正。

第二个星期的星期一上午，杨铁雄刚从教室出来，迎面碰上刘成城。他说："你摊上大好事了，不请客说不过去。"

"你在说我吗？"杨铁雄有些不解地说。

"你怕是得健忘症了，多久的事，记不得了。上个星期我替你代班。"

"哦——欧阳秘书写的文章登出来了？谁告诉你的？"杨铁雄兴奋地说。

"教育局办公室打电话过来，让我们留意今天的《全州日报》，校长说组织大家学习你。你给我们添麻烦了。"刘成城一脸坏笑说。

"我不是故意的，不小心把好事干成坏事。"

"开个玩笑，你利用这次上报纸的机会，好好教育那些调皮学生，你们成了全市有名的班，让他们爱惜班级荣誉。"

杨铁雄答应着，奔三楼办公室而去，从网上查，能最快看到文章。办公室有两台电脑，有两位老师正在那儿坐着，且正在干正当的活儿：备课。他好说歹说，请求别人借给他用一分钟。

历经三十秒磨蹭，别人答应他。他赶快登录，可惜怎么也上不了网，他转而奔教务处办公室。那里有一台电脑正空着，一切都很顺利。他看到了欧阳秘书写他过年家访的文章，题为：《新年，他奔波在家访路上》，他一字一句地看着，心中窃喜，如同炎热的夏季，喝了一杯凉水。产生一阵快感，文章后面两段文字，使人回味无穷。

全班同学给班主任拜年，这是周志光同学想出的主意，他和肖春意、林小飞一起策划、组织实施。据班主任杨铁雄说，整个活动组织得有条不紊，非常成功。

家访，使杨铁雄老师和学生成为好朋友。家访，使他真正从心里爱他的学生。开学第一天，写着他名字的欢迎标语，是爱的最好证明。

下午，有一节班会课，杨铁雄在班上的电脑里，搜索到那篇文章，让全班同学齐声朗读，他发现，大家的声音充满着自豪。百分之九十以上的同学在认真读。与以前相比，已经不错了。

他给大家讲了如何爱惜班级荣誉的话，后来又专门把周志光、肖春意、林小飞、曾乐田、肖四海等七八个同学叫到办公室。首先从桌子里拿出几颗糖，给每个同学发了一颗。表扬他们这个学期的巨大进步，鼓励他们搞好学习。

从今往后，他们不仅仅要管好自己，而且要管好班上的事，既然他们有组织能力，他就让他们的能力得到发挥。

他们答应着，表示今后不会让杨老师失望。

杨铁雄说相信他们能做到，然后大手一挥，赶鸭子似的让他们走了。

第二个星期，杨铁雄接到大学同学易志平的电话，易志平说，他参加过四天国学讲座学习。有些东西可以搬到教学当中。要他在班上带着学生齐声朗诵：我是一个求上进的人。我是一个感恩的人。朗诵十遍之后，人的心理会发生很大变化。

杨铁雄认为这种心理暗示不错，就在班上推行开来。发现真的有点效果。要其他老师也在课堂上这么做。

第二十三章　综合素质，让学生全面发展

有句名言：时光如梭，光阴似箭。

转眼到了第五个星期。杨铁雄的综合评分，获得流沙中学很多老师赞赏。但他们一致认为，这块工作量太大，操作过程中，容易失去公平。

针对各种各样的议论，杨铁雄风雨不动安如山，依然我行我素。丁松华校长对他创举表示赞扬，支持他这样做，并说学校是他的坚强后盾。

老师们反映，200班学生比以前懂事礼貌了，部分沉默是金的同学，碰到老师，会说声"老师好"。课堂纪律，虽然偶尔会出现小插曲，相比于上学期，级别下降很多，在可控范围之内，任科老师们已经感到满足。

200班同学开始寻找自己的兴趣爱好，因为可以加分。球类有羽毛球、乒乓球、篮球。看他们打球的架势，属于胡乱来的类型。他们没有一点球类专业知识。杨铁雄深深感受到他们专业知识缺乏。他自己也不懂，便上网，观看羽毛球、乒乓球、篮球练习视频。现学现卖教学生，学生们对他流露出佩服的眼神。他讲的东西，确实很有用。

原来，一些学生便喜欢下象棋、围棋、五子棋，但人数少，现在兴趣爱好加分，原来不下棋的，报名参加棋类兴趣小组。他们没经过专业训练，你说你有理，我说我有理，官司打到杨铁雄这里，他也不太懂，赶紧上网一查，找到解决问题的根据。他发现，自己要学的东西太多，而且必须学，不学就对不起老师这称号。有时，晚上11点，

他还待在办公室，看视频，思考问题。

他放话，没有兴趣爱好的，这项评分为零，参加兴趣小组的，只有提高自己的水平，才能加分，学期结束时，将对大家的特长进行考核。考核由他为主考官，其他考核团成员，由懂行的同学组成。

学生的潜能真不可低估，几个平日里不太出声的女同学，她们凑在一起，成立剪纸兴趣小组，剪出来的东西，还像模像样。主要是农村里常见的鸡、猪、狗、猫等动物。杨铁雄惊喜之余，问她们从哪里学来的。一位学生说，她奶奶会剪纸，班里要求每个同学参加一个兴趣小组，她就让奶奶教她。

兴趣小组必须有人管理。杨铁雄出一招，选组长，组长专业水平、组织能力，必须得到大家承认，当上组长的人，可在组织能力一项适当加分。

组长不是终身制，如果谁觉得自己的能力超过组长，又有为大家服务的决心，先自荐，或他人推荐，经同学和老师考察合格，当组长，原先的组长下台。这样，促进同学之间相互竞争。

素质教育，在教育界喊了多年。然而，未见有几个学校真正推行素质教育，相互比拼的，除了分数，还是分数。哪管高分者的能力低下。能力大小说得清吗？至少在学校这个阶段说不清楚。

杨铁雄搞综合素质教育评分，被县教育局的领导知道，欧阳秘书也知道了，他在脑瓜子里盘算一下，这是很好的新闻。欧阳秘书打电话给杨铁雄，说他想了解详细情况。不等他继续往下说，杨铁雄马上打断欧阳秘书的话，这样不礼貌，有点犯上，但他顾不得那么多。他说刚刚搞综合评分，思路比较零乱。总之，面临很多问题，暂时不值得向外面宣传，他想多学习，在实践中摸索，慢慢完善评价体系。

欧阳秘书说理解他，但他的做法，确实值得称赞，值得宣传。值得别人学习。

杨铁雄马上接着说，等条件成熟之时，一定请他来检查指导工作。

第二天，在教学楼三楼走廊上，丁松华叫住杨铁雄，刚开个头，又不知说啥，杨铁雄等待他的下文，不言语。稍过一会儿，丁松华终于下决心似的，先说200班现在搞得很好，特别对学生搞综合评分，很有创意。而且实实在在看到一些成效，学生有事可做，综合素质提高了。他的这种做法，是流沙中学工作中的亮点。

杨铁雄猜测欧阳秘书给丁校长说了啥，忙对校长说，其实他所做的，别的老师也在做。他这点事，有什么好说的。

丁松华说杨铁雄与别的老师不同。杨铁雄完全用心在做，当作自己的事业在做。

高帽子并未让杨铁雄飘飘然，让他丧失自己的立场。

突然有老师走过，丁松华不语，他们似乎在做件见不得人的事情。

杨铁雄觉得该直说，他先捅破那层纸，弯子绕来绕去，很费神。他告诉丁校长，教育局欧阳秘书打过电话给他，想了解情况，他拒绝了，他的东西并不成熟，只是一些粗浅的想法，别人能挑出很多毛病。

最关键的是200班学生基础差，学习行为习惯没完全养成。把他们宣传出来，他这个当班主任的，心里不踏实。新闻报道是把双刃剑，搞得不好，会伤害自己。所以，他选择放弃出名的机会，有句话叫作"高调做事，低调做人"。

丁校长此时推心置腹地说，欧阳秘书打过电话给他，办公室余主任也打了电话，说在流沙中学发现新大陆、新亮点。要让他们的光辉照耀别人。余主任是教育局老办公室主任，喜欢开开玩笑。

现在知道杨铁雄心中真实想法，他有底了。他会跟他们实话实说，取得他们的理解。

杨铁雄连声说谢谢，谢谢校长支持理解。他只有努力干好工作，回报校长大人。如果有什么令人不满意的可把责任往他身上推，他一个普通老师，不会有什么影响。

丁松华忙说，道理讲清楚，他们会理解。

自己的班怎么样，自己清楚，200班本学期进步快，与杨铁雄的努力分不开。他知道，改变一个人，不是随随便便能改变的，他担心同学给他惹祸。

不久，真发生了这样的事。

一天中午，杨铁雄正在午睡，门外响起一阵哭声，并有人在叫"杨老师"，连叫数声，声音有些怯怯的。

杨铁雄百万分不情愿起来，打开门一看，好像七年级两个学生，在他门口站着，哭得眼泪、鼻涕混在一起，脸上还流着汗水，左脸有些红肿，显然被人打的。

"怎么回事？"杨铁雄问道。

"你班上林小飞打的。"没哭的同学说。

"为什么打他。"

"我们中午在操场上打篮球，林小飞过来，也要打球，他不是真打球，想逗我们玩，当时球在他手上，他不肯给林小飞，林小飞说再不给就打他，他说你敢打，林小飞真的打他两巴掌，然后走掉了。"

"你带他去洗脸。"杨铁雄对另一同学说。

他们站着不动，也许要杨铁雄给个说法。想想人家受了欺负，你班主任没一点表示，他们当然不想走，他说："下午上课时，林小飞到教室里，我把他抓到办公室去问话，处理他，为你讨回公道。你脸上这么脏，让同学看到多不好意思，快去洗洗！"

两位学生得到他承诺，缓缓离去。杨铁雄转身回房睡觉。

下午，他在办公室门口，碰见一位学生家长，显然是来找老师的。

"请问你找谁？"

"找杨铁雄老师。"

"我就是。"

"你们班林小飞打了我儿子，我儿子脸上还有手指印呢！"

杨铁雄心里一惊，又来事了，他说："把你儿子叫来，我叫林小飞到办公室来。"

家长领命而去，杨铁雄从别的老师那里得知，被打哭的这位学生住在流沙镇上，难怪他儿子敢和林小飞叫板。当时自己想睡觉，没有趁热打铁，把问题处理完。

林小飞低着头，阴沉着脸进来了。

不久，被打的学生和家长也进了。

首先复述事情经过，杨铁雄叫林小飞讲，不准说一句假话。

林小飞吞吞吐吐把事情经过说了一遍，看样子没有说假话。杨铁雄问被打的学生肖益民，事情经过是不是这样。肖益民点点头。

杨铁雄对林小飞进行批评，他打人不对，球是别人的，愿不愿意给，是别人的自由。打个简单的比方，你去银行里，对营业员说，把钱拿给我。不肯拿是吧！我给你两巴掌，把你打晕再说。想想看是啥后果，到牢房里过日子去吧！

肖益民父亲质问林小飞，为啥打他儿子，给他一个信服的理由。他住在流沙镇街上，几分钟可赶到学校。如果不给个满意答复，他不会放过林小飞。

杨铁雄提高声音说："林小飞，这下知道要承担后果了吗？享受被挨打的味道。"

林小飞不语，低着头，脸上没什么变化，他内心有什么想法，其他人无法知道。

"我崽个子小，你就欺负他是吧！我在流沙街上，也算半个闯江湖的。益民出生时不足月，长得慢，我对他格外疼爱，哪个打了他，等于打了我。"说完，肖益民父亲坐在那里，一言不发。

杨铁雄心想，今天这位家长，不好说话，怎么办呢？总得交差吧，万一肖益民说脑袋有问题，要到医院检查，那就麻烦了。他说："益民同学家长，你今天来，是为了讨说法，解决问题。俗话说，冤家宜解不宜结。你说对不对？"

隔一会儿，肖益民父亲点点头，算同意他的观点。

杨铁雄继续说：“下面我想提三点处理意见。第一，林小飞马上向肖益民道歉。”

林小飞看看不久前被欺负的肖益民，有点不情愿的样子。杨铁雄恼火地说：“你打人时不思考，现在要你道歉，怎么就犹豫了呢？还要我来教你吗？”

林小飞转向肖益民说：“我今天打你，我错了，我向你道歉，请你原谅我。今后，我保证不会打你。”

旁边，肖益民的班主任发话了：“益民，你接受他的道歉吗？”

“接受道歉。”肖益民小声地说。

随着一声轻轻的咳嗽，杨铁雄又发话了：“单有道歉不够，站好啦，我用这棍子抽你两下，替肖益民出口气。”说完，拿起一根棍子，照着林小飞的腿抽两下，林小飞被打痛了，脸上露出痛苦的表情。

“这是我处理意见的第二条，我打比较合适。第三条处理意见，林小飞做事太冲动，不用脑子，如果忍一忍，不就风平浪静。你给我把‘忍一忍风平浪静’七个字，工工整整抄写两百遍，字写好点，我要把它贴在教室里，教育其他爱冲动的同学。”

林小飞有些抗拒。杨铁雄说：“你以为抄两百遍，你吃亏了。我告诉你，良药苦口利于病，我给你开的，是一服特别的良药，你把它吃了，以后不会随便打人。至少症状不会有现在这么严重。假如你不抄，我或许会想出其他更损的招来，到时可别怪我。”

“我抄。”林小飞终于松口。

“二十四小时之内交给我，这个条件不算苛刻吧！”见林小飞没表示反对，杨铁雄问肖益民的父亲：“这样处理满意吗？你还有什么要说的？”

肖益民父亲说：“这样处理，我基本满意。我提点要求，林小飞今后不准再打益民，我不管旧账。如果又打益民，到时新账加旧账，一起算。我来了，先打他一顿再说。”

事情处理完后，当事人双方回教室上课。

肖益民父亲握住杨铁雄的手，感谢他对这件事情费心，请他改天到他家里喝杯酒。杨铁雄说，谢谢他对学校工作的支持与配合，客气一番后，各自散去。

晚上，林小飞把抄写的内容交给杨铁雄，请他验收，杨铁雄看看，字倒也工整，凭他的水平，用了功。

"你认为对你处罚过重，是吗？"杨铁雄问。

"有一点点。"林小飞小声地说。

"我认为不重，你把肖益民脸打红了，他说头痛、头昏，要去医院照CT，你怎么办？你除了照办，还是照办。这样的要求很正当，你没办法拒绝。那么，我必须通知你家长到学校，去医院照头部CT，没几百块钱打发不了，万一再搞点其他项目，会让你哭不出来。"

林小飞抬起头，吃惊地看着杨铁雄，样子呆呆的，如梦初醒一般："还会这样？"

"你没看到肖益民父亲，他心里窝着一肚子火，要到学校来泻火。碰上这种情况，我赶紧用水浇灭他心中的火，我的水是什么，积极主动处理你，一二三条，让他的火一点点熄灭，你知道吗？"

"现在我知道了，杨老师，谢谢你。"林小飞不好意思地说。

"这个学期我跟你们太紧，你感到很压抑，想找个地方发泄，对不对？"

"有那么一点，杨老师你料事如神。"

"我没那么厉害，这些问题，一般老师都能够看得到。"

第二天上午，200班教室的墙壁上，贴着七八张作业纸，奇怪的是，内容全部一样：忍一忍风平浪静。这活儿是林小飞干的，上语文课前干的，教室里笑声一片，林小飞对着那些笑的同学骂。

杨铁雄走进教室，杂乱的声音立刻消失，教室里一片寂静。他看看贴在墙上的纸，忍不住扑哧一笑，然后说："你觉得挺搞笑的，那么多张纸，就写七个字。我想，这七个字真有福气。"

教室里又爆发一阵笑声。

这回，杨铁雄没笑，他满脸严肃，神圣不可侵犯。他说："这节语文课，我先不讲语文课，就讲'忍'字，我用这种方式，让大家记住'忍'字，我相信，你会记得更加牢，效果会更好。真的要感谢林小飞，他给我们大家上了生动一课，给点掌声吧！"

教室里响起一片掌声，林小飞脸红了。

"林小飞，我们的掌声，是真诚的掌声。请你别误会，我现在讲'忍'，对每位同学都有用，谁也不知道，自己将来会遭遇什么。

"我们中国有个成语：叫唾面自干。相信有些同学知道意思，别人把口水吐到你脸上，你能忍着，让它自己变干。你们看看，古人的忍耐功夫，达到什么程度。

"你们都是血气方刚的小伙子、小姑娘。这个年龄，喜欢斗气、逞英雄，有逆反心理。下面我讲个微信朋友圈里流传得很广的故事给大家听。

"话说有个漂亮姑娘，和她男朋友去餐馆里吃饭。这时，一位醉汉对着姑娘起哄，姑娘叫男朋友去教训醉汉。她男朋友说，跟一个醉酒的人较什么劲，漂亮姑娘不干了，骂她男朋友是孬种，没有男人气概，还对着醉汉大骂。

"突然，姑娘的男朋友和醉汉打起来，他被醉汉捅了三刀，鲜血染红衣服。

"姑娘的男朋友临死前问她，他现在是不是孬种，有没有男人气概。

"姑娘流着眼泪不停地说，他是真正的男人，他是真正的男人。

"很遗憾，这个真正的男人，却永远离开这个世界，留下无穷无尽的遗憾。

"北京一个地下停车场，有位开着两百多万奔驰车的男人，与人产生矛盾，这个男人自以为有钱有势，得理不让人，结果被对方用乱刀砍死。

"还有个例子，一位富二代女孩，与修自行车的人发生矛盾，修车人弄脏了她美丽的裙子，他请求女孩原谅。女孩得理不让人，打电话叫来她的父母，她父母来了之后，不问原因，对修车的拳打脚踢，旁边有人劝说算了，修车的人也不停地求饶。可是，这对有钱夫妻仍然不罢休，继续对修车汉子又打又骂。

"突然，令人吃惊的一幕发生了。修车汉子从地上一跃而起，跑到他的修车摊前，拿起一把尖刀，冲上去，对准两个所谓的有钱人，一顿乱捅，两人顿时丧命。

"那个惹事女孩，此时正坐在车里，目睹自己父母被杀，早吓得六神无主，尖声大叫。杀红了眼的修车汉子，看到在车里发抖的女孩，格外气愤，他冲过去，拉开车门，用尖刀对不知动弹的女孩乱捅，女孩挣扎几下，不再动弹，死了。

"一瞬间，三条鲜活的生命，就这样从人间消失。

"同学们，关于冲动杀人的例子，如果你有心去收集，还有很多很多。冲动使人失去理智，冲动是魔鬼，得饶人处且饶人，宽容，是一种美德。小不忍则乱大谋。"

杨铁雄说得口干舌燥，他停下来。教室里悄悄起了议论声。有的说在电视里看到几句话不和而杀人的事情。有的听到大人讲过这样的事情。杨铁雄走下讲台，和大家交流，探讨忍的问题。总结出一条真理："忍"是一种规避危险的行为。我们过马路，要小心，否则容易出危险，他们应该认识到，忍受当前的困难，不断努力，"忍"还能成就事业。

一个人，要爱惜自己的生命。你的生命，不仅仅属于你，更属于生你养你的父母，母亲十月怀胎，吃过的苦，只有经历过才知道。从大处讲，一个人的生命属于国家。

一个小孩生下来，三岁前要专人时时刻刻看护着，三岁后上幼儿园，每天接送，特别是城里幼儿园，每月收费一千元不足为奇。同学们把成长成本一算，许多人睁大眼睛，发出惊叹声。杨铁雄抬手看看表，还有两分钟下课，他走向讲台说：

"今天这节课，似乎有点跑题。但是，我想告诉你们，一点都没跑题，我们学习的最终目的，是让我们在这个社会上更好地生活，幸福地生活，如果你只是成绩好，其他方面不好，你将来难以过上幸福生活。你性格不好，天天喜欢和人吵架，不仅自己过得不好，还带给别人不愉快。即使你每门功课考一百分，又有什么用呢？如果你不孝顺父母，即使你再优秀，对于你父母来说，你又有什么用呢？

"要做事，先做人！"杨铁雄大声说。

下课铃响了。

一同响起的，还有学生的掌声。

期中考试如约而至。

成绩出来后，让杨铁雄有种大快人心的感觉。不过，他没在公共场合表现出来，怕其他老师不高兴，不利于团结。他所教的语文，平均分比其他两个班高十五分，及格率是他们的两倍。

这半个学期以来，他对200班学生的爱，完全发自内心，他为他们付出，完全不计成本。

说说他的语文吧，每篇课文，他要求学生至少读五遍以上，要求背诵的课文，他和学生死磕，背不出，你给我读二十遍，三十遍。除了几个实在不会背课文的，让他们少背点。每篇课文中写得好的句子，即使没有要求，他也让学生背上一小段。有的字、词，要强记，在课堂上让他们消化掉。

他还鼓励同学们看课外书，时常追问同学看的课外书名称。

其他科目上课时，他经常到教室外面去巡查，督促学生学习，找他们谈心，化解他们心中的疑问。科任老师到他们班上课不用管纪律，心情好，上课也认真。

期中考试总结在教师例会上进行。

开会前，校长丁松华拿着教务处提供的学生成绩册，见老师们都到齐了，他说："现在我们开会，请大家安静。我父亲在我小时候，常对我兄弟姐妹说，人勤快，地就不会懒，一分耕耘，一分收获。我刚才看了各班期中考试的成绩。这次考试，我们是一个老师监考，任课老师改卷子，我不敢说里面没有水分。但是，200班成绩比其他两个班好，能反映一些问题。

"大家有目共睹，这半个学期以来，杨铁雄是如何努力的，我可以负责任地说，他完全做到了全心全意扑在教育事业上，用他的勤劳，他的汗水，用他深沉的爱，去浇灌200班这片贫瘠的土地。今天，这片土地上的庄稼长势良好。

"我看了成绩册，不仅他教的语文成绩比其他两个班好，而且其他科目成绩也都好，历史和生物的平均分，超过其他班的平均分十分以上。老师们，这确实是个了不起的成绩。

"我们老师们常常抱怨，学生难教。事实上确实是这样，现在的学生比十年前、二十年前难教，这种说法我也同意。但我们不能一味抱怨，抱怨解决不了问题，要寻找是什么原因，我们的教育方法和教育手段，是否也应该顺应时代变化。

"杨铁雄老师走进学生的心灵，和学生交朋友，我觉得这种方式不错。现在我们一些老师，对待调皮的学生，态度粗暴，一味硬碰硬，这样也许效果快，却没从根本上解决问题。我们初中学生，正处在青春叛逆期，有的学生家庭出问题，学生叛逆严重。此时，我们得思考自己的教育方法了，不同问题，区别对待。

"把学生当朋友，师生之间的交流管道畅通，沟通好了，做起事情来便容易了。

"既然选择了这份职业，你又没办法放弃这份职业，你必须想办法，在工作中寻找快乐，发现快乐。

"像杨铁雄这样的班主任，学校在评优、评先、资金发放，要向这一类老师倾斜，大大倾斜。你如果有想法，那好，你来当班主任，你做得好，照样向你倾斜。"

第二十四章　四十八位学生，共一个奶奶

在教师例会上受到表扬后，杨铁雄和他的200班，又被丁校长作为先进典型，在全校课间操集会上表扬，丁校长要求全校的学生，像200班学生那样，树立信心，每天进步一点点，无悔于自己的青春岁月。

丁校长领着全校学生，背诵小学生也会背诵的诗：少壮不努力，老大徒伤悲。连诵十次，声音一次比一次高亢，一次比一次投入。

然后，他深情地对大家说："同学们，如果时光可以倒流的话，我宁肯不当这个校长，再补两万块钱，让我回到你们这个年纪。你们知不知道：年轻真好。同学们，趁你年轻，努力吧！别让你到中年或者老年的时候，回忆起自己的青春岁月，除了后悔，还是后悔。"

沉默几秒，一声"解散"，全体学生回教室。

利用大家心情高兴的时候，杨铁雄教育大家要居安思危。荣誉只代表过去，自己不努力，很快有人取代你，你会从英雄成为笑柄。

放学后，他特地找几个后进生谈话，鼓励他们树立信心，有一分光，发一分热。如丁校长说，无悔于自己的青春岁月。

不久，杨铁雄接到三四个学生家长的电话，都是从外省打来的，他们第一句话：听我儿子（女儿）说，他们班被校长在大会上表扬，谢谢你。再问自家孩子的学习情况。他心中自然高兴，觉得自己的付出，有回报。

又过几天，杨铁雄收到一个包裹，里面是一套衣服，寄包裹的地址是广州市，姓名叫学生家长，里面的纸上写了几行字，说这衣服是

出口的，有编码，找老板开后门才买了一套。感谢杨老师为全班同学付出，不要问是谁的家长，希望杨老师像以前一样关心学生。收到衣服那一刻，杨铁雄的心很慌乱，如果知道是谁送的，他好还这份情。不在班上说，等于瞒下这份情。说了，学生会有啥想法，是不是暗示学生，给他送东西，想来想去，他决定暂时不说。

星期三下午，杨铁雄离开教学楼，走在回宿舍的路上。突然，刘巧珍追了上来："杨老师，我想请假回家。"

杨铁雄看她递过来的请假条，没写请假原因，也没写明请多长时间，便问："你请假干什么？"

"我奶奶病了，我怕她会死掉。"

"啊——你家里没人？你叔叔呢？"

"我叔叔和婶婶出去打工了，我奶奶这段时间生病，我昨晚上还做了个噩梦，梦见她死掉了，真的好吓人，我的心现在一刻也不安宁，很乱很乱，我担心奶奶。"

杨铁雄心里一惊，想起那个空心村，见天色有点晚，她回去会赶夜路，他说："你到校门口等我，我骑摩托车带你回去！"

"谢谢杨老师。"刘巧珍有点不好意思地说。

杨铁雄找到邓开文，要他照看一下200班，他去学生家里，说不定什么时候回。邓开文爽快地答应着。嘱咐他在不熟悉的路上，把车开慢点。

摩托车刚刚在天坑冲停稳，刘巧珍便跳下车，快步向家里跑去。杨铁雄见状，赶紧扯掉车钥匙，追了上去。

转弯，再转弯，看到自己的房子时，刘巧珍大声叫道："奶奶！我回来了，奶奶！我回来了。"声音尖锐，清晰，焦急。奶奶没有回答她，她推开门，看到奶奶躺在床上，她又叫："奶奶，奶奶。"

"巧珍回来了。"她奶奶吃力地说，声音很小。

"奶奶，你病得很厉害吗？"

"早——上——起——床。没——力气，没——吃——饭。"

"奶奶，我班主任送我来的，你等一下，我给你弄点吃的。"说完，刘巧珍去另一间房子，摸出几块饼干，撕开包装袋，放到她奶奶嘴边。老人家很快咬住，动作之敏捷，杨铁雄难以想象，她刚才还是个奄奄一息的人。

"刘奶奶，你感觉好点吗？"站在旁边的杨铁雄向前一步说。

刘奶奶露出无力的笑容说："老师啊！你这么关心我孙女，用车送她来，感谢你。我这把老骨头没用了，但我还不想死，不能死，我死了，谁管我巧珍。"

"奶奶，别乱说，我给你煮稀饭，等下叫李医生给你打针。"

"要得！要得！"

刘巧珍找出一个本子，指着上面的号码，要杨铁雄帮她拨号码。杨铁雄拨通之后，递给刘巧珍。她说："我是天坑冲刘巧珍，我奶奶病了，你快点来。"

十多分钟后，远处传来摩托车声音，进来一位四十多岁的汉子。他是村里的医生。谁家有病人，打个电话，他就会赶来。

检查完，医生开了些药，有的一天吃两次，有的一天吃三次。总共六十七元钱，几毛钱的尾数减掉了。

杨铁雄问医生，老人的病严重吗？

李医生说，老人得的是慢性病，她有高血压、胃病，肺也不太好，农村的老人，抗病力似乎很强，今天这样子，再拖一两天就很危险。最后，李医生把医药费数字重复一遍，提醒刘巧珍奶奶付钱，他要走了。

刘巧珍奶奶说，下次再给他钱。她身边有一百多块钱，要给巧珍做生活费。

李医生似乎有点不太情愿，杨铁雄掏出一百元钱，给刘奶奶交医药费。刘奶奶马上提高声音，说老师这样做会折她的寿，她有儿有女，不会欠着几十块钱药费不还，就算她死了儿女还在。

听到这话，李医生忙说没关系，什么时候给他都行，坚决推开杨铁雄的手，叮嘱几句，消失在夜色之中。

粥熬好了，里面放了几块腊肉，刘巧珍赶紧弄冷，用碗盛着，喂给她奶奶吃。

杨铁雄一直被感动着，他在思考，怎么帮助她们祖孙俩，在班上发倡议书，号召全班献爱心。运用班主任手中的权力，压一压同学们都无所谓。

刘巧珍喂她奶奶吃了几口粥，叫杨铁雄先回学校，她奶奶没事的。她明天下午才能赶到学校，请一上午的假。

第二天上午，200班教室，刘巧珍的位置空着。杨铁雄上语文课，起立后，他的眼睛久久盯着刘巧珍的位置，猜想她奶奶的病怎么样了，今天下午她会回学校吗？

"老师，刘巧珍昨天回了。"刘静媛说。

杨铁雄好像没听到一样，直到另一个同学说："她回家了。"他才难过地说："我知道她回家了，我亲自用摩托车送她回去的，我怎么会不知道呢？"

同学面面相觑，说："杨老师，原来你知道啊！"

杨铁雄怀着沉重的心情说："昨天下午，刘巧珍找我请假，她有种强烈的预感，她奶奶得重病了。我骑着摩托车，送她回家，如果她走路，肯定要走到天黑。她住一幢老房子，整个自然村庄，就两户人家，另一户是两位风烛残年的老人。

"刘巧珍五岁时，她父亲去世，母亲改嫁，她跟着爷爷奶奶过。前些年，她爷爷走了，她只好和奶奶相依为命。回到家一看，刘巧珍的奶奶果然病了，躺在床上，病得没有力气，一天没吃东西，说话吞吞吐吐。我们找来医生跟她治疗，六十多元钱医药费，她无力支付，欠着医生的。我看着心酸，拿出钱替她交，她怎么都不肯。

"只要人人都献出一点爱，世界将变成美好的人间。我提议，在我们200班，发起一场为刘巧珍和她奶奶捐款的活动。

"开学之初我说过，人的综合素质，包括你有没有爱心，每个人家里的经济实力不一样，家庭困难的，你可以捐两块钱，较好的，捐二十元在可承受范围之内。我估计，大家今天没什么钱了，这星期你们写个认捐数额。我会把捐款的事发短信到你们家长手机里。以便你向家里要钱。

"我带头捐两百。"说完，他向讲台边的同学要了笔和纸，写下：杨铁雄捐两百元。

接着，大家纷纷效仿，写下捐款数额，以及自己的名字，交给刘静媛登记。杨铁雄告诉同学，先不让刘巧珍知道，星期一，由林小飞、周志光等人组织收钱。

星期一上午，同学们从家里赶往流沙中学，林小飞和周志光早早到了教室，进教室的同学，主动把钱交给他们，上课前几分钟，大家围成一堆，恨不得早点把钱捐了，很多同学捐款比他们认捐的多。肖春意回去跟他父亲一说，他父亲说，这是好事情，当场拿出两百元钱。要他全部捐出去，不准截留。捐两百元的，还有两位学生。还有捐一百、五十的。

刘巧珍见大家在交钱，忙问交什么钱。别人不回答，有人说是去玩的钱。收钱的周志光，赶紧也这样搪塞。

总共收到一千八百七十元捐款。

语文课，杨铁雄看着大家，然后把目光落在刘巧珍的身上，他温和地说："刘巧珍，请你到讲台上来。"

刘巧珍吃惊地看看杨铁雄，再看看周围的同学，她问："叫我吗？"

"没错，我的确是叫你。"杨铁雄非常坚定地说。

刘巧珍脸红了，紧张与尴尬的表情交织在一起，不知老师为何叫她走向讲台，她很不自然地在讲台上站着。

"站过来一点，大方些。上星期我去了你家，看到你奶奶病成那样，你们祖孙俩相依为命，让我非常感动。我回学校后，把这事在班上说了。同学们立刻说，要给你奶奶捐点钱，帮她渡过难关。我觉得非常好，带头认捐两百元。"

刘巧珍着急地说："老师，我不能要大家的钱，真的不能要，不能要！"因为急，她的眼泪都流出来了。

"别不好意思。一方有难，八方支援。陌生人有难，我们都要献一份爱心，何况，你是我们200班的一员，你更有理由接受大家的帮助，同学们说对不对？"

"杨老师说得对。"几个同学异口同声说。

肖梅和刘巧珍经常玩在一起，关系要好。她大声对讲台上的刘巧珍说："巧珍，我们真心帮助你，你就给大家一个机会，总不能把钱又退给我们吧！"

下面同学一个接一个劝刘巧珍。刘巧珍不敢看他们，她没有完全迈过心中那道坎。杨铁雄说："这钱是捐给你奶奶的，替你奶奶谢谢同学们。"

刘巧珍双手垂下，向同学鞠躬致谢，一连三次："谢谢杨老师，谢谢200班的同学。此时此刻，我心里无比激动，你们对我的友谊，我会永远记在心里。"说完，她用袖子擦擦眼泪。

"你回座位上去吧！"杨铁雄说。

刘巧珍回到自己的位置上。

杨铁雄在讲台中间站定，说："这次我们班每个同学的爱心考试，都及格了。送人玫瑰，手有余香。做好事，做善事，不仅仅是有钱人的事，不仅仅是能赚钱人的事。我希望大家在今后的人生道路上，继续行善，做一个对社会、对他人有帮助的人，祝愿好人一生平安。"

星期一中午，杨铁雄带着刘巧珍来到流沙镇农村信用社，办了一张存折。刘巧珍第一次用折子存钱，很多程序搞不懂，幸亏有杨铁雄在旁边指导。

得知刘巧珍奶奶的病情依然不容乐观，杨铁雄提出，把巧珍奶奶接到镇上来。镇上卫生院的条件，比村里的好，对老人治病有好处。

刘巧珍没答应，镇上虽好，可是住哪里？吃饭怎么办，还要麻烦杨老师？她不愿意这么做。

　　杨铁雄看出刘巧珍的心思。他告诉她，学校里有一间杂房空着，找校长说说，要个钥匙，把里面的烂桌子、凳子清理一下，完全能够让出住一个人的地方。让她回家后，做做她奶奶的工作，住到学校来。否则，在天坑冲那地方，人死了都不知道。

　　刘巧珍点点头，奶奶是她在这个世界上最亲的人，一旦失去奶奶，她的天就塌了。

　　下午在食堂门口，杨铁雄遇到丁校长，悄悄把他叫到一边。

　　"丁校长，有件事情和您商量，需要你的帮助。"

　　丁松华料定没什么大事，便说："弄这么神秘，别人还以为我们搞什么名堂。"

　　"有求于您，不能敲锣打鼓地说，让大家知道，影响不好。"

　　"什么事？你说！你说！"丁松华有点急迫地说。

　　杨铁雄却并不急，他思考着如何说，才能让校长答应。虽说是举手之劳。但是，让一个生病的老人住进校园里，校长完全可以拒绝。如果今后再出现这样的情况，学校管不管呢？农村学校，总有几个特别困难的学生，万一老人死在学校，多不吉利，家属会不会找学校麻烦？

　　"学生有困难，学校会帮助吗？"

　　"当然帮！"丁松华不假思索地说，"这个问题还用得着讲悄悄话。"

　　"我们班学生刘巧珍，从小和奶奶相依为命，是奶奶把她带大的。春节期间我去过她家，住旧房子，村里只有两户人家。另外一户，是两位多病的老人。前些日子，刘巧珍向我请假，她说她奶奶会死。当时我看她不像说谎，天色有点晚，我骑车带她回去。

　　"果然，她奶奶在床上躺了一整天，什么都没吃。当时是星期三，如果再过两天，老人家完全有可能因饥饿、疾病而死去。

"针对她的情况，我在班上发起一场募捐活动，捐得一千八百七十元。我带她在信用社存了。"

"捐款时不通知我一声。我也送上几十元钱。"丁松华责怪道。

杨铁雄说："不敢惊动校长大人，捐的钱够她们用一阵子，再说，老人家有儿有女，不过暂时在外面打工。"

"那就行了，找我还有什么事？"

"刘巧珍这次回去，正赶上节骨眼。刘奶奶的病没好，我想把学校四合院堆烂桌子的那间屋收拾一下，让她奶奶住下来，这里去医院看病也方便些。"

"杨老师，捐点钱，没关系。老人有病，万一在我们学校出了事，怎么办？"

杨铁雄心中一惊，校长果然担心老人会死在学校里。他马上说："老人的身体状况还可以，因为缺少照顾，缺少治疗，才生病的。我向您保证，老人决不会死在学校里。"

丁松华依然没有松口，在想什么问题。

杨铁雄又说："丁校长，您发发善心，反正这个学期没多久了，下学期再想其他办法。让老人家儿子和女儿去管她。"

丁松华苦笑着点点头，终于答应杨铁雄，并叮嘱他把好事办好，不可在这里面投入太多精力，他的主要任务是教书，管好全班几十个学生。

利用休息时间，杨铁雄在班上吆喝一声，有个机会，让他们献点爱心，有爱心的跟他走。当时教室里只有五六个人，听他这么说，全部跟着他走。

搞到一半时，周志光他们几个人过来："杨老师，献爱心的事也不叫上我，我也有爱心。"

"你跑哪去了，到处找你找不着。好吧！现在看你的，你们先来的休息一下。"

后面来的几个，把地上的东西清理干净，把床安顿好，杨铁雄从办公室找来报纸，贴在墙上。站在里面一看，感觉蛮爽。他向大家说声谢谢，锁了门，回自己房间休息。

他有时突然问自己，这事会不会办砸？如此卖力帮助一位生病的老人，源自他内心的善良。刘巧珍奶奶急需帮助，身边能帮她的人，似乎只有他，他便毫不犹豫去做。

星期一上午，刘巧珍带着她奶奶到了流沙中学。她们分坐两辆摩托车，带着被子，换洗衣服，吃饭的碗筷。刘巧珍到办公室，告诉杨铁雄，她奶奶已经到学校里，杨铁雄听了很高兴，说等会儿去看她老人家。过了十多分钟，一位老人慢慢走向三楼，往教师大办公室去。她是刘巧珍的奶奶，她提着一袋土鸡蛋。

杨铁雄见到老人家那一刻，赶忙搬张凳子让她坐下。"杨老师，你是我们家的恩人，我前世做了好事，碰上你这样的好人。"

"刘奶奶，你不要这么说，搞得我不好意思，其他老师听了会笑话我。"

"你做好事，他们当老师的人，怎么会笑话你。他们是有知识的人，对不对？"刘奶奶笑着说。

"杨铁雄，我们一直佩服你，从内心佩服你，崇拜你，从内心崇拜你，我们怎么会笑话你呢？那样显得我们太无知。"说话的是女老师刘红玲。

秦霞老师也加入到谈话的队伍："我们不敢笑话你，你的行为，让我们觉得脸红，你让我们为老人家做点什么。"

"不用，不用，你们已经为我这个没用的老太婆做了很多事，这些日子，我心情好了很多，病也轻了许多。看样子，五年之内，阎王爷还不会来收我走。"

杨铁雄笑着说："刘奶奶，听你说身体好，我心里很高兴。以后你有什么事，跟我说。"

"尽说话去了，杨老师，我没什么东西给你，昨天找人要了二十多个鸡蛋。"刘奶奶一边说，一边把鸡蛋往杨铁雄面前放。

"我不要，不要。"杨铁雄赶紧说。

"你不要嫌我的东西少。"

"巧珍奶奶，你误会我的意思，这些鸡蛋，你自己留着吃，我年轻，身体好。"

"你一定收下，你不收，我不安心，老天会说我老太婆没情没义，将来阎王会把我打到十八层地狱里面去。"

推辞几回，办公室的同事劝杨铁雄收下。杨铁雄这才接过来。刘奶奶还提个要求，让她到教室里向200班学生说几句感谢话。

杨铁雄迟疑一下，同意她的请求。告诉她教室在哪里，他上课时再去。

上午第三节课，杨铁雄上了十多分钟，发现大家的眼睛往外看，原来是刘巧珍的奶奶，杨铁雄走下讲台，把刘奶奶请上讲台，说："这位老人就是刘巧珍的奶奶，是她，含辛茹苦把刘巧珍拉扯到现在，我们给了她一点力所能及的帮助，她时刻记在心里。今天，她给我带来二十几个土鸡蛋，我不要，她跟我急，我只好收下。她还记着同学们对她的帮助，一定要到教室来感谢大家。下面我们欢迎刘奶奶讲话。"

"巧珍的同学，我先感谢杨老师，他的好，你们都看到了。听说你们期中考试成绩，比别的班好蛮多。杨老师下了很大的力。

"我还要感谢你们，感谢你们爸爸妈妈，都是农村的人，你们自己家不是很有钱，却给我老太婆捐钱。巧珍，你到奶奶身边来，我们一起，给你同学鞠躬，感谢他们。"

巧珍走向讲台，祖孙两人拉着手，向大家鞠躬三次。结束后，杨铁雄把刘奶奶送出教室。回到讲台上，他说："受人滴水之恩，当以涌泉相报。刚刚刘奶奶教会你们两个字。"说到这里，他停下，用粉笔在黑板上写了两个很大的字：感恩。

"今后，我们在生活中会得到别人或大或小的帮助，我们应以感恩的心态，感谢帮助你的人。一个不懂感恩的人，我杨铁雄个人认为是有道德缺陷的人。

"曾经看到有这样的争论，贫困山区学生，接受爱心人士捐助，但有个附加条件，受助学生每学期给爱心人士写一封信，汇报学习、生活情况。但是，有些学生却连一封信也懒得写。围绕这种情况，写信派和反对写信派展开辩论。

"反对写信者说，你献爱心，本来就不求回报，你为啥要学生写封信呢？

"我本人坚决反对不写信。我捐钱给你，不求你物质回报，因你现在没有物质回报能力。但是，你连一封信都不写给我，说明你不懂得感恩，你有道德缺陷，我同意你不写信，那么，等于纵容你的不道德行为。

"请大家跟我一起朗诵：我是一个感恩的人。"

"我是一个感恩的人。"同学们齐声道。

"我们首先感谢我们的父母，他们给了我们生命，抚育我们成长。感谢老师，教给我们知识，让我们成长。感谢一切帮助过我们的人。

"从今天起，刘奶奶不再是刘巧珍一个人的奶奶，她是我们全班人的奶奶，她老人家生病的时候，我们要尽到做晚辈的责任。把刘奶奶当作200班的爱心基地。大家做得到吗？"

"做得到。"同学们大声说，特别是林小飞，声音格外大。

下午最后一节是体育课，200班的很多学生陪着刘奶奶到流沙镇卫生院看病。

一个老人，由十多个学生陪着，拥进卫生院的诊室，令医生吃了一惊，问道："你们来这么多人，是病人家属吗？"

"是的，她是我们奶奶。"

医生更吃惊，歪着头，不解地问："她有那么多亲孙子？我怎么都不信。"

周志光接着话说："还没全部来呢？一共有四十八个。我们老师说，刘奶奶是我们全班同学的奶奶。"

医生恍然大悟，他朝大家摆摆手说："你们安静，让我替你们奶奶看病。"

众人马上安静下来，等医生使完望、闻、问、切的手段，准备开药时，林小飞挤上前去："医生，你不要给我们奶奶开很贵的药，我们奶奶挣钱很难。"

"是啊，是啊！"人群中有人响应。

刘奶奶朝他们说："听医生的，他有分寸。"

大约学生的话起了作用，镇卫生院费用本来就低，这次看病没花什么钱。医生说，老人家补充点营养，身体会好得快。

刘奶奶住的杂房，位于学校老四合院，这座四合院占地一亩左右，东西两边排列着两座瓦房。早些年，瓦房用来做教室，后来建了新教学楼，就用作老师住房、商店、堆放烂课桌等。

瓦房两端用围墙连起来，形成一个四合院小天地。住户靠着墙，建个矮房，里面再修个柴火灶，时常用柴火煮饭、炒菜，袅袅炊烟，常从这个院子里升起。

院子里有水龙头、厕所及几块菜地。近年学校建了公租房，住四合院的老师非常少了，四合院显得异常安静。刘奶奶在院子里走一遭，满心欢喜，说四合院很接地气，农村来的人，看到菜地才能安心。

刘奶奶吃饭的问题，开始那两顿，杨铁雄给她从食堂打来。刘巧珍说太麻烦，她自己解决。她每次去打饭时，总去迟点，要食堂师傅多打些饭菜，回来分给奶奶吃。

这样过了两三天，刘奶奶说不是个办法，白吃食堂的，她心里十分不安，掏钱给刘巧珍，让她交食堂。

正好食堂里有位工人请假，刘奶奶听说之后，提出想到食堂里帮着做点事，她只吃三餐就行。食堂总管想想，答应了，让她到食堂帮着洗菜、切菜，其他活儿不用她做，每天劳动两个多小时。

第二十五章　四合院里，馒头香味四处飘散

一天，刘奶奶去镇上，带着刘巧珍，她们买回一口大锅，刚好放在柴火灶上，还有个蒸东西的笼子。第二天，她到200班放句话：晚自习下课后，到她的四合院去吃东西。吃什么，暂时保密。下课后，一群学生往四合院走去，女生嘴甜，在门口叫奶奶。刘奶奶从那间低矮的厨房出来，笑着招呼他们："马上好，马上好，看看我这老家伙还中用不中用。"

"奶奶，你给我们弄什么好吃的？"肖梅问。

"馒头。"刘奶奶笑着说。

"谢谢刘奶奶，我们要感恩。"刘静媛笑着对大家说。

于是，一片参差不齐的"谢谢"声，在流沙中学的四合院里飘荡。

"快去叫你们班主任。"刘奶奶说完，转身去厨房，锅盖一掀，蒸汽充满小屋。两个学生结伴，飞奔出了四合院，去寻杨铁雄。

杨铁雄跨进四合院时，众学生正津津有味地吃馒头。学生问刘奶奶，她的馒头怎么如此好吃，又白、又嫩、又香，比街上卖的还好吃。刘奶奶说，十多年前，她有个亲戚在圣林城里开店，卖包子馒头，她在亲戚店里工作了六七个月，学会做馒头包子，她看他们喜欢在课间休息时买东西吃，便想到做点馒头给他们吃，既合算，又卫生。

杨铁雄接过一个馒头，放在嘴里一咬，直说："好吃，真好吃，太好吃了！"

刘奶奶笑眯眯地说："我这老东西，还有点用，心里蛮高兴。"

"刘奶奶，你的作用大得很。你信不信？"杨铁雄咽下一口馒头说。

"你骗我老太婆高兴吧！"

"不骗，不骗。你以后可以做一件大事。"

"你把我说糊涂了。"刘奶奶嗔怪道。

"现在他们每个星期除了伙食费，谁家不给孩子十块、八块钱，这是最少的，有些人每星期有二十、四十元的零花钱，这钱大部分送给商店，那里的食品卫生难保证，我很少吃。我刚才想，把刘奶奶这里变成200班学生的小吃基地。"

一些人立刻鼓掌。

刘奶奶插话说："我除了弄点包子、馒头，暂时还想不起做什么好吃的。"

刘静媛说："奶奶，我们相信你有本事。"

杨铁雄说："今天吃了馒头的，放下五毛钱，或者一块钱。这样，刘奶奶的馒头铺才能继续开下去，可持续发展。"说完，他掏出一块钱，其他学生见状，也从口袋里掏出五毛或一块钱，身上没钱的，从旁人那里借。

刘奶奶当然不肯要，她说成本很低，几斤面粉，还是用的大家的钱。她拿起钱，往同学手中塞，每个人都说不是自己的。刘奶奶要巧珍把钱还给他们，可谁也不要。刘奶奶只得作罢，把钱充公，下次再给大家做馒头。

后来，有人从家中带来红薯，让刘奶奶蒸着吃。薄薄的加工好的红薯片，炸着吃，从田坎上收的毛豆，放点盐，煮着吃。家里种的土豆，放在红木炭堆里，烤着吃，香喷喷的。

带的东西毕竟少，多了，袋里装不下。吃的人多，出现争先恐后的现象。

杨铁雄教育大家绅士点，为了吃点东西，损害自己的形象，不值得。养成了坏习惯，难改。吃了别人的东西，应心存感激。自己也带东西给别人吃。他交代大家，注意有没有只吃别人的，自己一毛不拔。有的话，大家拿他来调侃调侃。

我们汉字中有"舍得"两个字，舍在前，得在后。说明有舍才有得。受人滴水之恩，当以涌泉相报，大方的人，其实他的投资回报更大。

道理一说，大家心里很有感触，没从家里带东西来的，会带钱，买点东西分给大家吃。杨铁雄心中很高兴。找个时机，在班上把这事拿出来说，给予高度肯定和赞美，将来走向社会，这样待人，才会结交更多朋友，才会有助于自己事业的发展。

200班学生吃得最多的，是刘奶奶做的馒头，刚出蒸笼的馒头。香气四处飘散，闻着就让人流口水。刘奶奶不肯收钱，她说：大家捐给她的钱，没用完，真的没钱时，大家再凑钱买面粉。她打了电话给她儿子，告诉他，流沙中学的学生和老师帮她渡过难关，现在她很好。他儿子说过一阵子回家，给她过生活和治病的钱。

她有儿有女，养大他们，她吃了很多苦，老了应由他们负担。

杨铁雄没办法说服刘奶奶收钱，对周志光他们说，让他们自己解决这个问题。

于是，四大金刚，周志光、林小飞、曾乐田和肖春意，召集同学们商量，每人凑点钱，去镇上买面粉。他们把每人凑的钱记下来，对个别吃了馒头凑钱不积极的人，当面催讨，没钱，你找别人去借。然后，大家用这些钱扛回两袋面粉，课余时间，他们到周围的山上去捡柴，供刘奶奶蒸馒头用。

话说有一天，丁松华校长走进四合院，正逢刘奶奶的馒头刚出锅，众学生见校长驾到，相当有礼貌，把第一个馒头让给他吃。丁松华边吃边与学生聊天，与刘奶奶拉家常。他表面上不动声色，其实已被刘奶奶和学生之间的故事所感动。

走出四合院，丁松华打电话给杨铁雄，问他在哪里。杨铁雄说在房间里。丁松华叫他去校长办公室，还说自己刚从四合院出来。

杨铁雄挂了电话，心中忐忑不安。什么事非要到办公室去，难道让刘奶奶搬走？刘奶奶住进学校，有人陪她，按时吃药，身体越来越好。200班的学生，到她那里吃馒头，引起其他班同学羡慕与妒忌，他们想用钱买刘奶奶的馒头，可刘奶奶不卖，偶尔给他们吃几个，必须200班学生先吃。

一些外班的学生提出，他们也叫自己奶奶住到学校来，给他们弄东西吃。

"丁校长，找我有什么好事？"杨铁雄走进校长室，开门见山地问。丁松华并不答话，看着他，递给他一支烟，他摆摆手拒绝了。丁松华抽了一口烟说："你把刘巧珍的奶奶弄到学校，我看——"说到这里，他不说了。

杨铁雄心里一惊，他担心的事情终于发生了，他脸上微微泛红，眼睛直直地盯着校长。

"我得好好琢磨一下。"丁松华终于把卡在喉咙里的那句话说了出来。

"校长有什么高见，请指示。"杨铁雄忐忑不安地说。

"我刚才去四合院看了看，你们班上的学生，好像很听刘奶奶的话。"

"吃人家的嘴短，听她的话很正常。"

"我认为，你们班学生与刘奶奶之间，体现出的互助与感恩，值得大力提倡。"

"谢谢校长肯定，我也这么想。用一本活教材，教育学生，效果会更好。"

"说得好，我们想到一块去了，可以把这事告诉欧阳秘书，让他到我们学校来采访，报道这件感人的事。"

杨铁雄陷入沉默，他弄不清登报之后，是好是坏："你觉得有登报的必要吗？"

"传递正能量，习主席一直要求我们传递正能量。我们身边真善美的东西，应该让更多的人知道。这事登报之后，再用它来教育学生，说服力更大。我想，还会产生另外一种效果，引起大家对刘奶奶和刘巧珍的关注，从而给她们更多的帮助。"

"刘奶奶很要面子，别人捐钱给她，她不一定要，她说她有儿有女，她儿女应负担她。"

"我从心里很佩服这老太太，人穷志不短。她可以不要，但她孙女刘巧珍需要帮助，她应该得到社会各方面的帮助。"

"校长，您说咋办就咋办，我无条件配合您。"杨铁雄肯定地说，"不管今后情况如何变化，刘奶奶如果想住在四合院里，您别赶她走，假如有人议论，您顶住压力。"

丁松华思考一会儿，把烟按灭，然后用一个"好"字，答应了杨铁雄的要求，等杨铁雄离开办公室后，他悄悄关上门，坐到办公桌前，拿起电话，拨通县教育局欧阳秘书的电话。

欧阳秘书说话有点懒洋洋的。丁松华说了半分钟，他的神经似乎被刺激一下，精神起来。不时提问。当说到刘奶奶为回报200班学生，给他们蒸馒头吃，不收大家的钱。他迫不及待打断丁松华的话，说是好题材，他争取明天赶到流沙镇来采访。

欧阳秘书说，他现在好比猎人发现猎物，战士发现敌人，有种扑上去的冲动。没想到自己在机关历练这么多年，却时时刻刻迷醉着新闻，他应该一直在新闻战线冲锋陷阵，而不是在机关过着四平八稳的日子。

丁松华立刻附和着说，教育局机关这池塘确实有点小，困住了他的手脚。

欧阳秘书马上叮嘱说，千万不要把这话传到领导耳中。

第二天早上，丁松华刚从食堂迈着缓慢的步子，准备去办公室，开始一天的革命工作。

转身正欲上楼，背后有人叫他。回头一看，县教育局欧阳秘书挎着公文包，笑眯眯地从校门口穿过操场，急匆匆走来。

丁松华忙上前几步，握住欧阳秘书的手，向他身后张望，问还有人吗？

欧阳秘书说就他一人，人多，也起不了作用。丁松华说欧阳秘书工作务实，在他的印象中，领导来检查指导工作，总有两人，一人独来的，很少见。丁松华问欧阳秘书吃了早餐没有。欧阳秘书说刚吃过。

他们一起去三楼校长办公室。刚刚坐一会儿，欧阳秘书提出到刘奶奶老家天坑冲去看看。虽然麻烦，作为一个记者，到现场后，能发现许多意想不到的东西，对写好文章有帮助。

丁松华打杨铁雄的电话，说欧阳秘书已到学校，让他通知刘奶奶，准备回趟家。随后，他打电话给有车的蒋老师，让他开车去刘奶奶家，学校给车钱。

打完电话，丁松华准备泡茶，欧阳秘书说早点去刘奶奶家，在那里多看看，多感受，说完便往外走。丁松华只好跟着下楼，在操场上等他们。

不久，杨铁雄带着刘奶奶赶来，蒋老师把车开到校门口。

欧阳秘书对丁松华说，他当校长的事情多，别去了。校长不在学校坐镇，对工作开展不利。

听得此言，丁松华决定不去，他再三交代开车的蒋老师，路上小心点。

欧阳秘书来到天坑冲，他看着那些大门紧锁的房子，不时问些关于这户人家的情况。他们看望唯一留守在这里的老夫妻，老人行动迟缓，反应也慢，穿着破烂且多日未洗的衣服，见到刘奶奶，露出非常纯真的笑容，说她的气色越来越好了，不像病人。

欧阳秘书坐下来，向这两位老人打听刘奶奶的情况，说了十多分钟，再到刘奶奶住的地方，前前后后，把屋子看遍，掏出手机，一顿狂拍，再与刘奶奶拉家常。

在天坑冲折腾了一个多小时，他们回到流沙中学。杨铁雄要上课。欧阳秘书来到刘奶奶的住处。了解到刘奶奶和学生之间的故事，听刘奶奶讲做馒头要注意哪些事情。

下午，欧阳秘书来到200班，面对面采访学生。刘巧珍说，他们班主任杨铁雄是个好老师，学校里第一好的老师，他对她的恩情，她这辈子都忘不了。自从杨老师当他们的班主任后，他们班变化很大。如果不写杨老师，这篇文章不是好文章。

刘巧珍接受采访时，眼里含着泪水，几度哽咽，她强忍着，没让眼泪流出来。

与班上其他几个学生聊天时，欧阳秘书同样感受到他们对杨铁雄的欣赏与赞美。谈到刘奶奶，他们说刘奶奶像自己奶奶那样，慈祥、温和，关心他们，真是一个好奶奶。她常常教他们一些做人的道理。这些日子，他们已经习惯了有刘奶奶的生活，四合院的杂房，成了他们心中最向往、最温馨的地方。

欧阳秘书突然问，假如刘奶奶回天坑冲，他们会有啥感觉。

大家你看看我，我看看你。突然商量好似的，异口同声地说："刘奶奶为什么要回去，学校比她家里好很多。"

欧阳秘书心里一怔，笑笑，说他只是假设一下，看看同学们有啥反应。

林小飞说，刘奶奶回天坑冲，他第一个去请她回来。旁边的人跟着响应，说他们会一起去请刘奶奶回来。

最后，欧阳秘书采访杨铁雄，他们进行了深入细致的交谈。离别时，欧阳秘书紧紧握住杨铁雄的手说，他今天的采访，一直在感动和激动中度过，教育界太需要像他这样的老师。

过了一星期，欧阳秘书写的文章刊登在《全州日报·周末版》上，而且刊在头版头条，标题用红色醒目的大字：《四十八位学生和一位老师，共一个奶奶》。

报纸刚到学校，师生们争相阅读。

一些学生冲进四合院，叫着："刘奶奶，你上报纸了，上报纸了！"

刘奶奶从房间里走出来，满脸笑容，把手在衣服上擦擦有点激动地问："上哪里的报纸，讲了些什么？"

"全州市的报纸，当然说你好。"

"没说你们好，没说杨老师好？"

"说了，都说了。"

"还算公道，我这个病老太婆，不搭帮杨老师和你们，还在床上躺着呢！说不定给阎王收走了。"

"刘奶奶，你随随便便能活一百岁，阎王敢收你，我们全班同学绝不放过他，叫林小飞给他一拳，保准阎王受不了。"肖梅说。

丁松华来到学校广播室里，发布一个通知，要求各班班主任在下午最后一节课召开主题班会：爱与感恩。从刘奶奶的故事讲起，班主任要备好课，当作公开课一样对待。

下午，全校的"爱与感恩"主题班会开始。很多班首先集体学《四十八位学生和一位老师，共一个奶奶》，然后针对爱与感恩的话题展开。丁松华这节课没闲着，上课铃刚响时，他就到教室外面转悠，看看各班主任落实通知的情况。大部分班主任在规定的时间到了教室，196班班主任没到场。他立刻打这位班主任的电话，语气非常严厉，说一粒老鼠屎，搅坏一锅汤。在老师们记忆中，丁校长很少发这么大火。有两位班主任伸出头看看，马上缩进教室。

总的来说，这次全校主题班会开得很成功。有的班专门发动学生，讲述自己对不起的人，他们每个人都有很多对不起的人，最对不起的，是自己的父母。有些同学说着说着，眼泪流出来，声音哽咽，甚至说不下去。此时，全班鸦雀无声，而后一阵掌声。

有的班主任整堂课用感恩故事贯穿，故事说明一个道理，懂得感恩的人，值得尊敬，感恩会得到更大回报。

作为全校焦点的杨铁雄，他如何召开这次主题班会呢？不但老师们想知道，200班学生也想知道，班主任会讲啥呢？与其他班有啥不同？

上课铃声响后不久，杨铁雄走进教室，他满脸笑容，他今天没有理由不高兴。200班同学也显得很兴奋，他们能不兴奋吗？他们上了报纸，全市人民都知道了。

喊"起立"的声音很响亮，起立动作干净、利落、整齐。

杨铁雄通报一个消息，他接到几位熟人的来电，说看到关于他们的文章。这份荣誉，应该属于大家。然后，他向同学们展示一沓钞票，全部是一元的，约三四十张。他问学生，这钱干什么用的。

有人说是奖给大家的，因他们表现好。

他说，这钱确实是奖给他们的，由他私人掏腰包。不过，直到现在，他都不知道这些钱要奖给谁。

同学们瞪大眼睛，有几个表情夸张地说："不会吧！这怎么可能？老师在开玩笑吧？"

等大家稍稍平静后，杨铁雄说话了：

"我没骗大家，今天学校统一布置作业，召开'爱与感恩'主题班会。我们只做了那么一点点，付出一点点爱，却收获很多很多。报上一刊登，我们成为教育系统的典型。今天，我想向大家提个问题，每人的答案不一样，能回答出的，我奖励一元钱，钱不多，代表我的一片心意。"

说到这里，杨铁雄停下来，他扫视全班，发现大家非常专注地看着他，他们急切地想知道答案。窗外，丁松华校长站在那里，看样子，他一时半会儿不会离开，想看个究竟。

杨铁雄缓慢、清晰地重复两次："请能准确记住父亲和母亲生日的同学举手。"

霎时，很多同学举起手。有的问，记得一个算不算，杨铁雄坚决摇头，只记得一个的同学把手收了回去。他数了数，共有一十八位同学还举着手，不到半数。他说："这里面还有没有弄虚作假的，如果有，赶快撤。如果没有，请你用纸把你父母的名字，生日的时间写上，到我这里领取一元钱奖励。我会有选择性地打电话询问你们父母。"

话音刚落，一些学生找出作业本，从里面撕一页，认真写起来，再到杨铁雄这里领取一元钱，他们脸上泛着笑容，因为自己回答出了老师的问题。

等最后一位同学把钱领走后，杨铁雄停了一会儿，开始讲话："我们这一辈子，需要感恩的人很多。但是，要说最应感恩的，毫无疑问是我们的父母。最应感恩的人，有时恰恰被我们忽略了。

"我曾看到这样的新闻，大学里面布置作业，回家给父母洗脚，有的父母很不习惯，因为一直以来，都是他们为儿女付出，到了儿女来为他们付出一点点，他们反而有点尴尬。

"今天这堂课的主题是爱。我也给你们布置爱的作业：第一，不知父母生日的，回去后问明白，记在心里；第二，给父母洗脚一次以上，或者洗衣服三次以上。"

看到这里，窗外的丁校长走了。

第二天早操集会，丁校长对昨天的主题班会进行总结。先批评，再表扬。他向全校同学提出一个要求，记住自己父母的生日，在父母生日的那天，如果父母不在身边，打电话祝贺父母生日快乐，可以到教师办公室打。有些同学的父母在外地打工，用外地手机号码，这些同学可以到班主任那里，用手机打电话。记住父母的生日这事，希望散会后，各班班主任在班上强调，学校将在下个星期，组织老师抽查，如果回答不出，将扣该班的分。

《全州日报》的文章影响继续扩大。市教育局分管基础教育的副局长邓伟青，利用到圣林县调研的机会，专程到流沙中学，看望200班学生及其班主任杨铁雄，还有他们共同的奶奶——刘奶奶。他走进200班教室，对同学发表讲话，勉励大家做对社会、国家有用的人，不论自己成绩怎样，都要相信自己，不放弃，不抛弃。他相信200班的学生，今后无论在什么岗位，都是道德高尚的人，受大家欢迎的人。

市教育局副局长进教室给学生讲话。在丁松华看来，好像是盘古开天地第一回。总之，他从教近二十年，从未有这种事。上级领导多与学校领导打交道，匆匆而来，匆匆而去。因此，当邓伟青副局长讲完之后，他赶紧走向讲台，大声对同学们说，感谢市教育局邓局长光临200班，并做重要讲话，我们200班的同学，要用邓局长的讲话精神，指导我们的人生。

最后的节目很落俗套，却很招人喜欢，再一次用热烈的掌声，感谢邓局长。

邓局长挥着双手，脸带微笑，向200班的同学告别。

刘奶奶见到邓副局长一行时，她心里有点儿慌张。丁松华走向前来，对她说，市教育局邓局长来看望她，知道她为学生蒸馒头的事情，非常佩服她。

邓伟青双手紧握刘奶奶的手，向她表示问候、感谢。

刘奶奶的表情舒展开来，笑得很灿烂，她说流沙中学校长好，老师好，学生好，让她这个差点入土的人，过得很开心，身体比以前好多了。停一会儿，刘奶奶对邓局长说，所有的好，是他这个大领导的功劳，领导部下有方法。

邓局长大笑，说这话他爱听。众人也笑。

杨铁雄向邓局长做简短汇报。邓局长感慨地说，杨铁雄这样的班主任，全市都不多，希望他继续努力，在杨铁雄评职称方面，他会和圣林县有关人员打招呼，不能让踏踏实实干事的人吃亏。杨铁雄听了，心中非常感动。他对邓局长说，谢谢领导的关心，真谢谢了，有这句话就心满意足了。

几天后，刘奶奶和刘巧珍收到一笔捐款，县六中校长谭金明看了报道，深受感动。他感觉社会发展了，学生们物质丰富了，精神上却贫穷。做人方面，以自我为中心，感恩的思想缺少。他决定在全校开展一次感恩教育，并在同学中间开展募捐，全部善款将捐给刘奶奶和她孙女刘巧珍。

县六中有三四千人，感恩教育搞得很成功，一些家长赶来参加，学生看到自己父母，含泪拥抱。钱不在多，捐了就行。在歌曲《爱的奉献》声中，红色的捐款箱在人群中来往穿梭。后来经清点，此次共捐得善款一万五千八百六十二元五角。

刘奶奶收下捐款，跪在地上，朝六中副校长等三人磕头。六中副校长赶紧扶住刘奶奶，要她起来。刘奶奶不肯，说是给所有捐款人磕的。她起来后，要刘巧珍来，再给他们磕几个头。

副校长急了，死死拖住刘奶奶，并把目光投向丁松华和杨铁雄。丁松华马上对刘奶奶说，不必叫刘巧珍过来，她给六中的师生写封感谢信倒很有必要。刘奶奶这才作罢。

第二天，由政教处主任刘成城带着刘巧珍，携一份感谢信和一面锦旗，奔赴县六中，刘成城是个中层干部，参加外交活动时，比杨铁雄更有分量。

第二十六章　乡下学生，在城里摆起连锁西瓜摊

继《全州日报·周末版》刊登《四十八位学生和一位老师，共一个奶奶》之后，省里的两家报纸相继转载此文，一家是省教育厅主管的《科教报》，另一家是省妇联主管的《女报》。

断断续续有人通过邮局，给流沙中学200班刘巧珍汇款，这些钱的数额不大，一百、两百、五百的占多数，最大一笔是广东孙楚良先生汇来的。他说，他从小跟着奶奶长大，和刘巧珍的情况一模一样。他靠自己努力，走到今天，在广州安了家，有房有车，他希望刘巧珍努力学习，将来帮助那些需要帮助的人。

捧着孙楚良的信，刘巧珍的眼泪哗啦啦地流下来了。这段日子，由于欧秘书的文章，她受到很多关注，她被浓浓的爱包围着，这种爱有股强大的力量，左右她，她不敢像从前那样放松自己。每堂课，她都会认真听，课后认真做作业，不懂的地方，反复看书，实在不懂，再问同学、老师。

她突然间长大了，懂事了。这两个月她经历许多事，心里受感动，也改变了自己。

她给汇款的人写感谢信，除非那些没留地址的人。她觉得她写的字太难看。于是，她一笔一画地写。她找来字帖，仔细临摹，觉得有进步，心中非常高兴。

她现在有了新的目标，读高中，读大学。将来，自己变成有知识的人，有知识就会有能力，赚更多钱，帮助别人的计划就不会落空。

她想起她的妈妈，她正在广东某工厂打工。她有时恨妈妈，她抛

弃自己不管。有时，她又很理解妈妈，她在那边生了两个孩子，一个弟弟，一个妹妹，她很少打电话给妈妈，慢慢地，妈妈也习惯了，她毕竟还有另外两个小孩。

其实，妈妈有很多无奈，每年妈妈到天坑冲去看她，都泪水涟涟，妈妈舍不得她，对她有愧疚感。这两个月的事，她一直没有告诉妈妈，说不清为什么。偶尔夜半醒来，想起妈妈，她会泪水乱流，她思念妈妈的情感如此强烈，难道正如大人们所说的，母女俩打断骨头连着筋，亲情是怎么都割不断的东西。

她的变化，与杨铁雄分不开，他好几次找她单独谈话。说她现在成了名人，要注意自己的言行，好好学习，别让帮助她的人失望。

时光如梭，光阴似箭。

很快就放暑假了，杨铁雄提醒大家复习，还提醒他们过个有意义的暑假，参加社会实践，最好能赚点钱。从个子上来说，有人长成了，如果倒退几十年，这个年龄要在生产队出工，能帮家里干很多活。让自己尽早融入社会，体会生活艰辛，会更珍惜在校学习机会。

有的人提出到餐馆打工。

有的人说到工厂做工。

…………

杨铁雄对学生们的这些想法很赞同。他们不满十六岁，不能到厂里做事，老板怕连累，做做暑假工是可以的。

有一天，肖春意突然提出，把流沙镇的西瓜贩到圣林县城去卖。流沙的西瓜产业近些年发展很快，产量一年年提高，品质很稳定。

杨铁雄听到这个主意，眼前一亮：不错，不错。前面的同学想着当打工仔，现在终于出现想当老板的人。他说，这种想法很好，但真要做成功，有点难。他让肖春意谈谈想法。

肖春意说，他们村里很多人种西瓜，如果到地里去摘，最低八角钱一斤能买到，城里现在卖一块五角钱一斤。他和他小学同学联系好了，同学住在县城幸福苑小区，小区有一千多户人家，同学的爸爸答应把车库给他们放西瓜。

他和林小飞、周志光、肖四海说过，大家准备一起搞，分开到各村子看货源。

听完肖春意的话，杨铁雄面露笑容。

他说，尽量把所有的问题想到，比如说本钱怎么出，平均分摊，还是谁出钱多，谁分的利润多；重大决策，由谁说了算；每个人具体分工怎样；出现问题，有啥解决办法。写一个方案出来，到时按照方案去做，不会乱套。

众人听杨铁雄这么一说，点头称是，他们便去商量。

又过两日，周志光把方案拿给杨铁雄看，字虽不好，但看得出他们挺认真，内容从选瓜、谈价、采摘、运输、卖瓜、售后（主要是送到家）、记账、管钱，都有专人负责。

杨铁雄心中窃喜，他们确实想得周到，就是让他来做这个方案，也不一定想得如此周全，他问谁出的主意。

肖春意说是周志光，他们很佩服他，推选他当董事长，重大决策听他的。

周志光嘿嘿笑着，害羞的表情中藏着得意，他说请杨铁雄当顾问，为他们出谋划策。杨铁雄拒绝了，说做生意这活儿，他没做过，没有实际经验可供他们借鉴，要他们到实际生活中去感受，去总结。又问，他们家长是否同意这件事。

他们说，开始不同意，最终都同意了。答应最快的是周志光父亲，二话不说就答应，并和周志光讨论相关细节，难怪策划方案做得那么出色，原来后面有高人指点。

肖春意最早提出卖西瓜，他父亲听他说完这事，没有答应，说他干不了。肖春意急了，说他父亲小看他了，这事情他首先提出来，如果不参加，同学会笑话他，他今后怎么在班上做人。如果家里不给他本钱，他就自己想办法。

肖春意父亲不得不答应，问他要多少钱，本来只要每个人凑500

元，肖春意却说800元，他想万一不够，再找他父亲要，多麻烦！

林小飞的父亲听说林小飞要到城里卖西瓜，连说好事、好事。有活干，省得林小飞整天在家里看电视，或者又把哪家的小孩惹哭。不过，单凭他们几个没出校门的孩子单打独斗，当然不行，得有家长在后面掌管，至少开始这阵子要参与。

总共有六个人凑钱入股，去圣林城里卖西瓜。林小飞父亲有台大车，拉两三千斤西瓜，好比用宰牛刀来杀鸡。为了帮儿子和他的同学们实现梦想，他决定先用他的大车拉，运费先欠着。

期末考试一结束，周志光便带着一帮同学，到地里去买西瓜。他从网上搜索辨别西瓜好坏的知识，并用纸写上，复印几张，分发给大家。

第一次进城卖西瓜，有三位学生家长同行，家长们凑到一块很高兴。以前孩子过暑假，很少做什么事，喊他们看书，很费神，现在凑到一块儿搞点正经事，即使赔点钱，也能让他们学点见识，增长知识。

第一次只拖两千斤西瓜，他们在城里的三个地方设点，两个学生一组，另外由一名家长陪同压阵，每天卖多少钱，花费多少，主要是吃饭，喝水，都一一登记。

第一天首战告捷，下午四点钟，有两个摊位宣布全部卖完。周志光得知最后一个摊位还剩三个西瓜，要他们甩卖，保本就行。

几分钟后，肖四海他们打来电话，说西瓜全部卖完，比本钱高，有一角钱利润。于是，周志光要大家到加油站前面集合，然后一同回流沙镇。

他们回到流沙镇，在林小飞家集合，他们用公款买了些菜，免得增加林小飞家的负担。

周志光父亲听说儿子卖完西瓜回来，骑着车赶过来。众人都很高兴。他们总结今天卖得快的原因：其一，温度高，天气预报说最高温度36℃；其二，他们的西瓜卖相好。

大家坐下来，盘点账目，赚了六百二十一块钱。周志光宣布，这钱不分。他们打算第二天多拉些西瓜去。天天来回跑，人辛苦，运费也贵。

　　家长们不放心，决定再陪他们一天。

　　次日，他们拉了5000余斤西瓜去圣林县城，比前一天多设了个点，共四个点。他们吸收班上两名同学加盟，这两名同学提出，让周志光他们管吃管住就行。众股东商量，这样不行，除了管吃管住，每天发30元作为工资。但对他们也提出要求，必须像正式员工一样干活，认真负责，一个萝卜一个坑。

　　下午，杨铁雄到达圣林县城后，他没回家，直奔四方街市场。远远的，他看到了周志光他们，正在向一位中年妇女推销西瓜，中年妇女吃了一块后，挑了两个西瓜。杨铁雄走过去，调侃地叫一声："周老板，生意好吗？"

　　周志光抬头一看，大声说："杨老师，你可来了，想死我们了。"并做了个拥抱手势。

　　"给我挑两个瓜，我带回家给我儿子当见面礼。"

　　周志光领命，把这瓜敲敲，那瓜摸摸，放在手里掂量掂量。杨铁雄看他手法挺专业，问他瓜如何挑才对。周志光往四周打量一下说："杨老师，我的绝招儿这两天才学到的。好瓜标准：一看，瓜皮光滑鲜亮，条纹清晰，无白毛，瓜底呈橘黄色；二掂，成熟西瓜比未成熟的西瓜轻，但太轻的可能熟过头了；三敲，如果发出嘭嘭声，是熟瓜，如果声音浑浊不清，沉重，没熟；四掐，熟瓜皮脆多汁，容易掐入。经过这几道关卡，一般能选出好瓜。"

　　杨铁雄大吃一惊，说道："两天不见，你小子长见识了。"

　　旁边肖四海插话："杨老师，等会儿选出的西瓜，肯定是最好吃的。给别人选，我们可能会弄虚作假。每个瓜都要卖出去，但对你不能掺半点假。"

　　正在这时，周志光父亲走过来，见到杨铁雄，非常热情地和他打招呼，掏出烟，递给他一支。说周志光这学期变化很大，他的同学也听话，感谢杨老师没日没夜为他们这一群学生操心。

杨铁雄说，操心应该，这是他的本职工作。他很欣慰，这个学期200班的学生不仅仅在学习上进步大，个人的综合素质方面，也进步很快。

周志光父亲附和着说，的确是这样，周志光比以前懂礼貌些，让他操心的地方少了，回家后会主动帮家里做事，还帮村子里的老人干活，变了个人似的。

杨铁雄向周志光投去疑问的目光，说这些事情怎么不向他报告，可以加分。

周志光说纯属举手之劳，别听他老爸吹得那么好，这叫捧杀，其实他有蛮多缺点的。

杨铁雄笑了，他说越有本事的人，越说自己没本事，他这班主任的努力没白费，流沙中学的老师和学生都看到了，调皮的学生像野马，只要驯服它，就会变千里马。

周志光不好意思地说，谢谢杨老师表扬，他要肖四海把两个西瓜送到杨老师家去。杨铁雄提出要付钱，他们刚刚开始卖西瓜，作为老师，他应该支持他们，不能拖后腿。

他们当然不肯收钱，说太不给他们面子。

杨铁雄坚持今后可以白吃，今天必须付钱，也算他支持他们的工作，否则，他不要西瓜。

此时，周志光父亲站出来说话，他建议按成本价八毛一斤，收杨老师的钱。双方各退一步，不要争了，他替杨老师送西瓜，他有些话要跟杨老师说。

周志光朝他爸说了句："别在杨老师那里告我的状，我们放暑假了，他不管，你告也没用。"

"我没有背后说人闲话的习惯，你是我儿子还不知道。"

"你去吧！算我多心。"周志光挥挥手说。

杨铁雄和周志光父亲，每人提着一只重十五斤的西瓜，他们并排走着。"杨老师，我们做家长的，只帮他们两三天，以后的路，靠他们自己走。合伙做生意的事情，按理说，不存在谁听谁的，现在他们推周志光当头，这两天他说话，大家还听，就怕日子久了，他们之间会产生矛盾。我们每个做家长的，只能管住自己的孩子，只有你，能把他们几个人都管住，你可以打他们，可以骂他们，你的话对他们来说，是圣旨。"

　　杨铁雄插话道："老兄，你高看我了，现在的学生，民主意识很强，你侵犯了他的利益，他会鬼叫鬼叫的，到教育局去告你。"

　　"话是这么说，你说目前这世上，除了你，能管住他们的人还有谁？你说说，丁校长有这本事吗？这几个鬼崽子只会听你的。"

　　"我在城里比你们方便点，放心吧！我会看着他们，我怎么能丢得下他们，周志光解决不了的问题，让他反映到我这里，我来处理。"

　　"我还想起一件重要事情，"周志光父亲忽然说，"他们手上有两个钱，心里肯定痒痒的，想去网吧里痛快痛快，你得想办法管住他们，不然家长不放心。"

　　杨铁雄深吸一口气，说："这个问题我可能管不了，但我会想个办法，你放心吧！今天晚上，我找他们开会。"

　　"太谢谢你了，杨老师，哪天我们好好喝几杯。我刚刚给他们租了房子，600元钱一个月，很大的地方，睡的问题解决了。"

　　说话间，两人到了杨铁雄家楼下。周志光父亲说不上去了，西瓜摊那边要去照顾，拜托杨老师多费心。他想起杨铁雄一人提三十来斤西瓜很吃力，便送到四楼门口。

　　吃过晚饭，杨铁雄前往周志光他们租住的地方。听到声音，林小飞迈着大步，出来迎接他。

　　"小老板们，今天生意可好？"

"我那边还行，卖了六七百斤。"

"你们的表现让我刮目相看，他们在房间里吗？"

"都在！都在！"小飞马上说。

周志光听到他们的声音，赶紧打开门迎接："杨老师好。"屋里的人纷纷向杨铁雄问好，问他吃过饭没有。

肖四海拿过一块西瓜，递给杨铁雄。杨铁雄吃了两口，问他们今天的账目搞完没有。肖春意把账目拿过来，让他过目。杨铁雄见每个点的西瓜重量、收入，写得清清楚楚。他略略扫了几眼，放到一边说："全县那么多学生，暑假有组织出来卖西瓜的，恐怕只有我们流沙中学200班的学生。作为班主任，我替你们骄傲，也替自己骄傲。

"没有规矩，不成方圆。今天我来，有些话和你们说，作为家长、老师，首先希望你们安全，生命毕竟只有一次。周志光，你这当队长的听着，我建议你制定规章制度，凡擅自外出活动，不向你报告的，每次罚款五十元。"

几个人盯着杨铁雄，异口同声地说："为什么？出去一下还不行吗？"

杨铁雄看看大家说："你们从乡下来到城里，城里到处对你们充满着诱惑。你们必须管好自己，不说其他的，单说上网这事，如果没有节制，会带来很大副作用，那些因长时间上网而猝死的例子很多，你们中间任何人出了问题，其他人多多少少要负一点责任。"

几个人你看看我，我看看你，不出声。

"为你自己，也为你的同学，该不该制定这样的规章制度？"

"应该，完全应该。"周志光肯定地说。

其他几个同学逐一表态。

杨铁雄放缓语气说："我不是为难你们，安全大于天，你们可能感受不到。一个学校，你的教学质量再好，如果出了安全事故，工作白做了，学校赔几十万，老师们几年的福利没了。万一出了事，影响你全家。

"你们确实想上网，或者逛街，当然也可以的，给大家定个规矩，比如说上网不超过一个小时，因为第二天要干活，不能玩太久，逛街到什么钟点必须回。

　　"第二，你们之间要团结，不能有私心。做生意，办企业，生意好做，伙计难挑。管理学中，有一个著名的理论：筷子理论。一根筷子，很容易被折断。一把筷子，几十根，合在一起，则难折断。你们这次合伙卖西瓜，是你人生中第一次与人合伙做生意，我们古人有句话：吃亏是福。吃亏的人，机会总比别人多，人生有一两次好机会让你抓住，就行了。

　　"我的意思，大家要齐心协力做事，吃点小亏也不要紧。卖西瓜时，不要玩手机，顾客看到你玩手机，或许到别的摊位去了，我就有这种心理。

　　"万事开头难，现在已经开了头，就要把它做好，不出一点差错。周志光，大家选你当负责人，你好好为大家服好务，这段经历对你的成长很有利。一般问题，你们自己解决，实在解决不了的问题，再告诉我，大家商量解决。我说完了，你们心里有什么想法，说出来。"

　　周志光提出，各人的安全由自己负责，这一条要写进规章制度里面去，首先，他出了事不要大家负责。

　　杨铁雄没有表态，他拿不准这样合适不合适，安全问题，学校领导几乎天天挂在嘴上讲，所以，在同学们卖西瓜这件事情上，他不想介入太深。

　　聊到晚上10点钟时，杨铁雄起身告辞。周志光、林小飞、肖春意、肖四海、曾乐田等人，全都跟着出来，要送杨铁雄。杨铁雄看着一大帮人跟在他身后，心中惬意。或许，这就是人渴望得到尊敬的原因吧！

　　"你们回去吧，没事的时候，别老玩手机，看看课外书，对你们有好处。明天或后天，我带你们去新华书店，买些中学生新课标规定要读的书，闲时看一看，对你们有好处，一个人，活在世上，不只是为了吃饭，还要有精神层面的东西。"

"老师，那些书好不好看？"肖春意说。

"当然好看，我担心你们不一定喜欢，因为你们还没有养成阅读的习惯。"

"杨老师，你买些好看的书，我们就不会玩手机了。"曾乐田挤过来说。

"那好吧！给你们一点自主权，搞几本漫画、爱情、武打之类的书，也弄些有分量、优秀的书。其实，那些书很有魅力，只不过你们没有去发现，不愿意去发现。"

周志光若有所思，他突然对林小飞说："你快去房间拎个西瓜来。"林小飞领命，飞奔而去，不一会儿便提着西瓜追上来，递给杨铁雄，杨铁雄这次毫不客气接受了。

周志光又说："杨老师，我们今天商量了一下，流沙中学的老师，到我们几个摊点买西瓜，我们按成本价卖给他们。"

杨铁雄兴奋地说："好啊！这个主意好，到时我这个班主任，在他们面前讲话就有底气，你们都同意了，我就在老师QQ群里发消息。"

"杨老师，你提醒一下，只能帮他们自己家买，不能帮别人买。"肖春意说。

"知道了，你们回去，11点前要睡觉。周志光，你这当领导的要管好他们，我看推选林小飞做你的副手，你们两个负责把小集体管好，为大家服务，林小飞你有意见吗？"

"关键是大家同意吗？"

"同意，同意！"众人异口同声地说。

"好，从此时此刻起，你们两个负起管理责任。还是那句话，小事你们自己解决，大事找我。"

当天晚上，回到家里后，儿子已睡，妻子见他这么晚回家，白他一眼，不出声，只顾看手机。"在干什么呢？"杨铁雄凑过去说。

"和帅哥聊天，你不着家，我无事可做。"她淡淡地说。

"那好啊，说明我老婆有魅力。"杨铁雄嘴上这么说，心里却有点难受。

"你这么大方，到时我飞走了别后悔。"

杨铁雄抱住老婆，一顿粗野狂吻，吻得她几乎喘不过气来。她推开他说："非礼啊！"

他说："非什么礼，有合法执照的。"

"执照上没写可以强吻别人。"

"等下我要做的，执照上面也没写。不和你斗嘴了，我去洗澡。"

夫妻间温存结束后，杨铁雄看看时间，晚上11点半，他在流沙中学教师QQ群里，发布提供成本价西瓜的消息，第一个打电话询问情况的是位女老师，故意把声音搞得嗲声嗲气，说雄哥给他们发福利，他是流沙中学最帅最酷的老师。

杨铁雄含含糊糊应着，老婆脸上的表情已由晴转阴，掐他一下，他赶紧把电话强行挂断。

次日，有十多位流沙中学老师光临周志光他们的西瓜摊。老师们回去后，有的介绍邻居来买，都能得到每斤一毛钱的优惠。

这天，林小飞父亲那边传来好消息，流沙镇西岭村石头岭养猪场，猪场周围有三十亩西瓜，全部使用农家肥，西瓜品质相当好，数量大，每亩有七八千斤的产量。

老板想找个大销售商，价格随市场走，每斤可以比市场价便宜一角钱。众人听说这个消息后，非常兴奋，讨论怎么加快销售速度。杨铁雄被他们请了过来，商量着怎么快点卖。

一种观点是降低西瓜价格，薄利自然会多销。

杨铁雄不同意，一旦降价，别人会怀疑西瓜的品质，周围卖西瓜的人，会说他们扰乱市场，甚至产生矛盾。

周志光提出，像有些超市那样，满了多少元，再送什么东西。杨铁雄觉得可行。最后，大家讨论决定，买十斤西瓜，送一斤，图回头客，他们有四个摊位，应该把这个优势发挥出来。

琢磨一晚上，杨铁雄决定打学生牌，吸引了眼球，就等于吸引机会，再辅以优惠价格，必定销量大增。第二天，杨铁雄去广告公司，制作四张喷绘宣传广告，取名学生西瓜摊。四个销售摊点分别为四方街、老公安局前、中医院、龙口井，一句相当煽情的广告词：我们不在乎挣多少钱，而在乎挣一段社会经历。红底，蓝字。临时贴一张小白纸，上写：农家肥西瓜。杨铁雄把广告牌拿到西瓜摊前，大家看了都说好。

自学生西瓜摊的牌子打出去后，确实吸引了很多人。有的人支持学生勤工俭学，有的人图便宜。很多来买西瓜的人，家里有人上初中，借机和他们攀谈起来，对他们的做法很赞赏。

广告牌打出去三四天后，杨铁雄突然接到肖四海的电话。他在电话里上气不接下气地说："杨，杨老师，不好了。"他结结巴巴地说。

杨铁雄一听，血液直往上冲，他以为谁出事了，车祸？还是打架？他在头脑中飞快想着，对肖四海说："你慢点讲，别紧张。"

肖四海长长出了口气，让自己镇定下来："杨老师，县里电视台记者来了，对着我们的广告牌，拍了又拍，还对准周志光，我不知道他们想干什么，赶紧打电话给你。"

第二十七章　他们的课堂，在圣林城的大街上

杨铁雄搭了一辆摩托车，呼啸而来。

"停车！"他突然喊道，司机猛刹车，他差点从车上掉下来。

"你们看，我们班主任杨老师来了。"周志光指着刚下车的杨铁雄说。众人的目光全部集中在他身上。一位身着白色连衣裙的女孩，拿着话筒，款款向他走来，笑着说："杨老师，久仰！久仰！我是圣林电视台记者黄莉。"

"黄记者，你好！"杨铁雄笑着说，笑容中掺杂着尴尬，他弄不明白记者来这里的目的，因而表情复杂。

"杨老师，你的这些学生真不错，在圣林城几个地方设了西瓜摊点。俗话说，强将手下无弱兵。我想知道，你是怎么把他们训练出来的。"

杨铁雄淡淡一笑，说："学生们在假期做点事，很常见，有些小学生都做生意，比如上街卖报纸。你们记者见多识广，更清楚，你说是吗？"

黄记者说："我看到这块广告牌，有种冲动，把这群学生介绍给全县人民。你看，很多城里孩子在暑假做什么，去作文班、奥数班、舞蹈班、美术班、象棋班、武术班。他们花那么多时间、那么多金钱，能得到什么呢。考上清华、北大的学生，有几个是从补习班里出来的。

"即使考上重点大学，如果适应不了社会，也会被抛弃。你的这些学生，能到社会上锻炼自己，这是非常难得的学习。据说，他们还

按成本价卖西瓜给老师，真的很懂得感恩。"

"有这么回事，自己老师，不赚他们的钱，也在情理之中。"

黄莉快言快语地说："他们在为社会做贡献，在感恩社会。我希望，学生的暑假，特别是中学生，不要完全在补习班、兴趣班中度过，他们应该走向社会，感知社会，认识社会，调整自己。今后才会成为社会最需要的人才。如果我们的教育用这种思想来指导，就会很少有大学生找不到工作这回事。"

杨铁雄兴奋地说："黄记者，你这话我爱听，和我想到一块去了。今年上学期，我在流沙中学200班搞了一套综合素质评分标准，分数由我给。我的评分标准包括很多方面：比如说你做了好人好事；你除了在本班有朋友，还结交外班的朋友；你回家之后，帮父母干活，做感恩父母的事情；碰到老师打招呼等，只要我认为对将来有用的，我都会纳入考核范围。"

黄莉的情绪被调动起来："杨老师，你做得太好了，太了不起了，教育界也曾经有过这种声音。据我所知，真正实施的不多，你是其中的一个，我真希望看到，所有的学校，都能推行你的这种做法，提高学生的综合能力，那才是真素质教育。"

杨铁雄本想说："有十分之一的学校能实行就不错了，学校的改革，报刊上面很热闹，在教育一线，和二三十年前没多少区别。"话到嘴边，又咽了回去，只是说："我也这样希望。"

"杨老师，你这几个卖西瓜的学生，你会给他们的综合素质加分吗？"

"当然加分，我真该说几句表扬他们的话，他们虽是学生，但他们每天的销售量，比那些老牌卖西瓜的摊位还多。关键是他们在这过程中学会很多东西。

"这些日子，他们已学会待人接物，忍受顾客的挑剔，与伙伴合作。我可以说，这段日子，是他们人生中成长最快的日子，作为他们的班主任，我有时感到挺骄傲的。"

后来，电视台记者黄莉又赴其他几个西瓜摊点采访。

第二天，杨铁雄接到县电视台记者黄莉的电话，要他们晚上7点40分左右收看圣林电视台新闻。他连说几个"好"。马上把这消息告诉周志光，并交代他："你们一上电视，县城里很多人知道你们卖西瓜。有恩不报非君子，挑一担好点的西瓜，送到电视台去，在节目播出前送去。就说那天黄记者冒着酷暑采访，让你们很佩服。其他的话，你看着说。"

一小时后，杨铁雄接到周志光的电话，说他们已经圆满完成任务，电视台的人很高兴。杨铁雄听着，心里很满意，嘱咐他们多备点货，以防没有西瓜卖，在价格与服务方面，不能打折扣。挂了电话，他才记起没把消息在流沙中学教师群里发布，他赶紧编写，并加一句：请转发到你的朋友圈里面去。他自己也把这条消息在朋友圈中转发。

晚上，杨铁雄和他的一帮学生，在一家餐馆里边吃边看电视，他们破例喝了几瓶啤酒。转播完中央电视台的新闻联播及天气预报之后，放了几分钟广告，然后是圣林新闻，排在前面的是县委书记召开会议，县长赴基层调研，深入田间地头，解决实际问题。

7点50分，他们的节目来了，题目是：《大街上的课堂》。开始的画面，四个摊点同学吆喝卖西瓜的场景。四个地点快速切换。笑翻了在场观看的杨铁雄和学生。整个节目有七八分钟，比其他新闻节目长，节目的剪辑、编排，似乎经过精心构思，反复处理。

结束语让人回味无穷：

当城里的小孩奔波在各个补习班、兴趣班时，这群流沙中学的学生，却走上街头，经营起连锁西瓜摊，他们在卖西瓜的过程中，培养了独立自主、自食其力、吃苦耐劳、沟通交流、协调配合、感恩等优秀品质。这些品质，对于一个人将来的事业成功，起着决定作用。希望家长和学校，多为孩子开辟这样的课堂。

节目刚刚放完，杨铁雄的手机响了，他一看，丁校长打来的。

丁校长对上电视的同学表示热烈祝贺，他们为流沙中学争了光，为他当校长的争了光。他已把信息发到圣林县中小学校长QQ群里面，并请求他们转发。估计会有相当一部分人转发了，明天来买西瓜的人一定会很多，教育系统的人会占相当大比例，这是宣传流沙中学的好机会，凡是教育系统的，免费品尝西瓜，那部分费用，学校来出。

杨铁雄立即反对，怎能让学校出呢？有舍才有得，舍一个西瓜，能赚回几个西瓜，小气的商人，肯定发不了财。

丁松华觉得有道理，不再坚持。考虑明天会有很多顾客，每个西瓜摊派一位老师去帮忙打理。他准备亲自出马，再通知刘成城和邓开文一起去，如果还忙不过来，再打电话叫人。反正老师放假了，又没钱去外地游玩，整天待在家里无聊。

此时，又有电话打过来，是杨铁雄原来学校的杨校长，和他是本家。杨校长说他成了名人，自己的手机成了热线电话，他调走，是他们的重大损失。杨铁雄说别这么捧他，捧得高，摔得重，明天请老校长吃西瓜。

杨校长说一定去，这大热天，不吃西瓜，真不舒服，他会带几位朋友一起过去，到时候给他们一个优惠价。杨铁雄说，一定一定。说到这里，杨铁雄又有电话进来，他们暂时中止谈话。

一连接了五六个电话，杨铁雄的手机才闲下来。周志光他们也接到几个电话，主要是父母、同学、亲戚的，感觉他们在电视中好帅，表现好，成熟了许多，羡慕他们。

晚上8点半后，几乎没什么电话了，他们回到出租房，讨论今天遇到的问题，肖春意说有个顾客太挑剔，明明是好西瓜，硬说吃不得，看在她是老人家的分上，帮她换了，而且那个西瓜已经切开。

杨铁雄对肖春意的做法表示赞赏，顾客退货，总有原因，现在有的商家，承诺几天之内无理由退货，这条就很吸引人，真正故意退货的属极少数。回顾他们卖西瓜以来，有退货的情况，多数属瓜的质量有问题，不是无理取闹。

晚9点，杨铁雄回家，他要大家明天早上7点钟到岗，天气热，很多人早起，顺便采购一天所需的蔬菜、水果。明天有一车西瓜运过来，大家要准备卸货，必要时请两个临时工。

第二天，真的不出大家所料，他们还在卸货，便有人候在旁边，等着买西瓜。刚从田间摘来的瓜，新鲜，散发着田野的气息。林小飞父亲和周志光父亲赶过来帮忙。原来，他们两个平日里与自己父亲缺少交流，自从卖西瓜后，父子之间的交流多起来了。

随着太阳越升越高，来买西瓜的人越来越多。

上午9点，杨铁雄接到丁校长电话，教育局长陈乐彬要来看望卖西瓜的学生。他正赶往教育局，准备带陈局长到周志光的西瓜摊看看，至于陈局长会不会去其他西瓜摊，听他的安排。

此时此刻，杨铁雄正和周志光在一起，等周志光把顾客的西瓜装好，他示意他到一边说话："我们把事情搞大了。"

"怎么啦！杨老师，多卖点西瓜不好吗？"

"教育局陈乐彬局长马上来看我们，肯定是昨晚电视节目惹的祸。"杨铁雄说。

"他来买西瓜，我们不收他的钱就是。"周志光笑着调侃道。

"他来买西瓜，用得着打电话给丁校长吗？他现在来，属于公务活动。"

"我估计，他只是来慰问我们几句，然后问问情况，走人。"周志光不以为然地说。

"万一他和你谈买西瓜，教育系统人多，我们圣林县有五千多教职员工，十多万中小学生，这个市场有多大，你好好想想。"杨铁雄的声音高低起伏。

"杨老师，你别开玩笑，把教育系统的人全部拉到我们这里来，有点做梦，不过，可往这方面想，我们的西瓜质量好，价钱便宜，他们当然乐意。"

"能不能给所有教育系统老师都打折？"杨铁雄试探着问。

"当然能，打八五折没问题，销量大了，利润自然上来。"

杨铁雄说："你们利润已经相当低了，我建议你搞一个星期或者五天优惠期。你和林小飞、肖春意他们商量一下，关键听听你爸爸的建议。"

周志光立即打电话和林小飞商量，又问过他父亲，把优惠时间定为五天，凭教师资格证或其他有效证件享受优惠。正在此时，丁松华带着陈乐彬局长一行人到了，他向陈局长介绍杨铁雄和周志光他们。

陈乐彬和杨铁雄握手后说："杨老师，我们是老朋友了。"然后，直奔周志光而去："小老板，我在电视中看到你了。不错，不错，你们能出来闯，很多老师佩服你们，你是什么官？"

"我们学生，不兴封什么职务，我负责为他们服务而已。"周志光有点拘谨地说。

"他们听你的吗？"陈乐彬笑着问。

"听，当然听，他们不听的话，叫他们负责，要死好多脑细胞，操蛮多心。"周志光这时有点放得开了。

众人笑了，周志光没有笑。陈乐彬用手拍拍他的肩膀说："你多死几个脑细胞，又有很多新细胞产生，你的个人能力提高了。"

"知道，所以我也乐意当这个负责人。还好，他们都听我的，我出的主意，他们都接受，您来之前，我们商量了一项惠师计划，十多分钟就沟通好了。"

陈乐彬疑惑地说："有这么快吗？你说具体点。"

"您来之前，我和杨老师在谈论您，是来买西瓜，还是帮我们卖西瓜？圣林县有五千多教职员工，相当一部分人在城里购了房。如果您帮我们卖西瓜，那可不得了。"

"谁的主意？让我帮你们卖西瓜。"陈乐彬吃惊地问，然后大笑。

"我们班主任杨老师这样假设，然后我想了应对措施。"周志光一本正经地说，几个随行的人看着周志光，想阻止他这种无法无天的犯上行为，但见陈局长对此事好像很感兴趣。

"我倒想听听你有什么办法，让我替你卖西瓜，违法的事情我不敢做，也不会做。"

"放心吧！陈局长，您替我们卖西瓜，不仅不违法，而且帮老师做了一件好事情。我们决定：凡教育系统的人，到我们任何一个摊点买西瓜，按市场价，打八五折，活动时间五天。"

"你确定吗？"陈乐彬兴奋地问。

"完全确定！"周志光肯定地说，"您不信的话，可以问我们杨老师。"

杨铁雄走上前来，对陈局长说："周志光没有开玩笑，他刚才和其他几个股东商量过了。"

丁松华马上问道："你们这样做得下去吗？如果不行，现在反悔还来得及。"

说类似话的，还有教育局的办公室副主任。他说，一旦他们把消息传出去，到时他们要承担连带责任。

杨铁雄说："他们这么做，在商言商。打折后，利润非常低，却能扩大销售量，总利润不会下降，还获得让利于教师的美名。不过在数量上得限制一下，每人次购买数量不能超过三十斤。"

陈乐彬大声说："很好！很好！薄利多销，连小学生都明白。真正实施起来，却要点气魄和胆量，我帮你们卖，先替全县的教职员工，向你们表示感谢。"

"谢谢局长！谢谢局长！"周志光一边鞠躬一边说，脸上带着微笑。

"代我向其他几个摊点的同学问好，因为时间关系，我不去看他们了，过来，我们一起在西瓜摊前面合影留念。"陈乐彬挥挥手说。

那天上午，随同陈局长前来的办公室副主任小刚，回局里的第一件事，是把西瓜八五折的消息发布出去，城里的学校，一个不漏。

前来买西瓜的人越来越多，杨铁雄遇到一些老同事，还有和他一起参加培训、学习的老师，大家在一起的时间虽短，相互之间的那份真挚友谊却在，他们说杨铁雄现在成了名人，他的学生为全县教职工做了件大好事。今后，他们要鼓励自己的学生，把社会当作课堂，这个课堂，远比教室课堂效果好。

尽管早有准备，到了下午两点，四个西瓜摊还是全都断货。林小飞决定赶回流沙镇，加大组织货源的力度。200班部分同学知道周志光他们上了电视，纷纷跑到县城来看他们。杨铁雄担心出安全问题，要周志光和他们约法三章，留下来当帮手的，必须服从管理，不能擅自行动，并且告之家长，其他的人，管一两顿饭，劝其回家。

五天优惠期，周志光他们四个西瓜摊，共售出四万多斤西瓜，平均每天八千多斤，一些种植户知道他们销量大，主动和他们联系，提出送货到县城，卖完付钱的承诺。不断发展的事业，让周志光他们十分得意，他们提出在县城增加销售点，杨铁雄立即反对，他们现在取得好的销量，电视台的宣传起了很大作用，教育界教职员工捧场，本身采用的就是薄利多销策略，他们还是学生，如果盲目做大做强，说不定现有的成果都守不住，做生意，是副业，主业是读书。

经过杨铁雄一番分析，众人终于认清形势，事业暂时成功，并不代表将来也会一帆风顺，他们各环节基本上了路，不用他当班主任的帮着吆喝了，他准备带着儿子、妻子，奔赴妻子的老家，在那里度过半个月。

众人一时无言，他们多么希望杨老师能留下来，杨老师是他们的主心骨，但他们知道，自己不能太自私，放假了，不能总霸占班主任的时间。

杨铁雄看出他们的心思，他说，在圣林城里，还有很多流沙中学的老师，有什么事，可以找他们商量。按现在的规模去经营，应该不会遇到解决不了的困难，他最担心安全问题，绝不能随便到外面上网、看电影，每天卖完西瓜，钱必须上交。

临走之前，杨铁雄把周志光他们托给刘成城和邓开文，让他们有事时挺身而出。邓开文和以前一样爽快答应，刘成城则吐出长长的烟圈说："我可能难以扛此重任。"

"别谦虚，谁不知道你刘主任的能耐。"

"今非昔比，今非昔比。"

"你老了，不堪重用？"

"你班上学生成了名人，我敢管吗？弄不好在陈局长那里参我一本，还不要了我的小命。"

杨铁雄说："你太小看我们班的学生，他们像那种打小报告的人吗？一句话，你答应还是不答应？不答应，我再另谋出路。"

"你说了算，你们这些和局长照过相的人，我少得罪为好。"

开始两三天，杨铁雄天天打电话给周志光或林小飞，询问情况。他们说一切正常，货源充足，名气打出去了，每天的销量还行，安全方面，大家相当配合，没去网吧，也没时间去，只用手机玩玩游戏。

杨铁雄对他们的话略有怀疑，怕他们报喜不报忧，打电话给邓开文。邓开文办事稳重，和他贴心。刘成城能力不错，但他有个缺点，爱喝酒，喝了酒，该干的事他常常往后推，或者干脆忘了。

邓开文说，他这两天去看了他们，形势比较好。圣林县城街上，这两天有很多学生脸孔的人在卖东西。卖西瓜、卖菜、卖葡萄。毕竟是假期，学生在街上卖自家的农产品，再正常不过。但是学生们突然如雨后春笋般冒出来，毫无疑问，是因为受了流沙中学这帮卖西瓜学生的影响。

真没想到，200班的四大金刚，会在县城里折腾出如此大的动静，上了电视，受到教育局长接见。看来，今后对待调皮学生，不能断定他们没出息。

听了这番话，杨铁雄心里很受用，他没有把那份得意表现出来，和邓开文客气几句，要他今后一如既往关照他班上学生。邓开文劝他别操心，天远地远的，电话遥控起不了多大作用。这边还有他们父母在把控，出不了乱子，周志光他们这帮人，读书不在行，社会活动能力却让老师刮目相看，他们与顾客打交道，显得热情周到、彬彬有礼、恰到好处，那份老练，不得不让人佩服。

他劝杨铁雄，既然陪老婆孩子度假，就安安心心陪他们。

杨铁雄的妻子也埋怨他，说他放假了也不清静，没有他，学生照样会卖得很好。总之，她嘴里哗啦啦流出一大串话，即使没理，她的声音也大，气势非凡，也变成有理。难怪有人这么说，家里不是讲理的地方，如果把家当成法庭，什么事都争个水落石出，这个家庭一定不幸福。

杨铁雄认为有理，便安心陪着老婆孩子。实实在在享受着天伦之乐，他要把以前欠他们的，补偿给他们，做一个好丈夫、好父亲。

好些日子，杨铁雄没有打电话给周志光他们，也没问邓开文。他渐渐习惯了，心里偶尔有想问的念头，终究忍住了。妻子公休假满时，他们一家三口回到圣林县城。杨铁雄把东西一丢，洗把脸，倒在沙发上，十分享受闲暇时光。他妻子提醒他，好久没看卖西瓜的学生，也不去关心他们，现在和以前相比，一个天上，一个地下。其实杨铁雄心中早就波翻浪滚，表面上却无动于衷，迟点或早点去没啥关系，别给老婆留下不顾家的证据。

当杨铁雄出现在周志光他们的出租屋时，一群人禁不住欢呼起来。林小飞夸张地飞奔过来，给杨铁雄一个熊抱。曾乐田嚷道："你们抱什么抱，杨老师不喜欢同性的拥抱，还不如吃西瓜吃葡萄来得实在些。"林小飞马上反驳："你不是杨老师肚子里的蛔虫，你怎么知道杨老师不喜欢同性的拥抱？你抱女孩子抱多了？"

"过得怎么样？这段时间我不在这里，没出什么问题吧？"杨铁雄指指周志光说。

周志光拿着一串葡萄，递给杨铁雄说："这是我们卖的葡萄。"他特地强调"卖"字。

"你们什么时候卖葡萄了，西瓜还卖不卖？"

"两种都卖，现在西瓜不如以前多，葡萄进入销售旺季，我们也顺应市场需求。"周志光说。

"好啊！看来你们今后是做生意的料。"

"杨老师，他们还是读书的料子，不过以前没有用心去读。我林小飞什么料子都不是。"林小飞笑着说。

"你是打架的料。"周志光说。

"林小飞也算不上打架的料子，他就是名气大。他怕死。有一次去打架，对方人多，林小飞吓得魂都不要，没命地跑。"肖春意一本正经说。

林小飞马上反驳："毛主席说过，打得赢就打，打不赢就跑。难道你不知道吗？毛主席的话你敢不听，找死呀！"

…………

杨铁雄大致摸清了的情况，他们脱离自己的管控，仍然能做得如此好，他高兴地表扬了他们几句，说他们暑期的表现超出他的预料，人生的路还很长，每一步都要小心谨慎，不然就会摔跟头。关键把人做好，提升自己各方面的素质，自然会遇到好机会。

周志光提出到外面吃夜宵，再请几个流沙中学的老师，他们打算8月25日收摊子，留几天时间，轻松一下。杨铁雄建议他们把赚到的钱，交给自己父母保管，免得乱花。一个人如果不会管理钱财，这辈子绝对没多大出息。

晚上10点差一刻，他们在娟妹子大排档吃夜宵。十几个人围在两张方形的桌子边。杨铁雄发话，喝酒喝到尽兴便可以，学生喝酒不能超过两杯，跟他在一起，他就得管。

11点20分，他们各自回家。杨铁雄看看众人，都还清醒，他交代周志光他们，自己管自己，该做的事，就去做，不能做的事，绝不做，他这两天有事，没时间来看他们。

杨铁雄要回杨家湾看望父母，他走得那么急，因为母亲过生日，他得回去。

谁料到，他回老家时，几个学生又做了件好事。

话说有一天，周志光正在卖西瓜，来了几个学生，看样子上小学五六年级，从他们的穿着打扮上看，显然来自农村。他们举着一块牌子，内容是：他们是迎花镇中心小学学生，他们老师张东得心脏病住院，要一大笔钱。老师的老婆没工作，他们家刚刚盖了新房子，欠下一屁股债。张东住在县人民医院住院部703室52床，希望能得到社会各界人士的帮助。

简单几句对话，周志光捐了一百元钱，这是他个人的钱。晚上，等四个摊点的人聚到一起时，周志光和大家商量，迎花镇中心小学张东老师住院，病情重，学生都来替老师募捐，他心里酸酸的，很难受，他当时只捐一百元，总觉得心里不是滋味。

肖四海突然说，现在社会上经常有骗钱的人，要小心点。

周志光说，那几个学生不像骗人的样子，绝对不像，我们这个暑假赚了钱，靠全县教师给面子。以前，他们这些人，是班上的"拖后腿"，杨老师改变了他们，他们上了电视，受到局长的接待，他们成了名人，不但给他们自己挣了面子，还给学校、给父母争了光。名人就要承担点社会责任，不如打电话问丁校长，让他确认一下情况的真实性，如果是真的，他们马上去医院，看望生病的张老师，每个人捐点钱，总共捐两千元可以承受，同意的人举手。

林小飞、肖春意、曾乐田、肖四海纷纷举手。

丁松华接到周志光的电话，马上给迎花镇中心小学校长打电话。结果确有其事。

接到丁校长的回话，周志光马上对大家说，兄弟们，走起！于是，几个人抱着西瓜，提着葡萄，直奔县人民医院住院部。

第二十八章　宁要孝子，不要才子

　　在开学前的全县教育工作会议上，圣林县分管教育的尹副县长，一改以往光荣传统，没有念教育局为她准备的讲话稿。尹县长毕业于省师范大学，大学时发表过很多文章，当过几年高中教师，后来进机关，颇有内才。

　　她深情地对大家说："今天，我想和大家一起探讨当前教育，我的话也许有点出格，你们是全县中小学校长，圣林县的教育，全系在你们身上。教学效果，不仅仅看分数，这个道理你们都懂，比我有更深的理解。

　　"我们读书那会儿，也有道德品质评价一项。俗话说，三岁看小，七岁看老，根据学生的行为表现，可以大致判断出他将来的道德水准。因为把握不易，我们没对学生道德进行分数量化，填写这一栏时，都是优秀。

　　"今年暑假，在圣林县城里，活跃着一群卖西瓜的学生，想必我们中间很多人吃过他们的西瓜，从他们那里得到一点小小实惠。我也去买过，和他们聊过天，感觉他们确实不错，彬彬有礼，谈吐流利，老练得不像初中生。更可喜的是，他们集体向迎花镇中心小学的张东老师捐款2000元，那是他们自己一角钱一角钱挣过来的，却捐给一个素不相识的老师。感恩天下老师，这是一种大爱！这样的学生，你能说他今后没有出息吗？《增广贤文》里有这么一句：千经万典，孝义为先。意思是所有经书、典籍中所讲的道理，都把孝顺感恩的品德放在最前面。你想想，你千辛万苦把儿女养大，为了什么，为的是将来你老的时候，有人能够照顾你，养儿防老吧！

"流沙中学校长丁松华同志，请你站起来。"

丁松华立刻站起来，盯着主席台上的尹副县长，不知她要干什么。他紧张的心，扑通扑通直跳。尹副县长站起来说："下面请大家把热烈的掌声，送给丁校长，送给流沙中学，送给那几个献爱心的同学。"说完，她带头鼓掌，会场上响起一阵热烈的掌声，丁松华被突如其来的掌声弄得满脸通红，他缓过神来，朝前后左右四个方向各鞠一躬，连连说道："谢谢！"

尹副县长接着说："据我了解，流沙中学那几个同学的班主任，特别强调爱心教育，他们曾经为班上一位贫困同学捐款。这位同学没有父亲，母亲改嫁，跟着多病的奶奶生活。

"丁校长，请把今天大会上的掌声，带给那位班主任，他叫杨铁雄，我刚才记不起他的名字，还有那群暑假卖西瓜的学生，我记得有个学生叫周志光。

"我们搞教育，目的是培养人才。我认为，人在前，才在后，首先培养如何做人，然后再谈成才，这些道理，你们都比我懂。当然，你们在教学过程中，也教育学生如何做人。但我认为做得还不够，少数农村学生家长，不指望他的孩子学多少知识，就希望孩子别变坏。

"从这个学期开始，我要求全县每个学校把做人的教育放到重要位置来。你用什么样的方式我不管，我会通过明察暗访的形式，看你做了这方面的实际工作没有。搞得好的，我在下学期开学前的大会上表扬，没有动静的，我点名批评，让你在大会上做检讨。

"各位校长们，我不这样做不行，现在有的学生，心安理得享受着父母辛勤的付出，却对父母横眉冷对，这样的例子，因为时间关系，我不举了。

"下面请陈乐彬局长讲话。"

陈乐彬接过话筒说："刚才听了尹县长的讲话，我既兴奋，又惭愧。兴奋的是，尹县长抓教育很务实，她今天抛开讲话稿，不讲大家听过的大道理，而是讲实在话。惭愧的是，作为一个教育局长，我的工作做得不够，有许多不足之处。刚才尹县长说她要明察暗访，我看很好。首先，我们教育局要把明察暗访的责任负起来，基础教育股制订一个明察暗访计划，一周之内交给我审查。

"前两天，我的微信里有这么一个段子，引起我深思，这个段子说的是大学生与民工之间的区别：

"大学生放假回家，觉得家里哪里都不好，辛辛苦苦把他们养大，送他们上学的父母，变得土里土气，不入眼。民工放假回到家里，感觉哪里都不如家里好，父母是世上最可爱的人。

"大学生天天骂食堂饭菜不好吃，而民工则庆幸自己在这家公司能吃饱。

"大学生上班要有电脑、空调，民工上班有水喝就行了。

"大学生月薪1000元，抽10元一包的烟，民工月薪3000元，抽3元一包的烟。

"大学生天天喊着要创业，天天幻想着有人给自己投资，不愿白手起家。民工从摆地摊做起，最后开了连锁店。

"大学生上网累了去上课，民工上班累了去上网。

"…………

"这些段子，当然不是完成正确，但上面说的现象，绝对不是新闻，不是个案。

"即使你是清华、北大、哈佛、牛津的毕业生，如果你不脚踏实地去奋斗、拼搏，你照样一事无成。中小学生正处在世界观形成阶段，必须把正确的思想，输入他们的头脑，分数确实重要，但还有更重要的东西：品德。

"前面我说的大学生与民工，假如是你儿子，我估计你宁肯你的儿子是民工。这些日子，偶有闲暇，我就想，现在的报纸、电视、网络，都提深化改革，教育领域的改革，一套一套新理念、新观点，层出不穷，看起来很热闹，实际上对教育到底有多少促进，我心中没底。

"我们的学生非常聪明，却不一定成为人才，值得我们深思。作为圣林县教育局长，我想，我宁肯少培养两个所谓的才子，少点政绩，也要多为圣林老百姓培养一些孝子。事实上，一个人如果是孝子，做事肯定会用功，做不好怕父母担心，怕父母责怪。一个学生有了健全的心理，良好的道德，肯定会有优秀的成绩。换句话说，孝子，更是才子。"陈乐彬说着，手臂在空中猛一挥，然后俯视下面的校长们。

会场里响起雷鸣般的掌声。

陈乐彬的情绪，没有因掌声继续高亢。他用平缓的语气说：

"我当兵出身，有的人认为我乃一介武夫，我今天明白地告诉大家，我不完全是武夫。

"小时候，我便喜欢看书，一本小小的图书，我会翻来覆去看上十遍八遍，因为那时候的书太少。读完高中，我以两分之差落榜，家里穷，就去参军，在部队里，我利用一切机会学习，回到地方后，有大量时间看书。我看的书很杂，文史哲方面的，甚至宗教的都看，来教育局工作，是组织上安排，也是我自己要求。

"今后，教育局对各中小学的管理，在不违背政策的前提下，该放松的，我们会放松，该紧的会紧。今天尹县长讲的，我补充的，你们回去后一定抓落实。"

…………

新学期开学后，周志光他们升入九年级，杨铁雄成为200班当仁不让的班主任。

开学一星期后，各项工作走向正轨，丁校长召集全体老师开会，讨论落实尹副县长和陈局长讲话精神。

众人献计献策，办公室主任邓开文奋笔疾书，一一记录在案。有人提出，每年让学生去打工赚钱，给父母买礼物。要求学生每个月给父母洗一次脚等等。

丁松华一直面带微笑看着大家，不管老师提出的方案有多古怪，他一直点头，偶尔说句话：有点道理。当全体老师沉默时，他会点把火：请大家积极发言。

经过筛选、辩论，根据实际情况，流沙中学校长丁松华决定采用杨铁雄提出的建议：学《弟子规》，用《弟子规》。

《弟子规》虽然只有360句，1080个字，却包括孝敬父母，友爱兄弟，立身处世，待人接物，修身治学等方面的内容，读起来朗朗上口、易记易诵，成为人们共同遵守的是非、善恶、美丑标准。它的教诲穿越时空，适用于不同阶层、不同种族、各行各业、男女老少。

一些学校，曾推行过读《弟子规》的活动，收到一些效果。也存在缺点，主要没把事情做扎实，流于形式。甚至一些公司要求员工背诵《弟子规》。

丁松华拍板，用两个星期时间，流沙中学的每个学生，除智力有问题的，都要把《弟子规》背出来。这件事由语文老师和班主任共同完成。

杨铁雄在第一时间赶到教室，把背诵《弟子规》的消息告诉大家。这是关系到班级的荣誉。每组选两个人，由他们负责全组人的背诵。全班由周志光总负责，自从他领导一帮人在县城卖西瓜，他本人成熟稳重许多，学习也很认真，在班干部竞选活动中，大家一致选他当班长。

打开教室里的电脑，杨铁雄搜到《弟子规》，他要大家先熟悉两个部分，总叙，共二十四字，入则孝，一百六十八个字。他有点事必须马上处理，叫周志光到前面讲台上，带着同学们，跟着电脑朗读：

弟子规，圣人训。首孝悌，次谨信。泛爱众，而亲仁，有余力，则学文。

父母呼，应勿缓。父母命，行勿懒。父母教，须敬听。父母责，须顺承。

…………

书声朗朗，从流沙中学200班教室里飞出，在流沙中学校园上空飘荡。杨铁雄在走廊里遇到刘成城。刘成城笑着，手指夹一根刚刚点燃的白沙牌香烟，他说："你们先进单位，就不一样，出手够快的。"

杨铁雄愣了一下，顺着他的话说："这事迟早要做，刚好自习课，我让他们自己弄。"

"说明你们的觉悟先进，引领时代潮流。"

"这不算违反校纪校规吧！"

"完全不算！完全不算！"刘成城收敛起笑容，"我刚说的话，百分之百肯定你们。"

杨铁雄马上来一句："谢谢领导关心！"

开几句玩笑，然后忙自己的事，也给生活增添一点儿乐趣。

语文课上，杨铁雄不讲新课，单单讲关于《弟子规》的事。他说，丁校长对此事非常重视。200班任何一个同学，都不能给班集体脸上抹黑。对一些学困户，采取互帮的形式，两个背得好的，帮助两个背诵有困难的。

谈完重要性之后，他开始逐字逐句讲解意思。有时，他突然停下来，找班上语文特困户，当场要他们背诵，背不出，读三十遍，五十遍，甚至一百遍，再背。下死功夫，终究能背出来。

继200班教室里传出背诵《弟子规》的声音，其他班也在背诵《弟子规》。丁松华在朗朗《弟子规》声中，出现在教室外面，或停下，或慢慢经过，他脸上的表情，时而轻松愉快，时而严肃凝重。不管好与不好，他皆不作声，只在心里默默记着。

杨铁雄得到消息，圣林城里王朝家具店，赠送《弟子规》的书，他有想法了。

星期六一大早，他匆匆吃完早餐，赶往王朝家具店。以前，他没来过，费点周折，他在民主西路52号找到这家店，刚兴奋起来，眼前景象让他犯愁，两位非常年轻漂亮的女人，正在搞卫生。显然刚刚开店门，此时找别人要书，有些不合适，他便到其他地方晃荡一阵子。

上午九点半，杨铁雄再次来到王朝家具店，大大方方进去。一位漂亮姑娘向他靠近，姑娘外貌可打五颗星，王朝家具店是高档红木家具店，所以才会花高工资请这么高档的售货员。

杨铁雄装模作样看了一阵，问店里可有《弟子规》的书。姑娘说有，走到旁边一个框边，拿一本《弟子规》，双手递给他。杨铁雄心里一震，多懂事的姑娘，外表美丽，心更美丽，明知他不买东西，依然对他如此尊重。

杨铁雄拿着书，没移动脚步，眼睛盯着那一堆《弟子规》。

姑娘轻声问，还要一本吗？说完，又拿一本给他。杨铁雄犹豫好久，终于说出他要几十本。他被带到总经理办公室。总经理姓马，四十多岁，留点小胡子，精明又不失善良，他办公室里有个大书架，上面摆满了书，有些是佛学方面的。

马总经理先给杨铁雄倒一杯茶，请他坐下喝。那情形，仿佛他们是多年的朋友。喝完一杯茶，出现短暂沉默。杨铁雄说他要四十八本《弟子规》，给班上学生背诵，能否赞助一下。

马总经理说，一下要这么多，他们这里没有这个先例。

杨铁雄从他的语气中发现一线希望，便说，他们这次要求全班的每位同学背诵《弟子规》，虽说在电脑里能查到，毕竟不方便，去书店里，得花一笔钱，而且没那么多。

马总经理问他是哪个学校的。

他说是流沙中学的老师。

马总经理问他，暑假，流沙中学有一群学生在县城卖西瓜，可厉害了，他知道吗？

杨铁雄笑了，说谢谢他的夸奖，那些学生是他班上的。马总经理把杨铁雄打量一会儿，似乎面熟，问他上过电视没有。杨铁雄说上过

《圣林新闻》，谢谢他记得。

马总经理站起来，握住杨铁雄的手说，决定送他的学生五十本《弟子规》，班主任要一本，留一本机动。

杨铁雄要马总经理签名，赠给他的学生。马总经理想了想，答应了，在每本的扉页上写下"马千里赠"。

聊天继续进行，马千里讲述他的故事，他从圣林一中毕业的，高考以一分之差与大学无缘。他家在农村，下面有三个妹妹，偏偏那一年，他父亲摔断腿，躺在床上，家中债台高筑，他主动提出不去复读，去广东打工，成功不只上大学一条路。父亲听说后，把头偏向他，很难过地说：到外面靠你自己，家里帮不上你。

父亲说完，闭上眼睛，涌出两行热泪，那是愧疚的泪，无奈的泪。直到二十多年后的今天，他头脑中依然清晰记得当时的情景，这是他第一次见父亲流泪。来到广东，他谨记父亲的话，家里帮不上他，无论在什么岗位，他都不怕吃苦，毕竟上过高中，母校是重点中学，他与那些文化不多的人相比，明显不一样。

开始那两年，他在鞋厂、制衣厂、电子厂工作，后来到家具厂，工作稳定下来，他的诚实、上进、聪明、能干，深得老板喜欢，老板开给他的工资，是别人的一点五倍，做久了，他熟悉家具厂的各个环节，从原材料采购，到生产家具、产品的销售都了如指掌。

在家具厂干了四年，他完全能独当一面。一天，老板问他是否愿意入股，而且给他开出很好的条件，他把自己全部积蓄投进去，还向亲朋借了些钱，那年，他赚了三十余万元，其中分红接近二十万元，钱第一次如此厚爱他。他给父母一万元，说他现在有钱了，他们想怎么花都行。

以后的几年，他每年都能赚几十万上百万。他在广州购了几套房，娶妻生子，妻子是大学毕业生，搞设计的。

最近这些年，他父亲的身体越来越不好，他几个妹妹都已结婚生子，奔赴全国各地去打工。在农村，男孩承担为父母养老送终的任务，他本来想请人料理父亲，父亲不肯让人料理，也不愿意随他去广州，他们在农村住惯了。

他选择回老家，把家具厂交给别人管理，每年只拿分红的钱，在圣林县城开了一家红木家具店。他老家离县城十多公里，每天开车二十分钟。

杨铁雄问，放弃自己做得很顺手的事业，合算吗？

马千里说，在经济上面不合算，但是，一个人赚多少钱才算满足，无论什么人，只不过夜宿一床，日求三餐，他现在的家产，包括房子、商铺，超过一千万元。他这辈子，即使什么也不做都饿不死。

在外奋斗二十多年，尝过各种艰辛，接触各式各样的人，他越来越感觉到亲情的重要，什么都可以等，唯独尽孝不能等。他儿女在广州上初中，他每月回去一趟，看看老婆孩子，他要孩子学会独立，向他们灌输家里帮不了你的思想。

听完马千里的故事，杨铁雄由衷地说，他太伟大了，特别是他那句"唯独尽孝不能等"，说得太好，做得更好。

马千里笑了笑，说跟伟大挂不上钩，孝顺父母，是他的责任。古人有"父母在，不远游"的说法，古代官员，父母死了，必须在家丁忧三年。社会发展到今天，我们在物质上已经很富足。但是今天我们丢掉了很多灵魂上的东西。所以，他自费印刷《弟子规》，在店里免费赠送，希望能影响一些人。

杨铁雄告诉马千里，目前，他们学校正在抓学生的思想道德建设。以《弟子规》的背诵为突破口。我们宁肯让分数降下来，也要把学生的思想品德抓好。宁要孝子，不要才子。

马千里一听，激动地站起来说："杨老师，你们做得对，做得太对了。中国教育，就要像你们这样搞，有什么要我帮忙的，尽管说。"

杨铁雄被马千里突如其来的言行吓了一跳，他很快镇定下来。说："马老板，我们第一次见面，谢谢你如此信任我，厚爱我，与我交心，如果可能的话，请你再捐些《弟子规》给我们学校。我估计，有几个班的书没着落。"

沉默一会儿，马千里果断地说："我给你们书，但我有个条件，一点不苛刻。"

"你说，你说。"

"必须有百分之八十的学生能背诵《弟子规》，我去你们学校抽查，这样，我的付出才值得。"

"我那个班，可以保证百分之九十以上，其他的班，我管不着，不敢说。这样吧！我马上请示我们丁校长，他手中有权力，他可以向你保证百分之八十的通过率。"

"行，我等你消息。"杨铁雄走到店外，给丁松华打电话。

丁松华接到电话，马上答应，保证全校百分之八十的人能背《弟子规》。他说，他马上赶往王朝红木家具店。向马老板提供书面保证材料，同时，他们分别给几个班主任打电话，看看他们的书有没有着落。

一通电话打下来，有两位班主任正在去新华书店的途中，有的打算找家复印店，从电脑里下载《弟子规》，再复印。他们听说有人免费提供《弟子规》书，非常兴奋。但听说要百分之八十的背诵率，只能犹豫着答应。

杨铁雄与丁松华碰面，两人把信息交流一番，走进王朝红木家具店。落座后，丁松华详细介绍学校开展背诵《弟子规》活动的背景，他们学校的情况，目前面临的困难等等。

马千里听完，说他不愧是当领导的，说话条理清晰，层次分明。丁校长赶紧说："见笑见笑。"

气氛慢慢从热烈到平静，马千里说，他和流沙中学师生以前并不熟悉，从杨老师口中，得知流沙中学正在开展这么一项活动，他非常赞赏。这些年，他总希望为社会做点什么，不是单纯为贫困户捐钱捐物，而是影响人们的思想，传播中国优秀传统文化。

他想对流沙中学学生说，今后无论在什么地方，混得怎么样，都要孝顺父母。

丁校长接着说，教育学生孝敬父母，是他们这些教育工作者分内的事。马老板像范仲淹，先天下之忧而忧，后天下之乐而乐。如果社会上多些马先生这样的人，就更和谐，更美好。

马千里端起茶杯，品一口，讲起他身边的故事。他们马家冲，有位老人养了三个崽，三个人的经济条件都不怎么好，于是，他们不管自己的亲娘，老人没吃的，东家借几桶米，西家借几桶米，老人有病，叫乡村医生来打针拿药，次次赊账，多了，医生也不耐烦。有一次，老人又病了，打电话给医生，医生说什么也不肯来。他母亲看不下去，打电话给医生，说她病了，医生很快赶到，他母亲让医生给那位老人看病，并付了那次的药费。

他回家知道这事，把那位老人欠的账还清，总共不到一千元。他决定每年拿出两千元帮助这位老人。算积德吧！按辈分来讲，他叫这位老人婶婶。他十三四岁时，有一天从学校回家，家里没人，他的肚子饿得咕咕叫，刚好那天婶婶家杀猪，请他到她家吃饭，他放开肚皮，吃了三碗饭，那猪肉、猪肺、猪血、猪肠，他不管三七二十一，大口大口地吃。直到今天，他依然记得当时幸福的感觉，婶婶却怎么也记不得这回事。如果婶婶三个儿子在学校受教育时，老师不停向他们灌输孝顺父母的思想，他婶婶的老年，也许好过些。

丁松华和杨铁雄异口同声地问，她几个儿子为啥不养她。

马千里叹了口气，家家有本难念的经，小儿子三十五岁了，好吃懒做，在外面打工，这里做几天，辞工，那里做几天，看不惯老板，又辞工，经常身无分文。亲戚、老乡，能借钱的地方，他都厚着脸皮去借。熟人慢慢了解他的底细，不再借钱给他，去年过年都没回家，他不养母亲的理由是他没结婚。

另外两个儿子在外面找事做，没啥特长，下苦力，找不到好事，有些时候，他们也能挣些钱，但是毕竟他们成了家，负担重。他们不养母亲，是因为他们还要养老婆孩子。

他已经给了婶婶两年的钱，那三个不孝之子，被他骂得狗血喷头，他说以后修马氏族谱时，要把他们几个去掉，他们不配在族谱里出现。

此后，他开始关注不孝之子的情况，他经常找人聊天，发现很多类似情况，他想，怎么才能避免这样的事出现，他把目光投向历史深处，我们古代人，几兄弟成家后也不分家，几十口人的吃穿用，全部混在一起，那是中国传统文化在起作用。

想来想去，他便印些《弟子规》，在他店里免费赠送，希望能够影响一些人，到现在为止，派出去一千本。

后来，他们又聊教育误区，聊当今社会大环境，聊个人能为社会进步做点什么，甚至有客人进店，漂亮的售货员说要他出马，马千里都不去招呼。

第二十九章　孝心大使，给同学们传递孝德

星期一上午，第一节课。

圣林县流沙中学，每个班都在做着同样的事：分发《弟子规》。书的扉页上，留有马千里简短的话，大约是这些：孝敬父母，多做善事；宽容他人，做个善良的人；送人玫瑰，手有余香；等等。另外，还盖有马千里的私章。

在书上写话、盖章，是杨铁雄想出来的。他认为，在上面留下笔墨，等于和同学们进行交流，学生拿到这本书，感觉会不一样。

马千里认为杨铁雄说得很对，他自己累点无所谓，就那么几百本，写起来很快。于是，杨铁雄负责翻到扉页，马千里负责写话，丁松华负责盖章。忙活一下午，终于把这件事做完。

杨铁雄悄悄和县电视台陈记者联系，说有位老板向他们学校捐献四百多本《弟子规》，这位老板虽然是商人，却常常做违背商人原则的事情，比如放弃如日中天的事业，回圣林开店，只为了能照顾年迈的父母，还出钱照顾有三个儿子的老人。

陈记者一听，觉得这个题材很好，答应报道，马千里却不同意接受电视台的采访，他想都没想就拒绝了。

杨铁雄说这是个免费做广告的好机会，能够扩大知名度，有利于红木家具的销售。

马千里说正因为如此，会玷污他捐书的爱心，商业是商业，公益是公益，他不容许自己玷污公益。

丁松华也从中做工作，马千里却始终没有答应，他们只好依

了他。

临走时，丁松华提出，请马千里在合适的时候，到流沙中学去，给全校师生搞一次讲座，讲他的故事，主题是孝顺父母。

马千里听了，突然兴奋起来，说能影响学生的思想，给他们正能量，他非常乐意去做，提前几天告诉他，让他做好充分准备。

丁松华说，他给学生背《弟子规》的时间是两个星期，到那时，请马老板去验收，看看是否有百分之八十的学生背出《弟子规》，再给全校学生做讲座。

马千里非常果断地说好。

上午课间操时间，学生们踏着雄壮的进行曲，按做操队形站好。丁松华叫停音乐，让学生往中间靠拢，排成集合的队形。

站拢后，政教主任刘成城赶紧让大家安静下来。丁松华接过话筒："同学们，上个星期，我们流沙中学开展背诵《弟子规》的活动，任务布置后，200班行动最快，其他班也先后行动起来，在没有书本的情况下，大家跟着电脑学习、背诵。据我了解，已有同学能背诵一半，这是很不简单的事情。

"前天，杨铁雄老师为我们全校师生找到了《弟子规》这本书。圣林王朝红木家具店老板马千里，一个心忧天下的商人，自费印刷《弟子规》，免费赠阅。

"虽说是免费赠送，但马千里先生也不是见人就送。杨老师把我们学校情况一说，马千里非常爽快地答应了，他提了一个小小的要求，我们学校必须有百分之八十的学生能背诵《弟子规》。"

此话一出，台下一片哗然。农村中学的学生基础差，每个班总有那么几个差得没边的，他们甚至连课文都可能没认真读过，现在要他们背诵古文，和拿刀架在他脖子上没什么区别。背诵《弟子规》，对他们来说，比红军长征还困难重重。

"一些同学成绩差，我看有两个原因：第一，基础差。第二，人懒。背不出《弟子规》，只有一个原因：人懒。书上有拼音，那些字，你认识吧？再说，老师会讲解，会带读。除了智障同学，其他每个同学都必须背出来，我这次下了决心，一个都不能少。"丁松华非常坚决地说。

操场上寂静无声。

稍过一会儿，他说："从今天起，我在学校里，就到各个班上去转悠，有选择性抽查你们背诵的情况，用鞭子抽那些掉队的人。"

丁松华确实说到做到，星期一晚上，他到205班教室，找了几个同学，他们背得十分糟糕，连《总序》都没背完，他马上把205班的班主任叫来，责问他是怎么回事，命令他立刻补火。

第二天，丁松华在课间操集会上，严厉批评205班。交代值日老师，把昨天的事记录下来。每个班主任都紧张兮兮，背地里说丁松华管得太细。不过，大家只发发牢骚，工作还是加紧做。

星期四，学校又把背诵困难的学生，集中到一起，由政教处主任刘成城管理。

"给你两天时间，你把这些人强化训练出来，我亲自当考官，有问题，拿你是问。"丁松华对刘成城甩下几句话。

"老大，这些都是边角废料，您又不是不知道，巧妇难为无米之炊。"刘成城叫苦。

"我没给你米吗？你说哪个是傻子、蠢子，你给我挑出来。"

"和傻子差不多，半斤八两。"刘成城苦笑着说。

"别说那么多理由，我相信你能做好，把这些人的懒治住，你就成功了。"

"领导发话，百姓发抖。"刘成城说。

"你不是普通老百姓，你是刘主任。快去忙吧！别在这里要贫嘴。"

刘成城领命后，把那些懒人狠狠训了一顿，警告他们，没有他的允许，谁也不许离开教室半步。背不出，五十遍一百遍去读，去抄写。一句话一句话去攻克。刘成城要两人组成一组，相互比赛。还采用联想的办法记忆，号召同学们贡献自己的联想成果。

其实，这群人中，有些人脑瓜子很灵活，看到这笔账实在赖不掉时，他们就想方设法去完成任务。星期五放学回家时，在刘成城门下进修的学生，无一例外完成了《弟子规》的背诵。

流沙中学学生基本上能背《弟子规》，比他原定的时间提前。丁松华在周五下午致电王朝红木家具马千里，请他于下星期一到流沙中学来，完成两件事。

第一，抽查流沙中学学生背诵《弟子规》的情况，看合格率是否达到百分之八十。

第二，给流沙中学全体学生、全体教职员工，做一场以孝心为主题的演讲，同时，与学生分享一些人生经验。

马千里非常爽快地答应了，说他是个闲人，上面没领导管，随时可以走。不过面对几百人演讲，他这辈子可从来没干过，心里有点小紧张，得把演讲稿写好点。

丁松华告诉他，初中生，很幼稚，以马老板的经历，随便讲，便能把他们镇住。

马千里笑笑，说现在的孩子很聪明，而且，学校里几十个老师，他们靠卖嘴皮子吃饭，他们读过大学，他一个高中生，必须严阵以待。

由于大家事先从丁松华和杨铁雄那里了解了一些马千里的故事：高考以一分之差，没考上大学。父亲突然摔断腿，他放弃复读机会，南下广东打工，吃过很多苦，最后终于成功，拥有千万家产。为了照顾年迈多病的父母，他放弃与老婆孩子在一起，放弃二十多万的年薪，回来了。因此，从老师到学生，都期待着星期二的讲座。

马千里到达流沙中学时，杨铁雄带着他班上的学生，在校门口列队欢迎马千里。当马千里进校门的一刹那，同学们齐声喊道："欢迎马千里先生光临我校，欢迎马千里先生光临我校。"

声音整齐划一，响彻校园。马千里被这场景感动着，眼里闪动着泪花，他对丁松华和杨铁雄说，他既非大官，也非富商，用如此高规格接待他，让他有点受不了。

杨铁雄说，欢迎活动是他组织的，一个男人，能够放弃二十多万的年薪，回到家里照顾父母，这种大孝，值得每个同学学习，这种大孝的人，值得每个人景仰，他带领同学们列队欢迎，是给同学们一次受教育的机会。除了他班上的学生，也有其他班的。

讲座由校长丁松华主持。他说马千里先生，在事业上，是一匹千里马。在财富上，可以称马千万。今天，财富上千万、上亿的人很多。但是，像他这样有孝心、有爱心的人，却不多见。操场上响起一阵热烈掌声。

马千里接过话筒，向大家深深鞠了一躬，感谢流沙中学给他一个机会，让他分享自己的故事，感谢学校给他县长那样的高规格接待，让他受宠若惊、终生难忘。开场白之后，他说：

"在人类所有的优秀品质中，孝敬父母排在第一位，没有父母，我们就不可能来到这个世界上。我们的父母，或许平凡、普通，但在我们儿女眼中，父母永远是最伟大的。"

此话一出，所有学生都使劲鼓掌。

接着，马千里分享了几个有关他父母的故事，他讲得有点哽咽，台下一片寂静，全都睁大眼睛看着他。他说："父母爱他们的孩子，不求回报，甚至让他们为孩子付出生命，他们眼睛都不会眨一下。当你有一天为人父、为人母时，你就会有深刻的体会。

"1992年9月18日，在我人生中具有里程碑意义。当我的同学跨进大学校门，成为人人羡慕的天之骄子时，我却背上行囊，离开父母，离开家乡，到一个陌生的地方去谋生。

"由于父亲摔断腿，家中经济很困难，父亲和母亲掏光身上所有的钱，一共是一百七十一块两角五分钱，票子皱巴巴的，它们在父亲和母亲的口袋里装了很久，还带着他们的体温。我拿出三十块钱，留给家里急用，我的几个妹妹还在读书，她们也要用钱啊！我母亲坚决把钱塞给我，她说，她们再苦再难，总能吃上饭，有地方住，没钱还可以找左邻右舍去借。

"我父亲说他拖累了我，也告诉我，到了外面，家里帮不上我，一切靠自己。

"我的父母，为我付出他们的一切，现在，他们老了、病了，我为什么不能为他们付出一点点呢？回来照顾他们，这是应该的，不回来，是大逆不道。"

马千里说得气壮山河，不容置辩。热烈的掌声又一次响起。原本坐着的丁松华，把手举过头顶，使劲鼓掌。

"我记住了父亲的话，靠自己，因为父母已经把我养大，我超过十八岁，还有什么理由向一个贫困的家庭索取？

"20世纪90年代初期，找工作很难，特别是男的，在外面找工作更难。最初那段日子，别人都不要我。我的第一份工作，帮一家小店洗碗，不给工资，只管吃住，即使这样一份工作，也是我厚着脸皮求来的，如果我不做的话，我可能被冻死，或者饿死。我的口袋里只有剩下的十块零六角钱。人活着，首先得吃饭睡觉。

"我干了一个月零七天，辞了职。当初说了只管吃住，老板还是给我发了八十元工资。老板是汕头的，姓陈。他说，我干活很勤快，又聪明，有文化，将来一定有出息。当我接过八十元钱的时候，我流泪了，我没想到他会给我钱，我太需要钱了，钱可以维持我的生命。

"陈老板是我生命中的贵人，几年后，当我再次去那个小店时，陈老板早不在那里了。

"后来，我帮人家挖屋脚，挖得满手血泡，晚上翻个身，疼得像针刺一样。

"古人说，天将降大任于斯人也，必先苦其心志，劳其筋骨，饿其体肤。不论创业还是守业，不论打工仔还是老板，都很辛苦。有一句话叫作：打江山难，坐江山更难。你们从现在起，一定要有吃苦耐劳的思想，成功，不会那么随随便便。

"我做到今天这个样子，自己认为还算成功，如果要说我吃的苦，三天三夜也说不完。

"回到家乡之前，我是一个家具厂的负责人，每月两万元的工资。辞职后，看得见的损失，两万元工资没了，我不能在厂里报销一分钱。我的家具店，由于自己没用心管理，两年来没给我带来多少利润。

"有人问我，后悔辞职吗？

"我说我不后悔，我的钱已经够我这辈子花。我要那么多钱干什么，人来到这个世界，不只为了赚钱。假如我不回来，让年迈的父母孤独、痛苦地活着，我的良心会一辈子不安，亲情不能用金钱来衡量的。

"同学们，做人有时要学会放弃，放弃，是为了让自己活得更好。你们现在太小，难以理解，记住我这句话就是。"

掌声又热烈响起。

"你们丁校长要我给你们一些人生指导，说你们很需要。

"我想对你们说的是，做人一定要大气，你有多大气，就有多成功。世界上除了生与死，其他都是小事，不管遇到什么烦心事，都不要自己和自己过不去。不论今天发生多么糟糕的事，都不要对生活失望，因为还有明天。

"有目标的人在奔跑，没目标的人在流浪。因为不知道自己要去哪里。有目标的人在感恩，没有目标的人在抱怨，觉得全世界都欠他的！

"如果你感觉此时的你很辛苦。那么请告诉你自己，容易走的都是下坡路。坚持住，走过去，你一定会进步、成功。

"如果你埋怨命运不眷顾你，那么我告诉你，命，是失败者的借口；运，是成功者的谦辞。努力，才是人生的态度，同学们，无论何时，都要相信自己可以成功。

"我讲完了。谢谢大家。"

全场的掌声由小到大，到持久热烈。流沙中学的学生，整天面对枯燥的课堂，突然有成功人士给他们讲座，指导他们的人生，他们当然兴奋不已，说他们听得如痴如醉，一点都不夸张。

按照惯例，讲完后设置了提问环节，同学们根据实际情况，提了下列问题。

"马先生，人人都渴望成功，请问一个打工仔怎么才能成功？"

"马先生，你现在回到老家照顾父母，你的孩子在广州生活，你不觉得对他们不公平吗？"

"马先生，我在学习上努力了，但我的成绩总令自己不满意，我这辈子难道做不了成功人士？"

"马先生，人们常说，做好事不求回报，那是什么东西支持人们一直做好事？"

…………

丁松华和流沙中学的老师没想到，学生提的问题，竟然那么有水平。

马千里微笑着，用简短、直击主题的话，解答同学心目中的疑问，当他把答案抛出时，同学们报以热烈的掌声。

讲座结束，丁松华邀请马千里一起吃晚饭，马千里拒绝了，他要回家陪父母吃饭，丁松华以为他客气，再次诚挚邀请，马千里说他确实要回家，父亲头脑有点不清醒，只有他回去了，父亲的心情才会开朗起来。一般情况，他都会赶回家吃晚饭，父亲这辈子不容易，他想让父亲的晚年过幸福点，孝心最难的是陪伴。

操场上，还有些学生没有离去，丁松华听马千里这么一说，不再挽留他吃饭。他拿起话筒，很大声地说："马先生执意不肯在我们学校吃晚饭，他说，孝心最难的是陪伴。他要赶回家陪父母吃晚饭，让我们再以热烈的掌声，欢送马千里先生。"

两个星期的紧张工作，丁松华感到有些累。他从未如此认真去搞一件事，虽然累，他却累得很有成就感。当官不为民做主，不如回家卖红薯，在他当校长的任期内，要为流沙的教育做点真正贡献。

他想过两天，再布置用《弟子规》规范学生的言行，长期开展用《弟子规》的活动。

第二天，流沙中学发生了一件事情，让丁松华缓口气的打算落空了。上午11点半左右，学校正在上第四节课时，一辆车子开进流沙中学校园，守门的老头不知道是什么人物，没细问，放他们进去了。

车内共有三人，圣林县教育局长陈乐彬、教育局政工股刘贤军股长、司机小李。

流沙中学是他们今天上午第五站。刘贤军上了二楼，随便走进一间教室，向上课的老师说明，他是教育局的，找几个学生了解情况，了解有关孝心主题方面的活动的开展情况。

学生被问的内容是，活动进行得怎么样，效果怎么样。

学生答，学校要求他们背诵《弟子规》，每个人都要过关。昨天，有位马千里先生到学校搞讲座，他是成功人士、大孝子。

陈乐彬听说学生个个会背《弟子规》，不相信，随便点了其中一人，让他背。

第一个，背得很流利，瞧那架势，颇有点表现自己的味道。陈乐彬知道遇到对手了，赶快叫停，笑着说他背得很好，相信他能背出来。

第二个同学接着前面的开始背，不错。

第三个又接第二个的，还是不错。

陈乐彬完全信服了。他竖着大拇指大声说："你们很棒，非常棒，回教室上课去。"

接着，他们闯入200班，当时正在上物理课。陈乐彬找了几个同学，询问情况，让他们背诵《弟子规》，结果评价：更棒。

话说陈乐彬和刘贤军找同学问话时，丁松华校长正准备去吃饭，拿着碗筷，走在去食堂的路上，猜想今天吃啥菜，他隐隐感觉手机在动，掏出手机一看，果然有来电。

对方首先埋怨他不接电话，说教育局陈局长来检查，已找了几个学生谈话，现在到200班去了。

丁松华一听，血液直往上冲，他一时惊得不知是前进还是后退，大概过了四五秒钟，他明白该去教学楼。他走得急，他能不急吗？教育局领导来检查，总会提前打招呼，这次不宣而战，还是局里老大，显然是来挑刺的。

爬上二楼，丁松华集中注意力搜寻目标。

"松华，到你家里来了，也不出面招呼一声。"说话的是陈乐彬，他正站在丁松华背后，满脸笑容。

"陈局长，你大驾光临，怎么不通知一声，该不是为了节约几角钱电话费？"丁松华缓过神来，带着笑容说，见局长满面春风的样子，他确信流沙中学暗访结果不错。

陈乐彬继续说："你拿着碗准备吃饭？不管我们饿不饿肚子，良心大大的坏！"说完，他哈哈大笑。

"本来我准备到食堂吃学生菜，现在跟着你陈局长吃大餐啦！"

"不到外面吃，就吃你们食堂的学生菜，你能吃，我为什么不能吃？"

"陈局长，你这样不等于打我脸吗？"

陈乐彬一愣，笑道："上次踢你一脚，因为心情不好，你一直念念不忘，我向你说声对不起。放心吧！今天心情好，不会对你动脚，更不会动手，到你们食堂去吃，吃完我得赶回去。中午休息一会儿，下午3点赶到县政府常务会议室开会，王县长亲自主持会议，不能迟到，不能打瞌睡。"

"既然这样，别怪我们流沙中学不把你当局长招待，今天你和我们一起忆苦思甜。"

"好啊！良药苦口利于病，你们食堂里有位置坐吧。"

"有有有！用夹板隔了两个小包厢，供老师们吃饭时坐，不过老师一般很少在那里吃，他们还不习惯。"

食堂里的菜今天很给丁松华面子，狗肉煮萝卜，食堂师傅最拿手的一道菜。丁松华吩咐师傅赶快再炒两盘菜。

上菜前，刘贤军股长揭开这次微服私访的面纱。开学前全县校长会议上，尹副县长提出，在全县学校加大以孝心为主题的教育力度。事情弄大了，给县里其他领导知道了。

各位县领导很赞同，说现在的学生普遍缺少感恩，以自我为中心。王县长的儿子在县一中读书，成绩还可以，对人也有礼貌，偏偏对他这个当县长的爸爸，动不动就发脾气。县长大人在别人面前威风凛凛，在儿子面前却有点低三下四。他对尹副县长说，他非常赞同加大孝心教育力度，问题是怎么抓到位，希望不要雷声大、雨点小。抓出效果了，他在政府常务会议上公开表扬，反之，会笑话他们。

今天，尹副县长亲自带队，不打招呼，往南部几个乡镇学校进行专项检查，局里的几个副局长也出去了。

单独炒的两个菜很快上来。陈乐彬夹着菜往嘴里送，说味道很好，流沙中学学生有口福。今天一路过来，情况都不满意，校长们似乎把尹县长和他在开学工作会议上强调的事忘了。他提高声音说："我跑这几个学校，我会根据实际情况，对他们的年终督导评估扣分。你们流沙中学给我一些安慰。你怎么想到让学生背诵《弟子规》的？"

"陈局，不瞒你说，这个主意是我们学校杨铁雄老师提出的，他早就在想这方面的问题，他利用双休日的时间，结识了圣林城里王朝家具店老板，老板的名字很特别，叫马千里，他在事业上称得上千里马，财产上可以叫他马千万。"

陈乐彬有点疑惑不解，问："他当他的老板，跟你们有啥关系？"

"他的家具店免费赠送《弟子规》，杨铁雄对马千里说，他们班正在开展背诵《弟子规》活动，但是没有书，马千里想想，破例给了几十本，杨铁雄得寸进尺，问他能不能再赠送点给流沙中学其他班的学生，马千里想想，也答应了。"

"好人！大大的好人！"陈乐彬竖起大拇指说。

"他提了个条件，要我们百分之八十的学生能背诵《弟子规》，杨老师做不了主，我去了，白纸黑字写了军令状。"

"人家的要求不过分，真正为你们好。"陈乐彬竖起大拇指说。

"我写军令状，也是自己给自己加压。后来和一些学生死磕，不背出就不行，你知道农村中学的学生底子差。马千里高考时以一分之差落榜，因父亲摔断腿，他没钱复读，南下广东，吃了很多苦，最后与人合伙开家具厂，家产过千万。近年父亲病重，他放弃家具厂月薪两万元的工作，把老婆孩子留在广州，回家照顾年迈的父母。他的家具店，因为没全心全意投入，不怎么赚钱，照顾父母是他的主业。"

陈乐彬想想说："问马千里什么时候有时间，说我陈乐彬想见见他，和他交个朋友，不知他愿不愿意。"

"陈局，我相信他一定愿意和你交朋友，不是因为你当教育局长，你的真诚、直率，会赢得他的喜欢。"

"你那么肯定？"

"肯定！我和他虽然接触不多，好像非常了解他，他像个透明人一样呈现在你面前。"

"今天督查完后，教育局马上开专题会，会上我要表扬你们流沙中学。今后怎么用《弟子规》来规范学生的行为，你得多动脑筋，多操心。杨铁雄老师很不错，有机会你可以把他放到更重要的岗位去锻炼。用得好，会成为你手下一员虎将。"

第三十章　德育第一，如星星之火在燎原

县教育局召开专门的会议，主题是加大孝心教育力度，全面提升学生思想道德水平。陈乐彬毫不客气地点名批评一些学校校长。说他们在以孝心为主题的思想品德教育工作方面不尽力，如果待在那个位置待烦了，别占着茅坑不拉屎，有大把的人想坐那个位置。不管你找什么理由为自己开脱，都是借口。为什么别人干得有声有色？

几个校长吓得汗都出来了，他们没料到陈局长会发那么大的火，直到陈局长告诉大家，王县长非常重视此事，要他把这事做好、做实，别雷声大，雨点小。他说：

"县里领导班子成员，认为我们教育系统在搞花样翻新，对我们能否取得成绩，多数人不抱什么希望。

"我当兵出身，被某些人贴上头脑简单、四肢发达的标签，有人担心我把圣林教育搞倒，还有人等着看笑话，放心吧！我会让替我担心的人放心，让那些等着看笑话的人看傻眼。

"目前，圣林县教育界开展以孝心为突破口的思想品德教育活动，总体来说，搞得有声有色。我们要拿出一定的时间和精力，把学生的思想品德水平提高。哪怕学生的成绩暂时下降一点，也在所不惜。就像我们国家现在提出的，哪怕让经济发展速度降下来，也要保护好环境。当前，国家大力提倡绿色经济，教育的发展，也要走绿色教育的路子。我个人认为，把学生品德教育落到实处的教育，才是绿色教育，才能可持续发展，否则，培养那些高分低德的学生，有害于这个社会。

"一个人将来是否有所成就，对社会有益，关键看他的品德、情商。

"我们争取用一到两年时间，全面提升圣林县学生的思想道德水平。每个班、每个学校，都要评选思想道德标兵，教育局也会评选思想道德标兵。具体的细则，我们将集思广益后再出台，你们回去后，赶紧抓落实。"

丁松华回到学校，立即召集班主任开会，他把教育局的会议精神传达给各位班主任，然后吩咐道："你们自己该怎么办就怎么办，八仙过海，各显神通，不要等到我问你们要成果时，你颗粒无收。"这次会仅开了十一分钟。

班会课，杨铁雄说放段视频给大家看，听说有电视看，大家都很兴奋，忙问看什么内容，杨铁雄说看中央电视台的《今日说法》。

这是中央电视台的王牌栏目，所有同学都看过。他们能说出节目的固定形式：首先是一个人死了，警方介入调查，按线索一条条查下去，每条线索都被排除，案情一时走入死胡同，正在这时，有人提供另一条重要线索，最后把犯罪嫌疑人抓获，道出作案动机。

杨铁雄说："今天同学们要看的是《母亲的呼唤》，四川某个地方，一位八十五岁的老人死了，老人死在她最不该死的地方，这个地方就是她儿子的家门口。母亲临死前，一直不停地呼喊着她儿子的名字。

"老人家共有四个儿子、三个女儿。因为儿子之间抚养衔接出了问题，导致老人无处可去，死在离儿子家不远的地方，她死的那天晚上，外面气温最低只有1摄氏度。"

片中穿插着主持人种种疑问，几个儿子苍白的辩护，老人弟弟和女儿的证言。

全班没有一个人走神，有几个女同学，眼里含着热泪。杨铁雄虽然看过两遍，但他再看时，依然有流泪的冲动，他不得不离开一会儿，让自己从悲伤的情绪中走出来。

节目放完后，教室里很安静，大家似乎还未从片中走出来。

最先打破沉默的是杨铁雄，他说："千经万典，孝义当先。在千千万万的经书、典籍中，都把孝顺这种品德排在最前面，孝是其他优秀品质的基础。一个不孝顺父母的人，毫无疑问是不道德的人，不值得我们交往与信任。

"你们今天坐在这里学习，父母不指望你们一定考上大学。但是，他们指望你将来能自食其力，指望你在他们生病的时候，送他们去医院，在他们行走不便的时候，能扶他们一把，他们没有劳动能力的时候，赡养他们，这是你对父母应尽的责任。

"请问大家能不能做到这一点？"

"能做到。"回答有些稀稀拉拉。

"请大声回答我。"杨铁雄突然提高声音说。

"能做到！"同学们大声齐喊道，吓飞了教室旁边树上的两只鸟。

杨铁雄的目光扫过每一张脸，捕捉表情，猜测每张脸后面的真正表情。离下课还有七八分钟时，他说："我们这个班，从哪个老师都不愿意接的调皮班，变成教育局局长心目中的好班，来自全体同学的努力，来自我们班科任老师的努力，当然也有我这个班主任的付出。特别是暑假在圣林城里卖西瓜的同学，你们让更多的人记住流沙中学。作为班主任，我感到十分欣慰、十分自豪，即使再苦再累，我的心情始终是愉悦的。

"从这个学期开始，我们圣林教育局决定，在全县中小学，加大以孝心为主题的思想品德教育力度，不光用嘴巴说说，要真刀真枪去干。

"前些日子，教育局陈局长到我们学校来检查，他从我们班上找了几个同学了解情况，对我们的表现很满意。丁校长告诉我，他们一起吃饭时，陈局长说到了我，说到我们200班。

"因此，摆在我们面前的，只有迎难而上，我们要像爱护自己的脸蛋一样，爱护班级荣誉，你们已经是九年级学生，往我身边一站，好多同学有我这么高，什么该做，什么不该做，你们心里清楚。

　　"我们上学期开展综合素质考评，分数的精确程度我不敢说，但大体上能看出一些东西，关键是促进了我们同学的全面发展。

　　"这个学期，我们把思想品德的考核，纳入到综合素质考核里面去。我在这方面琢磨了好长时间，大体是这样。

　　"对父母，你是否孝顺？你给远在数百里之外务工父母主动打电话没有？主动帮助爷爷奶奶做事没有？

　　"对老师，上课是否守纪律，日常生活中，见到老师问好没有？等等。

　　"对他人，是否帮助需要你帮助的人？现在农村里青壮年大多出去打工，老人小孩留在家中，他们有些问题自己难以解决，你有能力，是否愿意帮助他们？碰上真正乞讨的人，你捐了五角或一元钱吗？

　　"具体细节，我和同学讨论之后再公布，加分、减分就按公布的细则来操作。"

　　下课铃响了，杨铁雄宣布下课，他走出教室后，又突然折回来，对林小飞、周志光说："你们牵头，征集班上同学意见，搞个评分细则，要可操作。"

　　"我们写的算数吗？"林小飞问。

　　"怎么不算数，你要站在公正的立场想问题，最后大家还要讨论。"

　　"杨老师，我们明天把初稿交给你。"说话的是周志光。

　　"好的，时间紧了点，用心去做，我看也能完成，至少要一半同学参与。"杨铁雄说完便走。

　　抽点时间，说说刘奶奶的事。

开学之初，200班学生总觉得哪一点不对劲，好像缺少点什么，他们终于找到一个共同答案：刘奶奶没来。关于刘奶奶，现在200班同学只能回忆，回忆他们在小四合院里的美好时光，回忆刘奶奶馒头的香味，回忆刘奶奶慈祥的笑容，回忆让他们心中生出许多惆怅。同学问：

"巧珍，你奶奶什么时候来学校？"

"你说错了，是我们大家的奶奶什么时候来学校。"

"巧珍，下星期，一定把我们奶奶带到学校来，这是全班同学交给你的任务。"

…………

大家围着刘巧珍，七嘴八舌说开了。

刘巧珍心中很感动，在她们祖孙最困难的时候，杨老师和全班同学帮助她们走出困境，她们还得到了校外的帮助。

其实，她奶奶也想到学校来。替学生做点事情，奶奶心情愉快，身体也好多了。但奶奶不能来，她不知道怎么和同学们说，几次欲言又止，同学们催她：

"你说呀！巧珍。"

"有什么事直说。"

"奶奶的身体好吗？"

"她的身体比以前好多了。"刘巧珍终于抢着说了一句话。大家心里似乎松了口气，等着她往下说，她见不说不行，只好从实招了，她说：

"暑假，我叔叔从福建回来，我婶婶带着孩子也回来了，我姑姑也从打工的地方赶回来，他们商量着我奶奶的事，因为有人说他们不管老人，村干部也在说，他们受到了一些指责。

"最后，我叔叔把我婶婶留在家里，他一个人去外面打工，堂弟弟四岁多，也要上幼儿园，照顾我奶奶的责任，落在我婶婶肩上。

"我姑姑没时间在家照顾奶奶，经历这些事后，她提出，一年拿一千八百元钱给我奶奶，要我奶奶别到学校里来了，免得村里人说闲话。"

林小飞马上打断她的话："为什么，难道他们还限制人身自由？这是犯法的。"

"也不是这样。"刘巧珍辩解说。

"完全是限制人身自由，我们奶奶为什么不能到学校来？"

"什么乱七八糟的理由？！"林小飞拍着桌子说。

刘巧珍有点胆怯地看看大家，低下头说："如果我奶奶住到学校来，村里的人会说我叔叔、我姑姑不孝，他们怕别人说。"

"哦，他们这叫一朝被蛇咬，十年怕井绳。"周志光说。

肖春意挤到前面："巧珍，你奶奶总有走亲戚的自由，叫她到学校来看看我们，对你婶婶说，去你家的亲戚那里。"

巧珍一笑："我回去后，跟我奶奶说说，说大家都想她，她总有办法的，你们可以见到她。"

众人一听此话，松了口气，一片欢呼。

话说刘巧珍回到家，见奶奶坐在屋前面发呆，她叫一声："奶奶，我回来了。"奶奶笑着把她迎进屋里，揭开桌上的罩子，几碗香喷喷的菜呈现在眼前。

刘巧珍大口吃着饭菜，见奶奶在沉思，问："奶奶，你在想什么事情？"

"没有，没有。"刘奶奶笑着说，隔一会儿，她问，"你那些同学过得好吗？听老师的话吗？"

"怎么说呢？"刘巧珍放下筷子说。

"昨晚上我得个梦，到你们学校里去了。我到你们教室，发现一个人都认不得，他们问我找谁，我说找我孙女。这时，我认出一个女孩子，经常和你玩，跟你一起读过小学，她认出我。她说你们班全部毕业了，到圣林城里去读书了。她跟老师请假，带我去圣林城里。"

"奶奶，想我们班同学了吗？告诉你一个天大的好消息。"巧珍放下筷子说。

她奶奶怔怔地看着她，冷静地问："什么天大的消息，丫头片子，你知道天有多大？你奶奶快到坑边的人，还不知道天有多大。"

刘巧珍的热情被浇灭，她淡淡地说："我们班上同学好想你，他们问我，你为啥不到学校里去，没有你的日子，他们好像缺少什么，读书都没劲。"

刘奶奶笑了，笑得很慈祥："我这老家伙，值得他们这样想，是哪个调皮捣蛋的人乱说？"

"你对他们那么好，现在这种好突然没了，他们当然不习惯。我对他们说，你不方便去，我叔叔、姑姑怕别人多嘴，说他们不孝顺父母。"

刘奶奶没有说话，她在盘算着什么，一只母鸡跑进来，叫了几声，毫不客气地拉一坨鸡屎。刘奶奶赶紧起身，拿住一根棍，往地上猛敲，那只干坏事的鸡受到惊吓，扑着翅膀，很快逃到屋外去了。

"下回你读书时，我去看你同学。"

"真的，我回学校就告诉他们，他们肯定很高兴。"巧珍兴奋地说，脸上笑容灿烂。

"先别把信放出去，我算不准哪天去，让他们久等不去，别人心里会不高兴，我总不能空着手去，不带点东西不像话。他们正长身体，想吃点零食。"

"奶奶，你给我们带什么好吃的，先透露一下。"

"不说，不说，你这张嘴巴，守不住事情，我现在还没决定。"
果然如刘奶奶所料，刘巧珍在星期二下午说漏了嘴。

她说她奶奶会来学校看大家，奶奶做梦都做到往200班教室走，笑死人。

"奶奶什么时候会来看我们？"廖欢问。

"干脆，这个周末我们去你家得了，省得她跑来。"说话的是刘静媛。

"应该很快了，她得准备准备，估计会给我们带点吃的东西来。"刘巧珍说。

　　刘静媛马上说："空着手也可以来，我们不是天生馋嘴，又不是小学生。"

　　"是啊！是啊！"廖欢附和着说，"你告诉奶奶，人来了就行。"

　　林小飞听说刘奶奶会到学校来，他说要是在家就好了，他开辆摩托车，把奶奶接过来。

　　曾乐田说他技术有点臭，骑车时间不长，如此重要的事情，让他去做，有点不放心。

　　星期三上午第四节课，200班上写字课，大家在写作业。一位收拾得干净整洁的老太太，进入流沙中学校园。她把头发盘得整齐，纹丝不乱，身上的衣服裤子，有八九成新，大约只穿过两三次，她这身打扮，显然刻意收拾过。

　　"刘奶奶！"肖春意眼尖，从窗户里看到了，他兴奋地叫道。

　　几秒钟之内，所有的目光，全部聚焦在一起。

　　有两位女生，嬉笑着跑上去，拉着刘奶奶的手说："您终于来了，我们都非常想您。"男同学也不甘示弱，不知谁带头鼓掌，其他人意识到这是欢迎的方式，马上跟着鼓掌。

　　刘巧珍偏偏站在座位上，好似局外人，脸带微笑，远远地看着她的亲奶奶。肖四海发现她有点不寻常，说道："刘巧珍，我怀疑你是不是刘奶奶的亲孙女。"说完，向她抛去一个调皮的表情。

　　"谁说不是啦？"

　　"我说的，你没听见吗？"

　　"你才不是你爸爸的亲儿子。"刘巧珍嗔道。

　　"我说话有证据，你看你现在的表现。"

　　正在此时，政教处主任刘成城走进来，好像一瓢冷水倒进沸水锅里，一下子冷静许多，毕竟是上课时间，大家有点怕。

刘奶奶一愣，马上缓过神来，冲着他说："刘老师，我想这些鬼崽子了，今天抽空儿，来看看他们。"

刘成城含糊地应着："好的，好的。"然后，他走到课表前面，查看这节是什么课。

"写字课。"几个人异口同声地说。

刘成城把目光弄得凶凶的，扫向那几个人，沉默几秒钟，他心平气和地说："第一，你们讲话要小声点，旁边教室在上课。第二，现在是上课时间，下课铃不响，谁也不允许出教室。这两件事交给周志光管理，周志光，听清楚了吗？"

"听清了。"周志光大声说。

刘成城又停留数秒，转身离开，教室里又开始热闹起来。

刘奶奶把她的包放在讲台上，打开，从里面拿出一包包炒熟的花生、瓜子，还有糖果，笑眯眯地说："自己家里的花生瓜子，我上午炒熟的。"一帮人顿时往讲台上挤。周志光压着嗓子说："你们找死，没吃过东西似的，不知道'斯文'两个字。"

周志光原来是四大金刚之一，如今"从良"，当了班长，同学们更加服他。他一说，往上挤的人退了下去。

"都坐好，都坐好。"周志光挥动着手说，"我和刘奶奶给你们发东西，按位置发，不许挑三拣四，不要的说一声。"

正当周志光分发东西时，杨铁雄走进教室，一看便明白是怎么回事，他说："刘奶奶，刚才听刘主任说，您来了，我过来看看真假，我和全体同学很欢迎您，您带东西，会把他们惯坏，他们长得比我高，过几年，肯定有人当爹当妈。"

两位小个子同学率先笑出声来，他们认为，当爹当妈还是十分遥远的事。

刘奶奶说："现在的人结婚迟，放在旧社会，你们这么大的人，嫁的嫁，娶的娶，很普遍。"

肖春意说："所以嘛，你们不能像小孩子那样，问刘奶奶要东西吃，不怕将来你的孩子变成好吃婆、好吃崽？"

又一阵笑声。

刘奶奶也笑了，笑得很甜，她那缺失的门牙毫不客气地曝光。摄影作品里，常会出现这种画面，充满着浓郁的生活气息。

杨铁雄忍住没笑，他说："刘奶奶带了那么多东西来，按照礼尚往来的规矩，你们得管刘奶奶的中饭，谁请？"

"我请！"

"我请！"

…………

有的大声说，有的举手说，有的反复说。

杨铁雄等大家声音小了之后，说："我看你们拿什么方案来，到食堂里打一碗这方案，先放一边。刘奶奶今天特意来我们班上做客，招待客人，当然得讲究点。"

"我想到一个办法。"说话的是周志光，大家马上安静下来，相信他那颗聪明的脑袋，能够想出好主意，"刚才大家抢着要请刘奶奶吃饭，说明大家都是懂得感恩的人，但刘奶奶只能吃那么多，就一餐。我建议，想请刘奶奶吃饭的同学，每人出两块钱，今天星期三，很多人身上还有钱，钱不多的就别出了。我有喜来都老板的电话，叫他炒两个菜送到校门口，我们去拿，这样不用出校门。等会儿我们去食堂打完饭，到教室里来陪刘奶奶吃，不知大家还有什么高见没有？"

说完，周志光坐下，从口袋里掏出五元钱放在自己桌子上，凑个份子。

刘奶奶正想发表什么看法，杨铁雄说："很好，这个办法真的很好，很完美。"

"你们别这样搞，很麻烦。我跟巧珍去食堂打个饭，对师傅说一声，他们会给的。"刘奶奶朝大家摆摆手说。

"我出五元，想凑钱的赶紧凑，不凑的一点关系都没有，杨老师，您这大老板也搞个十块八块。"周志光一边说着，一边走到同学身边去收钱，杨铁雄掏出十元。

总共收到五十多元钱，周志光知道哪些同学钱紧，不要他们的，刘巧珍的十元钱也被他拒绝了，说这次不要她参与。

根据学校规定，学生必须在食堂里就餐，杨铁雄和值日老师打招呼，刘奶奶来看他们，允许他们出来，值日老师要他们注意保持卫生。

从外面炒了五个盒饭菜。周志光组织几个同学，把几张课桌拼在一起，变成大餐桌，有的人找张凳坐下，更多的人在旁边站着。

刘奶奶说大家对她这个快入土的人太好，哪天放假时，请同学们到她天坑冲家里去，她杀鸡给他们吃。

马上有人说，刘奶奶身体那么好，再活三十年没问题，接着有人说，五十年，一百年。

大家的热情让刘奶奶笑出眼泪，她摇摇手，说她这样没用的人，活那么久干什么，泥巴都会给她吃光。一个人最走运的事情，不是赚几十万、几百万、几千万，而是活到该走的年纪，没病没痛，突然走掉。

大家一脸不解，这怎么是最走运的事呢？他们当然理解不了，他们正处在生命上升时期，对生命的逝去，他们没有感悟。

刘奶奶看到同学站在旁边，默默吃着，便端起菜，要他们夹，他们每个人夹一点点，再也不肯动筷。

话题从刘奶奶养的几只鸡，种的菜，再到刘奶奶重返流沙中学四合院的事情。同学们说，有刘奶奶在学校住着，他们像有了依靠，四合院给他们一种家的感觉，希望刘奶奶再辛苦一个多学期，他们去天坑冲，跟刘奶奶儿媳说，让刘奶奶住到流沙中学来。

饭后，大伙儿陪刘奶奶来到四合院里，透过窗户，发现刘奶奶原来的床上布满灰尘，堆着些烂桌烂凳，好几个人不禁感叹：

"刘奶奶，你知不知道，你做的馒头有多香，我一辈子没吃过这么有味的馒头。可能是饿了，吃着特别香。"说话的是刘静媛，表情很陶醉。

肖春意马上抢着说："我上学期走进这个院子，心情就特别舒畅，这里有一种神奇的力量。这学期，我也来，有时下了晚自习，我一个人悄悄地走进来，想起当初这里热闹的场面，那种感觉，真的妙不可言，面对眼前的寂静，我心里又有种深深的失落。"

"说得好，说得好，把我心里的话说出来了，还有诗意，有文采，你天天和我们在一起，今天我要对你刮目相看。"曾乐田笑着说。

肖春意被赞美两句，有点不好意思。他抱拳向曾乐田说："谢谢你这么卖力夸我。其实，我只是有感而发，不瞒你们说，前些天，我看书时，有段文字使我产生共鸣，我多读了几遍，今天把它用到这里，不过稍作加工。"

"能借鉴别人的东西也不错，向你学习，致敬就不必了。"肖四海调皮地说。

刘奶奶看着大家，她没说话，她知道，学校不会再同意她住这里，她原先的住房虽空着，但学校有学校的规矩，上次让她住进来，已经是开恩了，她怎么好意思再开口。

刘奶奶回家了，回到属于她的天坑冲去了，她有点不舍，同学们也不舍，但世上有很多不舍的事情，刘奶奶能否来学校，关键是学校同不同意给房子。周志光、林小飞、刘静媛、曾乐田等同学，组成一个游说团，先到班主任杨铁雄那里，希望杨铁雄能够和丁校长说说，把那间堆放杂物的房间，再给刘奶奶住一段时间，最多，到明年上半年。

杨铁雄起初没答应，他知道不太可能。但经不起这帮人软磨硬磨，他终于答应去试试，他丢面子没关系，结果如何，别怪他。同学们齐说不怪，不怪，直说杨老师是丁校长身边的红人，只要他开口，什么事都能成。

丁校长没有答应杨铁雄提出的要求，而且毫不客气、断然拒绝了，不给杨铁雄任何商量的余地，还说他要动动脑筋，哪些事能做，哪些事不能做。杨铁雄愣在那里，丁校长拍拍他的肩膀，发根烟给他，把他打发走了。

杨铁雄走出办公室，在外守候的周志光、林小飞，朝他吐吐舌头，默默跟着他走。

刘奶奶晓得丁校长不给她房子，她并不意外。在一个阳光很好的日子，她又来到流沙中学的200班。她这次来，是和同学们说说话的，她什么东西也没有带。

她要同学们好好读书，苦几年，以后几十年，有知识的人就会轻松，现在社会发展很快，那些造手机的老板，一年发明一种手机，让大家掏钱买，听说那些手机很复杂，没有知识文化，能懂吗？

刘奶奶以前也和同学们讲讲要读书的道理，这次，他们听得很认真，听到心坎里去了。

第三十一章　师生携手，为抗战老兵献爱心

杨铁雄出招，总让人意想不到。

200班的思想品德考核体系细则，有这么一条，父母在外打工的，每星期给父母主动打电话一次。如果双方不在一起，这星期给父亲打，下星期给母亲打。父母在家的，回家要主动帮助父母干活，主动问候父母。

打一次电话，加两分，该打的电话未打，扣两分。父母全部在家的，在校期间给父母打电话，也加两分。每次打电话的时间必须超过两分钟，低于这个时间作废。而且必须看到通话记录，或者有人证明确实打了电话，才能加分。发现弄虚作假一次，扣去十分。

有些同学提出反对意见，认为没有必要每个星期打，心里有爸爸妈妈就行，谁都爱自己的父母。

杨铁雄说，一星期给父母打个电话不算多，且不说母亲十月怀胎，从小把我们拉扯大。即使现在，他们每月最少得为我们花五百元钱，谁每月白给他五百元钱，他每月给谁打十个电话，这是世界上最合算的买卖。

你认为电话打不打无所谓，但你知道吗，你的电话，说明你孝顺、感恩，可能让你的父母兴奋两三天，工作起来更有动力。

最后，他们一致认为，真的有必要给父母打电话，每星期都打。

还有人说，自己没有手机，打电话不方便，找同学打电话，别人不给打。

杨铁雄统计了一下，像他们这样的农村中学，很多同学有手机。

学校暂时没有禁止学生带手机。没手机的同学，有两种选择，用同学手机打，出两角钱一分钟的话费，一次也就一块钱左右，一个月充其量五块钱话费。另外，回家打也行，现在，农村老人都有专用手机。

怎么确定同学给父母打了电话，是项非常繁杂的工作。杨铁雄把权力下放给同学们，由他们先去确认，再报到他这里。

也有个别学生的家长，对这项工作颇有微词。他们说，孩子半个月打一次电话，他们就非常知足，每星期一次，太麻烦了。杨铁雄立刻解释为啥这样，做父母的，不要总为自己的孩子着想，这样呵护出来的孩子，自私心很重。班上的规定不能更改，要支持班上的工作。

家长终于理解。

家长支持杨铁雄，他们从广东、上海、福建等地打电话给他。意思大致相同，他们为了生活，外出打工，把孩子丢在家里，给老人照看，时常过年才回家。因为陪孩子少的缘故，孩子和他们之间的感情很淡漠，很少主动打电话给他们。有时他们想孩子，便打电话回家，说不了几句，孩子便不耐烦，无话可说。

一位家长在电话中哭着说："杨老师，我那个崽，看到我的电话就烦。有一次打电话给他，他第一句话就说，你钱多吧？没事总打什么电话，钱多就多寄点给我们。有什么事，你快说吧！

"杨老师，那一刻，我的心好像被人捅了一刀，不停地流血。我怎么会养出这样的崽，如果他在我面前，我一棒子砸死他算了，坐牢也不怕。"

家长在电话中轻声抽泣。

杨铁雄也泪水盈眶，他轻声问："现在的情况怎样？"

"现在好多了，每个星期打电话给我们，有时候，他没什么事说，就不作声，我问什么，他答什么。你也是有小孩的，听着孩子的声音，心里就满足了，他说什么话不重要。

"杨老师，过年到我家去做客，你如果去了，我会觉得比县长去了还高兴。"

放下手机，杨铁雄陷入深深沉思中，家长把他看得比县长还重要，让他非常感动。是啊！县长不能帮他们解决问题，而他能解决，家长当然把他宝贝一样。

他暗暗决定，不管多麻烦，也得把这件事情坚持做下去。

给家长打电话执行一个月之后，杨铁雄发现有同学犯规，两男一女，他们打电话的次数没有达标。其中刘家宣仅仅给在东莞某建筑工地上班的父亲打过一次电话。他的理由是，没什么话可说，父亲也话不多，聊不到一块。他还了解到，有的同学为了两分才给父母打电话，他们心里对此事有想法，这类人虽不多，但如果让这种思想泛滥下去，将前功尽弃。

班会课，杨铁雄走进教室，扫视全班同学，没发现什么异常情况，曾经令老师们头疼的200班，现在改变很大。不管成绩好的与不好的，大家都在努力。学生的思想品德明显好转。老师们上课，不怎么为课堂纪律操心。在九年级几个平行班中，200班毫无争议成为最好的班。比成绩，年级前十名，200班占五位。其他方面更不用说，学生与刘奶奶的故事上了报，这些农村的孩子，学会帮助比他们更需要帮助的人。

周志光带领几个同学到县城卖西瓜，搞得圣林城里家喻户晓，他这个班主任跟着出名，学生潜力之大，出乎他的意料。他有时分不清到底是他厉害，还是学生厉害。或许，他们都厉害。某些时候，他偷偷在心里沾沾自喜，自己佩服自己。

教室里从比较安静到安静，再到寂静。大家知道这节课有事情，课桌上啥也没摆。杨铁雄低头沉思两三秒，抬起头说：

"给家长打电话这事，不管遇到什么阻力，我一定要做下去。"他说得果断，坚决，眼睛在几个违规的同学脸上停留，"这一个月以来，我接到好多家长的电话，他们说，杨老师，我的孩子突然懂事多了，听话多了，知道心疼父母了。这说明什么，说明我们打电话这件事做得对，深得你们父母的心。

"我接到过一位母亲的电话，在电话中向我哭诉，说她的孩子以前不听话，打电话给他，没说两句，便不耐烦，如果在她眼前，她恨不得一棒子把他打死。自从我们规定一星期给父母打一次电话，这位同学主动给父母打电话了，结果他父母比赚了一万元钱还高兴。

　　"你们中间的一少部分人，觉得我强人所难，逼你们做自己不想做的事。

　　"那么，我告诉你，在这个世界上，除了你父母愿意为你牺牲一切，你再也找不到像你父母这样对你好的人。

　　"他们在外面渴望见到你，听到你的声音，闻到你的气味，就像干旱开裂的土地，渴望雨水滋润一样。我儿子三岁，我最幸福的时刻，就是和我儿子待在一起。

　　"如果你对给自己父母打电话还存拒绝之心，那么我问你，你想变成一个只知索取不知感恩的人吗？你坐在教室里享受风扇时，你知道你父母在太阳底下挥汗如雨，你知道你父母为你而节衣缩食吗？"

　　"刘家宣你们几个没完成任务的同学，给我站起来。"杨铁雄严肃地说。

　　全班同学目光转移方向，盯着刘家宣他们。

　　"你们给我听好，这个星期之内，你们必须把欠的债还了，一次电话，你可以打十分钟，至少把时间给我打够。如果同意就坐下，不同意继续站着。你在依靠父母的时候，对父母是这种态度，我怎能相信你长大后，会做一个孝顺儿子呢？"

　　三个同学相互看了看，依次坐下。

　　杨铁雄从同学中间走回讲台上，用黑板刷把粉笔灰扫到一边，双手撑在讲台上，接着说："对父母，我们必须孝顺，你不孝顺父母，将来你儿子就不会孝顺你。中国有句古话，上梁不正下梁歪。你希望这样的事情发生在你身上吗？"

　　沉默几秒，杨铁雄换种平和的语气说："刚才我批评的只是个别人。其实，绝大多数同学，已经做得相当不错，远远超过流沙中学其他班级的同学，我从心里为你们感到骄傲与自豪。希望你们几个同学，能为200班画个圆满的句号。

"送人玫瑰，手有余香。做好事会给你带来好处。我看过一则资料，说做善事能使人长寿，因为帮助别人，自己有成就感，体内会产生一种物质，一种对人体有益的物质。

"我们班上很多同学，在规定出台后，做了许多帮助别人的事。比如说刘巧珍同学，她帮助住在她家前面的老人，老人生病时，她去叫医生，老人在山里砍的柴火，扛不动，她帮着扛回来，老人有什么提不动的东西，她见了，肯定会帮忙。

"再说肖四海同学，他村里有位九十四岁的老人，是参加过抗日战争的老兵，四海同学最近一段时间给了老人很大帮助，具体的情况，肖四海你详细说说老人的情况，马上到了抗战胜利七十周年，健在的抗战老兵，一年比一年少，能帮抗战老兵做点事，是我们200班的荣耀。"

虽说是光荣事情，肖四海却有点紧张，有点害羞，没有积极响应班主任的号召。

"我们的掌声不响，你就不讲？"杨铁雄笑着说，"那我们就来点热烈的掌声好不好？"

肖四海羞红了脸，慢慢站起来，说道："我们村里的杨爷爷，参加过抗日战争，我看过他获得的奖章，听他讲过抗日故事，他参加的是国民党的部队，新中国成立后还坐过牢，因为这个原因，他一直没结婚。后来，他收养了一个女孩，他女儿长大后，嫁到两公里外的村子，现在，他女儿都当奶奶了。

"他年纪大，身体没什么病，女儿要接他过去住，他总不肯去，说只要他动得，就不去。

"我有时帮他提提水，今年，他种了红薯，他力气小，慢慢挖，也能对付过去，挑回家却很吃力，我回家后，帮助他把红薯从地里挑回来，他很感谢我，帮助别人，自己心里很高兴！"

全班同学听得很入神，没想到他不讲了。

肖四海在同学的催促声中，抓抓后脑勺说："主要就这些事情，不过，杨爷爷对我好，对村里其他小孩都好，我们小时候很多人吃过他的东西。"

杨铁雄叫肖四海坐下，然后问："这位抗战老兵有什么事情要我们大家做吗？"

"他房子后面有些滑坡下来的泥土，挨着房子，上面挖了条小沟过水，如果我们帮他把那些泥土都挑走，最好不过了。"

杨铁雄马上说："这样吧，我们班上组成一个志愿小分队，帮抗战老兵把泥土运走。你们自己估摸一下，有时间就去参加，特别是那些从未做过好事的同学，你的分数上不来，到时我会把你拿出来示众。"

话音刚落，刘巧珍把手一举，说："我报名参加，你们定个时间，通知我。"

"我也去！"林小飞大声说。

"我不去绝对不行。"肖春意说。

"假如我不去，估计会被你们骂死。"周志光笑着说，四海，把我的名字写上。"

杨铁雄站在讲台上，有种心满意足的感觉，他静静地看着他们争先恐后报名，有十多个人时，他摆摆手说："够了，够了，去的人太多，摆不开战场。周志光，你是班长，现场管理由你负责。时间宜早不宜迟，就定在这个星期六，大家天亮就起来赶路，做好事，要真心实意去做。"

"老班，我们怎么办？加不了分。"有两三个人愁眉苦脸地说。

"你们怎么办？很简单，非常简单，太简单了。记得有这么一句话：雷锋出差一千里，好事做了一火车，只要你有心去发现，生活中处处有你献爱心的机会。你们快成为大姑娘、大小伙子了，自己去琢磨吧！"

　　星期六早上，杨铁雄被老婆轻轻一吻，醒了，老婆有事外出，晚上才回。

　　他再也睡不着，脑袋里出现一个主意，到肖四海村里去，看看他们今天的表现。

　　杨铁雄坐班车，再坐出租摩托车，上午10点左右到达，他提前一点下了摩托车，带着儿子漫步在乡间小道上。

　　田间一位五十多岁的妇女打量着杨铁雄。

　　"大嫂，你们村里那位九十多岁的抗日老兵住在什么地方？"杨铁雄问。

　　"打日本鬼子的老人吗？"

　　"是的，是的，你们村里有多少人跟日本鬼子打过仗？"

　　"以前有两个，现在只剩他一人了。"

　　"他有个女儿，嫁到离这里不远的村庄。"

　　"没错，没错。你顺着这条路一直走，碰到岔路口，往右边走。他家里今天来了一伙人，帮老人挑泥巴，不晓得是哪个喊来的。"

　　听到这话，杨铁雄心中非常高兴："这些鬼崽子，真不错，说到做到。"他谢过大嫂，牵着儿子往前走，一边告诉儿子，吃的米饭，从田里长出来，吃的青菜，从地里长出来，杨子豪盯着水田里，问，田里现在没有米饭了，它们去哪里了？

　　正在这时，远处传来一声声叫喊："老班——"

　　杨铁雄抬头一看，低缓的山坡上，站着两个女生，她们把双手放在嘴边，做成喇叭状，一人一句，反复叫喊。

　　他看清了，那是他班上的两个女生刘巧珍和廖欢。那一刻，他心里很感动，挥动着手，大声喊道："哎——"然后，他抱起儿子，快步往前赶。

　　仅仅过了二三十秒钟，山坡上便出现一群身影，杨铁雄非常熟悉：周志光、肖四海、林小飞等。

"老——班——"

"老——班——"

男生女生一起喊道。在私下场合，学生们喜欢叫他"老班"，这个称呼很亲切，他很乐意接受，既尊重他，又有友谊的成分。

林小飞从坡上冲下来，接过杨铁雄的儿子。杨子豪突然离开父亲怀抱，心里当然不乐意，不过，他很有修养，很克制自己，没当场大哭起来，只在脸上表现出不高兴的样子，好像一场暴风雨就要来临。

抗战老兵杨西笑容满面地看着杨铁雄，连声说："老师好，老师辛苦。老师好，老师辛苦。"

杨铁雄双手紧紧握住老人的手，感觉对方的手很有力，他身板很直，脸上长着一些老年斑，两只眼睛很有神。他说："老人家，您好！"

"老师，你教出来的好学生，一大早从家里赶过来，帮我挖泥巴。我这在土里埋得差不多的人，不晓得哪天阎王有空，发现我活得太久，把世上的草都吃光了，不许我在世上过日子，四海和他们同学硬要帮我挖泥巴。"

"老爷爷，他们帮你挖泥巴是对的，他们年轻，吃点苦，做件好事，对他们今后有好处。走吧！我去看看他们干了多少活。"

他们来到老人屋侧面，杨铁雄看到有个新鲜的泥土口子，口子不大，他说："才挖那么一点点，你们这速度也太蜗牛了。"

"杨老师，你别看这么小，挑了一百多担泥土。"周志光说。

"有这么一句话：寸土三担泥。"杨铁雄笑着说，表示对刚说话的歉意，"今天的任务有点重，我们要努力，你们中间有怕苦怕累的吗？先说出来。"

"我们都是农民出身，在家里经常做苦差事。杨老师，等会儿看谁先放下手中的工具，结果就会出来了。"

杨铁雄一愣，也许会是他最先败下阵来，他虽然生在农村，但这十多年来没干过体力活。

有班主任加入，同学们当然个个想露两手，干活更加起劲、更加有精神。杨铁雄被安排干轻活：挖泥土。可这活儿也不轻，你得跟上速度，不然挑泥的没活干，忙乎半个多小时，他手上火辣辣的，像要起泡的样子。他主动换工种，挑泥巴，谁知他的肩膀久未接触扁担，压上去就痛，一百多米的距离，他不停地换肩，他不能停下来，他得在学生面前表现出坚强，因此咬着牙坚持劳动，搞得苦不堪言。

最终把他解放出来的是杨子豪。

杨子豪原本一个人玩，从城里到乡下，他觉得处处新鲜，乡下随处可见的蚂蚁，子豪觉得非常有意思，不厌其烦地盯着它们看，把迷路的蚂蚁抓起来，放到蚂蚁多的地方。

小孩子注意力总有限，子豪不想玩了，喊爸爸。杨铁雄放下担子，他有了正当理由：照顾儿子。他不忘朝同学们吆喝一声："你们还能坚持吗？累了跟我说一声，休息休息也是可以的。"

林小飞挑着一担泥，经过杨铁雄面前时甩出一句话："老班，你知道吗？男女搭配，干活不累。"

杨铁雄马上说："林小飞今天变成林铁人，可以二十四小时不休息。"

林小飞马上说："杨老师，你要保护好我这匹千里马，本来能日行千里，你让它每天跑两千里，不搞垮才怪。"

周志光听了，笑着说："小飞，你把自己当成千里马，我们只是五百里马，你要担负起千里马的责任。"

"休息一会儿，休息一会儿。"杨铁雄冲他们说。

杨西老爷爷提着一把壶，给他们送开水来了。肖春意端着一碗开水，一饮而尽，然后对老爷爷认真地说："杨爷爷，你给我们讲讲抗日故事，那时候日子很苦吗？"

老人的表情突然变得严肃起来，似乎在思索什么，他说："1942年那会儿，我们奉命远行军打日本鬼子，每人每天发三个干面包，用自己带的水，伴着吞下去。没有布鞋，更没皮鞋，我们穿着草鞋，每天早晨天刚刚亮，就要走路行军，到天黑时才能休息。

"你们现在出门，晚上总有张床睡，我们当时走到哪里睡到哪里，在野外睡觉很正常。云南那边属于热带雨林地区，蛇多，有时，晚上睡着了，蛇就在我们身上爬来爬去。"

"你们怕不怕？"刘巧珍问道，表情很紧张，蛇是她最怕的东西。

"不怕，不怕。"杨西老人挥着手，连连说道，"我们白天行军，非常辛苦，晚上倒在地上就能睡着，睡得跟死猪一样，蛇有个特点，你不攻击它，它不会咬你。"

大家都松了口气。

杨铁雄趁机吆喝："干活了，干活了。俗话说，苦不苦，想想红军二万五，累不累，想想革命老前辈。今天的任务不轻，听了打鬼子的故事，我们要克服小小困难，争取回家不走黑路。"

后来，肖四海爷爷推着一辆斗车来运土，一次可运四五担泥，并和他们一起劳动，他对杨铁雄说，他孙子四海现在变了，回到家里主动干活，还会说几句让他高兴的话。

午饭是肖四海爷爷做的。按杨铁雄的意思，就在杨西老人家里吃，老人年纪大，行动不便，他们自己动手做。肖四海爷爷不同意，要大家去他家吃，他说这一辈子，杨老师和他的学生，就吃他家一顿饭，没事不会来。难道不该吃吗？杨老师辛辛苦苦教四海两年，四海和他的同学在教室里坐三年，不能吃顿饭吗？这些话很有杀伤力，杨铁雄同意了。

下午，村里几个人也来帮忙，他们说，外面的人都来他们村做好事，他们事情再忙，也要来挖几锄头，挑几担，杨铁雄完全被剥夺劳动权利。收工时是下午4点半，近点的同学走路回去，远点的，打电话叫家人或亲朋来接，肖四海爷爷叫了辆摩托车，把杨铁雄送出去。

杨西老人和大家告别时，满含热泪，一个劲地说："谢谢你们，

谢谢你们，我争取多活几年，让我的屋再起点作用，不然对不住你们这些老师和同学的一片心意。"

杨铁雄握住老人的手，深情地说："你老人家别这么说，我们受不起啊！"

周志光走向前："杨爷爷，你们打日本鬼子，我们该好好谢谢你们才对。"

因为时间不早了，师生们匆匆赶路。

回到学校里，杨铁雄追问同学们做好人好事的情况。除开为抗战老兵挑泥巴外，还有许多同学做了好事，有的为村里行动不便的老人挑水、搞卫生，有的帮老人洗脚，有的主动清理路上的杂草垃圾等等。

少数尚未行动的，他们各有理由，村里的老人不需要帮助，没碰上合适的机会等等。

考虑到这些同学还记着这回事，杨铁雄没有责怪他们，而是要他们尽快填补空白。如果百分之九十的学生完成任务，他肯定要批评那百分之十的人。

谈到为抗战老兵挑泥巴的事，他表扬了参加这次劳动的同学，有几个人手上起血泡，他当场要同学们把手掌展示给大家看，还有的同学肩膀都肿了。这是一次非常有意义的活动，一年三百六十五天，拿出两天或者三四天，做点有意义的事情，为什么不可以？只要人人都献出一点爱，世界将变成美好的人间。如今，很多人都参加义工活动，但是，整个义工的数量，与我国人口数量相比，比例太少，他希望有一天，小学生和初中生，都强制要求做多少天义工，否则就拿不到毕业证。

他相信，随着社会文明程度的发展，这一天会到来的。我国香港就对中小学生做义工提出了明确要求。

让他感动的是，离别时，九十四岁的老人握住他的手，不停地说谢谢，说他一定多活几年，在那老屋里多住几年，否则对不起帮他挑泥巴的师生。

一个人活在世上，要懂得感恩，如果对帮助你的人连谢谢也不愿说，别人心里会有点想法。

过年时，大家会收到亲戚、长辈的红包，这时，你一定要说"谢谢"两个字。

……

一个星期后，一位五十多岁身材稍胖的女人走进流沙中学校园，她嗓门粗，进了校门直叫："200班班主任杨老师在哪里？"

杨铁雄正在办公室备课，听到喊声，他赶紧走到外面看，却并不认得这女人，心想这也许是哪位学生的家长。

"我是杨老师，你是哪位学生的家长？"

"我不是为儿子的事，我为老子的事找你。"妇女说。

杨铁雄顿时感到云里雾里，摸不着头脑。他有点尴尬地说："你能说清楚点吗？"

"我是肖四海村里的，你们帮我爸爸做了件大好事，我一直想把那堆泥挑开，心总在想，手脚却一直没动。真的非常感谢你，我做了一面锦旗，送给你和你的学生。"

杨铁雄接过锦旗，嘴里说："谢谢你，这么客气。"他到教室里，把锦旗打开，心里不禁美滋滋的，中间几个大字：好老师带出好学生。赠给流沙中学200班班主任杨铁雄和他的学生，落款是九十四岁抗战老兵杨西及女儿杨妞。

杨妞送完锦旗，奔校长办公室去反映情况。丁松华听她这么一说，称赞杨铁雄是学校的好老师，做这事在他意料之中，他会在学校大会上表扬杨铁雄和参加劳动的学生，学校评先进评优秀时，会优先考虑他们，希望全校师生向他们学习。

不久，教育局长陈乐彬也知道了这件事。原来，杨妞写了封信给他，说了杨铁雄和他的学生帮助她父亲的事，希望教育界多些像杨铁雄这样的老师。

　　丁松华接到陈乐彬的电话，说他收到了抗战老兵女儿杨妞的信。他代表局党组及行政领导班子成员，向杨铁雄表示深深的谢意，请丁松华务必把他的谢意转达。方便的时候，他会找个时间，和杨铁雄好好谈谈心。

第三十二章　放下身段，局长问计普通一线教师

第十六周的上午，圣林县教育局长来到流沙中学，他满面笑容下了车，丁松华赶紧从办公室出来迎接。

简单寒暄、问好之后，陈乐彬并未抬腿上校长办公室，他开玩笑地说："你办公室高高在上，我高攀不起。这样吧！你叫杨铁雄老师过来，我想和他聊聊天。"

丁松华似乎还想说什么，大约没把准确的词语完全准备好，欲言又止。见他没立刻执行命令，陈乐彬马上问："杨老师在学校吗？把他今天上午的事情安排好，他可能要吃完午饭才回来。"

"好的，我马上把他叫来。"

杨铁雄见到陈乐彬时，没什么拘束感，他主动出击，和局长握手，仿佛他们是老熟人。陈乐彬抓住他的手使劲摇，以热情回报热情。

"走！我带你出去遛遛。"陈乐彬高兴地说。

"陈局长，你大忙人，带我这个普通老师去玩，你不会是在开玩笑吧！"

"别说那么多，我不会把你卖掉，过两小时，把你还给丁校长。"

杨铁雄坐着陈乐彬的车，来到一家土菜馆，叫司机坐外面。他们进了二楼的房间。推开窗户，大片橘子树在跟前铺开，一群鸡在树底下追逐、觅食。服务员进来帮着点菜，陈乐彬要她上两瓶小劲酒，再让她赶紧炒几个下酒的特色菜。

局长单独找老师谈话，已属少见，还把他单独约到土菜馆，这

种做法简直令人不可思议。杨铁雄在心里琢磨着，局长会和他谈什么呢？他不好开口问。

陈乐彬似乎并不急着进入正题，问他妻子在哪工作，小孩多大了，男孩还是女孩，他父母身体如何。知道他父亲也是老师，不禁有些惊奇，便问他父亲退休后的生活，杨铁雄一一回答。

突然，陈乐彬的电话响了，局里一位管基建的副局长，询问关于完小的事情，有位县领导打招呼，想供应瓷砖。陈乐彬询问情况后，指示这位副局长，按照程序，公开竞标，学校搞砸了，老百姓会骂娘，不能在他们手上建不合格学校，将来，一切都要接受审查。

放下电话，一盘酸辣猪大肠上了餐桌，冒着热气，香味四溢。陈乐彬端起酒杯，一饮而尽，说道："杨老师，干杯！我好久没这么爽快喝酒了，应酬太多，我一般不喝酒，今天很放松，自觉喝酒。"

杨铁雄把酒一口干了，说："陈局长，谢谢您如此看得起我这样普通的老师，您喝一杯，我喝两杯。"

"很好，你小子知恩图报，这点酒你不会醉吧，我可不想让你喝得难受。"

"还行，凭我这身体，也能喝几杯。"

"脑袋会给酒弄糊涂吗？"

"不会。"杨铁雄肯定地说。

"那好，我今天来，当然有目的，找个普通老师，请他把对教育的看法说出来，我接接地气，了解你们心中的真实想法，喝点酒，壮壮胆子，把你心里的想法毫无保留说出来。"

"再次感谢局长大人如此信任我，那我今天就来个知无不言，言无不尽，您要保证言者无罪，保证不引蛇出洞。"

陈乐彬大笑："你不愧是语文老师，这成语用得我眼花缭乱。我绝对保证你要我保证的一切，这里只有我们两个，你骂我，我也不在乎，反正又不丢人。来！再喝一小口。"陈乐彬说着，端起酒杯，爽快地喝了一口，"我发现，你很有才，带着班上同学，给抗战老兵挑泥巴，让学生每星期给在外务工的父母打电话，确实做得很好。抗战老兵的女儿给我写了信，表扬你，我作为一个局长，为有你这样的老师而高兴。

"我有个亲戚在你班上，叫廖欢，她父亲和我老婆是堂兄妹关系。她是个留守少年，和父母关系不很亲，很少主动打电话给父母，给你这么一弄，她不得不打，有了沟通，亲子之间相互的感情也融洽了，我亲戚要我感谢你。今天，我代表他，代表你班上的学生家长，向你表示感谢。"

"陈局长，我就毫不客气收下您的感谢，不然您白说了。您今天无非是想听些建议，完全没有一点隐瞒和顾虑的建议，不过我还心存疑虑，怕我的话说过头，您秋后算账。"

"杨铁雄老师，你可以打我，骂我，但你不可以怀疑我的人品，我们当兵的，有意见，当面骂娘，骂完没事，一样好兄弟。所以，你今天尽管说，再说，你就普通的乡下教师，我能把你怎么样，你得罪我，我也不能把你开除。"

"有道理，看来，今天我得博一把。您把我的话记录下来，好记性比不上烂笔头，我说的，大部分在您职权范围内，都是您能左右的东西。"

陈乐彬马上拿出笔记本，摊在桌子上："你直说吧！我会一条条把你的意见记下。"

杨铁雄沉吟一会儿，清清嗓子说："有这么一句话，羊群走路靠头羊，教育局是圣林县教育领头羊，教育局机关人员过多，从下面学校抽调二十多人到局机关做事，您看看，局机关有办公室、工会、监察室、教育督导室、政工股、计财股，成人职业教育站、资助中心、安稳办、基础教育股、招生考试院、教育科学研究室、教育技术装备处、电教馆、教育基金会等等。

"另外，教育局内部通信录上，局领导共有十六人。这是中国特色，其他县也这样，您陈局长一人没办法改变。"

"其实，很多科室的工作季节性很强，一年就那么点事。科室合并，完全可行。这样，使一大批人解放出来，他们干什么？把他们赶到各个学校去，赶到偏远乡村小学去。他们在办公室待着，上班再早，下班再迟，也无助于圣林教育的发展。"

陈乐彬在笔记本上记录着，脸上的表情有点儿难看，人都想听点好话，杨铁雄发现了这一点，停了下来。陈乐彬抬起头，冲他笑笑："说得好，我正想听你的下话。"

"目前城里和乡下的教育，差别越来越大，大学招生，正向农村考生倾斜，也说明了这一点。许多家长想方设法，把孩子送到城里去读书。城里一个班级八十多个学生的情况很普遍，而乡下呢，一个班八个学生并不奇怪，城里学生的学习成绩，比农村的学生好很多。

"即使同一个班级，学生之间也有很大悬殊。有一部电影叫《一个都不能少》，我们在知识传授上面，也要做到一个都不能少。现在教育局领导下去检查，主要看这个学校的卫生搞好没有，不看每个学生在智商、情商是否全面发展，是否彬彬有礼，是否对学习充满着兴趣。

"学校为了应付上级检查，花许多时间和精力去整理材料，而这些材料一旦应付完检查，它们的历史使命便完成了。

"学校主要领导和中层领导，花很多时间搞这些事，就没有多少精力去抓教学。

"老师们也有许多没用的材料要写。如果不让他们做无用功，让他们多点精力去辅导后进生，结果会怎么样呢？那些成绩差的学生，不是智力问题，而是对学习放弃。教育局领导下来，督促老师把每个学生的学习管起来，落后的补补火。

"小学阶段，老师跟紧一点，学生没有智力上的障碍，成绩不会太差，小学阶段十分重要，但现在你们很少去那些规模小的村级小学，只去中心村级小学。在办公室里坐坐，听听汇报，该校从什么时候开始办学，原来在什么地方，后来搬迁到这里，学校里老师多少，其中男老师多少，女老师多少，年纪最大的多少岁，这些都必须掌握。

"然后，检查组一阵风似的走了，来也匆匆，去也匆匆。这样的检查，对促进教学有什么作用呢？我认为，应该规定，教育局的干部，一年中有多少时间待在学校，这个您可以做得到。在学校，扎扎实实待在那里，吃住在学校。走进课堂，走进学生家中，了解真实情况，发现问题，解决问题。

"现在的检查，先通知学校，什么时间到，看什么。您说和考试告诉答案有什么两样？检查时进教室的时间少，问学生、问老师少，不接地气。不仅仅教育界这样，整个社会都这样检查。我想，如果在您陈局长手上，能稍稍改变，会有益于圣林教育的发展。"

说到这里，杨铁雄停下来，端起茶水喝了一口，观察局长的反应。

"说下去，你的意见符合实际。我看你还有很多话要说，当前你们面临最大的问题是什么？"

"我和我的同事，包括其他乡镇中学的老师们，面临同样的问题。学生厌学，难以管教。我知道，个别班主任，任用调皮捣蛋的同学去管班级。这些同学是班上的恶人，同学怕他们，他们能镇住同学，我感觉像黑恶势力当村干部，大家敢怒不敢言。

"现在的老师，我只说农村中学，老师们普遍感到心力交瘁。为什么呢？每个班级总有几个调皮的，相当顽皮的那种，班主任上课，他们不敢太放肆，其他老师上课时，他们就大显身手。

"我们应该从整个学校大环境入手，形成抓课堂纪律的氛围。学校、班主任、任课老师齐抓共管，形成合力，事情就容易办了。教育局派人驻点学校，督促学校，对调皮捣蛋的同学，找他们谈谈话，我相信能对他们形成一种震慑力，收到成效。

"国家对教育一天比一天重视，学校老师被派到各个地方去上课，学习先进教学经验，我认为培训，首先得学习如何控制课堂，个别学校个别老师控制课堂能力差，老师在教室里，学生闹得更厉害，不在时，反而显得安静些，这样的老师虽然极少，整个圣林县的数量加起来也可观，还有控制课堂吃力，比较吃力的，我们老师没有接受过这方面的专业训练。

"学生难管教，老师心情恶劣，幸福感下降。有位老师说，每次去上课，都迈着沉重的步伐，有的老师说，上课像上刑场一样，我听了心中很震惊。开学了，很多老师有开学恐惧症。

"我们继续教育培训，要琢磨老师当前最需要什么。媒体上提到老师存在心理问题，但从未见过对老师进行心理干预，老师心理出现问题，他能不产生情绪吗？他的课能上好吗？他能热爱这份职业吗？

"再说说我们的公开课。

"有位老师打了个形象的比喻：公开课是招待客人的菜，作为主人，当然得拿出十八般武艺，准备一个星期不算久。一节课的内容，在头脑中至少反复过十遍八遍，这是不计成本的，实际教学过程中根本不会这样搞。这样的公开课，成为教研活动主流。

"另外，十多个老师往教室里一坐，再调皮的学生，也会装聋作哑，老师就像录音机，把预先准备好的内容依次播放。

"平常上课，和公开课相差甚远。我们可以探讨其他形式的教研活动，比如让老师集中到一起，开个沙龙，分享他们最有用的经验，举行辩论会，讨论怎么解决教学过程中遇到的问题。"

正在这时，响起敲门声。

服务员端着一大碗热气腾腾的豆腐，菜的香味直入鼻中，再看那色彩，红辣椒、绿大蒜、黄皮豆腐，十分诱人。

"先吃点吧！杨老师。"陈乐彬说完，用筷子夹着一块豆腐往嘴里送。

杨铁雄吃了一块，感觉特别鲜嫩。"这豆腐确实好吃。"他说。

陈乐彬往自己杯中添了酒，又给杨铁雄倒满："杨老师，我敬你，你的意见很好，有一定可操作性，你不是务虚的专家。"

杨铁雄笑道："谢谢局长夸奖。"

"干了这一杯，吃点菜，继续发表高见。"

"反正今天我豁出去了，想到什么就说什么。如果您怪我，我就说喝酒喝多了。"

"放心吧！放一百个心，一万个心，我陈乐彬不是那种小人，你不会因此受打击。"

"我想起一篇文章，说一位中国人在新加坡，因为他借书没还，图书馆里有他的不良记录，他便在机场登不了机。这篇文章的题目叫《管出来的文明》，我认为，在教育界，应该推行一项强制措施，强制阅读。

"强制老师阅读，强制学生阅读。

"俗话说，给学生一杯水，老师要有一桶水。老师的水从哪里来？有的人会说，老师读了大学，有一桶水。

"好吧！就算你有一桶水，你的水会不会蒸发，水放久了，会不会变质？怎么办？不断学习，往桶里加水。因此，我建议老师读书，来提升自己，充实自己。

"教育局曾给学校老师发过一本书，并要求老师写读后感。结果呢？没几个人去看，所谓的读后感，这里抄一点，那里抄一点，交差了事，真正把那本书看完的人少之又少，看了一半的人也很少。

"为什么？机制出了问题，监督机制出了问题，大家都把它当成形式主义来搞。

"您也许会问我怎么搞，其实很简单，您看了书，您马上把书拿给我看，到啥地方，讲什么内容。如果您拿不出，说不出，您就没看书。检查老师看书不麻烦，不定期，不打招呼，随时抽查。这种继续教育，效果肯定要好。

"再说学生课外阅读。

"城里学生的情况会好得多，城里家长文化水平高，重视孩子阅读。但我们农村中学，您在一个班，找不出多少学生在阅读课外书。

语文教材，薄薄一本，怎么够学生吃，塞牙缝都不够。

"由于阅读量严重缺乏，上课又不专心，有的学生上了初中，连中国首都在哪都不知道，省会城市在哪都不知道。

"我们有家长学校这个机构，但是，很多学校只挂个牌子而已。当前有这么一句话很流行，中国最需要教育的是家长，从某种程度来说，确实是这样。应由教育局牵头，研发出适合小学初中家长的课程，轮流到各学校给家长们讲座。您讲的内容，触及到家长内心，家长便会认真听下去。有些道理，您和家长讲明白了，他会接受，会按您说的去做。

"比方说，有些家长讲自己要赚钱养家，所以没有时间和孩子在一起。您赚多少钱才够，等您赚够了钱，孩子已经长大了，他已经不需要您陪伴，他的坏毛病、坏习惯已养成。正是因为缺少管教而形成的。

"孩子不成器，您会幸福吗？把这些道理一说，相信家长会抽出时间，和孩子待在一起，至少比原来好些。

"我们常常收到朋友的祝福，祝开心快乐，其实，看看我们的学生，脸上有多少快乐，他们的内心世界，常常塞满忧郁、烦恼。有人做过研究，三岁之前的小孩，每天要笑一百七十次，随着年龄的增长，笑容越来越少，这到底是什么原因呢？

"我听过这么一句话，欲望越多，幸福感越低。

"人越长大，遇到事情越多。拥有一颗快乐的心，非常难得。我们应该在学生时代，学会保持快乐心态。怎么对待挫折，怎么对待人生。老师在课堂上当然也会讲，但讲到什么程度，能否触及到学生的灵魂，是另外一回事。如果教育局能组织这方面的优秀讲座，送到学校，一定能在学生心中留下深刻印象。

"我们义务教育阶段的学生，每天重复着上课、下课，生活没有一点波浪。如果每个月有那么一次有意义、高水平的讲座，他们该多开心。"

说到这里，杨铁雄停下来，沉默着。陈乐彬放下手中的笔，无言，仿佛在思考着什么。

辣椒炒瘦肉端上来了，陈乐彬端起酒杯，和杨铁雄碰杯。杨铁雄慢慢喝一口，说道："陈局长，我今天说得太多了。言多必失，言多必失，请包涵！"

陈乐彬没接着杨铁雄的话说下去，突然来一句："你班上学生成绩怎么样？"

杨铁雄一怔，很快稳住阵脚："还行，至少在我们学校比起来，让我满意。"

"怎么个满意法？"陈乐彬往后一靠，盯着杨铁雄，轻声问道。

"期中考试的成绩，全年级三个班排名，前十名的我班上占六个，前五名的全包了。作为班主任，我为他们感到骄傲，上学期期末成绩也不错。"

"你的班是重点班吗？"

"我们学校没有重点班，不论公开的，还是内部掌握的，都没有重点班。"

"很好！很好！这说明，抓思想道德教育，不会影响学习成绩，反而有利于提高学习成绩。孝子，更是才子。"

"确确实实是这样的，如果一个人思想正确，那么他的世界观也是正确的。我班上的学生，通过加强思想道德教育，大家活得有意义，上进心很强，学习起来更用心些。学生有时也调皮，但都在可控范围之内。"

"听你这么说，我有底气了。上个星期，我去一所中学检查，发现学校校长在加强思想道德教育方面，没有实际行动起来，他还喜欢喝酒，醉了乱说话，我一气之下，把他撤掉了，他到县里去告状，说他没耽误工作。"

"县里怎么处理？"杨铁雄担心地问。

"尹副县长把他骂一顿，说我做得对，工作的事情，我们今天说到这里。按规定，中午吃饭不能喝酒，我违规了，幸好在乡下，没人来查，我们再来一瓶如何。"

"难得跟局长喝酒，而且单独喝，难得醉一次的机会。"

"这话我爱听，干杯！"

下午，杨铁雄刚刚踏进教师办公室，便被众老师包围审问。

"你老实交代，局长是不是要提拔你？"

"你高升到哪里，我们都跟着沾光。"

"和局长大人在外面混几个小时，你好大的面子，看样子他是专门来找你的，透露一点点会谈的内容。"

…………

办公室里一片嬉笑声。

"我一个普通老师，能提拔到哪里去，局长想找个人喝酒，聊天，放松心情。"

"找你喝酒？丁校长比你的酒量大多了，喝酒是假，谈重要事情是真，没说我们怪话吧，我们天天面对这群学生，心里够烦了，你别再给我们添乱。"

杨铁雄决定不透露任何内容，任何一句话，都可能引发大家多角度猜测解读。全县几千个老师，局长为啥独独找你喝酒，你给大家一个信服的理由。

杨铁雄出了办公室，去教室里看看，同学们见了他，非常兴奋。林小飞扯开喉咙说："杨老师，我们今天都好像抽了鸦片一样兴奋。"

"兴奋什么？你抽过鸦片吗？"

"我们看到教育局长用专车把你接到外面去了，回来的时候，你脸色红红的，现在你身上还有酒味，肯定去喝酒了。丁校长都没去，你说你面子大不大，你面子大，我们兴奋。"林小飞说。

周志光凑过来，小声地说："杨老师，局长是不是准备把你调到教育局去，你不要把我丢下不管，到时候我们又会变成'没爹没娘'的孩子。"

杨铁雄听了此话，不禁笑了，他说："我现在非常明确地告诉你们，我不会到教育局去，即使让我当局长，我也要等你们毕业之后再去。局长从未和我谈工作变动的事，所以，我会继续当你们的班主任。"

几个人笑着鼓掌，刘静媛和刘巧珍等几个女生，不约而同向他伸出大拇指，左右摇晃，另一些同学也把大拇指伸向他。杨铁雄心中有股暖流在快速流动，弥漫全身。

"老班，透露点消息，局长那样的大人物，和你谈些什么？我很想知道一点点，大家也想知道。"说话的是刘静媛。

"局长这次找我聊天，其实是你们的功劳。上次我们班十几个同学，帮助抗战老兵挑泥巴，他女儿不仅给我们送了锦旗，还给局长写了一封感谢信。我们仅仅花费一天时间，却得到这么大的回报，舍得！舍得！同学们啊！有舍才有得，舍小得大，希望你们今后的日子里，继续做一个有爱心的人，多帮助别人，成就你自己。

"另外，我们推行每星期给在外务工的父母打电话，局长也知道了，他对我们的做法表示充分肯定和赞赏，他要我转达他对你们的问候。中国有首古诗《劝孝歌》，其中有一句是：'人不孝其亲，不如禽与兽。'一个人不论他出身于什么样的家庭，不论他在什么地位，只要他父母还在，那么他对父母尽孝，这是人之所以为人的根本。"

杨铁雄与局长谈话的内容，还有一个人想知道：校长丁松华，他两人独处时，他轻描淡写地问起此事。杨铁雄说，他在200班的一些做法，引起局长的兴趣，局长和他探讨在全县的学校推广的可能性，会遇到什么困难，怎么解决。丁松华很有领导风度地听着，不时嗯一声，最后，他问，是否谈及学校工作。

杨铁雄说没有，陈局长不为具体事而来。估计到下学期，教育系统会有些改革动作。他与陈局长接触几次，发现他很务实，做事讲实效。

时间一天天过去，杨铁雄带着200班阔步前进，他制定的制度，正稳步推进。他说，北大校长王恩哥上任时，向学生提了十句话，有些适合他们初中生，比如说结交两个朋友：一个是图书馆，一个是运动场；培养两种功夫：一种是本分，一种是本事；乐于吃两样东西：一样是吃亏，一样是吃苦。配备两个保健医生：一个叫运动，一个叫乐观，运动使你生理健康，乐观使你心理健康。

杨铁雄好比引路灯，指引大家不断走向光明。他要每个人都树立目标，毕业后，或升高中，考大学，或读职业中学，国家现在对职业教育扶助力度很大，不仅免学费，而且每学期都有助学金，家里不用出什么钱，也能完成学业。

天气一天比一天冷，期终考试的脚步声越来越近。杨铁雄的身影频频出现在200班教室里，督促大家复习功课，解答学生们学习上的疑问。他感到很欣慰，学生一天天在进步。

休息时间，200班教室里也有人在看书。那天，刘成城去找人，突然发现这事。像流沙中学这样的农村中学，大家上课认真就非常不错，能把休息时间用来学习，真的该惊讶了。

此事被老师们一传，变成全校性新闻，一些同学纷纷跑过来看，果然如此。然后，其他班教室里，陆续出现课外时间看书的现象，毕竟，马上要期终考试，每个班总有些人喜欢读书。

同学们向杨铁雄发出邀请，过年时，再去他们家做客，过了这个年，200班的同学将各奔前程。

杨铁雄想想也对，答应了，他将带着他的老婆孩子，去他们家里。学生要和他拉钩，他没拉，他不知道老婆同不同意。

第三十三章　募捐募捐，好消息一个接一个

农历正月初十，流沙中学初三学生开学的日子，全校正式开学在农历正月十六日。杨铁雄兑现了自己的诺言，去同学家里拜年，因为时间紧，他只去交通方便的同学家。周志光、林小飞、肖春意等一帮男同学，骑着摩托车，跟在杨铁雄的后面，几台摩托车飞驰而过，场面略略有些壮观。摩托车队的照片在200班QQ空间发布之后，引来一片尖叫、赞美声。

年轻的小伙子们，总想表现自己，肖春意炫车技，开到冬茅草丛中去了，众人费了好大劲，才把他的车子拽上来，然后一起嘲笑他。

杨铁雄不得不板着脸对他们说，好好骑车，谁再想表现，他马上回去，大家各奔西东。

如此训斥一番后，众人心中十分害怕，只好规规矩矩开车。

流沙中学补课，不像城里学校的补课，一补，全班都补。乡镇中学部分学生，只想完成九年制义务教育，拿到毕业证，跟着老乡、亲朋外出打工。而拿毕业证，和呼吸空气一样简单，这类人，他们不想补课。

丁松华在初三年级会上，要求补课的学生完全出于自愿。这样，学生及其家长不会告状，学生管理也相对容易些。

初十那天，200班同学一个不缺，全部到校。杨铁雄知道，有两三个同学坚决拿毕业证，他们家中情况，以及个人兴趣，促使他们做出这样的决定，他问他们，为何也来补课，他们说，待在家里无聊，一辈子读书就剩下这个学期了，今后再也不会迈进学堂门了，来

补课，多学点知识有好处。杨铁雄听了，心里酸酸的，隔一会儿，他说，这样很好，便不知再说什么。

另外两个班，每班有十多人没有参加补课，意味着有十多人只拿毕业证，或读职校。

杨铁雄班上许多学生家长也来了，很多家长，即将像候鸟一样，出去打工，他们到学校来，拜托杨铁雄把他们的儿女管紧点，要他该打就打，该骂就骂，不打不骂成不了才。

一些家长没空着手来，他们或提块腊肉，或提一袋花生，或提一葫芦辣椒粉，或提一只鸡。杨铁雄不肯收，说这样叫受贿。家长们说，如果收一只鸡，一块肉也叫受贿，他们把法院办公室堵住，不让他们办公，坐牢，他们替他去坐。

杨铁雄心里很感动，只得收下家长的一片盛情。家长的真情，不是用钱能买到的。

有位家长说："我以前指望这个崽不变坏，就心满意足了，他能学多少文化算多少，是个人，不傻不蠢，有手有脚，将来总会搞到一碗饭吃。

"现在，他想读高中，想考大学，只要他听话，我卖房子也会供他，这是你杨老师的功劳，我告诉他，今后无论如何不要忘记杨老师，要像亲戚一样走动。"

杨铁雄听后，感动得一塌糊涂，一个老师，能影响人的一生，这种威力，说多大就有多大。老师！老师！两个字饱含着沉甸甸的责任，既然选择了，就别太计较得与失。

初十未正式上课，杨铁雄把他收到的鸡、野猪肉拿出来，到食堂里加工，然后请全班同学一起吃。他说，吃了这顿饭，战鼓已经敲响，大家的目标，直奔中考，奋勇前进，不管你给自己定下什么目标，没有理由不珍惜眼前的学习机会。

智商重要，情商更重要，一个人情商低下，不可能成就事业，抓学习成绩的同时，大家绝不能破坏以前的规矩。

这天晚上，学校没要求自习，教室里稀稀拉拉坐着几个人，杨铁雄到教室里一看，心中略略有点生气，转念一想，学校未要求自习，让他们放松一晚上吧！

他到男生宿舍，没发现学生，却听到不远处有说笑声。

他出现在四合院时，学生脸上掠过一阵惊慌，有的人想夺路而逃。他非常和蔼地说，今天晚上可以不学习，大家尽情玩。说着，他走到火堆旁，伸出两只手烤火。

侯德胜从口袋里抓一把花生，递给杨铁雄，紧接着，有人给他糖、瓜子、油炸红薯皮等，他忙说够了，够了，谢谢大家。

他把手上的东西，分给其他人。同学们问他，他读初中那会儿，有火烤吗？他读书厉害吗？肯定是班上的好学生。

杨铁雄说，他读初中时，物质条件比现在差，他父亲当时是民办老师，工资相当低，他经常吃家里带的酸菜。现在说酸菜不能多吃，他们那个年代的人的学生时代，人人靠吃酸菜过来的。那时天气比现在冷，学校里没火烤，他们硬撑着过冬天。

说到读书成绩，他不瞒大家说，他的成绩一直不拔尖。但他有颗从不放弃的心。从初中到高中，到大学，大学毕业后，他一直保留着读书的习惯，读书开阔了他的视野，让他忘记生活中不愉快的事。在书中，他真正体会到"书中自有黄金屋"。

他希望200班每位同学，今后不管从事哪个行当，都不要忘记读书学习，书能使人精神富有，感受到生活的美好。

柴，添了一次又一次。没柴了，大家依然不肯散去，围着火红的木炭继续烤。肖春意说他去捡柴，出去几分钟后，他弄来几块沾满石灰的木板，在一片叫好声中，投进通红的火堆中。

晚风吹来，寒意阵阵，他们把火烧得旺旺的，火光把小小的四合院照得红彤彤的。

夜，一点点走向深处。

师生围在火塘边，聊过去，聊现在，聊将来，聊得睡意浓浓时，才渐渐散去。

第二天早上，当起床铃声响过之后，杨铁雄依旧睡意正浓。暖和的被窝，确实很有诱惑力，想着昨天晚上学生睡得很迟，他们可能也在睡觉。

他跑到宿舍一看，果然见几床被子里面有人，他还听到呼噜声。立刻把他们摇醒，再睡，食堂里的早餐没了。

正月十一这天，为了让同学们从思想上走上正轨，杨铁雄利用语文课，给同学们上政治课，他亲力亲为，对迟到、讲话的同学进行处分。

一两天时间，200班的学生收了心。杨铁雄听了，心里乐滋滋的，嘴上啥也没说。

杨铁雄与局长陈乐彬喝酒聊天后，一直期待他的建议得到落实。这学期，期待有了结果。

开学之初，教育局领导例行到各学校检查开学工作。以往，领导们在学校待个把小时，然后打道回府，杨铁雄发现，这学期教育局的两位领导，啥级别他不知道，在流沙中学校园里，走来走去，不时盘问各方面的情况，提建议，他们上午来，下午依然在学校待着。看他们的架势，并不着急走，有点要在流沙中学扎根的味道。

邓开文说，局领导中午没去外面餐馆里吃饭，而在学校食堂里解决温饱。他们做出这个决定时，在上午11点半，食堂里的菜差不多出锅了，他们坚持在食堂里吃，说是陈局长的要求，丁松华与他们斗争几个回合，只得让步。

第二天，教育局的同志又出现在流沙中学，然后到中心小学和各村级小学去了。流沙学校总校长开车送他们去，他们没去学生较多、管理比较规范的学校，专门去人数少、班级少的学校，笑眯眯地看，笑眯眯地问，时而轻声发问，总校长心中七上八下。果然，下午风云突变，两位领导ABCD和甲乙丙丁罗列一堆问题，一条条，一个个，让总校长脸上尴尬不已。

快下班的时候，教育局的同志才回县城，他们坐局里一位同事的私家车回去。

只要有点嗅觉的人就会发现，本学期气氛有些不同，类似风雨欲来风满楼的感觉。丁松华说，开校长会时，陈局长在会上说过，让局里的人下去，他们下去了，真心想着圣林的教育，才能看到圣林教育美好的未来。

当时没在意，总以为说说而已。以前的校长会上，他们听过不少豪言壮语，现在看来，这位兵哥哥局长确实不是说说而已。

第二个星期，教育局两位同志又来了，众老师私下议论，圣林教育界是否要变天了，在他们印象中，上面从未如此搞过。

杨铁雄明白，他向局长提的意见有了反应，他不禁暗暗佩服陈乐彬，这位当兵出身的教育局长，干的比说的好。他从邓开文那里得知，驻他们学校的两位领导，分别是局办公室刘昌林和政工股彭龙武，他们向学校提出，在流沙中学校园里，给他们安排一间房子，有桌子，最好能有两张床，供他们午睡用。

当时丁松华心里咯噔一下，难道这两位钦差大臣要在流沙中学落地生根。他不好多问，把一套公租房腾出来给他们住，本想给每人一间，他们主动说不用了，占用学校太多资源，陈局长知道会骂人的。他们除了在流沙中学晃荡之外，经常到各小学去看看，总校长经常被他们两个问责。总校长不得不把会计、出纳，从办公室赶到各学校督战。

不久，教育局又发一道政令：每位老师，每学期必须看三到五本书，这一条规定与教师资格证挂钩，没有完成任务的，教师资格证重新认定时将不合格。

第三个星期，两位钦差大臣在流沙中学教师例会上发了言，他们没有官话、套话，言简意赅。"首先报告一大喜讯，教育局长陈乐彬同志被评为感动圣林十大人物，社会各界对陈乐彬在任期间的教育工作的评价很高，这种评价，不是高考上线人数超过多少，而是家长实实在在看到学校精神面貌的变化，感受自己子女的变化。今年春节正式上班前，王县长和陈局长整整聊了一个下午，对他的所作所为给予充分肯定，对今后的教育工作提出了新要求。

在教育局全体干部职工大会上，陈局长讲话的主题是：放眼未来，智商情商一起抓。这种观点得到很多人的赞赏，有人把陈局长的讲话发到微信上，据说有位在北京大学任教的圣林籍教授，对陈局长给予高度评价，说他真正造福于圣林人民。

他的做法，引起个别人不满，因为侵犯了他们的利益。你想想，过去待在办公室，多舒服。但王县长发话，凡拿财政工资，还没退休的，如果不听指挥，停发工资。如果发现有人不认真干活，得过且过，小心把他发配到山清水秀的乡村去。

两位到流沙中学的教育局领导说："来到贵校，肯定有人骂我们，干活总有人盯着，心里不舒服。但没办法，吃了这份粮，就打这份仗，大家工资不高，国家已经注意到这个问题，已在逐步提高农村教师的待遇，把乡村教师队伍稳定下来。

"我们的到来，是为了发现问题，解决问题，共同把圣林教育搞上去，不是与各位为难。"

两位钦差的讲话总共不到二十分钟，他们赢得流沙中学老师的好感。如果你真来做事，老百姓在心里喜欢你，即使你损害他一点利益，他照样向你竖起大拇指。

不久，圣林县教育局对中小学生阅读做了要求，全县的小学生，每周单独开设一节阅读课，由语文老师进行阅读指导，并且规定，阅读课绝对不能挪作他用，一经发现，处罚相关责任人。针对有些学校没有图书的情况，暂时采取每个学生自己购买一本书，互相换着看的措施。教育局将采取措施，逐步为没有图书的学校配置书籍，有的学生进城不方便，学校推荐一些适合各年级学生看的书，标明原价多少，打多少折，由学校统一代购，书上写学生的名字。

按陈乐彬的想法，让学生在小学阶段养成良好的阅读习惯。一个爱读书的人，成绩不会差到哪里去。一个爱读书的人，精神层面丰富，会提高个人幸福指数。

给全县每所小学装备图书，单靠原来那点图书经费远远不够，学生的阅读不能拖，不能等。局办公室副主任，圣林县义工协会会长周荣知道后，对陈乐彬说，组织义工协会的人去街上募捐。陈乐彬听后没说话，他内心兴奋起来，他要沿着这条思路，为全县学生募集图书资金。

他亲自动笔起草给王县长的报告，关于为全县中小学募集图书资金，他想让县民政局牵头，教育局和县义工协会配合，圣林电视台和《圣林报》免费提前宣传这次活动，县纪委派人监督，县新华书店协助、负责采购。有了这些部门的支持，活动显得更具公信力。他利用私人关系，打电话给一些单位和个人，要他们赞助。

为了回报捐款人，他想到一个点子，凡捐款超过一千元者，在价值一千元的书上盖章，注明由某某单位或某某个人捐赠。

王县长在会议间隙接到陈乐彬的报告，他看完后，风趣地说："你这一介武夫，和书较上劲了，好得很呀！我完全支持你。"签完字后，王县长笑着对在座的各单位负责人说："陈局长为山区小孩子化缘，买几本书给学生看，你们可怜可怜他，少到外面吃顿饭，捐赠的书上写你单位的名字，别太小气。"

县长大人的话音刚落，立刻有人问怎么捐法。陈乐彬向他们鞠躬致谢，然后说正在筹划此事，具体情况让办公室的人联系。

出师大捷，回到教育局，陈乐彬兴奋极了。

他把局图书工委的人找来，要他与新华书店联系，提供适合中小学生阅读的书目，供大家审查，把每一分钱用到刀刃上，货比三家。最后拍板买什么书，他肯定要插手。

几分钟后，陈乐彬给县民政局一位副局长和县委宣传部副部长打电话，请他们到娟娟鱼馆吃晚饭，商量募集图书资金的事。并说王县长已对此事做出重要批示，希望他们带相关人员参加，帮他这个没文化的教育局长做点文化事。

娟娟鱼馆位于房产局后面，环境不咋的，但菜的口味很好，豆腐煮鱼是招牌菜，而且价格相当实惠。陈乐彬喜欢去那里吃，他不怕别人笑话他，说那里不上档次，与局长身份不符。他常说他是农民的儿子，农民很实在，他喜欢做值得的事情，除非特别重要的客人，他才会到高档宾馆酒店去。

即使重要客人，比如县领导，熟了之后，他也会向其推荐实惠的地方，客人也愿意去这种小地方，吃点有特色的菜。

酒桌上办事效率高，陈乐彬与他们熟悉，加上有王县长的圣旨，他提的要求，全部得到积极响应。县电视台答应明天晚上播募捐的消息，连续播，直到募捐那天止，圣林报社答应马上刊登稿件。

晚上，陈乐彬把自己关在房间里，琢磨着给哪些人打电话，怎么让别人心甘情愿接受。他翻开电话本，罗列出一串名单，以及他们的电话号码。

电视台的广告播放后，陈乐彬给他结识的朋友打电话，甚至登门拜访，请他们献爱心，为偏远地区中小学生添置图书。他的努力没有白费。曾经为流沙中学200班捐过书的马千里，说他一定参加捐赠活动。具体数目等他考虑再答复。不久，他说捐赠一套进价八万元的红木家具进行拍卖，所得款项全部捐出来。万一拍卖没成功，他捐八万元现金，陈乐彬万分感动，他说一定叫电视台的记者多给他拍些镜头。马千里说不必拍，他捐钱，不为出名，只为内心的安宁。不过，他有点小小要求，希望捐钱购置的这些书，学生们能认真去读。绝不能让书成为一种摆设，那样会伤了捐赠人的心。现在有些农村书屋，常年没什么人光顾，崭新的图书，静静地陈列在书架上，落满灰尘。

陈乐彬说，只要他当一天局长，就不会让这样的事情发生，将来的事，他管不着。马千里说，他将邀请几位圣林籍有爱心的好朋友，参加到这次捐赠活动中来。

像马千里这样热心教育的老板，陈乐彬还遇到好几个，他心里暖暖的。决心要把此事做好，给大家一个完美的交代。一些在外面工作的圣林人，通过网络了解到捐赠书籍的事情，纷纷表达捐赠意愿。其中在深圳搞房地产的何中书，他是圣林人，愿意捐献20万元的书，他有个要求，他捐的书，弄到他那个乡的学校，陈乐彬答应了。

陈乐彬为捐赠的事忙得连打屁都没工夫时，他接到杨铁雄的电话，杨铁雄向他说些赞美的话，陈乐彬在脑袋里反应好几秒，才把打电话的人与流沙中学那位与他长谈的老师对上号。陈乐彬说这事如果做成了，真正的功臣是他杨铁雄，要他马上到教育局来，聊聊天。

杨铁雄赶到局长办公室时，办公室里有好些人在等着，陈乐彬让他先坐会儿，然后三下五除二，把前面的事情处理好。他起身给杨铁雄倒一杯开水，从抽屉里拿出包装精美的茶叶，放了一些，轻轻把门关上，很亲切地说："杨老师，最近过得怎么样？"

"还行，班上的情况一天比一天好。这个学期，整个学校的学风有明显好转。现在谈论办教育，总强调硬件的重要性，以为硬件好了，教育质量就会上去，其实，搞教育，软件绝对比硬件重要。"

陈乐彬端起茶杯喝口水，说："我有同感，这次叫你来，因为给学生配图书，在社会上募集资金，目前从各方的情况来看，大家对教育相当支持的，这也是我们的教育工作得到社会各界承认的结果，不料事情玩大了，比我预想的结果好，很多人愿意出钱，我感到肩上的担子重了，一定要把这事做好，不能让别人指着我的脊梁骨骂，看看杨老师有啥高见，你们一线的同志，更实际。"

"谢谢陈局长如此信任我。"

"停！停！停！你别跟我客气，我喜欢你直来直去的样子。"

"好！我琢磨一下，看如何把事情做好，捐赠者最大的愿望，他不是收回投资，他希望被捐赠的人懂得感恩，能把爱心传递下去，延续下去。"

"你有什么招数。"

"在图书的扉页上，除了标注捐赠者，再加一行字：做个感恩、善良、有爱心的人。学生看到这些文字，会在他心目中起潜移默化的作用。另外，请电视台的记者，把这次捐赠活动做成一个光盘，捐赠数额较大的，电视台主持人介绍其成就。这张光盘发到各个学校去，作为对全县学生进行感恩教育的教材，对于捐赠者来说，这是极好的回报。"

"好啊，杨铁雄，你真是个人才，把你放到流沙中学太委屈你，你想去哪个学校当校长？不过，要价别太高，我怕摆不平。"

杨铁雄笑了，他说："陈局长，我说这几句话，您就赏我一顶校长帽子，我可赚大了，别人说您滥用权力，可别怪我，把我从普通老师提到校长，会有人猜我送了多少钱。"

"做什么事，总有人说长论短。也奇怪，别人也向我提过意见，独独你的意见，我听到心窝子里去了，并且费尽心思去执行。"

"陈局，如果一定要给解释，我想只有一个答案，上辈子我是您的领导。"

"哈！哈！哈！"陈乐彬笑出了眼泪。

后来，募捐方案又进行了修改，杨铁雄提的两条建议，加了进去，他们通过圣林籍人士在外的同乡会、校友会等渠道发布消息，尽可能让更多人参与到这项活动中来。

教育系统内部，也开展募捐活动，捐得少的，以单位的名义，凑到一起，捐得多的，另外记账，局办公室给各学校校长打电话，校长必须带头捐款。

捐款的那天，圣林县的星星广场，挤得水泄不通，好在事先做了预案，搞了几个捐赠点，电视台来了三台摄像机。王县长和尹副县长专程参加现场捐赠，他们捐了一个月工资，陈乐彬也捐出一个月工资。

最让人感动的是，有几位从工地上赶来的民工，来到现场捐款。电视台记者堵住他们，无论如何得让他们讲几句话，最后他们推选一位文化多点的中年汉子说话，他说，他们有儿女在读书，他们这么做，应该的，其实是为他们自己。

现场有位年龄最大的捐款人，她头发全白了，背是驼的，脸上爬满皱纹，这是一张饱经风霜的脸，这是一张慈祥的脸，她把一担箩筐放到旁边，从口袋里掏出装钱的塑料袋子，用手沾点口水，一张张数，然后拿出一张一元的钱，装回自己口袋中。她走到捐款台前，说："同志，我捐六十八块三角钱，你们不要嫌少。"

陈乐彬刚好在旁边，他对老人说："您满头白发的人，赚点辛苦钱，给我们捐款，这份心意很重很重，你已经捐了很多。"

"我今天的菜，就卖这些钱，我留下一块钱，等会儿坐公交车回家，早晓得捐钱给孩子们买书，我从家里带点钱来。"

陈乐彬一愣，握住老人那双粗糙的手，有点哽咽着说："奶奶，您这六十八块三角，比一万块钱都多，我替全县的学生谢谢您。"说完，向她鞠躬致谢。

这一幕，早被电视台记者跟踪拍摄下来。此时，主持人请老人讲几句话，老人扯扯衣服，理理头发，有点羞涩地说："我叫李秀英，今年七十五岁，我把今天的卖菜钱捐出来，就是要学堂里的小孩有书看。我小时候没进过学堂门，不认得字，自己的名字也不晓得写，好可怜呢！你们的力量大，捐钱多，不说了，我不晓得说什么，感谢大家。"

周围响起了掌声，老人有些不好意思地笑了，然后扒开人群，挑起她那担装菜的箩筐，一晃，一晃，消失在川流不息的人群里。

这次募捐共筹集到两百多万元，如果给每所学校配足图书，肯定不够，陈乐彬想办法，从其他地方挤出一百多万元钱，用于购置图书。

购书工作和募集资金同时进行。仅仅二十三天时间，一批批新图书，就从圣林县城发往圣林县一所所中学、小学。原来打算在小学设置一节阅读课，现在改成一个下午。

教育局的干部职工，被派到各学校，检查阅读执行情况，在流沙镇十亩小学,他们发现很美的一面,一群天真活泼的农村娃,搬张凳子,围坐在两棵高大的樟树底下,贪婪地翻看着崭新的书,树上的鸟叽叽喳喳叫个不休,甚至跳到小孩身边来。这一幕被拍成视频,加上背景资料介绍,通过微信和其他方式,传到互联网上,引发一片惊呼声,有人称那里是中国最美的课堂,甚至有人问,那里要不要支教老师。

阅读,在圣林的每一所小学轰轰烈烈开展起来,中学的阅读得到加强,陈乐彬亲自到各个村小去检查,事先不打任何招呼,发现问题,立刻在教育系统内部通报,搞了几次,大家都比较紧张,认真对待阅读课。他请县里的第一支笔,七十岁的老作家薛松,把他们募集到的资金,由找图书,分发图书,到各学校阅读的事宜,写成一篇近万字的报告文学:《阅读圣林》,分两期刊登在《圣林报》上面。

他请报社加印500份,给捐款数额较大的单位和个人寄去报纸和感谢信,作为汇报。

圣林县教育局长陈乐彬的事迹,很快让省教育厅领导知道了,他们认为陈乐彬是教育系统的改革先锋,派出省教育厅新闻中心的首席记者李林树,到圣林县去采访。临行前,厅长交代李林树,在下面多待几天,把陈乐彬这个人物写透、写活。

李林树来到圣林县,采访陈乐彬本人,采访教育局干部职工,各中小学的校长老师,他在流沙中学整整待了一天,采访杨铁雄和他班上学生,以及其他老师。从他看到的,听到的,感受着圣林教育的变化,这位师大毕业就写教育新闻的记者说,圣林的教育,才是真正的教育,绿色的教育。回省城后,他写了长篇通讯:《一手抓智商,一手抓情商,办老百姓真正满意的教育》。

第三十四章　他去天堂，把大爱留在人间

　　五一节过后，天气动真格地热起来，距离中考只有一个多月。杨铁雄班上的学生中间，弥漫着一种难舍的离别情怀。

　　此时，发生了一件很不幸的事。

　　星期一上午第一节课，周志光的座位空着。当时是数学课，数学老师以为周志光在路上，没告诉杨铁雄。

　　第二节课，杨铁雄发现周志光没来，问同学，同学说他第一节课就没来。杨铁雄心里好奇怪，从没出现过这样的事情，或许周志光有啥事，忘记打电话，等下了课，再打电话问问。

　　周志光的手机处于无法接通状态。过一会儿再打，还是无法接通。

　　一种不祥之感在杨铁雄脑海中闪现，他埋怨自己，怎么有这种想法呢？他拿起作业本来批改，改了几本，照样心神不定。正在此时，英语老师走进办公室，告诉他，周志光没来上课。杨铁雄说周志光今天没来学校，他打了电话，打不通。

　　英语老师得到这个答复，回教室了。

　　杨铁雄拿出家长电话簿，找到周志光父亲的电话，电话里传来：你所拨打的电话已关机。过会儿再打，不通！不祥预感更加强烈，在他头脑中挥之不去。心神不定的杨铁雄找到周志光村里一位学生，打听周志光的下落。这位同学一问三不知，说他在家里看电视，双休日没和周志光见面。

　　看来，一定会有什么事情发生。

周志光连续几节课没来，电话打不通，引起200班同学的关注，大家无不担心他，希望他是去哪旅游了，手机没信号。

　　下午，答案终于揭晓，杨铁雄接到一个电话，对方说他是周志光父亲。杨铁雄突然兴奋起来："周志光爸爸，你好。我打你电话，总打不通，急死我了。"然后他不说话，等待周志光父亲说下去。然而，电话那头，却久久没有出声。

　　"喂！喂！你说话呀！"杨铁雄着急地说。

　　一阵沉默之后，传到杨铁雄耳朵里的，却是一阵抽泣的声音，他起初怀疑这声音的真实性，再听，抽泣声越来越大。"你冷静一下，周志光爸爸，到底出了什么事。"杨铁雄安慰他说。

　　"杨老师，志光出了车祸，昨天是她妈妈生日，他妈妈在全州经济开发区打工，他去给妈妈送蛋糕，路上出了车祸。"

　　"啊——"杨铁雄嘴巴张大了，"他现在的情况怎么样？"

　　"在医院重症监护室，一直昏迷不醒，我打电话给你，先替志光向你请假。"说到这里，电话突然挂断，杨铁雄马上拨过去，对方没接，他想了想，周志光的父亲，此时更需要静一静。

　　杨铁雄愣在那里，两眼发直。事情怎么会那么巧呢？今天早上，他坐车来学校，听到中巴车上的售票员说，昨天有台车子出了事，出了大事，一台大货车对着中巴车的侧面撞过去，货车司机整晚都在打牌，头脑昏昏沉沉，造成三人当场死亡，伤七八个，司机已被抓起来。

　　杨铁雄怎么都难以把车祸与周志光联系起来，其他老师知道周志光出了车祸，无不为他惋惜。他们说周志光是个人才，将来肯定有出息。

　　下课时，杨铁雄来到200班教室，他表情凝重，站在讲台上，两眼盯着周志光的位置，想着周志光坐在位置上认真听课的样子。而现在，他的同学在教室里追逐、嬉笑。他却躺在一个花钱如流水的地方，全身插满各种管子，病房外面守着心急如焚的亲人。

同学们觉察到杨铁雄脸色不对，目光集中到他身上，教室里安静下来。

"周志光出了车祸，正在医院的重症监护室抢救，目前昏迷不醒，刚刚他父亲给我打了电话。"说完，杨铁雄用双手蒙住眼睛，大滴的眼泪，从他指缝间流出，掉在地上。等他拿开手时，看到好些同学眼里含着泪水，刘静媛趴在桌子上，身子一动一动的，她在轻轻抽泣。

杨铁雄抹抹眼泪说："我们现在能做的，是为周志光祈祷。我们全班同学都来折千纸鹤，每个千纸鹤，会承载我们一点点希望与祝福，所有的千纸鹤，会帮助我们完成一个心愿。"

"好！好！"同学们异口同声地说。

"不会折的，向会折的人学习一下，我去办公室拿些白纸来，白色象征着纯洁，表达你们之间友情的纯洁。"说完，他走了。

下午最后一节是政治课，政治老师走进教室，看到每个同学都在折千纸鹤，他明白了，他没上讲台，走进同学中间说："这节课我不上了，你们折千纸鹤，这种行为，是对优秀道德品质的诠释。"

"老师，你太好了。"几个同学异口同声地说。

"折吧！折吧！多折一个，周志光同学多一分希望，谁教教我，我也来折。"

旁边立刻有同学响应。一招一式，演示着给老师看，只花几分钟，政治老师完全掌握了，他和同学一起，认真地折千纸鹤。

白色的纸，经不起几十个同学折，很快便没有了。杨铁雄从办公室找来些废旧的书、试卷，让大家去折。只要是千纸鹤，就会承载大家的祝福。

周志光出车祸的消息，暴风般在流沙中学师生中传开。大家都替他难过，在心里为他祈祷。杨铁雄准备第二天去全州看望周志光。这天晚上，外班一些学生来到200班教室，他们也折了千纸鹤，送给周志光，希望他能够早日康复。

次日，天刚蒙蒙亮，杨铁雄醒了。过了一夜，不知周志光情况如何，醒了没？昨晚他与周志光父亲通电话，情况不容乐观。他闭上眼，双手合十，默默祈祷，过一会儿，起床铃声响了，他先去学生宿舍，宿舍里空无一人，他心中非常欣慰，学生很懂事了，不让他操心。

"我会把你们的祝愿、牵挂、友谊，准确无误地带给周志光。同时，我希望，班主任不在学校时，你们要自觉、自觉，再自觉，我在这里宣布，我去全州时，班上的纪律由林小飞同学负责。"说完，杨铁雄留给大家一个坚定的背影。

下楼，穿过操场，出校门。

全州第一人民医院人满为患，人们不管大病小病，有病首先想到第一人民医院。

杨铁雄在第一人民医院重症监护室外，见到了周志光的父母。他父亲双眼无神，脸上有些脏，他母亲则披头散发，整个人有点呆呆的、傻傻的味道，她眼里含着热泪。

陪伴他们的，是他们的亲戚。在他们最需要帮助的时候，亲情，总会挺身而出。

周志光依然昏迷不醒，不过他的头部比刚来时消肿了许多，医生给他做了颅内压测定、脑电图、心电图等等检查。

重症监护室不准随意进出，杨铁雄只好作罢，把带着流沙中学师生浓浓祝福的千纸鹤，交给周志光父亲，并告诉他，除了本班学生，其他班学生也折了，周志光在学校的人缘很好。

周志光父亲满含热泪说："谢谢老师们，谢谢他的同学，志光一定会感受到你们的祝福，杨老师，回学校后，你一定替我谢谢他们。"

这次事故很严重，因双方车子都买了全保险，医药费由保险公司出。杨铁雄想想自己既然来了，没见着周志光，就录一段视频："周志光你好，听说你出了事，我和你的同学很震惊，那一刻，我们流下了伤心的眼泪。你是个聪明好学的学生，父母的好儿子，你充满爱心。流沙中学的师生，为你折了几千只千纸鹤，千纸鹤是为病人带去美好祝愿的，祝你早日康复。

"志光，我和同学们在学校等着你，你早些回教室里，这些日子，我们会继续为你祈祷。"

旁边的人知道情况后，纷纷称赞杨铁雄和他的学生，说他们很有温情，冥冥之中的周志光，会感受到这股力量。

杨铁雄回学校后，流沙中学的师生从杨铁雄口中得知周志光的情况，心中很难受。200班的学生更是诅咒大货车司机……

等大家发泄一通，杨铁雄请他们安静，作为老师，他要给学生正能量引导。他说："大货车司机确实可恶，可恨，一念之间，他酿成大祸，给几个家庭带来悲痛，有国家法律法规制裁他，同时，他的正当权益也受到保护，即使受害人的家属，也不能随便伤害他。

"从这件事，我们应深深感知生命的宝贵，万万不可拿生命当儿戏。生命，对于每个人来说，只有一次。

"车祸猛于虎，我们经常认为，战争是造成人类非正常死亡最多的，其实不是，车祸给人类所造成的损失，比整个第二次世界大战中死的人还多。"

全班同学陷入寂静之中，或许，他们内心受到极大震撼。几天前和他们一起奔跑、跳跃、生龙活虎的同学，现在变得昏迷不醒。

虽然中考前的时间很宝贵，他们还是决定再折些千纸鹤，为他们的同学周志光祈福。林小飞和肖春意他们商量，星期六他们几个去全州，看周志光。

为了不影响学习，大家在课余时间折千纸鹤，折千纸鹤是门技术活，有人折的千纸鹤看起来笨手笨脚，有的人折得活灵活现，仿佛就要飞一样。

在医院昏迷了两天多时间，周志光在重症监护室悄悄醒来，他醒得十分小心，眼睛睁了几次才睁开，看到眼前的一切，他明白了。他记得一辆大货车从坡上直冲下来，把他坐的中巴重重一撞，中巴车翻滚下坡，车厢里一片尖叫声，他的头被什么东西撞击之后，再也没有意识了。

他母亲正和白大褂医生谈论他的病情。他脑组织受到严重创伤，脑袋里面的血肿块压迫脑组织，目前的情况还很危险，患者没有脱离危险期。

两行热泪，从周志光眼里滚出。

他听到母亲哀求医生的声音，母亲说他很聪明，很孝顺，在班上当班长，无论如何，花多少代价，都要把他儿子抢救过来。

白大褂医生似乎是铁石心肠，对他母亲的哀求没有积极响应，等他母亲哭诉完毕，他轻言细语、公事公办地说："你放心，我们医院是救死扶伤的地方，对每位患者，我们都会尽最大的努力，但是，我们医生不是神，有些情况，我们也无能为力。"医生说完，离开了。他母亲坐在病床边，独自流泪。

"妈！妈！"周志光轻声叫道。

他母亲回过头来，发现周志光醒了，抓住他的手，紧紧贴在脸上，泪水长流。好一会儿，她才说："志光，你别吓唬妈妈，你别吓唬妈妈！"

"妈，祝你生日快乐，祝你生日快乐！"

他妈妈喜极而泣，笑着说："妈妈看到你醒了，真的很快乐，很快乐。你班主任杨老师昨天来看过你，他录了视频，给你留下话，你的老师和同学，给你折了很多千纸鹤，他们说千纸鹤能让你早点好起来。你看，这些千纸鹤，有些上面写了话，你的同学真有心。"

周志光拿起千纸鹤，一个个看着，突然，他看到有个千纸鹤上面，写着三个字：我爱你。字很秀丽，署名只有"L"。这是刘静媛的，他熟悉她的字。霎时，他开始激动起来，一阵幸福感弥漫他的全身，像电流，在他青春的身体里流动。

刘静媛在班上成绩好，人又长得漂亮，性格文文静静，很多男生在心中偷偷暗恋着她，把她当作心中的女神。周志光悄悄往她桌子里塞过信，她的反应是，看到他有点儿脸红。有一天，他约她到校外散步，她去了，他大胆地牵起她的手，她隔了几秒钟，才不好意思地抽回手，左右前后看看，故意与他拉开距离。那是一段多么美妙的时光啊！

周志光把刘静媛折的千纸鹤，放在唇上，忘情地亲吻着。

他母亲让他拍几句话的视频，发给他班主任，感谢同学老师关心。周志光点点头，随后说："妈，让我想一想。"

"好的，你仔细想想。"隔了几分钟，周志光想好了，他要妈妈答应，无论他说什么，都不能干涉他，打断他。他半躺着，挥挥手，示意行了，然后说：

"我最尊敬的班主任杨铁雄老师，我最想念的200班同学，还有其他关心我的老师和同学：非常感谢你们对我关心和爱护。"说罢，他双手合十，"谢谢你们对我的厚爱，我多么羡慕你们，能在操场上玩耍，在教室里听课，如果我能像你们一样，我会珍惜每一分钟、每一秒。

"我的病情不容乐观，如果你们问我，有什么感觉，我不害怕，我只是有些惋惜，在人生的道路上，我毕竟才走过十六年。

"如果我离开这个世界，真有点遗憾。我的生命来自父母，他们含辛茹苦把我养大，却没有享过我的福。"

周志光妈妈践行着诺言，没有打断他的话，但她的眼泪，像断了线的珠子往下掉，她努力克制着哭泣，拿着手机的手，不停地在颤抖。

"我的同班同学，你们一定要好好珍惜时间，多学知识，你强大了，有本事了，别人才会从心里尊敬你，瞧得起你，不管现在和将来，你们千万别忘记孝敬自己父母。

"杨铁雄老师，你是我遇到的最好的老师，能碰上你这么好的老师，是我的幸运，是200班同学的幸运。我们四大金刚，变成今天这样好学、上进、感恩的人，全是你的功劳。

"杨老师，我祝愿你以后当校长，当教育局长。"

周志光停下来，他母亲抱着他哭出了声，身子不停抖动："志光，妈害了你，妈害了你……"

正在此时，周志光父亲进来了，他快步走到周志光床前，急切地说："志光，你醒了！你醒了！"他握住志光的手，脸上露出笑容，眼里却含着泪水。

"爸，我让你们担惊受怕。以前，我在学校读书，经常给你们增加麻烦，你们经常为我的事被老师叫到学校，现在，我变好了，能给你们脸上增光，却碰上这样的事。"说罢，他脑袋一偏，显得很郁闷的样子。

"志光，爸爸对你关心不够，不懂教育方法，我们欠你太多。"

"妈，你去叫医生来。"

"好！我马上去！"周志光母亲擦擦眼泪说。

不一会儿，医生迈着匆匆的脚步进来，直奔周志光床前，问他目前有什么感觉。周志光没回答医生的话，而是对他妈妈说："妈妈，医生，你们今天在我床边的谈话，我听到了，我的生命，或许只有几小时，或许有几天，不管我们愿不愿意，必须接受这个事实。你们拿出手机，录一段视频。"

三人不知道周志光要说什么，拿出手机，打开录像功能。

"大家好，我叫周志光，今年16岁，圣林县流沙中学200班学生，在给母亲送生日蛋糕时，我不幸遭遇车祸，我的医生说，我现在还没脱离危险期，我有种强烈预感，我的生命将进入倒计时，我要捐献我身上的器官，让我的生命，以另一种方式得到延续。"说到这里，周志光父母的脸色突然变了，他妈妈的手机突然掉在地上。

"志光，你怎么想起这件事？"他爸爸问道。

"爸爸，妈妈，我知道，你们一时难以接受。慢慢地，你们会转过弯，接受这件事情。我们班主任杨老师经常教导我们，多做好事、善事，送人玫瑰，手有余香。医生，你好好开导我爸爸妈妈，我还想讲几句话，你们录一下。"

周志光爸妈尽管有点不情愿，还是按他说的去做。

"我是圣林县流沙中学200班周志光，我自愿免费捐赠我身上的器官，帮助你们。我和我家人不收你们的钱，但我对你们有两个小小的要求：第一，逢年过节时，给我父母打个电话，问候他们，替我尽孝。条件允许，到我家去看看他们，我父母会觉得，他们的儿子还活在世上。第二，希望你们做有爱心的人，帮助需要帮助的人，把我的爱心传下去，如果你们答应我的要求，那么，我在九泉之下，会很欣慰。"

也许有些累了，周志光把头偏向一边，什么话也不说了。医生把手机放回口袋，向周志光父母解释捐赠器官的意义，帮助他们解开心中的疙瘩，他们渐渐不像刚才那样抗拒了。

医生给周志光做完检查后，离开病房，他要院办公室和市红十字协会联系，洽谈器官捐献事宜，尽快履行相关手续。

当红十字协会的工作人员赶到医院时，周志光再次陷入昏迷状态。经过与他父母协商，决定捐出肾脏、肝脏、心脏、眼角膜，夫妻俩含泪在同意书上签字。

全州电视台记者随后赶到医院，对周志光自愿捐献器官进行采访，然后马不停蹄赶往电视台，进行编辑。晚上7点半之后，《全州新闻》报道了此事，末尾，记者希望周志光能够醒来，恢复健康。

然而，世上事总难遂人愿。第二天，坏消息传来，周志光不幸死亡。华医生解释：车祸导致脑组织严重受伤，血管破裂，从而使脑组织受到压迫，颅内压力不断升高，促使脑组织向有空隙的地方（枕骨大孔）移位，从而形成枕骨大孔疝，导致死亡。

按照周志光生前意愿，他的一个肾脏、肝脏、心脏，以及眼角膜，被有资质的医生摘除，并且以最快的速度，移植到患者身上。

周志光死亡的消息传到流沙中学，大家的心情都非常沉重。杨铁雄脑袋一片空白，眼泪哗哗流下，他最不希望发生的事，不可抗拒地发生了，同学们后来做的千纸鹤，来不及送过去。

天黑时分，杨铁雄带着林小飞、肖春意、曾乐田等几个人，提着周志光的书籍、作业本、千纸鹤，来到学校外面一块空地上。他们捡来松树叶、干松树枝，点燃一堆火，把书、作业本、千纸鹤，慢慢投进火里，一边念叨着："志光，我们的好兄弟，你一路走好！我们会好好珍惜时间，多学知识，考个好学校……"

火光，把黑夜熔了一个大洞，风吹来，把纸灰吹得四处飘散。

受老观念、旧思想的影响，我国自愿捐献人体器官比例较小。周志光捐献器官，引来很多媒体，有电视台的、报社的、杂志社的、网站的。一些记者只在全州人民医院问几句就走了，有的却跑到流沙中学来，进一步深挖。他们发现周志光非常有爱心，他做出捐献器官的举动，看似偶然，其实里面蕴藏着必然。记者们对杨铁雄加强思想道德教育的做法，大加赞赏。

杨铁雄对前来采访的记者们侃侃而谈："我们目前的教育，强调智商教育，忽视情商。可是一个人事业的成功，情商起很大作用。学生在学校时，情商培养没有提高到应有的地位，学生不孝敬父母，把父母为他们操劳看成应该的，有些人不知道感恩。"

看到这种现象，他很痛心，他影响不了大局，但可以影响他的学生。于是，他硬性规定，学生每周必须给在外的父母一打个电话，每次必须达到两分钟以上。给情商打分，用强制手段使得学生去做一些事情，对他们今后有好处。我们目前对学生的道德评价，一律说好，没有分出个一二三四等来。

当今社会，道德的力量，有时显得很苍白，必须用点强制力，方显效果。打个很简单的比方，城里十字路口有红绿灯，汽车不敢闯红灯，因为闯红灯会被拍照，然后罚款、扣分。但行人闯红灯却比比皆是。因为行人闯红灯，除非出事，不会付出任何违规成本。假如行人闯红灯，给予滞留十分钟，罚款十元等轻微处罚，闯红灯的现象完全可以杜绝。

杨铁雄盛赞圣林县教育局长陈乐彬，说他是个不可多得很务实的局长，他运用自己手中权力，在圣林县中小学，大力倡导感恩教育，倡导情商教育，这样的教育，才是人们真正满意的教育，人民需要的教育，是绿色教育。如果在中小学就强化感恩、与人为善的教育，大学里便不会出现那么多自杀和杀人的事件。有圣林这样的教育土壤，才会出现周志光这样的学生。

记者们听完，不住点头，不停地鼓掌。他们没有料到，一位乡村中学教师，对教育有那么深刻的理解和见地，而且，他在用自己的行动，培养真正德智体全面发展的学生。

慢慢地，媒体从报道周志光捐献器官，到报道杨铁雄的感恩教育、情商教育，引发大家对教育的讨论和争论。这些媒体来自全国各地。圣林县这个名字，迅速走进千家万户。

由于临近中考，学生在争分夺秒备考，不到万不得已的情况，杨铁雄和丁松华不赞成记者打扰学生，随着时间一天天过去，媒体追逐这件事的热度开始降温。

杨铁雄抽出更多的时间，陪伴200班同学，为他们鼓劲，解答他们心中的疑问。晚自习时，他经常拿一本书，坐在讲台上，替其他老师坐班。一位女老师对他开玩笑说，爱死他了，引得老师们总拿此事开玩笑。

时间进入6月初，学生中弥漫着一种依依不舍的情绪，毕业照已经拍了，拍摄者是圣林县摄影家协会主席邓家友。邓家友因拍摄流沙镇一段古道，顺路到流沙中学看望朋友。刘成城看到邓家友扛着长枪短炮，便请他替学生拍几张毕业照，他爽快答应。

留言册悄悄在同学之间传递，他们写下相互之间的友谊，写下美好祝福，写下对共同走过岁月的留恋。

杨铁雄发现，同学们似乎瞒着他商量着什么，他来了，他们便啥也不说。

"老实交代，你们在密谋什么？"

"没有，绝对没有。"刘静媛笑着说。

过了很久，刘巧珍说："杨老师，告诉你也没关系，我们在商量，送你一件什么样的临别礼物合适，既高雅，又有纪念意义，而且让你经常看到，时时刻刻想起我们，你猜是什么？"

杨铁雄思索一会儿："我还真猜不出，那就先留点神秘感吧！"

根据学校安排，学生6月16日上午回家，6月17日返校，下午3点在学校集合，统一乘车到圣林县参加考试。

15日晚是学生在校的最后一个晚上，学校开恩，允许学生自由活动，搞晚会，话别。

200班学生决定搞一台晚会，节目有唱歌、讲故事、猜谜语等等。

一盏射灯，把教室里的光线弄得五颜六色，这种氛围，很容易让人产生兴奋感。刘静媛，200班的美女加才女，主持晚会，她一袭白裙，一头黑发，刚刚淋浴过，身上散发着淡淡的香味，她无疑是当晚全班最亮丽的一道风景。

第一个节目：向杨铁雄献礼，他被要求闭上眼睛，得到允许后才可睁开。

刘静媛甜美的嗓音响起："下面我们以热烈的掌声，欢迎今晚最尊贵的客人。"

掌声刚开始杂乱无章，紧接着整齐划一，当教室里的日光灯打开时，同学们发出各种惊叹声，刘静媛提醒杨铁雄转身。

杨铁雄缓缓转过身，他看到，几位同学托着一幅装裱好的湘绣，上面绣着：

亲爱的班主任杨铁雄老师，我们永远爱您。

圣林流沙中学200班全体同学

"亲爱的"三个字体不同于其他字，有点调皮的味道。"爱"字明显比其他字大些，浓墨重彩。

　　"谢谢你们，谢谢你们，我同样深深地爱着你们。我真的希望，今晚有一千、一万个小时，和你们分别，对我来说，是件多么痛苦的事情。"

　　刘静媛的声音又响起："同学们，以前，我们班是什么样，杨老师来了，又变成什么样，我相信200班的每位同学都清楚。在这个难分难舍的夜晚，你有什么话，毫不吝啬说出来，否则，你会后悔的。"

　　稍稍沉寂一下，有人走到舞台中间。

　　"杨老师，我可以摸着我的心脏说，是你改变了我，我原来认为自己读不完初中，现在看来，我肯定要读大学的。"

　　"尊敬的杨铁雄老师，你是教师队伍中最优秀的老师，我们要学习你无私奉献的精神。"

　　"从小学到初中，教过我的老师，至少有五十位吧！如果让我记住一位老师的话，那位老师毫无疑问是你。"

　　……

　　同学们的话，都发自肺腑，来自灵魂深处，他们说着说着，眼泪禁不住出来了。而杨铁雄，他心中也思绪涌动，百感交集。

　　节目，一个接一个，尽管水平不怎么样，但大家都用心去演。

　　时间，到了晚上10点。

　　没人离开，他们兴致正浓。

　　时间，到了晚上11点。

　　其他两个班的同学都散了，200班的同学仍在教室里待着。

　　时间指向12点，整个学校，只有200班教室里亮着灯。有人提议，还坐坐吧，今后大家没这机会了，于是，他们又留下了。

　　夜，继续前进。

有人支持不住，趴在桌上睡着了，有人在继续谈论着，把他们生活中丢人的糗事，拿来分享，以博大家一笑，讲自己小时候的故事，自己生活中的惊险一幕。

　　东方发白时，圣林县流沙中学200班教室里，横七竖八坐着、趴着许多人。

　　当太阳光射进教室里时，此起彼伏的呼噜声，依然在响起，响起，响起。

2014年11月7日至2015年10月7日初稿
2015年10月9日至2015年12月31日二稿
2016年5月10至7月31日三稿
2016年8月18日至10月2日四稿
2017年2月15日至3月12日五稿

后 记

育人先育德

学生的考试分数高低，只影响他（她）个人的学业走向和从业走向，如果品德缺失，却可能给社会带来或大或小的危害。孰轻孰重，不言而喻。假如人人品行优良，构建和谐社会，则轻而易举，民众幸福指数也芝麻开花节节高。分数，只管学生时代，品德，却管一辈子。我的学生时代，就倡导德智体全面发展，而且，德排第一。

大学毕业二十一载，我在新闻界、政界、商界体验过生活，做得最久的工作，当属教书育人。我从未对成绩好的学生就高看一等、对成绩差的就冷眼相待，因为我知道，每个学生都是世上独一无二的。成绩差的学生若得到老师的善待，走向社会后往往会对老师更亲热。

我儿子考试得高分，也会使我稍稍高兴。我更看重的，是他在我每次回家时，能给我开门；带他出去吃饭时，他主动问候我的朋友，向他们鞠一躬。拥有'孝'和'德'的孩子，难道不比仅有高分的孩子好吗？孩子有了孝和德，难道会没有好分数？

2014年秋天，我在市里某机关待腻了，回农村中学站讲台。学校的人文环境，与我性格配合得天衣无缝，我决定退休前在那里度过。恰好一老师请病假，我被校方派去堵缺口。那阵子我正琢磨写本小说，正好送上现成的生活体验，我非常用心地感受着每天的点点滴滴。

我教八年级语文。好苗子，给县属中学捷足先登，"收割"走了。学生们活跃在叛逆期的顶峰，他们中间很多人基础差，不愿学。

最初几堂课，部分学生便把顽劣向我毫无保留地展示。在和风细雨这种方式失效后，我也会板着脸，大着嗓门，把表情弄得很吓人，只为让学生多学点。

小说中的四大金刚，三人有生活中的原型。小说前面部分，很多是写实的。坏习惯在小学形成，到了中学，尽管老师不断教育，施压，总难见多少好转。

教师大办公室里，时常出现这样一幕，学生低头，哭着，抽泣，抖动身子，旁边家长满脸严肃。一个孩子不听话，让全家难以安宁幸福。老师们说，多上几节课无所谓，但调皮的学生，能把本不美好的心情撕碎。

我一次次向学生布道：做人非常重要，成绩，不是唯一。情商，有时比智商更重要。从表情上，我难以判断他们是否接受我的观点，反正我常把品德挂在嘴上，一件小事，能给我上升到道德高度、人生高度，正因如此，在小说中才会扛起道德的大旗。

说说关于农村教育的话题。

当下，城乡教育有相当差距。政府为帮助弱者，多给农村教育拨钱，确实起了些作用，但钱不是万能的。

身为作家和乡村教师，我一直在观察、思考农村教育，我们抱怨城乡教育差距，更应看到背后的原因。

我住城里，我儿子五岁时，我每晚上教他读《西游记》连环画，一字一字读，不认识的字，查字典，周六周日也不休息，历时八个月，完成十多万字的阅读量。他进入小学一年级时，能独立读书看报。城里家长如我者，比比皆是。更有人天天辅导孩子做作业的，一题一题陪着去做，让我汗颜，因我极少干这活，总让孩子去折腾。

试看农村家长，几人有此耐心？很多人缺少教育方法，有的管教粗放，甚至粗暴。有人说：教育，首先是教育家长。这话不无道理。教育主管部门，应承担教育家长的重任，为家长量身定做，打造几堂高水平的课，为全县家长送课上门。高水平的课，才会使家长受益。

多年来，我固执坚守乡村教育一线，以我之见，改善乡村学校条件的同时，应给予乡村学校灵活的制度，把当前供给侧改革，运用到乡村初级中学，因材施教，使学困户重拾信心。学生爱学，教师才乐教，国家对教育的投入，才会发挥效益。

2016暑假，我奔赴韶山，参加全国第二届善德乡村教师国学营。几天的学习，收获颇丰，心灵受到洗礼，人比以前善良、感恩，懂得人生的一些意义。有人说，我们被洗脑了，我无数次想，假如学生接受了这样的教育，从小在他们心田里，种下优良品德的种子，将是多么大快人心的事。有首歌叫《爱的奉献》，只要人人都献出一点爱，世界将变成美好的人间。十几年前，我采访过中国香港一个中小学生团体，他们回内地做义工，帮助乡村学校的孩子，香港中小学生做义工是必修课。我们的学生，如果也必须做义工，对他们的思想成长，必将产生深远影响。如果家长陪同，还影响家长，家家户户都有小孩子，家家户户都做义工，世界真的会变成美好人间。

多年来，我们对唯分数的评价体系，口诛笔伐无数，小学一年级的老师，也深受分数排队之苦，能否在划片招生已经推行的今天，在小学阶段，不唯分数，千真万确搞综合评价，让学生明白，决定他们事业成功与人生幸福的，除了分数，还有很多。

我期待着这一天，真的很期待。

我主要的教育思想，已基本融入《超级200班》这部小说中。当初构思小说时，每当脑海里喷出感人情节，我眼里都会噙着泪水，内心翻滚着感动。最后，我让200班最优秀的一个人死了，他在给母亲送生日蛋糕时不幸遭遇车祸，临死前毅然做出捐赠自身器官的义举，再次高举道德的大旗。

只要人人都是道德高尚的人，幸福离我们还远吗？

幸福，难道不是每个地球人追求的目标吗？

2017年8月22日　湖南郴州